CB003535

CARAMBAIA
10 ANOS

ilimitada

Ernst Jünger

Tempestades de aço

Tradução e posfácio
MARCELO BACKES

Aos mortos em combate

Nas trincheiras de calcário da Champagne

O trem parou em Bazancourt, uma cidadezinha da Champagne. Desembarcamos. Com reverência incrédula, ouvimos o compasso lento do rolo compressor do front, melodia que naqueles longos anos haveria de se tornar costumeira para nós. Bem ao longe, a bola branca de uma metralha se desintegrava no céu cinzento de dezembro. O hálito da batalha soprava até onde estávamos e nos deixava estranhamente arrepiados. Pressentiríamos, por acaso, que quase todos seríamos engolidos nos dias em que os resmungos sombrios ao longe se incendiassem, se transformando num trovejar incessante – alguns mais cedo, outros mais tarde?

Havíamos deixado salas de aula, bancos de escola e mesas de trabalho e, em breves semanas de treinamento, estávamos fundidos em um grande e entusiasmado corpo. Crescidos em uma época de segurança, todos sentíamos a nostalgia do incomum, do grande perigo. E então a guerra tomou conta de nossas vidas como um desvario. Em uma chuva de flores, saímos de casa inebriados com a atmosfera de rosas e sangue. A guerra, por certo, nos proporcionaria o imenso, o forte, o solene. Ela nos parecia uma ação máscula, uma divertida peleja de atiradores em prados floridos e orvalhados de sangue. “Não há no mundo morte mais bela...” Ah, só não queríamos ficar em casa, queríamos poder participar!

“Formar colunas!” A fantasia aquecida se acalmava durante a marcha pelo solo argiloso e pesado da Champagne. Mochila, cartuchos e fuzil pesavam como chumbo. “Aproximar! Parar ao fundo!”

Enfim chegamos ao povoado de Orainville, base do 73º Regimento de Fuzileiros, um dos lugarejos mais miseráveis daquela região, formado por cinquenta casinhas de tijolo ou pedra de calcário em volta de uma herdade feudal cercada por um parque.

O movimento na rua do povoado oferecia uma vista estranha aos olhos acostumados à ordem da cidade. Viam-se apenas uns poucos civis, tímidos e em farrapos, e, por todos os lugares, soldados em casacões puídos e gastos, de rosto curtido e quase sempre coberto de grandes barbas, soldados que vagavam por ali em passos lentos ou estavam de pé, em pequenos grupos, diante das portas das casas, e recebiam a nós, os novatos, com gracejos. Depois de um portão no fim do caminho, ardia uma cozinha de campanha, cheirando a sopa de ervilhas, cercada de soldados querendo comida, batendo seus talheres nas marmitas. Parecia que ali a vida se passava um tanto apática e vagarosa. A impressão ficava mais forte devido à decadência que já marcava aquele lugarejo.

Depois de passarmos a primeira noite em um celeiro gigantesco, fomos redistribuídos pelo ajudante do regimento, o primeiro-tenente Von Brixen, no pátio do castelo. Eu fui parar na 9ª Companhia.

Nosso primeiro dia de guerra não passaria sem deixar em nós uma impressão decisiva. Estávamos sentados na escola que nos havia sido designada como alojamento e tomávamos o café da manhã. De repente, uma série de tremores surdos ecoou nas proximidades, enquanto soldados tomavam a frente e saíam das casas, se precipitando em direção à entrada da aldeia. Seguimos o exemplo deles, sem saber ao certo por quê. Mais uma vez reboaram acima de nós um esvoaçar e um farfalhar jamais ouvidos, que logo em seguida se afogaram em um estrondo barulhento. Fiquei surpreso ao ver as pessoas à minha volta se abaixarem durante a corrida, como se estivessem sob uma ameaça terrível. Tudo aquilo me parecia um tanto ridículo; mais ou menos como se víssemos homens se metendo a fazer coisas que não conseguíamos compreender muito bem.

Logo em seguida, apareceram grupos sombrios na estrada deserta do povoado, arrastando pacotes pretos sobre lonas de barraca ou, dois a dois, com as mãos e os braços cruzados. Com uma sensação esdruxulamente angustiante de irrealidade, eu fixava os olhos em um vulto coberto de torrentes de sangue, com a perna dobrada de maneira estranha e pendurada, frouxa, ao corpo, que não parava de lançar um rouco "Socorro!", como se a morte repentina ainda estivesse agarrada a seu pescoço. Ele foi carregado para dentro de uma casa em cuja entrada tremulava a bandeira da Cruz Vermelha.

O que era aquilo? A guerra havia mostrado suas garras e jogado fora a máscara acolhedora. Era tudo tão enigmático, tão impessoal. Mal se pensava no inimigo, esse ser misterioso, traiçoeiro, escondido em algum lugar, na retaguarda. O acontecimento totalmente fora do comum para nossa experiência causava uma impressão tão forte que foi preciso muito esforço para perceber o que estava acontecendo. Era como uma aparição fantasmagórica à luz do meio-dia.

Uma granada explodira no alto do portal do castelo e catapultara uma nuvem de pedras e estilhaços sobre a entrada, justo no momento em que os internos, assustados com os primeiros tiros, saíam pelo portão. Ela fez treze vítimas, entre elas Gebhard, o mestre da banda de música da companhia, uma figura que eu conhecia muito bem dos concertos de rua em Hannover. Um cavalo amarrado farejou o perigo antes dos homens, poucos segundos antes conseguiu arrebentar a corda a que estava preso e galopou, sem ser ferido, pelo pátio do castelo adentro.

Ainda que o bombardeio pudesse se repetir a qualquer instante, um sentimento opressor de curiosidade me carregou até o palco da desgraça. Ao lado do local atingido pela granada, balançava uma plaqueta com as palavras "Bar da Granada", escritas por algum gaiato. O castelo já era conhecido, pois, como um lugar perigoso. O chão da estrada estava vermelho de poças de sangue, havia capacetes e cinturões esburacados jogados por ali. O pesado portão de ferro da entrada estava destroçado e peneirado de estilhaços, o marco lateral ficara salpicado de sangue. Uma força quase magnética prendia meus olhos a esse instante; ao mesmo tempo, algo se modificava profundamente dentro de mim.

Conversando com meus camaradas, percebi que o incidente havia amortecido o entusiasmo de alguns com a guerra. Que ele também agira sobre mim de maneira contundente, podia ser comprovado por numerosas alucinações que transformavam o rolar de qualquer carro que passava no farfalhar fatal da granada infeliz.

Isso, aliás, acabaria por nos acompanhar durante toda a guerra, esse estremecimento a cada ruído repentino e inesperado. Fosse um trem que passasse sacolejando, um livro que caísse ao chão, ou um grito ecoando na noite – o coração sempre estacava por um instante sob a sensação do perigo, grande e desconhecido. Era um sinal de que, durante quatro anos, estávamos todos à sombra da morte. Tão profundamente agia a vivência no solo escuro da consciência que, a cada perturbação da normalidade, a morte saltava à soleira como um porteiro cheio de admoestações, como naqueles relógios em que ele aparece a cada hora, munido de foice e ampulheta.

Na noite do mesmo dia, chegou o momento que tanto queríamos, no qual nós, pesadamente carregados, partimos ao campo de batalha. Pelas ruínas da aldeia de Betricourt, que se elevavam fantasmagoricamente na semiescuridão, nosso caminho levava a uma casa isolada na floresta, escondida no pinhal, a granja de faisões, onde se encontrava a tropa de reserva, à qual, até aquela noite, também estava designada a 9ª Companhia. O comandante era o tenente Brahms.

Fomos recebidos, distribuídos nos grupamentos e em pouco tempo já estávamos no meio do círculo de companheiros barbados, cobertos por uma crosta de lodo, que nos cumprimentavam com uma simpatia um tanto irônica. Perguntavam-nos como estavam as coisas em Hannover e se por acaso a guerra não estaria por acabar. Logo em seguida, a conversa, que ouvíamos com avidez, mudou e passou a tratar, com palavras concisas e sempre no mesmo tom, de valas abertas na terra, cozinhas de campanha, ataques de granada e outras circunstâncias da guerra de trincheiras.

Depois de algum tempo, diante da porta de nosso alojamento com ares de choupana, ouviu-se o chamado: "Sair!". Postamo-nos em nossos grupos e, ao comando "Carregar. Travar o gatilho!", com volúpia secreta inserimos na arma um pente com balas pronto para ser disparado.

Em seguida, tudo aconteceu em silêncio; homem atrás de homem, saímos pela paisagem noturna coberta de mata escura, sempre em frente. De quando em quando, ecoava um tiro isolado, ou um rojão iluminava a noite sibilando para, depois de sua luz breve e fantasmagórica, deixar para trás uma escuridão ainda mais profunda. Matraquear monótono de fuzil e pá de escavar trincheiras interrompido pelo grito de alerta: "Atenção, cerca!".

Então, de repente, um escorregão estridente e uma maldição: "Desgraçado, não dá pra abrir essa boca quando dá de cara com uma cratera?". Um cabo se intromete: "Raios, quieto, ou o senhor acredita que os franceses têm merda nos ouvidos?". Seguimos mais rápido. A incerteza da noite, o cintilar dos foguetes luminosos e o bruxulear lento do fogo dos fuzis invocam uma excitação que deixa todos estranhamente despertos. De quando em quando, um projétil disparado às cegas passa assoviando, frio e fino, para se perder na distância. Quantas vezes, depois desta, não avancei com ânimo meio melancólico, meio excitado, em direção à linha de frente!

Por fim, desaparecemos em uma das valas de deslocamento que se dirigiam ao front como serpentes brancas através da noite. Lá me encontrei solitário e tremendo de frio entre duas amuradas de proteção, fixando os olhos em uma fila de pinheiros à frente da trincheira, na qual minha fantasia projetou todo tipo de figuras sombreadas, enquanto ora aqui, ora ali, uma bala perdida estalava nos galhos para depois cair silvando. Esse tempo quase interminável só mudou quando fui levado por um camarada mais velho, trotando com ele por um corredor longo e estreito em direção a um posto de vigia onde mais uma vez nos ocupamos em contemplar o terreno adiante. Durante duas horas, pude tentar encontrar o sono do esgotamento, deitado em um buraco desolado aberto no solo de calcário. Quando a manhã surgiu, eu estava pálido e enlameado como os outros; e me sentia como se estivesse levando essa vida de toupeira já havia meses.

A trincheira do regimento se localizava diante da aldeia de Le Godat, aberta no chão de calcário da Champagne. À direita ela se apoiava a um mato cortado, a Floresta da Granada, depois corria em zigue-zague por gigantescos campos de beterraba, nos quais refulgiam as calças vermelhas de lutadores que tombaram, e terminava no leito de um rio, onde fizemos incursões noturnas que garantiram o contato com o 74º Regimento.

O rio caía marulhando sobre as pás de um moinho destruído, envolvido por árvores sombrias. Fazia meses que suas águas banhavam os mortos de um regimento colonial francês, com rostos que pareciam ser feitos de pergaminho negro. Um lugarejo sinistro para ficar, quando, à noite, o luar lançava sombras móveis por entre as nuvens rasgadas, e sons estranhos pareciam se misturar ao murmúrio da água e ao chapinhar dos juncos.

O trabalho era extenuante. A vida começava ao romper da aurora, durante o qual toda a guarnição tinha de se colocar em pé na trincheira. Das dez horas da noite às seis da manhã, ininterruptamente, dois homens de cada um dos grupamentos podiam dormir em turnos, de modo que se podia gozar um sono noturno de duas horas, que, no entanto, quase sempre era reduzido a poucos minutos pelo despertar prematuro com a ordem para buscar feno ou para cuidar de outros afazeres.

Éramos obrigados a montar guarda na trincheira ou em uma das numerosas vigias do posto da guarda, que estavam em contato com a trincheira por longos caminhos de ligação escavados no chão; um modo de garantir segurança, que, por causa da posição perigosa das sentinelas, pouco a pouco foi sendo deixado de lado durante a guerra.

Essas horas infindas e cansativas da guarda noturna eram suportáveis quando o tempo estava claro e mesmo quando geava; tornavam-se torturantes, contudo, quando chovia, como era comum acontecer em janeiro. Assim que a umidade atravessava primeiro a lona puxada sobre a cabeça, depois o sobretudo e o uniforme, e escorria durante horas pelo corpo abaixo, se chegava a um humor que não poderia ser desanuviado nem pelo rascar do soldado amigo se aproximando para a substituição. A aurora iluminava figuras esgotadas, lambuzadas de calcário, que, com o rosto pálido e batendo os dentes, se jogavam sobre o feno podre dos abrigos subterrâneos no fundo da trincheira, onde a chuva continuava pingando.

Esses abrigos! Eram buracos muito grandes, abertos no calcário da vala, cobertos com uma esteira de tábuas e algumas pás de terra. Depois que a chuva parava, eles continuavam pingando ainda durante dias; certo galhofeiro desesperado os havia identificado com placas, nas quais estava adequadamente escrito "caverna de estalactites", "sauna masculina" e coisas do tipo. Se mais de um queria gozar da tranquilidade dentro deles, todos eram obrigados a estender as pernas para o alto, oferecendo compulsoriamente armadilhas infalíveis para fazer tropeçar os que passavam por cima. Sendo essas as circunstâncias, também durante o dia não se podia considerar a possibilidade de dormir com tranquilidade. Além disso, nós tínhamos de montar guarda por duas horas também durante o dia, limpar a trincheira, providenciar comida, café, água e outras coisas mais.

Fácil compreender que essa vida pouco familiar era dura, sobretudo porque, para a maior parte, até aquele momento, o trabalho verdadeiro não passava de um conceito. Além disso, havia o fato de não termos sido recebidos, de forma nenhuma, com a alegria que esperávamos. Os velhos, antes, aproveitavam cada oportunidade para nos "emparedar", e todas as missões importunas ou inesperadas eram dadas naturalmente aos "corajosos voluntários da guerra". Essa tradição trazida dos quartéis para a guerra, que não contribuía nem um pouco para melhorar o nosso humor, aliás, acabou desaparecendo depois da primeira batalha que encaramos juntos, quando nós mesmos passamos a nos considerar "velhos".

O tempo em que a companhia ficara entre as tropas de reserva não fora muito mais confortável. Vivíamos na granja ou no matagal de Hiller, em choupanas de taipa cobertas de galhos de pinheiro, cujo chão repleto de esterco proporcionava pelo menos um calor agradável de fermentação. Às vezes, acordávamos em uma poça de água de 1 polegada de profundidade. Ainda que até então eu só conhecesse o reumatismo pelo nome, depois de poucos dias daquela umidade sem fim passei a sentir dores em todas as juntas. Em sonhos, eu tinha a sensação de que bolas de ferro entravam e saíam de meus membros. As noites ali também não eram destinadas ao sono, mas utilizadas para aprofundar as muitas valas de aproximação. Na escuridão total, tínhamos, quando os franceses não davam as caras abrindo fogo, de nos aferrar com segurança de sonâmbulos aos calcanhares do homem que corria à nossa frente, caso não quiséssemos perder contato com a tropa e errar durante horas na confusão das trincheiras. O chão era fácil de ser trabalhado, aliás; só uma cobertura bem fina de lama e húmus escondia a camada poderosa de calcário cuja estrutura mole podia ser cortada com facilidade pelas picaretas. Volta e meia saltavam faíscas verdes, quando o aço acertava um dos cristais de pirita do tamanho de um punho espalhados entre os pedregulhos. Eles eram formados por vários cubos unidos em uma esfera e exibiam, quando abertos a golpes, um brilho dourado radiante.

Um raio de luz naquela mesmice deserta era a chegada, todas as noites, da cozinha de campanha ao nosso canto no matagal de Hiller, onde, ao se abrir o caldeirão, se espalhava um cheiro delicioso de ervilhas com toucinho ou de outras coisas maravilhosas. Mas também aí havia algo desagradável: os legumes desidratados, apelidados pelos apreciadores da boa mesa, decepcionados, de "arame farpado" ou de "pasto estragado".

No dia 6 de janeiro, encontro até mesmo em meu diário a seguinte observação furiosa: "À noite, a cozinha de campanha chegou sacolejando e nos trouxe uma lavagem de porcos, provavelmente feita com batatas congeladas". O dia 14, por outro lado, apresenta a exclamação: "Deliciosa sopa de ervilhas, deliciosas quatro porções, tormentos da fartura. Apostamos quem comeria mais e discutimos sobre em qual posição poderia ser ingerida a maior quantidade. Defendi que era em pé".

Distribuía-se à farta uma aguardente vermelho-pálida, recebida em tampas de panela e que tinha gosto de álcool puro, mas não podia ser desprezada naquele clima frio e úmido. Da mesma forma, o tabaco que chegava era apenas dos tipos mais fortes e em grandes quantidades. A imagem do soldado, conforme a memória daqueles dias, é a do que montava guarda e, com o capacete pontudo e coberto de tecido cinzento, os punhos enterrados nos bolsos do longo sobretudo, está em pé atrás do posto de tiro e assopra a fumaça de seu cachimbo na coronha do fuzil.

Os dias mais agradáveis foram aqueles em que descansamos em Orainville, usados para recuperar o sono, limpar as coisas e prosseguir o treinamento. A companhia ocupou um celeiro gigantesco, que tinha apenas dois degraus, que mais pareciam as varas de um poleiro, fazendo as vezes de entrada e saída. Mesmo que a construção ainda estivesse repleta de feno, havia fornos dentro dela. Certa noite, rolei de encontro a um deles e só despertei por causa dos esforços de alguns camaradas que me submeteram a penosas tentativas de apagar o fogo que já me cobria. Assustado, percebi que as costas do meu uniforme já tinham se transformado em cinzas, de modo que passei um bom tempo andando por aí usando uma jaqueta com ares de fraque.

Depois de curta passagem pelo regimento, nós já não tínhamos mais as ilusões com as quais saíramos de casa. Em vez dos perigos ansiados, encontramos sujeira, trabalho e noites insones, cuja superação exigia de nós um heroísmo ao qual estávamos pouco afeitos. Pior ainda era o tédio, que, para o soldado, é mais enervante do que a proximidade da morte.

Esperávamos por um ataque; só que havíamos escolhido um momento desfavorável para aparecer, no qual cada movimento era interrompido por outro que se estagnava logo em seguida. As pequenas operações táticas foram suspensas na mesma medida em que a ampliação das valas das trincheiras se consolidava e o fogo dos defensores inimigos ganhava força aniquiladora. Algumas semanas antes de nossa chegada, uma companhia isolada ainda ousara, depois de um apoio precário da artilharia, um desses ataques parciais por uma faixa de poucas centenas de metros. Os franceses haviam dizimado os agressores, dos quais apenas alguns chegaram perto de onde eles estavam, como em uma praça de tiro; os poucos sobreviventes esperaram a noite, escondidos em buracos, para rastejar de volta ao ponto de partida sob o abrigo da escuridão.

A sobrecarga incessante a que a tropa era submetida também se justificava pelo fato de a guerra de trincheiras, na qual era necessário reinventar a utilização das próprias forças, ainda ser algo muito novo e sem precedentes, até para os líderes. O número monstruoso de postos de tiro e o trabalho ininterrupto nas valas eram, em sua maior parte, inúteis e até danosos. Pouco importava se as trincheiras eram formidáveis; o que valia era a coragem e a energia dos homens que as ocupavam. Valas cada vez mais profundas talvez evitassem algum tiro na cabeça, mas ao mesmo tempo faziam com que todos quisessem ficar na linha de proteção e exigissem uma segurança da qual, mais tarde, só abririam mão a duras penas. Também os esforços no trabalho de manutenção das obras na trincheira se tornavam cada vez mais diversificados. O pior que poderia acontecer era, no início do degelo, as paredes de calcário das valas abertas a dinamite desmoronarem em meio ao solo congelado, em avalanches de terra que mais pareciam mingau derramado.

Por certo, ouvíamos tiros silvando quando estávamos nas valas, e também éramos atacados com alguma granada vinda do Forte de Reims, mas essas breves passagens guerreiras ficaram bem aquém do que esperávamos. Apesar disso, de vez em quando éramos lembrados da seriedade sanguinária por trás desses atos aparentemente despropositados. Assim, uma granada explodiu na granja no dia 8 de janeiro, matando nosso ajudante de batalhão, o tenente Schmidt. Dizia-se, aliás, que o comandante da artilharia francesa, que conduzira o bombardeio, seria o proprietário daquela casa de caça.

A artilharia ainda estava bem próxima, atrás das trincheiras; até mesmo na linha dianteira havia um canhão armado e precariamente escondido sob lonas de barraca. Durante uma conversa com os "cabeças de pólvora", vim a perceber, para minha surpresa, que o assovio dos tiros de fuzil lhes tirava o sossego bem mais do que o impacto de uma granada. E assim é por todo lugar; os perigos do próprio ofício nos parecem fazer mais sentido e ser bem menos terríveis do que quaisquer outros.

No princípio do dia 27 de janeiro[1], por volta da meia-noite, lançamos três hurras em honra do imperador e entabulamos um "Ave, louros da vitória"[2] que ecoou ao longo do front. Os franceses responderam com tiros de fuzil.

Por aqueles dias eu vivi uma experiência desagradável que quase levou minha carreira militar a um fim prematuro e inglório. A companhia estava na ala esquerda e eu tinha de montar com um camarada guarda dupla próximo ao leito do rio, pela manhã, depois de uma noite sem dormir. Por causa do frio, eu havia enrolado minha cabeça no cobertor, coisa que era proibida, e me recostara sob uma árvore, depois de ter apoiado o

1 No dia 27 de janeiro de 1859, em Berlim, nasceu o imperador Guilherme II. [TODAS AS NOTAS SÃO DO TRADUTOR.]

2 *Heil dir im Siegerkranz*, no original. Entre 1871 e 1918 foi o hino do Império Alemão.

fuzil ao meu lado, em uma moita. De repente, ouvi um ruído atrás de mim, quis agarrar a arma – e ela havia desaparecido! O oficial em serviço rastejara para junto de mim e a tomara sem que eu o percebesse. Para me punir, ele me mandou, armado apenas de uma picareta, em direção aos postos de sentinelas franceses, mais ou menos 100 metros adiante – uma ideia suicida que quase me custou a vida. É que, durante minha estranha punição, uma patrulha de três voluntários de guerra rastejou através do largo cinturão de juncos às margens do rio e, despreocupada, fez tanto barulho ao se lançar nos talos altos que logo foi percebida e bombardeada pelos franceses. Um dos soldados, chamado Lang, foi baleado e jamais voltou a ser visto. Como eu estava bem próximo, recebi também eu minha parcela das salvas, na época tão queridas, de modo que os ramos do salgueiro junto ao qual eu estava parado assoviaram em volta de meus ouvidos. Cerrei meus dentes e fiquei teimosamente imóvel. Quando o crepúsculo chegou, me levaram de volta.

Ficamos todos extasiados quando ouvimos que deveríamos deixar aquela trincheira de uma vez por todas, e festejamos nossa despedida de Orainville com uma noitada de cerveja no grande celeiro. No dia 4 de fevereiro de 1915, marchamos de volta a Bazancourt, depois de termos sido substituídos por um regimento da Saxônia.

De Bazancourt a Hattonchâtel

Em Bazancourt, uma cidadezinha isolada da Champagne, a companhia foi alojada na escola, que, devido ao surpreendente senso de ordem de nossa gente, em pouco tempo adquiriu a aparência de uma caserna em tempos de paz. Havia ali um furriel que nos despertava pontualmente pela manhã, serviços de limpeza e, a cada entardecer, inspeções militares do comandante da corporação. Pela manhã, as companhias saíam marchando para o treinamento duro de algumas horas nos campos ermos dos arredores. Dessa rotina, eu fui excluído depois de poucos dias; meu regimento me enviou a um curso de instrução militar em Recouvrence.

Recouvrence era uma aldeiazinha distante, escondida no alto de algumas colinas de calcário, na qual um bom número de recrutas de todos os regimentos de nossa divisão se reunia para passar por treinamento minucioso em assuntos militares, sob a orientação de oficiais e suboficiais escolhidos a dedo. Nós, os do 73º Regimento, tínhamos muito a agradecer ao tenente Hoppe no que diz respeito a isso – e, aliás, não apenas a isso.

A vida naquele lugarejo apartado do mundo era feita de uma mistura estranha de disciplina dura de caserna e liberdade estudantil, o que podia ser esclarecido pelo fato de a maior parte dos membros do grupamento ter frequentado havia poucos meses as salas de aula e institutos das universidades alemãs. Durante o dia, os recrutas se exercitavam para chegar à condição de soldados segundo todas as regras do ofício; à noite, eles se reuniam com seus professores em volta de barris gigantescos, arranjados com um vivandeiro em Montcornet, para meticulosamente virar copo a copo. Quando, a altas horas da madrugada, os diferentes setores saíam aos borbotões de seus bares, os arredores das pequenas casas de pedra calcária eram tomados por uma cena incomum, qual um movimento estudantil em uma Noite de Valpúrgia. O diretor de nosso curso, um capitão, tinha, inclusive, o hábito pedagógico de conduzir o treinamento com zelo redobrado nas manhãs que se seguiam.

Certa vez, chegamos a ficar 48 horas a fio caminhando, e pelo seguinte motivo: tínhamos o hábito respeitoso de fornecer uma escolta segura a nosso capitão até a chegada a seu alojamento, depois do fim da noitada. Em uma das noites, eis que a importante tarefa foi confiada a um companheiro completamente bêbado, que me lembrava Mestre Laukhard[3]. Ele voltou logo em seguida e anunciou, radiante, que havia descarregado o "velho" não na cama, e sim no curral.

O castigo não se fez esperar. Mal havíamos chegado a nosso alojamento e nos preparávamos para deitar, foi dado o alarme diante da guarda. Praguejando, vestimos os cinturões e corremos ao lugar em que fora dado o alarme. Lá já estava parado o velho, com o mau humor visivelmente estampado no rosto, expondo para nós uma atividade bem incomum. Cumprimentou-nos com a invocação: "Alarme de incêndio, o posto da guarda está pegando fogo!".

Diante dos olhos surpresos dos moradores do lugar, a bomba de água foi trazida, a mangueira, desenrolada e atarraxada a ela, e o posto da guarda, inundado com respeitáveis jatos de água. O velho estava parado sobre uma escadaria de pedra; tomado por uma fúria que não parava de crescer, conduzia o exercício e nos instigava do alto com ordens para não interromper a atividade. Vez por outra, ele insultava algum soldado ou civil que atiçasse um pouco mais sua cólera, e mandava que fosse levado dali sem demora. Os infelizes eram arrastados às pressas para trás da casa e assim afastados de seus olhos. Quando a manhã se anunciava no cinzento do céu, ainda estávamos

3 Friedrich Christian Laukhard (1757-1822), escritor alemão. Foi estudante de vida desregrada, depois soldado e autor de escritos autobiográficos.

em pé, de joelhos tremebundos, atrás dos braços da bomba de água. Por fim, pudemos ir embora para nos preparar para o treinamento cotidiano.

Quando chegamos ao local de treinamento, o velho já ocupava seu lugar, barbeado, animado e cheio de energia, para se dedicar com fervor todo especial à nossa instrução.

Nossa relação era de grande camaradagem. Criei ali laços sólidos de amizade com rapazes excelentes, laços que se estreitariam nos diversos campos de batalha. Com Clement, por exemplo, que tombaria em Monchy, com o pintor Tebbe, que tombaria em Cambrai, com os irmãos Steinforth, que tombariam junto ao Somme. Morávamos em grupos de três ou quatro, e partilhávamos recursos. Eu me lembro especialmente de nosso jantar de todos os dias, à base de ovos mexidos e batatas fritas em fatias. Aos domingos, nos dávamos ao luxo de comer um coelho, típico na região, ou um frango. Como era eu quem providenciava as compras para a mesa do jantar, certa vez nossa taverneira colocou diante de mim um bom número de vales, que ela havia conseguido com soldados que, por sua vez, os haviam utilizado para outros fins; a coleção de cupons já era parte de um anedotário, com uma história que não era incomum: o fuzileiro N. N. havia gozado de amabilidades junto à filha da casa e depois pedido uma dúzia de ovos para se fortalecer. Os moradores do lugar se admiravam muito com o fato de nós, na condição de soldados rasos, falarmos todos francês, mais ou menos fluentemente. Às vezes, resultavam disso incidentes bem engraçados. Certa manhã, eu estava com Clement na barbearia da aldeia quando um dos que esperavam pelo barbeiro, que justo naquele momento tinha Clement sob sua navalha, gritou no dialeto sombrio da Champagne: "*Eh, coupe la gorge avec!*"[4], passando a quina da mão ereta pelo pescoço em um movimento horizontal.

Para seu horror, Clement respondeu, sereno: "*Quant à moi, j'aimerais mieux la garder*"[5], e provou assim ter a tranquilidade que assenta tão bem a um guerreiro.

Em meados de fevereiro, nós, do 73°, fomos surpreendidos

4 "Ei, corte a garganta com isso!" Em francês, no original.
5 "Por mim, seria melhor mantê-la!" Em francês, no original.

com a notícia de grandes baixas em nosso regimento junto a Perthes e ficamos abatidos pelo fato de naqueles dias estarmos longe de nossos camaradas. A defesa renhida do setor do regimento naquela caldeira da bruxa[6] nos rendeu o honrado nome de Leões de Perthes, que continuaria a nos perseguir em todos os setores do front ocidental. Além disso, éramos conhecidos como *Les Gibraltars*, devido à fita azul de Gibraltar que usávamos para lembrar nosso regimento de origem, o Regimento da Guarda de Hannover, que defendeu a fortaleza de mesmo nome contra os franceses e espanhóis de 1779 a 1783.

A mensagem fatídica nos alcançou no meio da noite, quando guardávamos a mesa habitual sob a presidência do tenente Hoppe. Um dos colegas de copo, o compridão Behrens, justo aquele que havia deixado o velho no curral, quis se despedir depois do primeiro susto, "porque a cerveja não tinha mais gosto" para ele. Hoppe o reteve, contudo, observando que aquilo não convinha aos usos e costumes soldadescos. E Hoppe tinha razão: ele mesmo tombou algumas semanas mais tarde em Les Eparges, à frente da linha de tiro de sua companhia.

No dia 21 de março, depois de um pequeno exame, voltamos ao regimento, que mais uma vez estava em Bazancourt. Naqueles dias, ele se desvinculou da unidade do 10º Corpo do Exército, depois de um grande desfile e um discurso de despedida proferido pelo general Von Emmich. Em 24 de março, fomos carregados em caminhões e viajamos até a região de Bruxelas, onde passamos a formar, com o 76º e o 164º Regimentos, a 111ª Divisão de Infantaria, em cuja unidade vivenciaríamos a guerra até o fim.

Nosso batalhão foi abrigado na cidadezinha de Hérinnes, em meio a uma paisagem confortavelmente flamenga. No dia 29 de março, passei ali, até bem feliz, o meu vigésimo aniversário.

Ainda que os belgas tivessem espaço suficiente dentro de suas casas, nossa companhia foi enfiada em um celeiro grande e exposto à corrente de ar, pelo qual o vento rude do mar, típico

6 O termo original, em alemão, é usado no jargão militar como uma espécie de cerco, mas também pode significar pandemônio ou uma situação extremamente difícil, perigosa.

daquela região, passava assoviando nas frias noites de março. De resto, a passagem por Hérinnes nos ofereceu um bom repouso. Embora treinássemos muito, o abastecimento era bom e os víveres podiam ser conseguidos com pouco dinheiro.

A população, dividida mais ou menos igualmente entre flamengos e valões, era bem amistosa conosco. Conversei muitas vezes com o proprietário de um boteco, um livre-pensador e socialista fervoroso, dos quais havia na Bélgica um tipo bem peculiar. No domingo de Páscoa, ele me convidou para o banquete e não se convenceu a aceitar dinheiro como pagamento por sua bebida. Em pouco tempo, todos nós havíamos feito nossos conhecidos e vagueávamos nas tardes livres até esta ou aquela chácara perdida na paisagem distante, para nos sentarmos nas cozinhas brilhando de tão asseadas, em volta de fogões baixos, sobre cujas chapas circulares havia sempre um grande bule de café. A conversa agradável era conduzida em flamengo e no dialeto da Baixa Saxônia.

Mais ou menos ao fim de nossa passagem, o tempo ficou bonito e convidou a passeios pelos arredores encantadores e ricos em lagos. A paisagem, na qual os amarelos malmequeres-dos-brejos haviam aberto a floração durante a noite, era decorada pitorescamente pelos muitos soldados nus que, com as roupas sobre o colo, se dedicavam fervorosamente à caça de piolhos às margens de lagos e rios ladeados por álamos. Enquanto isso, poupado daquela praga até então, eu ajudava meu camarada de guerra Priepke, um exportador de Hamburgo, a enrolar uma pedra pesada em seu colete de lã, tão infestado como outrora o hábito de *O aventuroso Simplicissimus*[7], para uma aniquilação sumária dos insetos depois de mergulhar a peça em um lago. Uma vez que nossa partida de Hérinnes aconteceu de maneira abrupta, o colete deve ter apodrecido por lá, descansando em paz.

No dia 12 de abril de 1915, fomos embarcados em Hal e viajamos, para enganar possíveis espiões, à região do campo de batalha de Mars-la-Tour, fazendo um desvio longo pela ala norte do front. A companhia usou como alojamento um celeiro na aldeia

7 Referência ao romance picaresco de Hans Jakob Christoffel von Grimmelshausen (1622-1676), publicado em 1668. A obra traz marcas autobiográficas da participação do autor na Guerra dos Trinta Anos (1618-1648).

de Tronville, um lugarejo sujo da Lotaríngia, comum e entediante, feito de caixotes de pedra de teto baixo e sem janelas. Devido aos aviões, quase sempre tínhamos de ficar apinhados no centro do lugarejo; contudo, algumas vezes visitamos as cidades famosas de Mars-la-Tour e Gravelotte, que ficavam nas proximidades. Poucas centenas de metros distante do povoado, a estrada que levava a Gravelotte era cortada pela fronteira, na qual o mourão francês que a delimitava jazia ao chão, destroçado. À noite, muitas vezes nos permitíamos o prazer melancólico de um passeio à Alemanha.

O celeiro que ocupávamos ameaçava ruir, de tal modo que tínhamos de nos equilibrar para não despencarmos ao pisar em uma tábua podre. Certa noite, quando nosso grupamento estava ocupado em dividir as porções alimentares em cima de uma manjedoura, sob a orientação do cândido cabo Kerkhoff, um tronco de carvalho monstruoso se soltou do vigamento superior e caiu fazendo estardalhaço. Por sorte, acabou ficando preso entre duas paredes de barro pouco acima de nossa cabeça. Escapamos da tragédia com um susto, só que nossa bela porção de carne acabou ficando sob uma camada de entulho. Mal havíamos rastejado, depois desse mau prenúncio, para a palha em que dormíamos, quando ouvimos um reboar no portão e a voz de alarme do segundo-sargento nos tirou da cama. Primeiro, conforme sempre acontece em tais surpresas, houve um instante de silêncio, depois uma confusão e muita barulheira: "Meu capacete!", "Onde está minha capanga de pão?", "Não estou conseguindo calçar minhas botas!", "Você roubou meus cartuchos!", "Sossega o pito, seu idiota!".

Por fim, tudo estava pronto e marchamos à estação ferroviária de Chamblay, de onde em poucos minutos viajamos de trem até Pagny-sur-Moselle. Nas primeiras horas da manhã, subimos as encostas do Mosela e ficamos em Prény, uma encantadora aldeia serrana encimada pela ruína de uma fortaleza. Dessa vez, nosso celeiro de sempre foi uma construção de pedra cheia de feno cheiroso da montanha, por cujas lucarnas podíamos olhar para as montanhas do Mosela cobertas de vinhas e para a cidadela de Pagny, que jazia no vale e que tantas vezes fora atacada por granadas e bombas aéreas. Algumas vezes, colunas de água da altura de torres eram levantadas por foguetes que caíam no Mosela.

O tempo morno da primavera nos animava e nos instigava a longos passeios nas horas vagas pelas colinas esplendorosas da região. Éramos atrevidos o suficiente para continuar com nossas brincadeiras por algum tempo durante a noite, antes de tudo ficar em silêncio. Uma esparrela muito praticada, entre outras, era despejar a água ou o café de um cantil na boca daqueles que roncavam.

Na noite de 22 de abril, marchamos de Prény, andamos mais de 30 quilômetros até a aldeia de Hattonchâtel sem registrar um só enfermo de marcha, apesar do equipamento pesado, e levantamos nossas barracas à direita da famosa Grande Tranchée, no meio da floresta. Todos os indícios deixavam claro que, no dia seguinte, entraríamos em combate. Recebemos pacotes de ataduras, uma segunda lata de carne e flâmulas de sinalização para a artilharia.

À noite, antes de rastejar sobre as fileiras até a minha tenda, ainda fiquei sentado por muito tempo em um coto de árvore coberto de anêmonas azuis, sentindo aquela atmosfera cheia de presságios, acerca da qual os guerreiros de todos os tempos sabem contar muita coisa; e depois tive um sonho confuso cujo protagonista era uma caveira.

Priepke, a quem pela manhã contei sobre o sonho, disse esperar que se tratasse de um crânio francês.

Les Eparges

Pela manhã, o verde vívido da floresta brilhava. Por caminhos ocultos, dirigimo-nos a um despenhadeiro estreito que ficava atrás da linha de frente. Informaram-nos que o 76º Regimento atacaria depois de tiros preparatórios de apenas vinte minutos, e que deveríamos ficar de prontidão na reserva. Pontualmente ao meio-dia, nossa artilharia abriu um fogo violento, que ecoou nos despenhadeiros da floresta. Pela primeira vez, conhecemos de perto a gravidade da expressão "barragem rolante", que se referia ao fogo intenso e ininterrupto da artilharia, preparando o ataque. Estávamos sentados sobre as mochilas, inativos e excitados. Um volante de batalha se precipitou até o líder da companhia. Palavras apressadas: "As três primeiras valas da trincheira inimiga estão em nossas mãos, butim de seis canhões!". Um hurra inflamou nossa garganta. Um ânimo dos mais arrojados se acendeu em nós.

Enfim, veio a ordem tão almejada. Avançamos em longa fileira para o lugar onde o fogo difuso dos fuzis pipocava. A coisa ficou séria. Ao lado da trilha da floresta, reboavam golpes surdos na mata espessa de pinheiros, galhos e terra caíam fazendo estardalhaço. Um medroso se atirou ao chão sob as gargalhadas forçadas de seus companheiros. Em seguida, o chamado de alerta da morte resvalou entre as fileiras: "Paramédicos à frente!".

Em pouco tempo, passamos pelo lugar onde ouvimos a explosão. Os atingidos já haviam sido levados embora. Farrapos de carne e equipamentos, todos ensanguentados, estavam pendurados nos ramos em volta do ponto de impacto – uma visão estranha, opressiva, que me fez pensar no picanço de dorso vermelho[8], que espeta suas vítimas em arbustos de espinhos.

Na Grande Tranchée, tropas avançavam. Feridos que imploravam por água se encolhiam acocorados à beira do caminho, prisioneiros que carregavam macas voltavam esbaforidos, armões passavam matraqueando a galope pelo fogo. À direita e à esquerda, granadas socavam o solo macio, e uma galharia pesada vinha ao chão. No meio do caminho, havia um cavalo morto com ferimentos gigantescos; ao lado dele, entranhas fumegantes. Entre as imagens imensas e sanguinárias, imperava uma serenidade selvagem, insuspeita. Junto a uma árvore, estava apoiado um miliciano barbudo: "Rapazes, agora vamos atacar com força, os franceses estão botando sebo nas canelas!".

Chegamos ao reino da infantaria, revolvido pela guerra. Os arredores do ponto de partida do ataque estavam podados rente ao chão pelo bombardeio. No campo intermediário rompido, jaziam as vítimas do ataque, as cabeças viradas para o lado do inimigo; os casacões cinzentos mal se destacavam do chão. Uma figura gigantesca, de barba cheia e vermelha, pintalgada de sangue, olhava fixamente para o céu, as mãos agarrando a terra fofa. Um homem jovem rolava dentro de uma cratera aberta por uma explosão, com as cores amarelas da morte já estampadas no semblante. Nossos olhares pareceram desagradáveis a ele; com um movimento de indiferença, puxou o sobretudo por cima da cabeça e ficou imóvel.

Separamo-nos da coluna em marcha. Incessantemente, ouvíamos um sibilar desenhando arcos longos e intensos, e raios desenhavam redemoinhos no chão da clareira. Eu já ouvira diversas vezes o trinar estridente das granadas, antes mesmo de Orainville; também ali, ele não me parecia especialmente perigoso. A ordem em que nossa companhia passou a se deslocar, com suas colunas abertas sobre o terreno bombardeado, tinha até, pelo contrário, algo tranquilizante; pensei comigo que tal batismo de fogo se dava de modo mais inofensivo do que eu havia esperado. Em um voluntário e estranho desconhecimento dos fatos, eu olhava com

8 Referência a um pássaro, também conhecido como mata-nove em alemão.

atenção para os alvos à minha volta, aos quais as granadas podiam muito bem ser dirigidas, sem adivinhar que éramos nós mesmos os objetivos que o inimigo já tentava atingir a todo custo.

"Paramédicos!" O primeiro morto tombou entre nós. Uma bala de metralha havia rasgado a carótida do fuzileiro Stölter. Três pacotes de ataduras ficaram empapados num instante. Ele se esvaiu em sangue em poucos segundos. Ao nosso lado, dois canhões caíram de seus armões, atraindo fogo ainda mais intenso. Um tenente da artilharia, que procurava por feridos no terreno adiante, foi catapultado ao chão por uma coluna de fumaça que se levantou diante dele. Ergueu-se devagar e voltou demonstrando tranquilidade para onde estávamos. Nossos olhos brilharam.

Escurecia quando recebemos ordem de continuar avançando. Nosso caminho levava através de um bosque, denso e lascado a tiros, em direção a uma vala infinda que franceses em fuga haviam salpicado de mochilas. Nas proximidades da aldeia de Les Eparges, tivemos de abrir uma trincheira em meio às rochas duras, mesmo sem ter tropas à nossa frente. Por fim, afundei em uma moita e peguei no sono. Às vezes eu via, em vigília, as granadas de alguma artilharia fazerem seus arcos com o detonador faiscando bem alto acima de mim.

"Homem, levanta, vamos recuar!" Despertei na relva úmida do orvalho. Ouvindo a rajada sibilante de uma metralhadora, nos precipitamos a correr de volta em nossa vala, para logo ocupar uma trincheira francesa abandonada, na borda da floresta. Um cheiro adocicado e uma trouxa pendurada na cerca de arame despertaram minha atenção. Saltei para fora da vala na neblina da manhã e fiquei em pé diante de um cadáver francês todo encolhido. Carne decomposta e pisciforme brilhava verde-esbranquiçada nos buracos do uniforme em frangalhos. Ao me virar, dei logo meia-volta, horrorizado: ao meu lado, havia uma figura acocorada junto a uma árvore. Ela vestia os trajes de couro brilhantes dos franceses e ainda tinha às costas a mochila abarrotada, coroada por uma marmita redonda. Órbitas vazias nas quais havia olhos e poucos chumaços de cabelo sobre o crânio marrom-enegrecido revelavam que eu não teria de me haver com um vivo. Outro estava sentado, o tronco dobrado para a frente, sobre as pernas, como se tivesse acabado de desmaiar. Em volta, havia ainda dezenas de cadáveres, decompostos, calcinados, mumificados, paralisados em uma dança macabra. Os franceses tiveram de suportar meses ao lado dos camaradas tombados em batalha sem enterrá-los.

Nas horas que antecederam o meio-dia, o sol rompeu a cortina das nuvens, enviando um calor agradável. Depois de ter dormido um pouco no fundo da vala, a curiosidade me tangeu a examinar a trincheira isolada, conquistada no dia anterior. O fundo dela estava coberto com montanhas de provisões, munição, equipamentos de guerra, armas, cartas e jornais. Os abrigos subterrâneos se assemelhavam a lojas de quinquilharias saqueadas. No entremeio, havia cadáveres de soldados bravos na defesa, cujas armas ainda estavam com o cano na vigia, prontas para o tiro. No vigamento bombardeado, sobressaía um torso preso entre dois troncos. Cabeça e pescoço haviam sido arrancados, cartilagens brancas brilhavam na carne rubro-negra. Passei a ter dificuldades em compreender aquilo. Logo ao lado, jazia, deitado de costas, um rapaz ainda bem jovem, os olhos vidrados e os punhos enrijecidos em posição de ataque. Fui tomado por uma sensação estranha ao fitar olhos assim mortos, interrogativos – um arrepio que eu jamais perderia completamente durante a guerra. Seus bolsos estavam virados para fora, e ao seu lado estava sua bolsa vazia, saqueada.

Vagueei, sem ser iluminado pelo fogo, ao longo da vala deserta. Era a hora breve da paz que antecede o meio-dia e que ainda me favoreceria tantas vezes na condição de única pausa para respirar nos campos de batalha. Eu a utilizava para contemplar tudo de modo bem despreocupado e à vontade. O armamento inimigo, a escuridão dos abrigos subterrâneos das trincheiras, o conteúdo variegado das mochilas, tudo era novo e misterioso. Enfiei munição francesa nos bolsos, desatei uma lona de barraca mole como seda e pilhei um cantil envolvido em tecido azul, para voltar a jogar tudo fora depois de três passos. Uma bela camisa listrada, que estava ao lado da bagagem destroçada de um oficial, seduziu-me a tirar às pressas o uniforme do corpo e me vestir da cabeça aos pés em novas roupas. Alegrei-me com as cócegas agradáveis do linho fresco sobre a pele.

Assim enfeitado, procurei uma mancha de sol na trincheira, sentei-me sobre uma trave e, com a baioneta, abri uma lata redonda de carne para lanchar. Depois, acendi um cachimbo e folheei os vários jornais franceses espalhados no chão, que, conforme eu via pela data, haviam sido mandados de Verdun ainda no dia anterior.

Com certo calafrio, recordo que, durante essa pausa do lanche, tentei desmontar um aparelho estranho e diminuto, que jazia à minha frente no fundo da vala, e no qual acreditei reconhecer sem motivos explicáveis uma "lanterna de ataque". Só bem mais tarde vim a descobrir que aquele objeto que eu havia manuseado era uma granada de mão ativada.

Quando a claridade aumentou, uma bateria alemã abriu fogo contra um matagal bem próximo, atrás da vala. Não demorou muito e o inimigo respondeu. De repente, levantei num salto, assustado com um estrondo formidável atrás de mim, e vi um cone de fumaça se elevando, ereto. Ainda não familiarizado com os ruídos da guerra, eu não tinha condições de distinguir os assovios e os sibilos, o reboar de nossas próprias peças de artilharia dos estrondos rascantes das granadas inimigas, que explodiam em intervalos cada vez mais curtos, e assim me colocar a par do que estava acontecendo. Sobretudo não conseguia entender por que aquilo vinha de todos os lados, de modo que as trajetórias sibilantes dos projéteis pareciam se cruzar sem alvo sobre a confusão dos pequenos setores de valas nos quais estávamos espalhados. Esse efeito, do qual eu não via a causa, acabou me deixando inquieto e me fez refletir. Eu era confrontado com o mecanismo do combate ainda na condição de soldado inexperiente, de recruta – as manifestações da vontade de guerra me pareciam estranhas e desconexas como se fossem processos acontecidos em outra galáxia. E, apesar disso, no fundo eu não tinha medo; com a sensação de não estar sendo visto, eu também não podia acreditar que apontavam armas para mim, e que poderia ser atingido. Assim, contemplei com grande indiferença, ao voltar para meu grupamento, o terreno à minha frente. Era a coragem da inexperiência. Registrei em meu diário, conforme continuaria fazendo mais tarde em tais dias, os horários em que o bombardeio amenizava ou recrudescia.

Por volta do meio-dia, o fogo da artilharia aumentou, transformando-se em uma dança caótica. Chamas se elevavam à nossa volta, ininterruptas. Nuvens brancas, negras e amarelas se misturavam. Sobretudo as granadas que levantavam fumaça negra, chamadas pelos velhos guerreiros de "americanas" ou de "caixotes de carvão", rasgavam com brisância sinistra. No entremeio, chilreavam detonadores às dúzias, em canto peculiar, que lembrava o dos canários. Com suas ranhuras, nas quais o ar se enredava com trinados gorjeantes, elas voejavam como caixas cúpreas de música, ou como uma espécie de inseto mecânico, sobre a rebentação longa dos pontos de impacto. Era estranho que os pequenos pássaros da floresta parecessem não se importar com esse barulho cêntuplo; eles pousavam em paz acima dos rolos de fumaça, nos galhos destroçados. Durante as pausas, podiam ser ouvidos seus cantos galantes e seu júbilo despreocupado; sim, parecia inclusive que eram estimulados pela avalanche de ruídos que rebentava em volta deles.

Nos instantes em que o bombardeio recrudescia, as guarnições incitavam umas às outras a permanecer em alerta lançando gritos breves. No setor da vala que eu não podia ver, e de cujas paredes aqui e ali já haviam quebrado e caído grossos torrões de argila, imperava prontidão total e imediata. Os fuzis permaneciam destravados nas vigias e os atiradores examinavam com atenção o terreno coberto de fumaça. De tempos em tempos, olhavam à direita e à esquerda, para observar se o contato com o resto da tropa ainda existia, e sorriam quando seu olhar encontrava alguém conhecido.

Eu estava sentado com um camarada em um banco fincado na argila da parede da vala. Em dado momento, a tábua da vigia através da qual olhávamos estalou e um projétil passou entre nossas cabeças para se cravar atrás de nós.

Aos poucos, o número de feridos aumentava. Não se podia ter uma visão geral do que acontecia na confusão da trincheira, mas os gritos de "paramédicos!" ecoando com frequência cada vez maior demonstravam que o bombardeio começava a revelar seu efeito. De quando em quando, surgia uma figura apressada com ataduras frescas, e de longe ainda intactas, na cabeça, no pescoço ou nas mãos, para desaparecer na retaguarda. O importante era colocar em segurança a vítima do tiro de alerta, respeitando a superstição da guerra segundo a qual um ferimento leve muitas vezes é apenas o presságio de um bem mais pesado.

Meu camarada, o voluntário de guerra Kohl, mantinha aquele sangue-frio típico dos alemães do norte, que parece ter sido feito sob medida para tais situações. Mordia e apertava um charuto que estava longe de querer acender e, de resto, mostrava um rosto um tanto sonolento. Ele não se deixou abalar nem quando um estrépito semelhante ao de mil fuzis em ação ecoou de repente atrás de nós. Logo descobrimos que a floresta havia pegado fogo por causa dos tiros. Grandes chamas lambiam as árvores, estalando.

Durante esses acontecimentos, preocupações estranhas me martirizavam. Eu invejava, no fundo, os velhos "Leões de Perthes" pelas suas vivências na caldeira da bruxa, das quais havia sido privado devido à passagem por Recouvrence. E, por isso, quando os caixotes de carvão eram lançados com destreza singular ao canto onde estávamos, eu de vez em quando perguntava a Kohl, que estivera na batalha:

"Ei, a coisa agora está mais ou menos como em Perthes?"

Para minha decepção, ele sempre respondia com um movimento de mão relaxado:

"Nem de longe, ainda!"

Quando, então, o bombardeio se adensou de tal modo que nosso banco na argila começou a balançar sob o rascar dos monstros negros, voltei a berrar em seu ouvido:

"Ei, e *agora*, está mais ou menos como em Perthes?"

Kohl era um soldado assaz consciencioso. Primeiro, pôs-se em pé, olhou à volta examinando tudo, e depois berrou, para minha satisfação:

"Agora pode ser que em pouco tempo fique parecido!"

Essa resposta me encheu de uma alegria doida, ainda que comprovasse apenas meu primeiro combate de verdade.

Nesse instante, apareceu um homem em um canto do setor da vala em que estávamos:

"Pela esquerda, sigam-me!"

Passamos a ordem adiante e corremos ao longo da trincheira tomada pela fumaça. Os que buscavam comida haviam acabado de voltar, e centenas de marmitas fumegavam sobre o parapeito da trincheira. Quem haveria de comer agora? Uma multidão de feridos, com ataduras empapadas de sangue, passava se acotovelando por nós, a excitação da batalha estampada nos rostos pálidos. No alto, ao longo da borda da vala, maca após maca era arrastada às pressas para a retaguarda. O pressentimento de uma hora difícil crescia como uma torre diante de nós. "Cuidado, camaradas, meu braço, meu braço!", "Vamos, vamos, homem, não perca o contato!"

Reconheci o tenente Sandvoss, que corria ao longo da vala com ar ausente e olhos arregalados. Uma atadura comprida e branca em volta do pescoço o obrigava a uma postura estranhamente canhestra, e foi com certeza por isso que ele naquele instante me lembrou um pato. Eu via aquilo como um daqueles sonhos nos quais o assustador aparece sempre vestindo a máscara do ridículo. Logo depois, passamos correndo pelo coronel Von Oppen, que mantinha uma das mãos no bolso do casaco e dava indicações a seu ajudante de ordens. "Hum, então quer dizer que a coisa faz sentido, no fim das contas", foi o que me passou pela cabeça.

A vala terminava em um matagal. Indecisos, ficamos parados sob faias gigantescas. Vindo da densa mata rasteira, apareceu nosso chefe de comboio, um tenente, e gritou ao suboficial mais velho: "Faça todo mundo se dispersar em direção ao sol poente e assumir posição. Informações podem ser enviadas a mim no abrigo subterrâneo junto à clareira". Praguejando, aquele que havia sido invocado assumiu o comando.

Nós nos distribuímos e depois nos deitamos, à espera, em uma sequência de leves depressões abertas no terreno por algum antecessor. Os gritos de troça foram cortados por um berreiro que nos abalou até a medula. Vinte metros atrás de nós, grumos de terra se levantaram em redemoinho no meio de uma nuvem branca e bateram estalando no alto das árvores. O barulho se multiplicou, ecoando na floresta. Olhos aflitos se fitaram, corpos se aconchegaram ao chão na sensação opressora da impotência total. Os disparos não paravam. Gases sufocantes pairavam na mata baixa, a fumaça envolvia as copas, árvores e galhos tombavam ao chão fazendo estardalhaço, gritos altos se fizeram ouvir. Nós pulávamos e corríamos às cegas de árvore a árvore, acossados pelos raios do fogo cruzado e pela pressão atordoante do ar, procurando cobertura e desviando como caça acuada de troncos monstruosos. Um abrigo no solo, para dentro do qual muitos corriam e em direção ao qual eu também fui, foi atingido e teve sua cobertura de traves arrancada para o alto, de modo que as toras pesadas se ergueram em espiral perigosamente ao ar.

Saltei com o suboficial, ofegante, desviando de uma faia gigantesca como se fosse um esquilo ameaçado por pedradas. Automaticamente, e mantido no embalo por novos impactos, corri atrás de meu superior, que às vezes se voltava, fixava os olhos selvagens em mim e gritava: "Sim, estão brincando conosco! Estão brincando conosco!". De repente, vi um relâmpago nas raízes longas de uma árvore e um golpe na coxa esquerda me jogou ao chão. Acreditei ter sido atingido por um torrão de terra, mas o calor do sangue que brotava em abundância logo me fez ver que eu estava ferido. Mais tarde, vi que um estilhaço afiado como um punhal havia aberto uma ferida em minha carne, depois de o impacto ter sido amenizado pela minha carteira. A incisão estreita causada pelo estilhaço que, antes de ferir o músculo, havia cortado não menos do que nove camadas de couro cru parecia feita com a precisão de uma navalha de barbear.

Joguei minha mochila longe e corri para a vala da qual tínhamos vindo. De todos os lados, brotavam feridos no mato bombardeado, atraídos pela possibilidade de se protegerem. A entrada da vala estava horrível, abarrotada de feridos graves e moribundos. Uma figura nua até a cintura, de costas abertas por um ferimento, apoiava-se à parede. Outro, com um naco triangular de cérebro pendurado no crânio, não parava de berrar de forma estridente e tocante. Ali imperava a grande dor, e pela primeira vez eu vislumbrava as profundezas de seu reino através de uma fresta demoníaca. E as explosões não paravam.

Meus sentidos me deixaram totalmente na mão. Sem a menor consideração, atropelei todo mundo e, por fim, subi as paredes da vala, caindo de volta algumas vezes por causa da pressa, escapando ao tumulto infernal para buscar caminho livre. Corri como um cavalo alucinado pela densa mata rasteira, passando por caminhos e clareiras, até desmaiar em um matagal nas proximidades da Grande Tranchée.

Já escurecia quando dois padioleiros, que vasculhavam o terreno em busca de feridos, acabaram por me encontrar. Eles me puseram sobre a maca e me levaram a um abrigo sanitário coberto de troncos, no qual passei a noite, amontoado com vários feridos. Um médico exausto atuava entre um bando de homens gemendo, providenciava ataduras, dava injeções e passava instruções em voz tranquila. Puxei sobre meu corpo o sobretudo de um morto em combate e caí em um sono que meu estado febril encheu de sonhos estranhos. Em dado momento, despertei no meio da noite e olhei para o médico, que continuava em seu trabalho à luz de uma lanterna. A todo instante, um francês se punha a gritar bem alto, e ao meu lado alguém rosnou aborrecido: "Um francês desses. Pois é, eles não sossegam enquanto não gritam". Em seguida, voltou a pegar no sono.

Quando fui levado embora na manhã seguinte, um estilhaço perfurou a lona da maca entre meus joelhos.

Com outros feridos, embarcaram-me em uma das ambulâncias que levavam do campo de combate ao hospital central de campanha. A galope, atravessamos a Grande Tranchée, que ainda estava sob fogo intenso. Atrás das paredes de lona cinzenta, nós viajávamos cegos em meio ao perigo que nos acompanhava, socando passos gigantes ao nosso lado.

Em uma das macas, sobre as quais nos haviam empurrado ao coche como pães ao forno, estava deitado, entre outros, um camarada com um tiro no ventre, que lhe causava grandes tormentos. Ele implorou a cada um de nós que puséssemos um fim nele usando a pistola do paramédico, que estava pendurada no coche. Ninguém respondeu. Eu ainda viria a conhecer a sensação que nos assola quando cada tremor do carro em que estamos parece um golpe de martelo sobre o ferimento grave.

O hospital de campanha havia sido improvisado em uma clareira da floresta. Foram espalhadas longas fileiras de palha sobre as quais havia choupanas cobertas de folhagem. Do afluxo de feridos, era fácil deduzir que uma batalha importante estava acontecendo. Ao vislumbrar um general médico, que avaliava o serviço em meio à confusão sangrenta, tive mais uma vez aquela sensação difícil de descrever que se tem ao ver pessoas envoltas pelos horrores e emoções da zona elementar, ocupadas na execução de suas ordens com o sangue-frio de formigas.

Reanimado com alimento e bebida e fumando um cigarro, eu estava deitado em uma longa fileira de feridos sobre meu monte de palha, tomado por aquela atmosfera suave que se instala quando, muito embora se tenha sido aprovado em um teste, não ocorre de modo totalmente incontestável. Uma breve conversa, que ouvi ao meu lado, deixou-me pensativo.

"Mas o que é que está faltando, camarada?"

"Levei um tiro na bexiga."

"Dói muito?"

"Ah, pouco importa. Mas o fato de não poder mais participar..."

Ainda antes do meio-dia fomos levados ao local em que era reunida grande parte dos feridos, na igreja da aldeia de Saint-Maurice. Lá já se encontrava um trem-hospital a vapor, que nos transportou em dois dias para a Alemanha. Da cama, com o trem em movimento, olhei para os campos, tomados pela primavera. Quem cuidava de nós conscienciosamente era um homem tranquilo, professor de filosofia. A primeira gentileza que ele fez por mim foi cortar a bota de meu pé com um canivete de mola. Existem pessoas às quais foi concedido um dom especial para com o cuidado de outros; e assim eu me sentia bem ao vê-lo lendo seu livro sob a luz da lâmpada de cabeceira.

O trem nos levou até Heidelberg.

Ao ver as montanhas do Neckar coroadas pelas cerejeiras em flor, fui tomado por um forte sentimento patriótico. Sim, como era belo aquele país, por certo digno de que se sangrasse e morresse por ele. Eu jamais havia sentido sua magia daquele jeito. Pensamentos bons e sérios me vieram à mente e eu pressenti pela primeira vez que a guerra significava mais do que uma grande aventura.

A batalha de Les Eparges fora minha primeira. E bem diferente do que eu havia imaginado. Participara de uma grande ação de guerra, sem ter inimigo algum cara a cara. Só bem mais tarde eu vivenciaria o choque, o ápice da batalha na aparição das hordas que atacavam em ondas no campo aberto, e que interrompe por instantes decisivos e fatais o vazio caótico do campo de batalha.

Douchy e Monchy

O ferimento sarou em duas semanas. Fui dispensado para o batalhão de reserva, em Hannover, e lá tirei curtas férias na pátria para voltar a me habituar a caminhar.

"Aliste-se como cadete", aconselhou-me meu pai, quando, em uma das primeiras manhãs em que estive com ele, caminhávamos no pomar para ver como as árvores haviam crescido; eu fiz a vontade dele, ainda que no princípio da guerra tenha me parecido bem mais atraente ir às batalhas como soldado raso da artilharia e responder apenas por mim.

E assim fui mandado a Döberitz pelo regimento para um curso de formação, que deixei depois de seis semanas na condição de alferes. Nas centenas de jovens que ali se reuniam, oriundos de todas as linhagens alemãs, era possível ver que o país estava longe de carecer de boas tropas de guerra. Se em Recouvrence eu conhecera o treinamento individual, ali nós éramos instruídos sobre os diferentes modos de movimentar pequenas tropas em campo de batalha.

Em setembro de 1915, viajei de volta ao regimento. Deixei o trem na aldeia de Saint-Léger, a sede do estado-maior da divisão, e marchei para Douchy, o local de descanso do regimento, na condição de comandante de um pequeno batalhão de reserva. Diante de nós, a ofensiva francesa de outono continuava a todo vapor. O front se desenhava no campo distante como uma nuvem longa e ondeante. Acima de nós, pipocavam as metralhadoras de esquadrilhas aéreas. Às vezes, quando um dos aviões franceses, cujos distintivos coloridos pareciam auscultar o solo como olhos de borboletas gigantes, voava bem baixo por cima de nós, eu buscava cobertura sob as árvores à beira da estrada com minha pequena tropa. Os canhões de defesa antiaérea traçavam longos fios de chumaços brancos nos ares, e de quando em quando os estilhaços que voavam assoviando explodiam no chão das plantações.

Essa breve marcha logo me daria oportunidade para aplicar meus novos conhecimentos. Provavelmente havíamos sido avistados por um dos inúmeros balões cativos, cujos invólucros amarelos brilhavam a oeste, pois, justo quando queríamos dobrar em direção à aldeia de Douchy, o cone negro de uma granada se levantou diante de nós. O projétil atingiu a entrada do pequeno cemitério local, que ficava bem próximo da estrada. Ali, eu descobri em frações de segundo o que era ter de tomar uma decisão diante do imprevisto.

"Sair pela esquerda... Dispersar, marchem, marchem!"

A coluna se distribuiu em passos apressados pelo campo, mandei todos se reunirem mais à esquerda, e conduzi-os de volta à aldeia descrevendo um longo arco.

Douchy, o local de descanso do 73º Regimento de Fuzileiros, era um povoado de tamanho mediano, e até então havia sofrido pouco com a guerra. Situado no terreno ondulado do Artois, Douchy se transformou em lugar de descanso e fortalecimento depois de dias de batalha e trabalho na linha de frente da guerra de trincheiras, que durou um ano e meio. Quantas vezes suspiramos aliviados quando, peregrinando por escuras noites de chuva, uma luz solitária da entrada da aldeia brilhava a nosso encontro! Então voltávamos a ter um telhado sobre a cabeça e uma cama simples e tranquila, em ambiente seco. Era possível dormir sem ter de voltar a sair para a noite a cada quatro horas, e sem se sentir perseguido pela espera constante de um assalto que adentrava até os sonhos. Sentíamos como se tivéssemos renascido no primeiro dia de folga, depois de termos tomado banho e limpado a farda da sujeira das valas. Nos prados verdes, treinávamos e fazíamos exercícios para tornar ágeis os ossos enferrujados, e para voltar a despertar o espírito coletivo de homens que haviam se tornado solitários em longas noites de guarda. Isso nos dava energia para novos dias de fardos pesados. Nos primeiros tempos, as companhias marchavam alternadamente à linha de frente para trabalhos noturnos nas trincheiras. Essa ocupação duplamente extenuante passou a não ser mais realizada quando ficamos sob as ordens de nosso sensato coronel Von Oppen. A segurança de uma trincheira repousa sobre o vigor e a coragem inesgotável de seus defensores, não sobre a construção devoradora dos caminhos que levam até ela ou sobre a profundidade das valas de combate.

Nas horas livres, Douchy oferecia a seus cinzentos moradores alguma fonte de restabelecimento. Numerosas cantinas ainda eram providas de comida e bebida em abundância; havia uma sala de leitura, um café, e mais tarde até mesmo uma sala de cinema, artisticamente montada em um grande celeiro. Os oficiais tinham à sua disposição um cassino muito bem instalado e uma pista de boliche no jardim da casa paroquial. Muitas vezes a companhia celebrava festas nas quais comandantes e tropa disputavam, em bom e velho alemão, quem bebia mais. Também não haverei de esquecer as festas de abate, nas quais os porcos da companhia, que eram mantidos lustrosamente gordos pelos restos da cozinha de campanha, pagavam com a vida.

Uma vez que a população ainda morava na aldeia, o espaço era utilizado de todas as formas possíveis. Nos jardins, foram construídos barracas e abrigos de moradia; um grande pomar no meio do povoado havia sido transformado em praça da igreja, e outra praça, a chamada praça de Emmich, transformada em parque de lazer. Lá estavam localizados, em dois abrigos cobertos com troncos de árvore, a barbearia e o posto odontológico. Um grande prado ao lado da igreja servia de cemitério; quase diariamente uma companhia marchava naquela direção para acompanhar um ou muitos camaradas à sua última morada ao som de um coral.

E assim, em um ano, a aldeia camponesa decadente havia crescido como um parasita gigante, a ponto de se transformar em uma cidade militar. A velha imagem pacífica mal se reconhecia por baixo da nova feição. No lago, dragões faziam seus cavalos nadarem; nos jardins, a infantaria treinava; nos prados, soldados tomavam sol. Todas as instalações ruíam e só o que dizia respeito à guerra estava em perfeitas condições. Cercas e sebes haviam sido derrubadas ou arrancadas para melhorar o deslocamento, ao passo que em todas as esquinas brilhavam grandes placas que apontavam os sentidos em que deviam se movimentar os veículos. Enquanto os telhados desabavam e a mobília era consumida aos poucos pelo sistema de aquecimento, surgiam instalações de telefonia e fiações elétricas. Eram abertas galerias subterrâneas que levavam aos porões das moradias para oferecer abrigo seguro aos moradores em caso de bombardeio; a terra retirada era amontoada ao léu nos jardins. Em toda a aldeia não havia fronteiras nem propriedade privada.

A população francesa fora aquartelada na saída para Monchy. Crianças brincavam diante da soleira das portas de casas que ameaçavam ruir, e anciãos se esgueiravam curvados pelo movimento novo que os afastava, sem a menor consideração, dos lugares nos quais haviam passado a vida inteira. Os jovens tinham de se apresentar todas as manhãs e eram distribuídos na administração das adjacências da aldeia pelo comandante local, o tenente-coronel Oberländer. Nós entrávamos em contato com os nativos apenas quando levávamos a eles nossas roupas para serem lavadas, ou quando comprávamos manteiga e ovos.

Entre as imagens mais singulares dessa cidade de soldados, estava a da adesão de dois pequenos franceses órfãos a nossas tropas. Os dois garotos, dos quais um aparentava 8 e o outro 12 anos de idade, estavam vestidos da cabeça aos pés com as roupas cinzentas típicas das áreas rurais e falavam alemão fluentemente. A seus compatriotas eles se referiam, repetindo o que ouviam aqui e ali dos soldados alemães, apenas como *schangels*. Seu maior desejo era poder assumir posição de combate pelo menos uma vez com a "sua" companhia. Eles treinavam impecavelmente, cumprimentavam os superiores, nas inspeções militares se dirigiam à ala esquerda e pediam dispensa quando queriam acompanhar os ajudantes da cantina para fazer compras em Cambrai. Assim que o 2º Batalhão chegou a Quéant para algumas semanas de treinamento, um deles, chamado Louis, deveria ficar para trás, em Douchy, segundo as ordens do coronel Von Oppen; durante a marcha, ele não foi visto, mas, na chegada do batalhão, saltou alegre do carro de suprimentos no qual se escondera. O mais velho teria sido mandado, mais tarde, à Alemanha, para que frequentasse uma escola de cadetes.

A pouco menos de uma hora de distância de Douchy ficava Monchy-au-Bois, o povoado no qual haviam sido alojadas as duas companhias de reserva do regimento. No outono de 1914, a aldeia fora alvo de embates cruéis; por fim, ficara em mãos alemãs, e a batalha, no estreito semicírculo em torno das ruínas do outrora rico lugarejo, foi cessando lentamente.

Agora as casas estavam queimadas e bombardeadas; os jardins, tomados pela erva daninha, lavrados pelo impacto de granadas, e as árvores frutíferas, quebradas ao meio e caídas. O amontoado de pedras foi transformado em fortaleza com a ajuda de valas, arame farpado, barricadas e bases betonadas de concreto. As ruas podiam ser ocupadas pelo fogo de metralhadoras a partir de uma viga de concreto localizada no ponto central, a Fortaleza Torgau. Outra base militar era chamada de Fortaleza Altenburg, uma mina no meio do campo, à direita da aldeia, que abrigava uma parte da companhia de reserva. Importante para a defesa era também a mina nas montanhas, da qual, em tempos de paz, fora retirada a pedra calcária para a construção das casas, e que nós havíamos descoberto apenas por acaso. Um cozinheiro da companhia, que deixara o balde de água cair em um poço, descera até o fundo dele, percebendo um buraco que se estendia em forma de caverna. Investigaram o lugar e, depois de uma segunda entrada ter sido aberta, a instalação ofereceu abrigo seguro contra bombas em um grande número de batalhas.

Na encosta solitária no caminho que levava a Ransart, existia uma ruína, outrora um bar, que, por causa da vista panorâmica ao front que oferecia, foi chamada de Bellevue – um lugar pelo qual eu manifestava uma preferência especial, apesar de sua posição perigosa. De lá, o olhar alcançava longe, perpassando um país devastado, cujas aldeias mortas eram ligadas por estradas nas quais não circulava carro algum e não podia ser vista vivalma. No plano de fundo, diluía-se o contorno de Arras, a cidade abandonada, e, mais adiante, à direita, brilhava a cratera de calcário nas grandes explosões para exploração de minas de Saint-Eloi. Igualmente desolados estavam os campos, cobertos de erva daninha, sobre os quais as grandes sombras das nuvens passavam voando e as redes estreitas das trincheiras estendiam sua malha amarela e branca, que desembocava em valas de aproximação e longas linhas de condução. Só aqui e ali a fumaça de uma granada levantava redemoinhos, que pareciam ser levados ao alto por mãos de espíritos e se dissolviam ao vento; ou a bola de uma metralha pairava sobre o deserto como um grande floco branco que aos poucos se desvanecia. A cara da paisagem era sombria e irreal, a batalha apagara o que havia de romântico, gravando em tudo suas feições brônzeas, diante das quais o observador solitário estremecia.

O abandono e o silêncio profundo, volta e meia interrompidos pelo troar surdo dos canhões, eram reforçados pela impressão triste da destruição. Mochilas rasgadas, fuzis quebrados, farrapos de roupa e, no meio de tudo, em contraste terrível, um brinquedo de criança, detonadores de granada, crateras profundas dos projéteis explodidos, garrafas, equipamentos de colheita, livros em frangalhos, utensílios domésticos amassados, buracos cuja escuridão misteriosa denunciava a existência de um porão no qual talvez os cadáveres dos moradores infelizes da casa fossem roídos pelos ratos assaz ocupados, um pezinho de cerejeira do qual havia sido roubada a cerca de apoio e que estendia seus braços em busca de ajuda, nos estábulos as ossadas de animais domésticos ainda presas à corrente, valas no jardim devastado e verdejando, escondidas em meio à erva daninha, cebolas, absinto, ruibarbo e narcisos, nos campos vizinhos, montes de feno em cujos cumes os grãos já vicejavam; e tudo isso perpassado por uma vala entulhada, e envolvido pelo cheiro da queima e da decomposição. Pensamentos tristes se esgueiram para dentro do soldado, tomando conta dele em tais lugares, quando ele se lembra dos que pouco antes ocupavam pacificamente suas casas por ali.

A trincheira, conforme já foi dito, traçava um semicírculo em volta da aldeia e era unida a ela por uma série de valas de deslocamento. Ela era dividida em duas subseções, Monchy-Sul e Monchy-Oeste. Estas, por sua vez, eram ocupadas por seis seções da companhia, de A a F. O formato em arco da trincheira oferecia aos ingleses uma boa possibilidade de atacar pelos flancos, e a exploração desse ponto fraco acabou fazendo com que sofrêssemos pesadas baixas. O inimigo se utilizou, para tanto, de um canhão escondido imediatamente atrás de sua linha de defesa, que fazia fogo lançando pequenas balas de fragmentação, cujo disparo e impacto eram ouvidos ao mesmo tempo. Como se vindo do céu mais sereno e sem ser anunciado, um enxame de projéteis de chumbo rebrilhava sobre a extensão da trincheira e muitas vezes nos custava uma sentinela.

Façamos, em primeiro lugar, um breve passeio pela trincheira ocupada pelos atiradores, conforme ela era constituída naquela época, a fim de contemplar alguns aspectos que voltam sempre à nossa mente.

Para alcançarmos a trincheira da linha de frente, chamada simplesmente de "a vala", adentramos um dos diversos caminhos de aproximação ou valas de deslocamento, cuja função é permitir a marcha protegida até uma posição que permita atacar o inimigo a partir da trincheira. Essas valas, muitas vezes bem longas, levam, pois, em direção ao inimigo, mas são abertas em forma de zigue-zague ou fazendo curvas pouco acentuadas, evitando que sejam longitudinalmente varridas. Depois de quinze minutos de marcha, cortamos a segunda linha, que corre paralelamente à primeira, na qual a resistência deve ser prosseguida quando a vala de combate frontal tiver sido perdida.

A vala de combate em si difere, já à primeira vista, das fracas instalações que surgiram no princípio da guerra. Havia algum tempo, ela deixara de ser uma simples vala e passara a ter uma profundidade de dois ou três homens. Os defensores se movimentam, pois, como no fundo de um poço de mina; quando observam o terreno à frente, ou quando querem abrir fogo, sobem em degraus ou estendem escadas de madeira até os postos de tiro situados em um longo banco, enfiado de tal modo na terra que quem estiver parado em cima dele sobrepuja a superfície do solo em uma cabeça. Sozinho, o atirador fica em pé em seu posto de tiro, um nicho mais ou menos estável, a cabeça encoberta por um saco de areia ou por uma placa de aço. A visão, no fundo, é obtida através de minúsculas vigias, por meio das quais é empurrado o cano do fuzil. As grandes quantidades de terra retiradas da vala se encontram amontoadas atrás da linha na forma de um dique que ao mesmo tempo fornece cobertura pelas costas e serve de base, onde são montados estandes para as metralhadoras. À cabeceira da vala, ao contrário, a terra é retirada constantemente e com cuidado, a fim de que o campo de tiro permaneça livre.

Diante da vala se estende, não raro em múltiplas linhas, a cerca de arame, um emaranhado de arames farpados dispostos de forma a conter o inimigo em ataque, permitindo que possa ser abatido tranquilamente pelos homens localizados nos postos de tiro.

A cerca é tomada por mato alto, pois nos campos revirados já começam a crescer novos e diferentes tipos de planta. As flores selvagens, que antes floresciam solitariamente nos campos de cereais, conseguiram a supremacia; aqui e ali vicejam moitas mais baixas. Também os caminhos estão tomados por vegetação, mas ainda se destacam nitidamente, já que sobre eles se espalham as folhas redondas das plantas que ficam à beira. Nessa região agreste, os pássaros se sentem bem, por exemplo as perdizes, cujo grito estranho muitas vezes pode ser escutado à noite, assim como as cotovias, cujo canto variegado é entoado sobre as valas à primeira luz da manhã.

Para que a vala de combate não possa ser varrida pelos flancos, ela é cheia de meandros e, portanto, dá sinuosas voltas sobre si mesma a intervalos regulares. Esses trechos de volta formam as amuradas de proteção, pelas quais devem ser aparados os projéteis vindos dos lados. Assim, o combatente está protegido às costas pelo dique da retaguarda e dos lados pelas amuradas de proteção, ao passo que a parede dianteira da vala lhe mantém o peito protegido.

Para o descanso, são destinados os abrigos subterrâneos, que se desenvolveram de simples buracos na terra, no início, a verdadeiros cômodos fechados, cujo teto é composto de vigas de madeira e cujas paredes são revestidas de tábuas. Os abrigos subterrâneos têm mais ou menos a altura de um homem e são instalados dentro da terra de tal modo que seu assoalho se localiza à altura do fundo da vala. Acima do teto de traves ainda há, desse modo, uma camada de terra capaz de aguentar explosões menos potentes. Quando o bombardeio é pesado, o combatente está sentado em sua própria ratoeira, por assim dizer, e, nesses casos, é preferível procurar as profundezas das galerias da trincheira.

As galerias são revestidas de fortes armações de madeira. A primeira das armações fica na altura do solo, incrustada na parede dianteira da vala, e forma a entrada da galeria; cada uma das seguintes é assentada dois palmos mais ao fundo, de modo que se ganha cobertura e proteção com muita rapidez. É assim que se origina a escada das galerias; no trigésimo degrau há, portanto, 9 metros de terra sobre a cabeça, e, se contada a profundidade da vala, até mesmo 12 metros. Depois disso, armações um pouco maiores abrem espaço e levam diretamente à frente ou em ângulo reto para a escada; elas formam a sala de estar. Pelas ligações transversais, originam-se corredores subterrâneos; e ramificações que conduzem em direção ao inimigo são usadas como galerias de escuta e de minas.

Deve-se imaginar o conjunto como uma fortaleza subterrânea poderosa e aparentemente inexistente no campo, em cujo interior são executados serviços regulares de guarda e manutenção, e na qual, poucos segundos depois do alarme, cada homem se encontra em seu posto. Também se faz bem em não imaginar o ambiente como sendo muito romântico e altivo; imperam no lugar, antes, certa sonolência e lentidão, conforme sói acontecer quando se está em contato próximo com a terra.

Eu havia sido designado à 6ª Companhia e, alguns dias depois de minha chegada, avancei, na condição de comandante de um grupamento, assumindo posição na trincheira, e logo fui recebido por algumas minas de balas preparadas pelos ingleses. Essas minas eram projéteis de ferro quebradiço socado e cheio de explosivos, cuja forma pode ser precisamente descrita com a imagem de uma das esferas de um halter de 50 quilos. Seu disparo era surdo e impreciso, e muitas vezes camuflado pelo fogo das metralhadoras. Elas causaram em mim uma impressão fantasmagórica, pois de repente grandes chamas iluminaram a vala bem ao nosso lado e uma pressão brutal de ar nos sacudiu. Os homens me puxaram às pressas para o abrigo destinado a nosso grupamento, que acabávamos de alcançar. Lá dentro, ainda sentimos cinco ou seis vezes o peso dos baques dos morteiros. A mina não chega a explodir, ela "se assenta"; essa maneira ponderada de destruição causa um efeito mais que desagradável nos nervos. Quando caminhei pela vala à luz do dia pela primeira vez, na manhã seguinte, vi as grandes esferas descarregadas penduradas por todos os cantos diante dos abrigos, como gongos de alarme.

O setor C, no qual estava a companhia, era o mais adiantado do regimento. No comandante da companhia, o tenente Brecht, que chegara às pressas no princípio da guerra, vindo dos Estados Unidos, tínhamos o homem adequado para a defesa de um lugar como aquele. Ele amava o perigo e acabou tombando em combate.

A vida na trincheira era regulada severamente; registro aqui o decorrer de um dia igual a todos os que vivenciei em dezoito meses, não contados aqueles em que o fogo habitual se intensificava e criava um "ambiente mais carregado".

O dia de um soldado da artilharia em uma trincheira só começa com a chegada do crepúsculo. Às sete horas, um homem do meu grupamento me acorda do sono da tarde, que eu dormi pensando na guarda noturna. Eu coloco o cinturão, enfio pistolas de foguetes luminosos e granadas de mão na cintura e deixo o abrigo que estava mais ou menos aconchegante. Ao perpassar o setor bem conhecido da vala, já me convenço de que todas as sentinelas ocupam os lugares que lhes foram destinados. Em voz baixa, a senha é passada adiante. Nesse meio-tempo, a noite chega e os primeiros foguetes luminosos se levantam, prateados, no alto, enquanto olhos empenhados fixam o terreno à nossa frente. Um rato passa fazendo ruído entre as latas de conserva jogadas para fora da trincheira. Um segundo se une a ele, guinchando, e em pouco tempo o ambiente pulula de sombras que passam zunindo, que saem em torrentes dos porões em ruínas da aldeia ou de galerias bombardeadas. A caça oferece uma diversão bastante procurada na monotonia da guarda. Uma migalha de pão é utilizada como isca, e a arma é apontada sobre ela, ou espalha-se pólvora de bombas não detonadas em seus buracos, para depois explodi-la. Sempre guinchando, eles aparecem correndo com o pelo chamuscado. São criaturas nauseabundas; não consigo deixar de pensar em sua atividade oculta de violadores de cadáveres nos porões da aldeia. Certa vez, quando eu caminhava em uma noite cálida pelas ruínas de Monchy, eles brotaram em multidões tão incríveis de seus esconderijos, a ponto de fazer o chão parecer um tapete vivo, manchado aqui e ali com o pelo de um albino. Também alguns gatos se mudaram das aldeias destruídas para as valas da trincheira; eles amam a proximidade das pessoas. Um gato grande e branco, com a pata dianteira quebrada por uma bala, muitas vezes vaga pela terra de ninguém e parece se relacionar bem com ambas as partes.

Mas eu estava falando do serviço na trincheira. Gostamos dessas digressões e nos tornamos loquazes com facilidade para preencher a noite escura e o tempo infindo. É por isso que sempre paro junto a um soldado conhecido ou a outro, suboficial, e ouço até a milésima insignificância com toda a curiosidade. Na condição de alferes, muitas vezes sou envolvido em uma conversa simpática pelo oficial em guarda, que também se sente um tanto desconfortável. Sim, ele se mostra até bem camarada, fala baixo e com diligência, revela segredos e desejos do fundo de seu baú. E faço gosto em acolher o papo, pois eu também me sinto oprimido pelos diques pesados e pretos da vala, eu também sinto necessidade de calor e busco algo humano nessa solidão sombria. A paisagem irradia um frio peculiar durante a noite; essa frialdade é de natureza fantasmagórica. E assim logo se começa a tremer, quando se tem de atravessar um dos setores não ocupados da vala, que são percorridos apenas por patrulhas; e o tremor aumenta quando se atinge a terra de ninguém, que fica além da cerca de arame, a ponto de virar um leve mal-estar que faz bater o queixo. O modo como os romancistas referem o bater de queixo é falho na maior parte das vezes; ele não tem nada de violento, se parece antes com um breve choque elétrico. Muitas vezes mal o percebemos, como mal percebemos que falamos ao dormir. E ele cessa de imediato quando realmente acontece alguma coisa.

A conversa esmorece. Estamos cansados. Sonolentos, nós nos apoiamos em uma das amuradas à altura dos ombros e olhamos fixamente para o cigarro, que arde na escuridão.

Quando há geada, sapateamos tremendo de frio para cá e para lá, a ponto de fazer a terra ressoar devido aos muitos passos. Nas noites frias, pode ser ouvido um tossir ininterrupto que ecoa bem longe. Esse tossir é, muitas vezes, o primeiro sinal da linha inimiga quando avançamos rastejando pela terra de ninguém. Às vezes, uma sentinela também assovia ou murmura uma canção e é um contraste malévolo quando o estamos espiando com intenções assassinas. Muitas vezes chove, e nesses casos o soldado fica imóvel, triste, com as golas do sobretudo erguidas, debaixo dos telhados da entrada das galerias, e ouve a queda uniforme dos pingos. Quando ouvimos os passos de um superior no fundo molhado da vala, nós nos adiantamos às pressas, seguimos adiante, nos voltamos de repente, batemos os calcanhares e anunciamos: "Cabo do serviço de trincheira. Nada de novo no setor!", pois é proibido ficar parado à entrada das galerias.

Os pensamentos vagueiam. O soldado olha para a lua e pensa em dias belos e aconchegantes em casa ou na cidade grande, bem ao longe, na qual justamente naquele momento as pessoas saem dos cafés e muitas lâmpadas de rua iluminam o intenso burburinho noturno do centro. E parece que sonhamos aquilo – de tão incrivelmente distante.

Então algo passa fazendo ruído diante da vala, dois arames tilintam, baixinho. Num instante, os sonhos voam para longe, todos os sentidos já estão doloridamente aguçados. O soldado sobe ao posto de tiro, detona um foguete luminoso: nada se mexe. Por certo, terá sido apenas um coelho ou uma perdiz.

Muitas vezes, o inimigo pode ser ouvido trabalhando em sua cerca de arame. Nesse caso atiramos vezes seguidas para lá até esvaziar o pente da arma. Não apenas porque essas são as ordens, mas também porque sentimos certa satisfação ao fazê-lo. "Ora, agora eles é que estão sentindo a pressão, sentados lá longe. Quem sabe se inclusive não acertamos um deles." Nós também montamos guarda, estendendo arame quase todas as noites, e muitas vezes temos feridos. Então praguejamos contra esses porcos ordinários dos ingleses.

Em algumas das partes da trincheira, por exemplo na extremidade das valas que correm em direção ao inimigo, as sentinelas inglesas estão a uma distância que mal atinge trinta passos. Ali, às vezes se chega a tramar um contato pessoal; conhecem o Fritz, o Wilhelm ou o Tommy pelo jeito como eles tossem, assoviam ou cantarolam. Chamados breves, que não dispensam um humor rude, são disparados para cá e para lá.

"Ei, Tommy, ainda está aí?"

"Sim!"

"Então esconde a cabeça, porque vou dar um tiro!"

De vez em quando, também se ouve um ruído sibilante e esvoaçante depois de um disparo surdo. "Atenção, minas!" Temos de nos precipitar à entrada da galeria mais próxima e seguramos a respiração. As minas fazem um barulho bem diferente, muito mais alarmante do que o das granadas. Elas têm, acima de tudo, algo rascante, traiçoeiro, algo de um rancor pessoal, são seres pérfidos. As granadas de obus são miniaturas delas. Elas se elevam como flechas da trincheira inimiga e exibem cúpulas de metal marrom-avermelhado que são entalhadas em quadradinhos como barras de chocolate com o objetivo de fazê-las se estilhaçarem com mais facilidade. Quando o horizonte se ilumina em determinados trechos, todas as sentinelas em guarda saltam para baixo de seus estandes e desaparecem. A longa experiência ensinou onde os canhões direcionados para o setor C estão posicionados.

Enfim, o mostrador luminoso do relógio indica que duas horas se passaram. Aí, é acordar às pressas os que nos substituirão e buscar lugar no abrigo subterrâneo. Talvez os carregadores de comida tenham trazido cartas, pacotes ou jornais. Temos uma sensação estranha, quando lemos as notícias da pátria e sua preocupação pacífica, enquanto as sombras das velas bruxuleantes se movem às pressas sobre as traves baixas e brutas. Depois de arranhar a sujeira mais grossa de minhas botas com um graveto, esfregando-as também em uma das pernas da mesa feita em madeira tosca, deito sobre o catre e puxo minha coberta sobre a cabeça para "estertorar" por quatro horas, conforme reza o termo técnico. Lá fora, os projéteis detonam repetida e incessantemente sobre o abrigo, um rato desliza correndo sobre meu rosto e minhas mãos sem perturbar meu sono. Também os insetos me deixam em paz, uma vez que dedetizamos cada canto do abrigo há bem pouco tempo.

Sou arrancado do sono ainda duas vezes para me assenhorear de minha função. Durante a última guarda, um traço de claridade anuncia o novo dia no céu oriental. Os contornos da trincheira se tornam mais nítidos; ela causa uma impressão de ermo indizível à luz cinzenta do amanhecer. Uma cotovia se eleva nos ares; seu trinado me incomoda. Apoiado a uma amurada de proteção, fixo os olhos no campo aberto, morto, cercado de arame, com uma sensação de grande desengano. Os últimos vinte minutos também parecem não querer terminar nunca! Por fim, ouço o matraquear do serviço de cozinha dos carregadores de café voltando pela vala de deslocamento: são sete horas. A guarda da noite está terminada.

Vou até o abrigo, tomo café e me lavo em uma lata de arenques. Isso me reanima; perdi a vontade de me deitar. Além disso, às nove horas já tenho de dividir e dispor meu grupamento para o trabalho mais uma vez. Somos verdadeiros peritos em tudo, a trincheira nos faz milhares de exigências diariamente. Abrimos galerias profundas, construímos abrigos e vigamentos de concreto, preparamos obstáculos de arame, criamos instalações de drenagem, forramos, apoiamos, nivelamos, levantamos e enviesamos, tampamos latrinas, resumindo, realizamos qualquer ofício com nossas próprias forças. E por que não? Por acaso todas as corporações e todas as profissões não mandaram representantes ao nosso meio? O que um não sabe fazer, o outro sabe. Há bem pouco tempo, um mineiro me tomou a picareta das mãos quando eu escavava na galeria de nosso grupamento e disse, mostrando: "Bater sempre embaixo, senhor alferes, pois em cima a terra cai por si mesma!". Estranho que eu não soubesse disso até então. Mas aqui, abandonado em meio à paisagem vazia, na qual de repente nos vemos obrigados a procurar proteção contra as balas, defendendo-nos do vento e do temporal, engenhar nossas próprias mesas e camas, construir fogões e escadarias, logo aprendemos a usar as mãos. E reconhecemos o valor do trabalho manual.

À uma da tarde, o almoço, preparado em grandes vasilhas, que outrora haviam sido leiteiras e baldes de geleia, é buscado na cozinha, instalada em um porão de Monchy. Os mantimentos são de uma monotonia militar, mas ainda em grandes quantidades, desde que os carregadores de comida não tenham recebido "fumaça" pelo caminho e derramado a metade.

Depois da comida, o soldado dorme ou lê alguma coisa. Pouco a pouco, aproximam-se as duas horas previstas para os serviços do dia na trincheira. Elas correm significativamente mais rápido do que as da noite. Observa-se a já bem conhecida posição da trincheira inimiga pela mira da arma ou pelo binóculo, e muitas vezes se chega a dar um tiro tentando atingir o alvo de uma cabeça vista do visor da arma. Mas, cuidado, os ingleses também têm olhos aguçados e bons binóculos.

Uma sentinela cai de repente, coberta de sangue. Tiro na cabeça. Os camaradas lhe arrancam os pacotes de atadura do casaco e tentam estancar o sangue. "Não vai servir de nada, não, Willem." "Homem, ele ainda está respirando." Então, chegam os paramédicos para levá-lo ao hospital de campanha improvisado. A maca bate duramente contra as amuradas angulosas. Mas ela acaba desaparecendo, e tudo volta ao estado de antes. Alguém joga algumas pás de terra sobre a mancha vermelha e todos voltam a se ocupar com seu trabalho. Apenas um recruta ainda se apoia na forração da parede da vala, o rosto pálido. Ele se esforça em entender o sentido daquilo tudo. Foi tão de repente, tão terrível e inesperado, um ataque indizivelmente brutal. Não pode ser verdade, não pode ser possível, uma coisa dessas. Pobre rapaz, coisas bem piores ainda estão à sua espreita.

Muitas vezes, as coisas são bem agradáveis. Alguns estão ocupados, com o zelo de homens tarimbados em seus trabalhos. Com o gozo de conhecedores, eles observam as explosões da artilharia sobre a trincheira inimiga. "Cara, essa acertou em cheio!", "Puxa, olha só como respinga! Pobre Tommy! Ali não vai sobrar ninguém pra contar a história!" Eles gostam de detonar granadas de obus e minas leves em nossa direção, e com isso desagradam muito aos instintos da natureza mais medrosa. "Homem, deixa essa estupidez de lado, já estamos com pimenta suficiente nos olhos!" Mas isso não os impede de continuar pensando em qual é o melhor jeito de lançar no inimigo granadas de mão com uma espécie de catapulta, que eles mesmos inventaram, ou tornar perigoso o campo aberto por meio de alguma maquinaria infernal. Talvez eles abram até mesmo um corredor estreito na barreira diante dos postos de guarda só para atrair para a mira de seu fuzil algum espião entusiasmado com a travessia fácil; ou se limitam a rastejar até a cerca e pendurar nela um sino, que tocam puxando um longo fio que vai até suas próprias trincheiras para incomodar as sentinelas inglesas. Eles se divertem com a guerra.

A hora do café da tarde também pode ser bem reconfortante. Com frequência, o alferes tem de fazer companhia a um oficial nesses momentos. E as coisas se passam de modo bem formal; até mesmo duas xícaras de porcelana refulgem sobre a toalha de mesa, feita do tecido de um saco de areia. Depois disso, o ordenança coloca uma garrafa e dois copos sobre a mesa bamba. A conversa se torna mais familiar. É estranho que também ali o próximo seja obrigado a representar o papel de objeto mais bem-vindo das conversas. Chega a se espraiar uma fofoca exuberante de trincheira, que logo é espalhada com zelo durante as visitas da tarde, quase como se se tratasse de uma pequena guarnição. Superiores, camaradas e subordinados são submetidos a uma crítica minuciosa, e um novo boato perpassa num piscar de olhos os abrigos dos chefes de grupamento de todas as seis seções de combate, da ala direita à ala esquerda. Os oficiais de observação, que espreitam com olhos de lince a posição da trincheira do regimento, munidos de binóculos e caderno de rascunho, não são inocentes nisso. É que a posição da companhia não é de todo isolada; impera um trânsito contínuo de pessoas. Nas horas calmas da manhã, os oficiais aparecem e distribuem tarefas, incomodando com isso os "animais do front", que depois da última guarda haviam se deitado para descansar e, ao grito aterrorizante de "o comandante da divisão está nas trincheiras!", têm de se apressar para fora da galeria vestindo os trajes prescritos. Então, vêm o oficial dos sapadores, o da construção de trincheiras e o da drenagem – e cada um se comporta como se a trincheira tivesse sido feita apenas para o trabalho que lhe diz respeito. O observador da artilharia, que quer dar uma prova do fogo cerrado de proteção, é cumprimentado de modo pouco amistoso, pois, mal desaparece com seu binóculo, que ele estende diligentemente para fora da vala aqui e ali como um inseto o faz com suas antenas, e já a artilharia inglesa se manifesta, e o soldado da infantaria é sempre o culpado. Mais adiante, aparecem os líderes do comando de vanguarda e das seções da trincheira. Eles se sentam até que esteja totalmente escuro no abrigo do chefe de grupamento, bebem grogue, fumam, jogam loteria polonesa e por fim deixam a mesa limpa como ratos do campo. Mais tarde, um homenzinho perambula pelas valas, se esgueira por trás das sentinelas, grita "ataque de gás" nos ouvidos deles e conta quantos segundos demora até que façam uso da máscara. É o oficial da proteção contra o gás. No meio da noite, batem mais uma vez na porta de tábuas do abrigo: "Homem, já está dormindo, por acaso? Aqui, preciso da assinatura para o recebimento de vinte cavaletes com arame farpado e seis molduras de galeria!". Os responsáveis pelo material chegaram. E assim, pelo menos nos dias tranquilos, é um ir e vir eterno que faz o morador das galerias lançar o suspiro: "Se pelo menos se ouvisse um tiro, para que a gente pudesse ter enfim paz". E de fato alguns impactos pesados contribuem para aumentar a tranquilidade; nesses casos, os soldados se sentem mais unidos e se fica livre da papelada incômoda.

"Senhor tenente, posso me despedir agora, já que preciso voltar ao serviço em meia hora?" Lá fora, os diques de barro das ribanceiras brilham aos últimos raios do sol, e a trincheira já se encontra dominada pela sombra. Em pouco tempo, o primeiro foguete luminoso se levanta e as sentinelas noturnas passam a desfilar.

O novo dia do soldado da artilharia nas trincheiras começa.

Da batalha diária nas trincheiras

Assim decorriam nossos dias de extenuante regularidade em Douchy, interrompidos apenas por curtos períodos de tranquilidade. Mas, também quando estávamos posicionados nas trincheiras, algumas horas eram boas. Muitas vezes eu tinha uma sensação de segurança prazerosa sentado à mesa de meu pequeno abrigo subterrâneo, cujas paredes de tábuas brutas e cobertas de armas lembravam o oeste selvagem, bebendo uma xícara de chá, fumando e lendo, enquanto meu ordenança estava ocupado no fogão minúsculo, que enchia o ambiente com o cheiro de fatias de pão sendo torradas. Qual soldado de trincheira não conhece essa atmosfera? Lá fora, junto ao estande dos postos de guarda, passos pesados e regulares se adiantavam sapateando; uma aclamação monocórdia ecoava quando os guardas se encontravam na vala. O ouvido embotado mal ouvia ainda o fogo dos fuzis que parecia não querer acabar nunca, o golpe seco de projéteis batendo sobre a cobertura ou o foguete luminoso que deixava de sibilar aos poucos e se apagava ao lado da embocadura do poço de luz. Então eu tomava meu caderno de notas da pasta e relatava em palavras breves os acontecimentos do dia.

Resultou daí, com o tempo e como parte de meu diário, uma crônica meticulosa do setor C, esse pedaço mínimo e anguloso do longo front no qual nos sentíamos em casa, do qual já conhecíamos havia muito tempo cada um dos corredores confusos que levavam ao inimigo, cada um dos abrigos decadentes. Em volta de nós repousavam, em aterros de argila levantados em forma de torre, os cadáveres de camaradas mortos em combate, a cada pé de chão havia sucedido um drama, atrás de cada amurada de proteção espreitava a fatalidade, dia e noite, pronta a agarrar ao acaso uma nova vítima. E ainda assim tínhamos uma forte sensação de pertencimento a nosso setor, estávamos arraigados nele. Nós o conhecíamos quando ele se arrastava como uma fita negra através da paisagem coberta pela neve, quando o agreste cheio de flores em volta dele o enchia de correntes de cheiro anestesiante ao meio-dia, ou quando a lua cheia, pálida como uma assombração, envolvia seus ângulos escuros, nos quais tropéis de ratos guinchantes realizavam sua labuta medonha. Ficávamos sentados, serenos, nos bancos fincados na argila durante as longas noites de verão, quando o ar tépido carregava um bater animado e uma canção pátria até o inimigo; nós nos precipitávamos sobre traves e arame cortado quando a morte se abatia com sua clava de aço nas trincheiras, e a fumaceira indolente rastejava para fora das paredes de argila rasgadas. Foram muitas as vezes que o coronel quis nos indicar uma parte mais calma na trincheira do regimento; em todas elas a companhia inteira pediu, como se fosse um só homem, para ficar no setor C. Apresento aqui um excerto das observações que registrei na época, nas noites de Monchy.

7 de outubro de 1915. Estava em pé, ao romper da aurora, ao lado da sentinela de meu grupamento, sobre o degrau dos atiradores, em nosso abrigo subterrâneo, quando um projétil de arma rasgou o gorro do homem de cabo a rabo sem feri-lo. À mesma hora, dois sapadores foram feridos junto à cerca de arame. Um deles, com uma bala que ricocheteou e lhe atravessou ambas as pernas, o outro, com um tiro que lhe perfurou a orelha.

Antes do meio-dia, a sentinela da ala esquerda levou um tiro que lhe atravessou as duas maçãs do rosto. O sangue brotou do ferimento em jorros grossos. E, para maior infelicidade ainda, o tenente Von Ewald veio ao nosso setor hoje para registrar as ocorrências na vala N, distante apenas 50 metros da vala frontal. Quando ele se virou para voltar a descer do estande da guarda, uma bala lhe destroçou a parte posterior da cabeça. Ele morreu num instante. Sobre o estande da guarda havia grandes pedaços dos ossos de seu crânio. Mais adiante, um homem levou um tiro de leve no ombro.

19 de outubro. O setor da coluna central foi bombardeado com granadas de 15 centímetros. Um homem foi arremessado contra um mourão do revestimento da vala pela pressão do ar. Ele sofreu graves ferimentos internos e, além disso, um estilhaço lhe rebentou a artéria do braço.

Na neblina da manhã, ao fazer trabalhos de melhoria em nossa cerca de arame, descobrimos um cadáver francês diante da ala esquerda; ele já devia estar havia meses por lá.

À noite, dois de nossos homens foram feridos ao esticar arame. Gutschmidt com tiros que lhe atravessaram ambas as mãos e um que lhe atravessou a coxa, Schäfer com um tiro no joelho.

30 de outubro. À noite, todas as amuradas de proteção desmoronaram depois de uma forte chuva e se misturaram à água que caía, formando uma papa resistente que transformou a vala em um brejo profundo. O único consolo foi que os ingleses não passaram por melhores bocados, pois se podia ver como eram diligentes no trabalho de tirar água de suas valas. Uma vez que a posição de nossas trincheiras fica um pouco mais ao alto, nossas bombas ainda mandaram a água que tínhamos em excesso para a vala deles. Também botamos as caixas de binóculos em atividade para tirar água.

Desmoronando, as paredes da vala expuseram uma série de cadáveres, vítimas de batalhas ocorridas no outono anterior.

9 de novembro. Estava parado ao lado de Wiegmann, soldado da milícia territorial, diante da Fortaleza Altenburg, quando um projétil vindo de bem longe atravessou a baioneta de seu fuzil, que ele havia pendurado ao ombro, ferindo-o gravemente na bacia. As balas inglesas, com sua ponta que estilhaça facilmente, são o mais puro dundum.

De resto, a permanência nesta pequena escavação escondida na paisagem, em que estou afastado com meio pelotão, permite uma liberdade de movimentos maior do que na linha de frente. Estamos protegidos do front por uma suave elevação no terreno; atrás de nós, o campo se levanta em direção à floresta de Adinfer. Cinquenta passos atrás da trincheira, em lugar não muito favorável taticamente, fica nossa latrina de cavaletes – trata-se de uma tábua colocada sobre dois cavaletes, abaixo da qual se encontra aberta uma longa fossa. O soldado gosta muito de ficar ali por um bom tempo, seja para ler o jornal, seja para organizar um assentamento coletivo à maneira dos canários. A latrina é a fonte de todo tipo de boatos sombrios que percorrem o front, e que também são chamados comumente de "rumores de latrina". Nesse caso, o aconchego é perturbado apenas pelo fato de o lugar, apesar de não ser visto pelo inimigo, poder ser, sim, alvo de fogo indireto por sobre a elevação do terreno. Se os tiros disparados quase rasparem o cume da elevação, os projéteis passarão à altura do peito ali embaixo, na cova, e quem por ali estiver só estará em segurança se se deitar ao chão. Assim, pode acontecer que, durante uma única sessão, tenhamos de nos estatelar no chão duas ou até três vezes, vestidos com mais ou com menos roupa, deixando que uma série de rajadas de metralhadora passe por cima de nós como uma escala musical. Isso naturalmente invoca todo tipo de piadas.

Entre as distrações oferecidas pelo posto de sentinela está a caça de algumas espécies de animais, sobretudo perdizes, que ocupam em quantidades inumeráveis os campos desertos. Na falta de espingardas de chumbo, somos obrigados a nos esgueirar até as proximidades das pouco assustadiças "aspirantes à marmita", para lhes arrancar a cabeça a tiro, pois do contrário sobraria pouco para o assado. De qualquer modo, temos de evitar sair para a baixada no entusiasmo de caçar, ou deixaríamos de ser caçadores para virar caça, encarando o fogo das trincheiras inimigas.

Os ratos, nós os perseguimos acirradamente com ratoeiras. Porém, os animais são tão fortes que tentam se afastar arrastando o ferro das armadilhas, o que faz um barulho imenso; nesses casos, nós nos precipitamos para fora dos abrigos para dar cabo deles com um porrete. E, para os camundongos que roíam nosso pão, inventamos uma maneira especial de caça; ela consiste em armar o fuzil com um cartucho quase vazio, que carrega uma quantidade mínima de pólvora, e, em vez do projétil, colocamos uma bolinha de papel.

Por fim, ainda criei com outro suboficial mais um esporte de tiro bem excitante, embora não de todo desprovido de perigo. Quando havia neblina, recolhíamos as grandes e pequenas bombas não detonadas – às vezes eram uns troços de quase 30 quilos – que existiam em abundância no terreno. Depois as colocávamos a alguma distância, umas ao lado das outras como pinos de boliche, para abrir fogo sobre elas, escondidos nos estandes de tiro. Nesse esporte, não precisamos de ninguém para arrumar os discos de alvo, pois um tiro certeiro, que atinja o estopim, anuncia-se automaticamente com um estrondo horrível, que aumenta consideravelmente quando os "nove pinos" são derrubados, quer dizer, quando a explosão é transferida a toda a série de bombas.

14 de novembro. À noite, sonhei que levei um tiro na mão. Por isso, me mostrei mais cauteloso durante o dia.

21 de novembro. Conduzi uma seção de escavadores da Fortaleza Altenburg ao setor C. Diener, soldado da milícia territorial, subiu até uma saliência da parede da trincheira para jogar a terra para fora usando a pá. Mal havia chegado lá em cima, um projétil vindo da vala frontal inimiga lhe atravessou o crânio, jogando-o já sem vida ao fundo da trincheira. Ele era casado e pai de quatro filhos. Seus camaradas ainda espreitaram por muito tempo atrás dos estandes de tiro para se vingarem. Eles choravam de raiva. Pareciam ver um inimigo pessoal no inglês que abrira fogo de modo tão certeiro.

24 de novembro. Um homem da companhia de metralhadoras, em nosso setor, levou um tiro grave na cabeça. Outro, de nossa companhia, teve sua bochecha aberta com um tiro da infantaria meia hora mais tarde.

No dia 29 de novembro, nosso batalhão se deslocou por duas semanas à cidadezinha de Quéant, que ficava na etapa de nossa divisão e que mais tarde alcançaria uma fama demasiado sanguinária para treinarmos e nos alegrarmos com as bênçãos do interior. Durante nossa estadia por lá, fui comunicado de minha promoção a tenente e transferido para a 2ª Companhia.

Em Quéant e nos lugarejos vizinhos, éramos convidados diversas vezes pelos comandantes locais a rodadas de bebida nada amenas e conseguíamos, assim, vislumbrar a violência quase absoluta com que os príncipes da aldeia imperavam sobre seus súditos e sobre os moradores. Nosso capitão de cavalaria chamava a si mesmo de rei de Quéant e, todas as noites em que aparecia, era cumprimentado com a mão direita erguida e um "viva o rei!" trovejante pelos que estavam à mesa, onde regia até o alvorecer em sua condição de majestade caprichosa, punindo com uma rodada de cerveja cada uma das infrações à etiqueta e a suas regras complexas ao extremo. Nós, homens do front, por certo não nos dávamos nem um pouco bem em nossa condição de novatos. No dia seguinte, ele era visto depois do almoço, na maior parte das vezes levemente encoberto, andando por seus domínios em sua carruagem de duas rodas, indo fazer uma visita ao rei vizinho, sempre regada por oferendas poderosas a Baco, e assim se preparando de maneira digna para a noite. A isso ele chamava de "fazer um assalto". Certa vez, ele entrou em desavença com o rei de Inchy e fez um gendarme lhe declarar contenda. Depois de várias batalhas, durante as quais duas seções de cavalariços chegaram a se digladiar com torrões de terra jogados de duas valas fortalecidas com arame, o rei de Inchy se mostrou tão incauto a ponto de se dar ao luxo amistoso de uma cerveja bávara na cantina de Quéant, e, na visita a um lugar onde o isolamento era profundo, acabou surpreendido e levado preso. Ele teve de comprar sua liberdade com um poderoso tonel de cerveja. E assim terminou a contenda entre os dois brigões.

No dia 11 de dezembro, saí das trincheiras e me desloquei até a linha de frente para me apresentar ao tenente Wetje, o líder de minha nova companhia, que com minha companhia antiga, a 6ª, ocupava o setor C. Quando quis saltar para dentro da vala, me assustei com a mudança que a trincheira havia sofrido durante nossa ausência de duas semanas. Ela tinha desabado em uma vala gigantesca, cheia de lama, onde os ocupantes levavam uma existência triste a chapinhar no barro. Com nostalgia, pensei, já com a lama pela cintura, na távola-redonda do rei de Quéant. Pobres de nós, animais do front! Quase todos os abrigos subterrâneos haviam desmoronado e as galerias estavam inundadas. Tivemos de trabalhar sem parar nas semanas seguintes para conseguir pelo menos um pouco de chão seguro sob nossos pés. Provisoriamente, passei a morar com os tenentes Wetje e Boje em uma galeria cujo teto gotejava como um regador, apesar da lona de barraca que havia sido esticada debaixo dele e da qual os ordenanças, munidos de baldes, a cada meia hora tinham de tirar a água.

Quando na manhã seguinte deixei, totalmente molhado, a galeria, acreditei não poder confiar no que meus olhos me mostravam. O terreno, no qual até então a solidão da morte havia imprimido seu carimbo, agora estava animado como uma quermesse. As guarnições de ambas as valas foram impelidas sobre as amuradas devido à lama e, no espaço entre as duas cercas de arame, se desenvolveu um vívido intercâmbio e comércio de aguardente, cigarros, botões de uniforme e outras coisas. A multidão de figuras vestidas em cáqui, que havia brotado das valas inglesas, tão desertas até aquele momento, parecia uma assombração em plena luz do dia.

De repente, foi dado um tiro por lá; ele fez um de nossos homens tombar morto na lama, ao que as duas partes desapareceram como toupeiras para dentro de suas valas. Fui até a parte em que estavam nossas posições, bem diante da vala de deslocamento inglesa, e gritei que queria conversar com um oficial. E de fato, depois de bem pouco tempo, alguns ingleses voltaram trazendo consigo da vala principal um homem jovem, que, conforme pude observar pela mira do fuzil, se diferenciava deles pelo quepe mais gracioso. Negociamos primeiro em língua inglesa, depois mais fluentemente em francês, enquanto nossos homens, à volta, ouviam tudo. Eu o repreendi dizendo que um dos nossos havia sido morto por um tiro traiçoeiro, ao que ele respondeu dizendo que não havia sido a sua companhia a responsável, e sim a companhia vizinha. "*Il y a des cochons aussi chez vous!*"[9], ele observou, quando alguns tiros vindos de nosso setor vizinho espocaram bem próximos à sua cabeça, ao que me preparei para buscar cobertura. Contudo, ainda conversamos muito, e isso de um modo que expressava um respeito quase amistoso, e teríamos gostado de trocar presentes de lembrança ao final.

Para voltar à situação clara de antes, declaramos solenemente guerra um ao outro, a ser recomeçada três minutos após a interrupção das negociações; e assim, depois de um "boa noite!" da

9 "Há porcos também do lado de vocês!" Em francês, no original.

parte dele e de um "*au revoir!*"[10] de minha parte, ainda dei, apesar dos lamentos de meus homens, um tiro em seu escudo, ao qual de imediato se seguiu outro vindo da vala inimiga que quase me arrancou o fuzil das mãos.

Nessa ocasião, pude, pela primeira vez, ter uma visão geral do campo intermediário em frente à vala de deslocamento, já que de resto não se podia mostrar nem mesmo a borda do gorro naquele local perigoso. E observei que nas proximidades de nossa barreira jazia um esqueleto cujos ossos brancos brilhavam entre os farrapos azuis do uniforme. Nas plaquetas inglesas do quepe constatamos, naquele dia, que tínhamos diante de nós o Regimento Hindustão-Leicestershire.

Pouco depois dessa conversa, nossa artilharia deu alguns tiros em direção às posições inimigas, e logo em seguida quatro macas foram carregadas pelo campo aberto sem que, para minha alegria, tiro algum a mais fosse disparado do nosso lado.

Na guerra, eu sempre fazia questão de contemplar o inimigo sem ódio e valorizá-lo como homem segundo sua coragem. Nas batalhas, eu me esforçava em procurá-lo para então matá-lo, e não esperava dele outra coisa. Jamais, contudo, cheguei a desprezá-lo. Quando prisioneiros caíram em minhas mãos, mais tarde, senti-me responsável por sua segurança e procurei fazer por eles o que estava a meu alcance.

As condições meteorológicas foram ficando cada vez piores perto do Natal; tínhamos de instalar bombas na vala para conseguir dominar a água de maneira razoavelmente satisfatória. Durante esse período de lama, nossas baixas também aumentaram de forma significativa. Assim, encontro registrado em meu diário, no dia 12 de dezembro: "Hoje foram enterrados em Douchy sete de nossos homens, e mais uma vez tivemos dois mortos". E, no dia 23 de dezembro, aparece escrito: "Lama e sujeira tomam conta de tudo. Hoje de madrugada, por volta das três horas, uma carga gigantesca desmoronou, fazendo grande estrondo à entrada de meu abrigo subterrâneo. Tive de botar três homens no serviço, e só com muito esforço eles conseguiram dar conta da água, que jorrava como um rio para dentro do abrigo. Nossa vala

10 "Até a vista." Em francês, no original.

afunda sem parar, o lodo já chega ao umbigo, é desesperador. Na ala direita, um morto está aparecendo aos poucos; por enquanto, são apenas suas pernas".

Passamos a noite de Natal nas trincheiras e cantamos, parados no meio do lamaçal, canções natalinas que, no entanto, foram anuladas pelo barulho das metralhadoras dos ingleses. No dia de Natal, perdemos um homem da terceira coluna, vítima de uma bala que ricocheteou e o acertou na cabeça. Logo depois, os ingleses tentaram uma aproximação amistosa, ao colocar um pinheiro natalino sobre a amurada de proteção, mas ele logo foi varrido com alguns tiros pelos nossos homens exasperados, ao que os Tommys responderam com granadas de obus. E, assim, nossa festa de Natal correu bem desconfortável.

No dia 28 de dezembro, voltei ao comando da Fortaleza Altenburg. Nesse mesmo dia, um de meus melhores homens, o fuzileiro Hohn, teve um braço arrancado por um estilhaço de granada. Outro, Heidötting, foi ferido gravemente na coxa por uma das muitas balas perdidas que zuniam em volta de nossa trincheira localizada na encosta. Também meu leal August Kettler tombou no caminho a Monchy, de onde pretendia trazer minha comida, ele, que era o primeiro de meus ordenanças, foi vítima de uma metralha que o atirou ao chão com a traqueia aberta. Quando partia com as marmitas, eu disse:

"August, não deixe ninguém lhe fazer coisa alguma no caminho."

"Pode deixar, senhor tenente!"

E eis que fui chamado e o encontrei deitado nas proximidades do abrigo subterrâneo, já estertorante; a cada tentativa de respirar, aspirava o ar através do ferimento no pescoço, levando-o aos pulmões. Mandei carregá-lo de volta; morreu poucos dias mais tarde no hospital de campanha. Nesse e em alguns outros casos, eu achava particularmente doloroso o fato de o atingido não poder falar, limitando-se a fixar os olhos perplexos nos que o ajudavam, como um animal torturado.

O caminho de Monchy até a Fortaleza Altenburg custou muito sangue. Ele passava por trás de uma encosta não muito significativa naquela região montanhosa, localizada mais ou menos quinhentos passos atrás de nossa linha de frente. O inimigo, que por imagens de avião deve ter percebido que usávamos o caminho, passou à tarefa de varrê-lo com rajadas de metralhadora a intervalos irregulares ou catapultando cargas de metralha. Ainda que houvesse uma vala correndo ao longo dele, e ainda que tivesse sido expressamente ordenado que a vala fosse usada, todos acabavam passando sem cobertura pela área perigosa, com a indiferença típica do velho soldado. Em geral se davam bem, mas, todos os dias, o destino acabava agarrando uma ou duas vítimas, e isso passou a ter algum peso com o tempo. Também naquele dia as balas ao léu vindas de todas as direções deram as caras na latrina, de modo que fomos obrigados a fugir muitas vezes para o campo aberto, escassamente vestidos e abanando um jornal. Ainda assim, essa instalação indispensável continuou, tranquila, naquele lugar exposto ao inimigo.

Janeiro também foi um mês de trabalhos pesados. Cada grupamento afastava a lama com pás, baldes e bombas, primeiro a um lugar nas imediações de seu abrigo subterrâneo, para, em seguida, depois de conseguirem terra firme sob os pés, procurar contato com os grupamentos vizinhos. Na floresta de Adinfer, onde se localizava nossa artilharia, comandos de lenhadores foram encarregados de despir árvores novas de seus galhos e parti-los ao meio. As paredes da vala foram raspadas e providas de um revestimento firme de madeira. Também foram construídos vários buracos de drenagem, canais de infiltração e escoadouros, de modo que aos poucos voltávamos a uma situação suportável. Especialmente eficazes eram os canais de infiltração, abertos através da cobertura de lama, para levar o material fluido até a camada de calcário, bem mais permeável.

No dia 28 de janeiro de 1916, um dos homens de minha coluna foi atingido no ventre pelos estilhaços de um projétil que lascou seu escudo. No dia 30, outro foi baleado na coxa. Quando fomos substituídos, no dia 1º de fevereiro, um fogo intenso estava sendo aberto sobre os caminhos de aproximação. Uma metralha bateu no chão diante dos pés daquele que outrora havia sido meu ordenança na 6ª Companhia, o fuzileiro Junge; não chegou a explodir, mas queimou longamente até extinguir sua chama, e ele teve de ser levado embora com queimaduras graves.

Naqueles dias, um suboficial, também da 6ª Companhia, que eu conhecia muito bem e cujo irmão havia tombado alguns dias antes, foi ferido mortalmente por uma mina não detonada. Ele desparafusou o detonador e enfiou um cigarro aceso na abertura, ao perceber que a pólvora esverdeada que havia caído pegava fogo com facilidade. A mina naturalmente explodiu, e o deixou com mais de cinquenta ferimentos. Dessa e de outras maneiras, não eram poucas as vezes que tínhamos perdas ocasionadas pela displicência gerada pelo fato de habitar entre explosivos. Um vizinho incômodo nesse sentido era o tenente Pook, que ocupava um abrigo isolado nos labirintos da vala, atrás da ala esquerda. Ele havia amontoado por lá um grande número de gigantescas bombas não detonadas, e se entretinha em desparafusar os detonadores e desmontar as peças como se fossem relógios. Eu sempre fazia um desvio enorme daquela habitação sinistra, se meu caminho a princípio me fizesse passar por ela. Mesmo quando os homens cinzelavam os anéis de cobre das bombas não detonadas para transformá-los em abridores de cartas ou pulseiras, não eram poucas as vezes que sucedia algo.

Na noite de 3 de fevereiro, havíamos chegado mais uma vez a Douchy depois de um período cansativo em posição nas trincheiras. Na manhã seguinte, eu estava mergulhado no clima do primeiro dia de folga em meu alojamento junto à praça Emmich, bebendo confortavelmente meu café, quando de repente uma granada monstruosa, anunciando o bombardeio pesado a que seria submetido o lugar, sibilou diante de minha porta e jogou a janela para dentro do meu quarto. Com três saltos, eu estava no porão, que também já havia sido procurado pelos moradores da casa com uma velocidade surpreendente. Uma vez que o porão fora construído com metade do fundamento acima do nível do chão e estava separado do jardim apenas por um muro bem estreito, todo mundo se amontoava em um gargalo de galeria, pequeno e apertado, cuja construção fora iniciada havia poucos dias. Entre os corpos pressionados uns contra os outros, meu cão pastor, ganindo, abriu caminho pelo canto mais escuro, seguindo seu instinto animal. Bem ao longe podia ser ouvida, a intervalos regulares, uma série de descargas débeis, às quais, depois de se contar mais ou menos até trinta, se seguia a aproximação assoviante dos pesados blocos de ferro, que acabava em explosões estrondosas em volta de nossa casinha. A cada vez, uma desagradável pressão de ar entrava pela janela do porão. Grumos de terra e estilhaços estalavam sobre a cobertura de telhas, enquanto nos estábulos os cavalos excitados resfolegavam e pisoteavam o chão. Além disso, havia os ganidos do cão e um músico gordo que berrava alto a cada zunido que se aproximava, como se estivessem arrancando um dente de sua boca.

Por fim, o temporal passou, e pudemos ousar uma volta ao ar livre. A estrada devastada da aldeia estava movimentada como um formigueiro em alvoroço. O aspecto de meu alojamento era terrível. Bem próximo, ao lado do muro do porão, a terra fora aberta em diversos lugares, árvores frutíferas haviam sido quebradas e, no meio do caminho que levava ao porão, como a fazer troça, havia uma grande bomba não detonada. O telhado estava bem esburacado. Um explosivo de grandes dimensões arrancara metade da chaminé. Ao lado, no escritório, alguns estilhaços se cravaram nas paredes e no grande armário, deixando em farrapos os uniformes para as férias na pátria que eram guardados ali.

No dia 8 de fevereiro, o setor teve de enfrentar fogo pesado. Já bem cedo, pela manhã, o fogo amigo atirou uma bomba não detonada no abrigo de meu grupamento da ala esquerda, que, para a surpresa desagradável dos que estavam dentro, arrombou a porta e derrubou o fogão. Esse acontecimento sem maiores prejuízos foi registrado em uma caricatura na qual oito homens se espremem ao mesmo tempo sobre o fogão a soltar fumaça pela porta destruída, enquanto a bomba não detonada pisca maldosamente num canto. Em seguida, já depois do meio-dia, foram destruídos por detonações mais três de nossos abrigos subterrâneos; por sorte, apenas um homem se feriu de leve no joelho, uma vez que todos, não contadas as sentinelas em guarda, haviam se retirado para as galerias. No dia seguinte, o fuzileiro de minha coluna, Hartmann, foi atingido mortalmente no lado pela bateria do flanqueamento.

No dia 25 de fevereiro, ficamos especialmente tristes com o fato de a morte ter nos arrancado um camarada excelente.

Pouco antes da troca da guarda, recebi em meu abrigo a notícia de que instantes antes o voluntário de guerra Karg havia tombado na galeria ao lado. Fui até lá e encontrei, como tantas vezes, um grupo sério em volta da figura imóvel, deitada com mãos contraídas sobre a neve embebida em vermelho, os olhos fixos vidrados no céu crepuscular de inverno. Mais uma vítima da bateria de flanqueamento! Karg havia saltado para a vala já aos primeiros tiros e não perdera tempo em chegar às galerias. Uma granada explodira bem alto na borda da vala em frente e de modo tão infeliz que lançara um grande estilhaço na boca da galeria, a princípio totalmente encoberta. Karg, que acreditava já estar em segurança, foi atingido na parte posterior da cabeça, e a morte o levou rápida e inesperadamente.

E a bateria de flanqueamento veio a se mostrar bem ativa por aqueles dias. Mais ou menos de hora em hora ela dava uma salva de tiros, única e surpreendente, cujas peças explosivas varriam com precisão nossa vala. Nos seis dias, entre 3 e 8 de fevereiro, ela nos custou três mortos, três homens com ferimentos graves e quatro com ferimentos leves. Ainda que tivesse de estar no máximo 1.500 metros distante de nós, junto à encosta de uma montanha em nosso flanco esquerdo, era impossível para a artilharia silenciá-la. Por isso, tentamos limitar o alcance dos ingleses às trincheiras ao mínimo possível, aumentando o número e a altura das amuradas de proteção. Trechos que podiam ser vistos do alto, nós os escondíamos com cortinas de feno ou farrapos de roupa. Também reforçamos os estandes dos postos de guarda com vigas ou chapas de concreto e ferro. Ainda assim, o trânsito intenso de passantes bastava para favorecer a intenção dos ingleses de “sapecar” um aqui e outro ali sem gastar muita munição.

No princípio de março, a sujeira mais pesada havia ficado para trás. O tempo se fez seco, e a trincheira estava cuidadosamente revestida. Eu ficava sentado todas as noites no abrigo subterrâneo diante de minha pequena escrivaninha e lia, ou conversava quando recebia visita. Nós éramos, com o chefe da companhia, quatro oficiais e tínhamos uma convivência de muita camaradagem. Todos os dias bebíamos café ou jantávamos no abrigo de um ou de outro, quase sempre acompanhados de uma ou mais garrafas, fumávamos, jogávamos cartas e conversávamos como lansquenetes. Quando a coisa ia bem, havia arenque, batata cozida com casca e gordura de porco, uma comida deliciosa. Essas horas agradáveis equilibravam a recordação de algum dia cheio de sangue, sujeira e trabalho. Elas também só eram possíveis nesses longos períodos na trincheira, quando já estávamos bem acostumados uns aos outros e quase adquiríamos hábitos típicos de épocas de paz. Nosso orgulho maior era o trabalho de construção, em que ninguém metia o bedelho. Numa labuta incansável, foram abertas galerias de trinta degraus uma ao lado da outra no chão lamacento de calcário, unidas por sua vez por galerias diagonais, de modo que podíamos ir confortavelmente da ala esquerda para a ala direita de nossas colunas sem sair das profundezas da terra. Minha obra preferida era um corredor de galeria de sessenta passos de comprimento que levava do meu abrigo ao abrigo subterrâneo do comandante da companhia, dividido, à esquerda e à direita, em celas de munição e de moradia, como se se tratasse de um vestíbulo subterrâneo. Essa instalação mostrou ser de muita valia em batalhas que ainda ocorreriam.

Depois de tomarmos café da manhã – recebíamos, quase com regularidade, o jornal no front – e de nos lavarmos, nos encontrávamos na vala com a trena articulada nas mãos, comparávamos os progressos de nossos setores, enquanto a conversa girava em torno de armações para as galerias, abrigos modelares, tempo de serviço e temas semelhantes. Um dos assuntos preferidos era a construção de meu "bordel", um pequeno beliche, que deveria ser aberto a partir do corredor de ligação subterrâneo na parede de calcário seco, como uma espécie de toca de raposa, no qual se poderia sonhar sem ser perturbado, mesmo que o mundo estivesse acabando. Para fazer o estrado, eu havia recolhido uma porção de arame fino de cerca e, para revestir as paredes, tecidos especiais de sacos de areia.

No dia 1º de março, eu estava parado com o soldado da milícia territorial Ikmann, que logo depois morreria em combate, quando um projétil explodiu muito perto de nós, atrás de uma barraca. Os estilhaços passaram raspando, sem nos atingir. Quando averiguamos a situação, constatamos que vários pedaços de metal de grande comprimento e repugnantemente afiados haviam cortado a barraca por completo. Nós chamávamos aqueles troços de "rasgadores" ou "metralhadas", porque nada se ouvia deles a não ser uma nuvem de estilhaços, que de repente assoviava à nossa volta.

No dia 14 de março, uma granada de 15 centímetros atingiu em cheio o setor à nossa direita, feriu três homens gravemente e matou três. Um deles desapareceu sem deixar rastros, outro ficou carbonizado. No dia 18, o homem que montava guarda diante de meu abrigo subterrâneo foi atingido por um estilhaço de granada que lhe abriu a bochecha e lhe arrancou uma ponta da orelha. No dia 19, o fuzileiro Schmidt II, da ala esquerda, foi ferido gravemente com um tiro na cabeça. No dia 23, tombou, à direita de meu abrigo, o fuzileiro Lohmann, vítima de um tiro na cabeça. Na mesma noite, uma sentinela me anunciou que uma patrulha inimiga estava presa na cerca de arame. Deixei a trincheira com alguns homens, mas não pude constatar nada.

No dia 7 de abril, o fuzileiro Kramer foi ferido na cabeça com os estilhaços de uma bala de fuzil na ala direita. Esse tipo de ferimento era muito frequente, uma vez que a munição inglesa ao menor choque acabava se estilhaçando. À tarde, os arredores de meu abrigo subterrâneo foram atacados durante horas com granadas pesadas. O poço de luz foi quebrado e, a cada impacto, uma chuva de lama dura entrava voando pela abertura, sem contudo conseguir nos perturbar enquanto bebíamos café.

Depois disso, tivemos um duelo com um inglês temerário cuja cabeça espiava pela borda de uma vala à distância de no máximo cem passos de nós, e que nos fustigou com uma sequência de tiros certeiros que atravessaram as vigias de mira em nossos estandes. Respondi ao fogo com alguns homens, mas de imediato uma bala absolutamente certeira explodiu no canto de uma de nossas vigias, enchendo nossos olhos com a areia que respingara e me ferindo bem de leve no pescoço com um pequeno estilhaço. Porém, não deixamos por menos; nós nos erguíamos, fazíamos pontaria rapidamente para depois voltar a desaparecer. Logo em seguida, um tiro acertou a arma do fuzileiro Storch, cujo rosto, atingido por no mínimo dez estilhaços, sangrava em vários lugares. O tiro seguinte arrancou um pedaço da beira de nossa vigia de tiro; o seguinte despedaçou o espelho com o qual observávamos o que ele fazia, mas tivemos a satisfação de ver nosso oponente sumir sem deixar rastros depois de uma série de tiros que atingiu o banco de lama bem à frente de seu rosto. Aí, atingi com três tiros de munição pesada a placa de proteção sobre o monte atrás do qual aquele rapaz enraivecido sempre mostrava a cara.

No dia 9 de abril, dois aviões ingleses voaram repetidas vezes sobre nossas posições. Todos os homens se lançaram para fora dos abrigos e abriram fogo para o alto como alucinados. Eu acabara de dizer ao tenente Sievers: "Tomara que não chamemos atenção da bateria de flanqueamento!", e já os farrapos de ferro começaram a sibilar em volta de nossas orelhas, fazendo com que saltássemos para dentro da galeria mais próxima. Sievers estava em pé diante da entrada; eu o aconselhei a vir mais para o fundo e platch!, um estilhaço da largura de uma mão, ainda fumegante, ficou cravado na lama úmida diante de seus pés. De brinde, ainda recebemos algumas metralhas cujas balas negras se estilhaçaram com grande ímpeto sobre nossas cabeças. Um homem foi atingido na axila por um explosivo que mal alcançava o tamanho de uma cabeça de alfinete e ainda assim causou dores bem fortes. Eu, de minha parte, plantei alguns abacaxis nas valas dos ingleses, quer dizer, minas de pouco mais de 290 quilos cuja forma lembrava essa fruta deliciosa. Era um acordo tácito da infantaria se limitar ao fuzil; e o uso de explosivos era pago em quantias dobradas. Para nosso azar, no mais das vezes, o inimigo tinha tanta munição que podia dar sempre a última palavra.

Depois desses sustos, bebemos algumas garrafas de vinho tinto no abrigo subterrâneo de Sievers, e fiquei, sem querer, em tal estado de ânimo que, apesar do clarão intenso da lua, passeei sem cobertura fora da vala de volta à minha habitação. Logo me perdi, caí em uma gigantesca cratera de mina e ouvi os ingleses trabalhando na vala inimiga ali perto. Depois de ter perturbado a paz deles com duas granadas de mão, me retirei às pressas para nossa trincheira, não sem acertar com o punho a ponta aguda de um de nossos belos estrepes. Eles eram constituídos de quatro aguilhões de ferro bem afiados, ordenados de tal maneira que um deles ficava na vertical. Nós os colocávamos nas trilhas de rastejar.

Naqueles dias, imperava uma atividade especialmente intensa nas proximidades da cerca, que volta e meia não dispensava certo humor sanguinário. Assim, um de nossos patrulheiros foi atingido por um de nossos homens só porque era gago e não conseguiu dizer a senha com rapidez suficiente. Em outra ocasião, um homem que havia festejado até a meia-noite na cozinha, em Monchy, subiu por cima da barreira e abriu fogo contra nossa própria linha. Depois de perceber que tinha se enganado, ele foi puxado para baixo e xingado sem constrangimento algum.

O prelúdio à batalha do Somme

Em meados de abril de 1916, fui mandado a Croisilles, uma cidadezinha que ficava na retaguarda do front da divisão, para um curso de especialização dirigido por nosso comandante de divisão, o brigadeiro Sontag. Lá, eram dadas aulas em uma série de matérias militares, teóricas e práticas. Especialmente fascinantes eram os passeios táticos a cavalo sob as ordens do major Von Jarotzky, um oficial do estado-maior, baixinho e gordo, que muitas vezes se exaltava de modo incomum em serviço. Nós o chamávamos de "chaleira automática". Passeios e inspeções frequentes às instalações, na maior parte das vezes abertas no chão da retaguarda, proporcionaram-nos, a nós, que estávamos acostumados a olhar de soslaio tudo o que ficava depois da primeira vala e não manifestar o menor respeito, uma noção do trabalho incomensurável que existia além da tropa em batalha. Assim, visitamos o matadouro, o depósito de provisões e o local em que eram consertadas as peças de artilharia, em Boyelles; a serraria e o parque de sapadores, na floresta de Bourlon; a fábrica de laticínios, a criação de porcos e a central de reaproveitamento de cadáveres de animais, em Inchy; o aeroporto e a padaria, em Quéant. Aos domingos, viajávamos até as cidades próximas de Cambrai, Douai e Valenciennes, "para voltar a ver mulheres de chapéu".

Não seria simpático de minha parte se eu, neste livro que traz tanto sangue, quisesse esconder uma aventura na qual desempenhei um papel um tanto estranho. Na época – era inverno – em que nosso batalhão foi hospedado pelo rei de Quéant, tive de passar a guarda em revista pela primeira vez na condição de jovem oficial. Na saída do lugarejo, acabei me perdendo e, com o objetivo de perguntar pelo caminho a uma pequena guarda instalada na estação ferroviária, entrei em uma casinha minúscula e isolada. A única pessoa que a habitava era uma mocinha de 17 anos chamada Jeanne, cujo pai morrera pouco antes, que agora tomava conta da casa sozinha. Quando ela me passou a informação, riu, e, quando perguntei o motivo, observou: "*Vous êtes bien jeune, je voudrais avoir votre devenir*"[11].

Devido ao espírito guerreiro que falava por essas palavras, dei a ela o nome de Jeanne d'Arc, na época, e inclusive me lembrei algumas vezes da casinha solitária nos tempos de batalha nas trincheiras que se seguiram.

Uma vez, ao entardecer, ainda em Croisilles, senti de repente o desejo de cavalgar até lá. Mandei encilhar o cavalo e, em pouco tempo, já tinha dado as costas à cidadezinha. Era uma noite de maio, como que feita para uma cavalgada daquelas. Os trevos cobriam os prados dominados por sebes de espinheiros formando um tapete pesado e vermelho-escuro, e, diante da entrada das aldeias, os candelabros gigantescos dos castanheiros em flor ardiam no crepúsculo. Cavalguei atravessando Bullecourt e Ecoust, sem imaginar que dois anos mais tarde eu avançaria ao ataque nessa mesma paisagem, totalmente modificada e dominada pelas ruínas terríveis desses povoados, que agora, ao anoitecer, se mostravam tão pacíficos entre lagos e colinas. Na pequena estação que eu havia passado em revista à época, civis ainda descarregavam botijões de gás. Eu os cumprimentei e observei seu trabalho. Logo apareceu diante de mim a casinha com seu telhado marrom-avermelhado e salpicado de manchas de musgo arredondadas. Bati nas janelas que já estavam fechadas.

"*Qui est là?*"
"*Bonsoir, Jeanne d'Arc!*"
"*Ah, bonsoir, mon petit officier Gibraltar!*"[12]

11 "Você é tão jovem, eu gostaria de ter seu futuro." Em francês, no original.
12 "Quem está aí?", "Boa noite, Jeanne D'Arc!", "Ah, boa noite, meu pequeno oficial Gibraltar!" Em francês, no original.

Fui recebido de modo tão amistoso quanto havia esperado. Depois de ter atado meu cavalo, entrei e tive de participar do jantar: ovos, pão branco e manteiga, apetitosamente servidos sobre uma folha de couve. Em tais circunstâncias, ninguém se deixa convidar duas vezes e logo manda ver.

Tudo teria sido até bem bonito se depois, quando voltei a sair, uma lanterna de bolso não tivesse relampejado em meu rosto e um gendarme não tivesse pedido meus documentos. Minha conversa com os civis, a atenção que eu dispensara à observação dos botijões de gás, minha aparência desconhecida naquela região pouco habitada despertaram nele a suspeita de espionagem. Sem dúvida, eu havia esquecido meu boletim de soldo e tive de me deixar levar ao rei de Quéant, que, como de hábito, ainda estava sentado à sua távola.

Lá, havia compreensão com tais aventuras. Fui legitimado e recebido amistosamente na companhia deles. Dessa vez, o rei me apareceu sob outra luz; já era tarde e ele contou de florestas virgens nos trópicos, nas quais ele havia conduzido por muito tempo a construção de uma linha de trem.

No dia 16 de junho, fomos enviados mais uma vez à tropa pelo general, com um pequeno discurso, do qual deduzimos que estava sendo preparado um grande ataque inimigo no front ocidental, cuja ala esquerda estaria mais ou menos diante de nossas posições. Era a batalha do Somme que já lançava sua sombra. Com ela, a primeira e mais fácil das fases da guerra estaria terminada; e passamos a nos dirigir de modo incontinente a uma nova guerra. O que havíamos vivenciado até então, é claro que sem imaginar que assim fosse, era apenas a tentativa de vencer a guerra com batalhas campais à moda antiga e a transformação dessa tentativa na nova forma da guerra de trincheiras. Eis que tínhamos diante de nós a batalha de equipamentos, com sua enorme oferta. Esta, por sua vez, foi substituída ao final do ano de 1917 pela batalha mecânica, cuja imagem não chegou a se revelar em toda a amplitude nem mostrou todo o seu potencial.

Depois do retorno ao regimento, ficou claro mais uma vez que havia algo no ar, pois os camaradas logo contaram da agitação crescente em campo aberto. Os ingleses haviam empreendido duas vezes uma patrulha de força contra o setor C, de qualquer modo sem êxito. Nós havíamos nos vingado de outras três patrulhas de oficiais com um ataque pesadamente preparado ao assim chamado triângulo de valas, fazendo prisioneiros. Durante minha ausência, Wetje havia sido ferido no braço com uma bala de metralha, mas, logo depois que cheguei, ele voltou a assumir o comando da companhia. Nesse meio-tempo, meu abrigo subterrâneo também fora modificado e reduzido à metade de seu tamanho por um ataque certeiro. Os ingleses o atingiram em cheio com granadas de mão na primeira patrulha mencionada. Meu substituto conseguira se arrastar para fora através da janela do poço de luz, ao passo que seu ordenança tombara. O sangue respingado ainda podia ser visto em grandes manchas marrons nas tábuas do revestimento.

No dia 20 de junho, recebi a missão de ouvir o que acontecia na trincheira inimiga, averiguar se o adversário estava ocupado no trabalho de minar o terreno, e escalei nossa cerca de arame já bem alta por volta da meia-noite, acompanhado do alferes Wohlgemut, do cabo Schmidt e do fuzileiro Parthenfelder. Andamos curvados no primeiro trecho e, em seguida, rastejamos um ao lado do outro sobre o campo tomado pelo capim. Recordações de aluno do quarto ou quinto ano do ginásio, leitor de Karl May[13], me vieram à mente enquanto me arrastava de barriga pela relva coberta de orvalho e pelas moitas de cardo, amedrontadamente esforçado em evitar qualquer ruído, já que a cinquenta passos de nós a vala inglesa se destacava como um traço negro na semiescuridão. A rajada de uma metralhadora distante caiu quase em linha vertical à nossa volta; de vez em quando, um foguete luminoso ia ao alto e jogava sua luz fria sobre aquela mancha inóspita de terra.

Em dado momento, um farfalhar vivaz soou à nossa retaguarda. Duas sombras passaram às pressas entre as valas. Enquanto nos preparávamos para nos lançar sobre elas, já haviam desaparecido sem deixar rastros. Logo em seguida, o trovejar de duas granadas de mão na vala inglesa deixou claro que homens de nossa própria companhia haviam cruzado nosso caminho. Devagar, seguimos rastejando.

13 Escritor alemão (1842-1912), conhecido por seus livros de aventura ao estilo do faroeste americano.

De repente, a mão do alferes se crispou em volta de meu braço: "Atenção, à direita, bem perto, silêncio, silêncio!". Depois, dez passos à direita do lugar em que estávamos, ouvi um farfalhar múltiplo na relva. Havíamos perdido a direção e rastejávamos ao longo da cerca inglesa; o inimigo provavelmente nos ouviu de sua vala e foi vasculhar o campo aberto.

Esses momentos em que saíamos rastejando à noite são inesquecíveis. Olhos e ouvidos ficam em alerta máximo, o barulho de pés inimigos se aproximando na relva alta assume uma força terrivelmente ameaçadora. A respiração se dá aos trancos; a gente tem de se obrigar a abafar suas contrações ofegantes. O travamento da pistola pode ser desativado apenas com pequenos estalos metálicos; um som que atravessa os nervos como uma faca. Os dentes rangem no detonador de uma granada de mão. O choque será breve e mortal. E o soldado treme, tomado por duas sensações violentas: a excitação selvagem do caçador e o medo terrível da caça. Sim, o soldado é um mundo em si, embebido na atmosfera sombria e atemorizante que pesa sobre o terreno deserto.

Uma série de figuras difusas se levantou bem ao nosso lado, ouvimos os sussurros soprados de onde estávamos. Voltamos a cabeça para elas; ouvi como o bávaro Parthenfelder mordeu a lâmina de seu punhal.

Elas se aproximaram de nós mais alguns passos, mas em seguida começaram a trabalhar na cerca de arame sem nos perceber. Rastejamos de volta bem devagar, sempre de olho nelas. A morte, que já se erguera entre as duas partes em vívida expectativa, deslizou para longe, aborrecida. Depois de algum tempo, nós nos levantamos de novo e seguimos andando, até chegar incólumes a nosso setor.

O bom desfecho dessa excursão nos animou tanto que decidimos fazer um prisioneiro, e combinamos mais uma saída na noite seguinte. Por isso, me deitei para descansar um pouco à tarde e despertei assustado com um estrondo perto de meu abrigo subterrâneo. Os ingleses nos atacavam com minas que, apesar do barulho reduzido ao serem disparadas, eram tão pesadas que seus estilhaços arrancavam sem dificuldade as estacas do revestimento de proteção, grossas como uma árvore. Praguejando, desci de meu *coucher* e me dirigi à vala para, caso visse uma das bolas negras e silenciosas voando em rota parabólica, correr até a galeria mais próxima, gritando: "Mina à esquerda!". Abasteceram-nos de modo tão abundante com minas de todos os tipos e tamanhos nas semanas seguintes que em nossas caminhadas pela trincheira se tornou um hábito ficarmos sempre com um olho dirigido aos ares e o outro à entrada da galeria mais próxima.

À noite, saí, pois, mais uma vez rastejando pelas valas com três acompanhantes. Nós nos movemos sobre a ponta dos pés e sobre os cotovelos até bem perto da barreira inglesa, e lá nos escondemos atrás de moitas isoladas. Depois de algum tempo, apareceram diversos ingleses arrastando um rolo de arame. Eles pararam bem perto, colocaram o rolo no chão, ficaram trabalhando nele com um alicate e conversavam, sussurrando. Rastejamos, aproximando-nos uns dos outros, e discutimos ciciando, às pressas: "Agora uma granada de mão no meio deles e depois atacar!", "Homem do céu, mas são quatro!", "Você tá todo cagado de medo, de novo!", "Não fala bobagem!", "Mais baixo, mais baixo!". Meu alerta veio tarde demais; quando levantei os olhos, os ingleses rastejavam como lagartixas por baixo do arame, desaparecendo na trincheira. Eis que então a atmosfera se fez bem sufocante. O pensamento "logo eles terão colocado uma metralhadora em posição!" me deixou com um gosto desagradável na boca. Também os outros alimentavam temores semelhantes. Rastejamos de volta sem nos preocupar com a barulheira das armas. Na trincheira inglesa, o movimento aumentou. Passos duros, sussurros, todo mundo correndo para lá e para cá. Pssssst... Um foguete luminoso. À nossa volta ficou claro como o dia, enquanto nos esforçávamos em esconder a cabeça na moita. Mais um foguete luminoso. Momentos penosos. Queríamos desaparecer na terra e preferíamos estar em qualquer outro lugar que não a 10 metros de distância dos postos inimigos. Mais um. Bang! Bang! O estrondo inconfundível, agudo e atordoante de alguns tiros de fuzil dados à mínima distância. "Ai, ai, ai! Fomos descobertos."

Em voz alta, sem mais precauções, decidimos tomar coragem para ousar a corrida de nossas vidas, levantamos num salto e, debaixo do fogo intenso, voamos em direção à nossa trincheira. Depois de alguns saltos, tropecei e caí em uma cratera de granada pequena e bem rasa, enquanto os outros três me consideraram morto e passaram correndo por mim. Pressionei meu corpo firmemente ao chão, encolhi a cabeça e as pernas e deixei que os tiros varressem a relva alta à minha volta. Desagradáveis do mesmo jeito eram os torrões de magnésio ardentes que caíam dos foguetes luminosos e, em parte, se queimavam bem próximos de mim; deles, eu tentava me defender com o gorro. Aos poucos, o tiroteio enfraqueceu e depois de mais quinze minutos abandonei meu refúgio, primeiro devagar, depois tão rápido quanto minhas mãos e pés podiam. Como a lua havia descido, logo perdi qualquer orientação e já não sabia mais onde ficavam nem o lado inglês nem o alemão. Nem mesmo a ruína bem característica do moinho de Monchy se elevava no horizonte. Às vezes, um projétil passava raspando o chão de um lado ou de outro; era amedrontador. Por fim, me deitei na relva e decidi esperar pela aurora. De repente, um murmurar soou bem próximo de mim. Eu fiquei pronto para o combate mais uma vez e, homem cauteloso, fiz primeiro uma série de ruídos naturais, dos quais não se poderia deduzir que eu era um soldado alemão ou inglês. Decidi confirmar o primeiro chamado inglês com uma granada de mão. Contudo, para minha alegria, logo ficou claro que meus companheiros estavam ali e acabavam de desafivelar os cinturões para carregar sobre eles meu cadáver. Ficamos sentados ainda por alguns instantes em uma cratera e nos alegramos por nos revermos em situação tão venturosa. Em seguida, retornamos para nossa trincheira, que alcançamos depois de ter passado três horas ausentes.

Pela manhã, mais uma vez meus trabalhos na vala começaram às cinco. No trecho da primeira coluna, encontrei o sargento Hock diante de seu abrigo subterrâneo. Quando me surpreendi com o fato de vê-lo tão cedo por ali, ele me contou que estava irritado com um ratão imenso que havia lhe roubado o sono com seu roer e seu guinchar. E, nisso, ele observava com insistência seu abrigo ridiculamente pequeno, por ele batizado de Vila Galinho Vivaldino.

Quando estávamos parados, assim, um ao lado do outro, ouvimos um estampido surdo, que não devia significar nada de importante. Hock, que dias antes quase fora abatido por uma grande mina, e por isso estava com os nervos à flor da pele, voou como um raio para a entrada da galeria mais próxima; em sua pressa, escorregou os primeiros quinze degraus abaixo, sentado, e usou os últimos quinze para dar três cambalhotas. Eu estava em pé lá em cima, na entrada, e, quando ouvi as queixas acerca dessa interrupção dolorosa de uma caçada de ratos da boca da própria vítima, ocupada em esfregar com cuidado as diferentes partes machucadas de seu corpo, e em tentar pôr no lugar um polegar deslocado, ri tanto que esqueci todas as minas e galerias. O coitado ainda me confessou que, na noite anterior, estava sentado diante de seu jantar quando a mina o assustou. Primeiro, a comida ficou coberta de areia e, além disso, já naquele incidente, ele caíra dolorosamente escada abaixo.

Ele acabava de chegar da pátria e ainda não se acostumara a nosso tom rude.

Depois desse entreato, eu me dirigi a meu abrigo subterrâneo; naquele dia, porém, eu também não conseguiria chegar a uma soneca reanimadora. Desde bem cedo pela manhã, nossa vala fora atacada por minas em intervalos cada vez menores. Por volta do meio-dia, a coisa começou a me parecer confusa demais. Preparei, com alguns homens, nosso lança-minas Lanz e abri fogo sobre as trincheiras inimigas – uma resposta bem débil aos projéteis pesados com que estávamos sendo capinados até não mais poder. Suávamos, sentados na lama quente do sol de junho de uma pequena depressão na vala, mandando mina após mina para o outro lado.

Uma vez que os ingleses não se deixaram nem mesmo perturbar por isso, fui com Wetje até o aparelho de telefonia, onde fizemos ecoar a seguinte chamada de emergência, depois de refletir por algum tempo: "Helene cospe em nossa vala, e são apenas torrões graúdos, precisamos de batatas, grandes e pequenas!". Tínhamos o cuidado de usar essa linguagem esdrúxula quando existia perigo de o inimigo estar ouvindo; em pouco tempo chegou a resposta consoladora do primeiro-tenente Deichmann, dizendo que o gordo mestre da guarda, com seu bigode ereto, ao lado de alguns garotinhos, iria se adiantar, e logo depois nossa primeira mina de quase 120 quilos sibilou fazendo um estrondo jamais ouvido na trincheira inimiga, seguida por alguns grupamentos da artilharia de campo, de modo que tivemos paz e tranquilidade pelo resto do dia.

Entretanto, na tarde do dia seguinte, a dança recomeçou bem mais intensa. Ao primeiro tiro, eu me dirigi, pelo meu corredor subterrâneo, à segunda vala e de lá à vala de deslocamento, na qual havíamos instalado nosso canhão de minas. Abrimos fogo de maneira que, a cada mina que chegava até nós, disparávamos uma mina do lança-minas Lanz. Depois de termos trocado mais ou menos quarenta minas no duelo, o artilheiro inimigo pareceu querer nos atingir pessoalmente. Em pouco tempo, alguns projéteis explodiram à nossa direita e à nossa esquerda, sem conseguir interromper nossa atividade, até que um se dirigiu diretamente a nós. No último instante, ainda rasgamos a correia presa ao gatilho e em seguida corremos para longe o mais rápido que pudemos. Eu tinha acabado de alcançar uma vala lamacenta e toda tomada de arame quando o monstro se estilhaçou bem perto atrás de mim. A violenta pressão do ar me jogou por cima de um feixe de arame farpado, para dentro de um buraco de granada cheio de um lodo esverdeado, enquanto ao mesmo tempo uma chuva de pedaços de argila caía sobre mim, fazendo estardalhaço. Meio atordoado e muito machucado, me levantei. Calças e botas haviam sido rasgadas pelas farpas do arame, rosto, mãos e uniforme estavam cobertos de lama endurecida, e o joelho sangrava devido a uma grande escoriação. Totalmente esgotado, me arrastei pela vala até meu abrigo subterrâneo para descansar.

De resto, as minas não haviam causado grandes danos. A vala estava destruída em alguns trechos, um lança-minas Prister fora destroçado, e a Vila Galinho Vivaldino, atingida em cheio, já não existia mais. No momento do impacto, o infeliz proprietário já estava sentado no fundo da galeria, pois do contrário com certeza teria sofrido seu terceiro tombo escada abaixo.

Durante toda a tarde, o tiroteio não parou e, à noite, o fogo da artilharia aumentou a ponto de se tornar barragem rolante, com uma quantidade incontável de minas cilíndricas. Nós chamávamos aqueles projéteis em forma de rolo compressor de "minas de cesto de roupa", já que às vezes elas davam a impressão de serem despejadas dos céus aos cestos. Sua forma é mais bem caracterizada quando se pensa em um rolo de massa com dois pegadores bem curtos. Ao que tudo indica, elas eram disparadas de armações especiais, semelhantes a obuses, e viravam no ar farfalhando pesadamente; a alguma distância pareciam longos salames. Elas se seguiam tão próximas umas às outras que suas explosões lembravam a queima de uma sequência de fogos. Enquanto as minas esféricas tinham algo de pisoteador, estas pareciam rasgar os nervos.

Estávamos sentados às entradas das galerias, numa espera tensa, prontos a cumprimentar qualquer um que chegasse com fuzil e granadas de mão, porém, o bombardeio voltou a se acalmar depois de meia hora. À noite, ainda tivemos de encarar dois tiroteios cerrados, pelos quais nossas sentinelas passaram incólumes em seus estandes, de onde podiam ter uma visão do que estava acontecendo. Assim que o fogo diminuiu, numerosos foguetes luminosos se elevando nos ares iluminaram os soldados ingleses que se lançavam para fora das galerias, e um fogo alucinado convenceu o inimigo de que ainda existia vida em nossas trincheiras.

Apesar do tiroteio pesado, perdemos apenas um homem, o fuzileiro Diersmann, cujo crânio foi esfacelado por uma mina que bateu em seu escudo de proteção. Outro foi ferido nas costas.

Também durante o dia que se seguiu àquela noite conturbada, numerosos torvelinhos de fogo nos prepararam para um ataque próximo. Nesse meio-tempo, nossa trincheira foi despedaçada a tiros e ficou praticamente intransitável devido à madeira lascada do revestimento; uma série de abrigos subterrâneos também foi esmagada.

O comandante do setor mandou um bilhete: "Relato telefônico inglês interceptado: os ingleses descrevem com exatidão as lacunas em nossa cerca de arame e pedem 'capacetes de aço'. Se 'capacetes de aço' é codinome para minas pesadas, não se sabe ainda. Ficar de prontidão!".

Decidimos, pois, ficar a postos e atentos durante a noite seguinte e combinamos que aquele que não gritasse seu nome ao chamado de "alô" seria abatido a tiros imediatamente. Cada oficial tinha consigo uma pistola de foguetes luminosos, carregada com um foguete vermelho para poder avisar a artilharia sem perda de tempo.

E a noite de fato foi ainda mais alucinada que a anterior. Sobretudo devido a um bombardeio por volta das 2h15 da madrugada, que superou tudo o que havíamos visto até então. Em volta de meu abrigo subterrâneo caiu uma verdadeira chuva de projéteis pesados. Ficamos em pé, com todas as armas, nas escadas da galeria, enquanto a luz dos pequenos cotos de vela se espelhava cintilando nas paredes molhadas e mofadas. Pelas entradas, corria uma fumaça azulada. Blocos de terra caíam do teto. Bum! "Raios e trovões!", "Fósforo, fósforo!", "Deixar tudo pronto!" O coração já estava na boca. Mãos esvoaçantes removiam os pinos das granadas de mão. "Essa foi a última!", "Foooraaaa!" Quando nos precipitamos em direção à saída, uma mina de detonação retardada ainda explodiu fazendo a pressão do ar nos catapultar de volta. Mesmo assim, enquanto os últimos pássaros de ferro continuavam a descer farfalhando, todos os postos da guarda já haviam sido ocupados por nossos homens. Uma torrente de foguetes luminosos irradiava um clarão de meio-dia sobre o campo encoberto por densos rolos de fumaça. Esses momentos, nos quais toda a guarnição se encontrava na mais alta tensão atrás do parapeito, tinham algo de enfeitiçante; eles recordavam aqueles segundos de respiração opressa que antecedem uma apresentação decisiva, durante os quais a música se interrompe e a iluminação geral é ligada.

Naquela noite, por algumas horas, fiquei em pé, apoiado na entrada de meu abrigo subterrâneo, que, contra as regras, estava voltado na direção do lado inimigo, e de quando em quando eu olhava para o relógio para fazer anotações acerca do bombardeio. Eu observava a sentinela, um homem de mais idade e pai de família, que estava parado acima de mim atrás de seu fuzil, totalmente imóvel, e que, vez por outra, era iluminado pelo raio de uma explosão.

Quando o fogo já havia silenciado, sofremos mais uma baixa. O fuzileiro Nienhüser caiu de repente do estande onde estava e rolou fazendo barulho pela escada da galeria, parando bem lá embaixo, no meio do círculo dos camaradas de prontidão.

Quando eles examinaram o visitante sinistro, encontraram um pequeno ferimento na testa e uma abertura que sangrava acima do mamilo direito. Não ficou claro se o que o levou à morte foi o ferimento ou a queda brusca.

Ao fim da noite de horrores, fomos substituídos pela 6ª Companhia. No mau humor que é típico quando o sol da manhã brilha após uma noite sem dormir, caminhamos pelas valas de deslocamento até Monchy e, de lá, às trincheiras da segunda posição, deslocada para a beira da floresta de Adinfer, que nos ofereceu um panorama violento do prelúdio à batalha do Somme. Os setores do front à nossa esquerda estavam envolvidos por nuvens de fumaça brancas e pretas, e as pesadas explosões que chegavam à altura de torres se sucediam umas às outras; acima, palpitavam às centenas os raios curtos de metralhas explodindo. Só os sinais coloridos, os chamados de socorro mudos à artilharia, denunciavam que ainda existia vida nas trincheiras. Ali, vi pela primeira vez um fogo tão intenso que só poderia ser comparado a um espetáculo da natureza.

Quando, mais tarde, queríamos enfim ir dormir, recebemos ordem de carregar minas pesadas em Monchy e tivemos de esperar durante toda a madrugada em vão por um carro que havia atolado, enquanto os ingleses empreendiam diversos atentados contra nossa vida, por sorte malsucedidos, com o fogo de metralhadoras e metralhas que varriam a estrada onde estávamos. Quem mais nos incomodou foi um atirador de metralhadora, que dava suas rajadas tão verticalmente para cima que as balas, aceleradas apenas pela força da gravidade, voltavam a cair verticalmente sobre nós. Por isso, não fazia o menor sentido tentar se proteger atrás de um muro.

Naquela madrugada, o adversário nos deu um exemplo de sua observação cuidadosa ao extremo. Nas trincheiras da segunda posição, mais ou menos a 2 mil metros do inimigo, um monte de calcário havia se abaulado diante de uma galeria de munição que se encontrava dentro da área construída. Os ingleses tiraram daí a conclusão, lamentavelmente correta, de que essa colina teria de ser camuflada à noite e dispararam um punhado de metralhas sobre ela, com as quais feriram com gravidade três homens.

Pela manhã, fui arrancado do sono mais uma vez com a ordem de levar minha coluna ao setor C da trincheira. Meus grupamentos foram divididos no interior da 6ª Companhia. Retornei com alguns homens à floresta de Adinfer, a fim de lhes ordenar a derrubada de árvores. No caminho de volta à trincheira, fui até meu abrigo subterrâneo para descansar uma meia horinha. Mas também isso foi em vão, naqueles dias eu não teria um sono tranquilo. Mal havia tirado minhas botas, ouvi nossa artilharia fazer fogo de modo estranhamente intenso na beira da floresta. Ao mesmo tempo, meu ordenança Paulicke apareceu na entrada da galeria e gritou: "Ataque de gás!".

Arranquei a máscara antigás do estojo, saltei para dentro das botas, pus o cinturão, corri para fora, e lá vi como uma nuvem gigantesca de gás que pairava sobre Monchy em rolos densos e esbranquiçados, tangida por um vento fraco, se dirigia ao ponto 124, localizado no chão onde estávamos.

Uma vez que a maior parte da minha coluna estava em posição na vanguarda e um ataque era bem provável, não houve grandes reflexões. Pulei a barreira da segunda posição, corri, e em pouco tempo estava no meio da nuvem de gás. Um cheiro penetrante de cloro me fez perceber que não se tratava, como eu pensara, de neblina artificial, mas de um poderoso gás de ataque. Coloquei, então, a máscara, mas logo voltei a arrancá-la, uma vez que havia corrido tão rápido que não conseguia ar suficiente através da abertura; o vidro protetor dos olhos também ficou embaçado num instante e completamente opaco. Tudo aquilo correspondia bem pouco às "aulas sobre ataques de gás", que eu mesmo dera tantas vezes. Quando comecei a sentir pontadas no peito, tentei ao menos atravessar a nuvem o mais rápido que pude. Perto dos limites da aldeia, ainda tive de romper o tiro de barragem, cujas explosões, levantadas por numerosas nuvens de metralhas, traçavam uma corrente longa e regular sobre os campos ermos e nunca antes transitados.

Fogo de artilharia em terreno aberto como aquele, no qual é possível se mover livremente, não tem o mesmo efeito moral nem o mesmo efeito real do fogo em lugarejos e trincheiras. E, assim, num segundo, eu havia deixado para trás a linha de fogo e me vi em Monchy, que se encontrava sob uma chuva alucinada de metralhas. Um temporal de balas, projéteis de artilharia que pegavam fogo e detonadores sibilava e varria os galhos das árvores frutíferas no jardim tomado por relva ou batia estalando contra o muro.

Em um abrigo subterrâneo no jardim, vi meus camaradas de companhia Sievers e Vogel sentados; eles haviam acendido uma fogueira de grandes labaredas e se curvavam sobre as chamas purificantes para escapar aos efeitos do cloro. Eu lhes fiz companhia nessa ocupação até o fogo enfraquecer e em seguida caminhei pela vala de deslocamento número 6.

Ao rastejar, eu contemplava os pequenos animais que, mortos pelo cloro, jaziam em abundância no fundo da vala, e pensava: "Logo o fogo cerrado começará de novo, e se você continuar vagando desse jeito vai continuar por aí sem proteção, como um camundongo na ratoeira". Mesmo assim, me entreguei à minha fleuma incurável.

E de fato, a apenas 50 metros do abrigo subterrâneo da companhia, fiquei no meio de um fogo selvagem, e parecia totalmente impossível atravessar sem ser atingido até mesmo aquele pequeno trecho da vala que faltava. Por sorte, vi bem perto de mim um dos nichos abertos nas paredes das valas de deslocamento para mensageiros. Três armações de galeria; não era muito, mas, em todo caso, melhor do que nada. E assim pressionei meu corpo para dentro e deixei a tempestade cair sobre mim.

Parecia que eu havia escolhido justamente o canto onde o vendaval era mais forte. Minas leves e pesadas, minas de garrafa, metralhas, "rasgadores", granadas de todo tipo – eu já nem conseguia mais distinguir o que era que caía sobre mim roncando, rosnando e estalando. Não pude deixar de pensar em meu cândido cabo na floresta de Les Eparges e de lembrar seu grito assustado: "Sim, mas que troços são esses?".

Vez por outra, os ouvidos eram totalmente atordoados por apenas um estrondo infernal, acompanhado de labaredas. Depois, um sibilar agudo ininterrupto voltava a causar a impressão de que centenas de peças de quase 60 quilos zuniam uma atrás da outra em minha direção com uma velocidade inacreditável. De quando em quando, uma bomba que não detonara caía com um impacto breve e pesado, fazendo a terra balançar em volta.

Metralhas explodiam às dúzias, graciosas como bombons detonantes, espalhavam suas balinhas em nuvem densa, com as bombinhas de fogo bufando logo em seguida. Assim que uma granada explodia nas proximidades, a sujeira chovia e matraqueava no chão, fazendo os estilhaços se cravarem no meio da chuva de terra.

É mais fácil descrever do que suportar esses ruídos, pois a sensação une cada som particular dos ferros zunindo à ideia da morte, e assim eu estava sentado em meu buraco na terra, a mão cobrindo os olhos, enquanto em minha imaginação passavam todas as diferentes possibilidades de ser atingido. Acredito ter encontrado uma comparação que acerta em cheio o sentimento peculiar dessa situação, em que qualquer outro soldado desta guerra se encontrou tantas vezes: imagine-se que a gente está amarrado com firmeza a um poste e é constantemente ameaçado por um indivíduo que não para de balançar um pesado martelo. Ora o martelo é recuado a fim de adquirir impulso, ora ele sibila para a frente de modo a quase tocar o crânio, depois volta a acertar o poste fazendo voar os estilhaços – essa situação corresponde exatamente àquilo que se vivencia em um bombardeio pesado, quando se está sem proteção. Por sorte, eu continuava tendo uma pequena sensação subjacente de confiança, aquele "a coisa há de terminar bem" que também se sente no jogo e, mesmo que não tenha a menor razão de ser, acaba sendo tranquilizador. E dessa forma o bombardeio chegou ao fim, e eu pude prosseguir em meu caminho, agora com mais velocidade.

Na vanguarda, todos estavam ocupados em azeitar seus fuzis, cujos canos haviam ficado totalmente pretos devido ao cloro, seguindo à risca o "comportamento sob ataque de gás", tantas vezes exercitado. Um alferes me mostrou, triste, seu porta-espada novo, que havia perdido o brilho prateado e adquirido um aspecto preto-esverdeado.

Como tudo estava calmo no terreno adversário, voltei a me afastar com meus grupamentos. Em Monchy, vimos uma multidão de intoxicados com gás, sentados em frente ao abrigo, apertando as mãos aos flancos, gemendo e com ânsia de vômito, enquanto de seus olhos escorria água. A coisa não era de modo algum inofensiva, pois alguns deles morreram dias depois, após dores terríveis. Tivemos de suportar um ataque com cloro puro, um gás de guerra que atuava direto sobre o pulmão, corroendo e queimando. Daquele dia em diante, decidi jamais sair sem máscara, pois até então eu a havia deixado várias vezes, em atitude incrivelmente leviana, no abrigo subterrâneo, usando o estojo, como se fosse um recipiente de amostras botânicas, para levar pão com manteiga. Eis que agora a experiência visual havia me ensinado.

No caminho de volta, fui à cantina do 2º Batalhão para comprar alguma coisa, e encontrei o garoto que lá trabalhava abatido em meio a um punhado de mercadorias destroçadas. Uma granada caíra do telhado, incendiara a loja e transformara seus tesouros em uma mistura de geleia, conservas abertas e sabão verde. Ele havia acabado de contabilizar as perdas, com precisão prussiana, em 82,58 marcos.

À noite, minha coluna, que até então estivera dividida nas trincheiras da segunda posição, avançou até a aldeia devido à situação da batalha, bem insegura, e teve de se alojar nas minas na montanha. Ajeitamos os numerosos nichos como camas e acendemos uma fogueira gigantesca, cuja fumaça fizemos sair pelo poço, para grande irritação de alguns cozinheiros da companhia, que quase ficaram sufocados lá em cima, onde providenciavam baldes de água. Uma vez que havíamos recebido um grogue bem forte, nos sentamos sobre blocos de calcário em volta do fogo, cantamos, bebemos e fumamos.

Por volta da meia-noite, começou um espetáculo infernal no arco de batalha de Monchy. Dezenas de sinos de alarme soaram, centenas de fuzis espocaram e foguetes luminosos verdes e brancos subiram sem parar aos céus. Logo em seguida, começou nosso fogo de barragem, minas pesadas reboavam e arrastavam atrás de si caudas de faíscas abrasadoras. Onde quer que habitasse qualquer alma viva naquela confusão de escombros, ecoava sem fim o grito: "Ataque de gás! Ataque de gás! Gás! Gááás!".

No clarão dos foguetes luminosos, uma torrente de gás rolava entre as ameias do muro e além. Já que o forte cheiro de cloro se fez perceber também nas minas onde estávamos, acendemos grandes fogueiras de palha diante das entradas, cuja fumaça cauterizante quase nos expulsou de nossos refúgios e nos obrigou a purificar o ar abanando sobretudos e lonas de barracas.

Na manhã seguinte, espantamo-nos com os rastros que o gás havia deixado para trás, na aldeia. Grande parte das plantas havia murchado, lesmas e toupeiras jaziam mortas e escorria água da boca e dos olhos dos cavalos dos mensageiros, abrigados em Monchy. Os projéteis e estilhaços de granada espalhados por todo lugar estavam cobertos de uma linda pátina verde. Até mesmo em Douchy a nuvem se fez perceber. Os civis, para os quais a coisa se tornara insuportável, se reuniram diante do quartel do coronel Von Oppen e exigiram máscaras antigás. Eles foram embarcados em veículos de carga e levados a lugarejos mais distantes.

Passamos a noite seguinte nas minas de novo; ao fim do dia, fui informado de que o café da manhã deveria ser recebido às 4h15 da madrugada, já que um desertor inglês declarara que às cinco horas atacariam. E de fato quem nos trouxe o café mal havia importunado nosso sono quando ecoou o grito, já não mais estranho: "Ataque de gás!". Lá fora, um cheiro adocicado pairava no ar; conforme ficamos sabendo mais tarde, dessa vez haviam nos contemplado com gás fosgênio. No arco de Monchy, o fogo da artilharia matraqueou alucinado, mas logo enfraqueceu.

Uma manhã refrescante se seguiu àquela hora intranquila. O tenente Brecht saiu da vala de deslocamento número 6 para a rua que cruzava a aldeia, uma atadura ensanguentada em volta da mão, acompanhado de um homem com fuzil e baioneta e um prisioneiro inglês. Brecht foi recebido triunfalmente no quartel-general Oeste e contou o seguinte:

Os ingleses haviam soprado nuvens de gás e de fumaça às cinco horas e, em seguida, aberto fogo sobre a vala principal usando minas. Nossos homens, como de hábito, saíram de suas proteções ainda durante o fogo, e assim contabilizaram trinta baixas. Depois, escondidas nas nuvens de fumaça, apareceram duas fortes patrulhas inglesas; uma delas entrou na vala e levou preso um suboficial ferido. A outra já havia sido detonada antes mesmo de chegar à cerca de arame. Apenas um soldado, que conseguira superar a barreira, foi agarrado pelo pescoço por

Brecht, agricultor nos Estados Unidos antes da guerra, e levado preso com um "*Come here, you son of a bitch!*"[14]. Naquele momento, ele era alimentado com um copo de vinho e olhava com olhos meio assustados, meio admirados, para a estrada da aldeia ainda havia pouco vazia e que agora pululava de carregadores de comida, padioleiros levando feridos, mensageiros e curiosos. Era um rapaz alto e ainda bem jovem, de cabelos louros dourados e rosto cheio de um frescor infantil. "Lamentável ter de matar tipos assim", pensei quando o vi.

Em seguida, chegou um longo cortejo de macas ao hospital de campanha. Também do lado sul de Monchy chegavam muitos feridos, pois no setor E da companhia o inimigo também conseguira penetrar brevemente. Entre os intrusos, havia um rapaz por certo bem adoidado. Ele saltara para dentro da vala sem ser percebido e correra por trás dos estandes de tiro sobre os quais os homens observavam o terreno. Atacou por trás, um após outro, os defensores da trincheira, cuja visão estava prejudicada pelas máscaras antigás, e voltou, depois de ter derrubado um bom número deles com golpes de clava e de coronha, igualmente despercebido para a linha inglesa. Quando a vala foi colocada em ordem, foram encontradas oito sentinelas com a parte posterior da cabeça destroçada.

Cerca de cinquenta padiolas, nas quais estavam deitados homens gemendo com ataduras brancas embebidas em sangue, haviam sido depostas diante de alguns arcos de chapa de lata ondulada, sob os quais o médico cumpria sua função de mangas arregaçadas.

Um rapazinho jovem cujos lábios azuis, um péssimo sinal, brilhavam em um rosto branco como a neve, balbuciava: "Eu estou pesado demais... não vou mais voltar... eu... vou... morrer". Um gordo suboficial-paramédico olhou compassivo para ele e murmurou diversas vezes um confortador "que é isso, camarada!".

Apesar de os ingleses terem preparado esse pequeno ataque, que uniria nossas forças em favor da ofensiva do Somme, com numerosas ações com minas e nuvens de gás, acabaram fazendo

14 "Venha cá, seu filho da puta!" Em inglês, no original.

apenas um prisioneiro, ainda por cima ferido, e deixando numerosos mortos diante de nossa cerca de arame. Nossas baixas também foram consideráveis, em todo caso; o regimento lastimou mais de quarenta mortes naquela manhã, entre elas a de três oficiais, além dos muitos feridos.

Na tarde seguinte, enfim voltamos a recuar por alguns dias à nossa amada Douchy. Ainda na mesma noite, festejamos o decorrer afortunado das ações com algumas garrafas para lá de merecidas.

No dia 1º de julho, tivemos a triste missão de enterrar parte dos mortos em nosso cemitério. Trinta e nove esquifes de madeira, sobre cujas tábuas não aplainadas os nomes estavam escritos a lápis, foram levados, lado a lado, para o fundo da cova comum. O sacerdote comentou o trecho da Bíblia: "Eles lutaram uma boa luta", e começou com as palavras "Gibraltar, esse é o vosso sinal, e, em verdade, ficastes firmes como a rocha em mar turbulento!".

Durante aqueles dias, aprendi a valorizar os homens com os quais ainda enfrentaria mais dois anos de batalhas. Tratava-se, no caso, de uma operação dos ingleses que mal foi mencionada nos relatórios de tropa e que ocuparia um de nossos setores, previsto para não entrar na grande ofensiva. Na verdade, dependia sempre de nossos homens dar poucos passos, ou não, quer dizer, atravessar aquele curto trecho que separava os estandes das entradas das galerias onde se ficava a postos. Esses passos, contudo, tinham de ser dados durante o segundo em que o fogo preparatório para o ataque atingia seu ponto máximo. Esse momento só pode ser captado pelas sensações. A onda escura que se levantou naquelas noites, muitas vezes em meio ao fogo furioso atrás das amuradas e sem que uma ordem qualquer fosse possível, ficou em meu coração como uma parábola oculta da confiabilidade humana.

Em minha memória permaneceu gravada, com força peculiar, a imagem da trincheira arrebentada e ainda fumegante, conforme ela se apresentava quando a atravessei pouco depois daquele ataque. As sentinelas do dia já haviam se colocado em formação, mas as valas ainda não estavam arrumadas. Aqui e ali, os estandes das sentinelas estavam cobertos de mortos em combate, e entre eles, como crescendo de seus corpos, se encontravam os novos ocupantes com os fuzis. A visão desses grupos sinistros invocou uma paralisia estranha – como se por um instante a diferença entre vida e morte se apagasse.

No anoitecer do dia 3 de julho, avançamos mais uma vez. Estava tudo mais ou menos calmo, mas pequenos sinais denunciavam que com certeza alguma coisa ainda estava no ar. Junto ao moinho, se ouviam batidas e marteladas baixas e ininterruptas, como se estivessem trabalhando o metal. Interceptamos diversas vezes telefonemas misteriosos que tratavam de botijões de gás e explosões, dirigidos a um oficial sapador inglês na linha de frente. Da aurora ao último raiar do dia, aviões ingleses cerraram a retaguarda com uma densa barreira aérea. O bombardeio da vala foi muito mais intenso do que o de costume e também houve uma mudança suspeita de alvo, como se novas baterias estivessem tateando nas proximidades. Ainda assim, no dia 12 de julho, fomos substituídos sem passar por nenhuma situação mais desagradável, e ficamos em Monchy na condição de tropa de reserva.

No dia 13, ao anoitecer, nossos abrigos nos jardins foram bombardeados por um canhão naval de 240 milímetros, cujas granadas poderosas vinham gorgolejando em trajetória retilínea e sem desvios. Elas deixavam tudo destroçado com um estrondo verdadeiramente terrível. À noite, fomos despertados por um fogo intenso e um ataque de gás. Estávamos sentados no abrigo subterrâneo em volta do fogão, usando as máscaras antigás, exceto Vogel, que não conseguira achar sua máscara e, espiando em todos os cantos, corria de um lado a outro enquanto alguns soldados, dos quais ele havia exigido muito no treinamento, manifestavam certo prazer malicioso em anunciar o cheiro de gás cada vez mais forte. Por fim, eu lhe dei meu cilindro de oxigênio, e durante uma hora ele ficou sentado atrás do fogão que fumaceava poderosamente, com o nariz tapado, aspirando o ar pela boca.

No mesmo dia, perdi dois homens de minha coluna por ferimentos ocorridos na aldeia: Hasselmann, com um tiro que lhe atravessou o braço; Maschmeier, com uma bala de metralha que lhe atravessou o pescoço.

Um ataque não chegou a ocorrer naquela noite; apesar disso, o regimento teve mais uma vez muitos feridos e 25 mortos. Nos dias 15 e 17, tivemos de suportar outros dois ataques de gás. No dia 17, fomos substituídos e sofremos dois pesados bombardeios em Douchy. Um deles nos surpreendeu justo quando os oficiais faziam reunião sob o comando do major Von Jarotzky, em um pomar. Apesar do perigo, foi bem ridículo ver como o grupamento reunido se viu borrifado para os lados, caiu de bico, forçou passagem entre as sebes com uma velocidade inacreditável e desapareceu como um raio, buscando abrigo em todas as proteções possíveis. Uma granada matou uma mocinha que catava lixo em uma vala no jardim de meu alojamento.

No dia 20 de julho, voltamos à trincheira. No dia 28, combinei uma patrulha com o alferes Wohlgemut e os cabos Bartels e Birkner. Não tínhamos outro objetivo em vista a não ser observar algo entre os arames da cerca e constatar o que a terra de ninguém nos revelava de novidade, pois a trincheira, mais uma vez, começava, aos poucos, a se tornar aborrecida. À tarde, o oficial da 6ª Companhia, tenente Brauns, que me substituiria, veio me visitar em meu abrigo subterrâneo e trouxe consigo um bom vinho da Borgonha. Por volta da meia-noite, interrompemos a reunião; fui à vala onde meus três companheiros já me esperavam reunidos no canto escuro de uma amurada de proteção. Depois de ter selecionado algumas granadas de mão, subi por sobre o arame no melhor dos humores, e Brauns gritou para mim: "Tiro no pescoço e na barriga!".

Em pouco tempo, havíamos conseguido nos aproximar da barreira inimiga. Perto dela, descobrimos na relva alta um arame forte e bem isolado. Considerei a constatação importante e encarreguei Wohlgemut de cortar um pedaço e levá-lo consigo. Enquanto ele se extenuava na tarefa usando, na falta de outro instrumento, seu cortador de charutos, ouvimos um som metálico no arame exatamente diante de nós; alguns ingleses apareceram e começaram a trabalhar sem perceber nossos vultos escondidos no mato.

Lembrando-me das experiências ruins da última patrulha, sussurrei de um jeito quase inaudível: "Wohlgemut, granadas de mão no meio deles!".

"Senhor tenente, acho melhor deixá-los trabalhar mais um pouquinho!"

"Ordem imediata, alferes!"

A ordem não deixou de ter seu poderoso efeito também naquele lugar ermo. Com a sensação fatal de um homem que se abandonou a uma aventura incerta, ouvi ao meu lado o estalar seco do pino de segurança sendo arrancado e vi como Wohlgemut, tentando evitar a possibilidade de ser reconhecido pelo inimigo, fez a granada de mão rolar bem rente ao chão. Ela ficou em meio à vegetação rasteira, quase entre os ingleses, que pareciam não ter percebido nada. Passaram-se alguns instantes de tensão máxima. "Kabrum!" Um clarão iluminou vultos a cambalear. Com o grito de ataque "*You are prisoners!*"[15], nós nos lançamos como tigres sobre a nuvem branca. Uma cena caótica se desenrolou em frações de segundo. Eu mirava a pistola no centro de um rosto que luzia para mim como uma máscara pálida em meio à escuridão. Uma sombra bateu de costas na cerca de arame com um grito esganiçado. Foi um grito terrível, algo como um uééé – parecido com aquele que um homem talvez dê ao dar de cara com um fantasma. À minha esquerda, Wohlgemut fez fogo com a pistola, enquanto Bartels, em sua excitação, arremessou uma granada às cegas no meio de nós.

Ao primeiro tiro, o pente saltou da coronha da minha pistola. Eu estava parado, gritando, diante de um inglês que, horrorizado, pressionava as costas contra as farpas do arame, enquanto eu continuei apertando o gatilho da arma em vão. Nenhum tiro soou – era como em um sonho paralisante. Na vala diante de nós, o barulho ficou mais alto. Chamados ecoaram, matraqueando, uma metralhadora entrou em ação. Saltamos de volta. De novo, fiquei em pé dentro de uma cratera e apontei a pistola para uma sombra que estava bem próxima de meus calcanhares. Dessa vez, a falha mostrou ser sorte, pois se tratava de Birkner, que eu acreditava ter voltado havia tempo.

E então foi uma corrida alucinada em direção às trincheiras. Diante de nossa cerca, os tiros já assoviavam de tal modo que tive de saltar para dentro de uma cratera de mina cheia de água e trespassada de arame. Tentando me equilibrar sobre o arame farpado que oscilava na superfície da água, eu ouvia os

15 "Vocês estão presos!" Em inglês, no original.

projéteis passarem sibilando por cima de minha cabeça como um gigantesco enxame de abelhas, e farrapos de arame e estilhaços de metal erodirem as paredes da cratera. Depois de meia hora, quando o fogo se acalmou, eu me movimentei com dificuldade por sobre nossa barreira e saltei, cumprimentado com alegria, para dentro da vala principal. Wohlgemut e Bartels já estavam ali; depois de mais meia hora, Birkner também reapareceu. Todos se alegraram com o desfecho feliz da ação e lamentaram apenas que o prisioneiro que tanto queríamos também conseguira escapar. Que a experiência me perturbara, eu só percebi quando estava deitado sobre um catre em meu abrigo subterrâneo, rangendo os dentes, e, apesar de exausto, não conseguia pegar no sono. O que eu tinha era uma sensação de estar desperto e completamente alerta, como se em algum lugar de meu corpo uma pequena campainha soasse o tempo todo. Na manhã seguinte, eu mal podia andar: um dos meus joelhos, que já mostrava diversas cicatrizes históricas, havia sido rasgado pelo arame, ao passo que no outro estava cravado um estilhaço da granada arremessada por Bartels.

Essas pequenas ações de patrulha, quando era preciso lutar para que o coração não saísse de vez pela boca, eram uma forma interessante de temperar a coragem com aço e interromper a monotonia da vida na trincheira. O soldado não deve, de forma nenhuma, se entediar.

No dia 11 de agosto, um cavalo preto de sela se arrastava nas proximidades da aldeia de Berles-au-Bois; ele fora derrubado ao chão com três tiros por um soldado da milícia territorial. O oficial inglês ao qual ele havia recorrido não deve ter feito uma cara das mais animadas ao ver a cena. À noite, o fuzileiro Schulz teve o olho atingido por um projétil da infantaria. Também em Monchy as perdas aumentaram, uma vez que os muros cortados pelo fogo da artilharia ofereciam cada vez menos proteção diante das rajadas de metralhadora disparadas às cegas. Começamos a encher o lugarejo de valas e levantamos novos muros nos trechos mais perigosos. Nos jardins abandonados, as frutas haviam amadurecido e seu gosto ficava mais doce na medida em que só podíamos nos deliciar com elas sob o sibilar das balas perdidas.

12 de agosto foi o tão esperado dia em que pude viajar de férias pela segunda vez durante a guerra. Eu mal sentira um pouco do calor do lar, e um telegrama veio a meu encontro: "Voltar imediatamente, mais informações disponíveis junto ao comando de Cambrai". Três horas mais tarde, eu estava sentado no trem. A caminho da estação ferroviária, três mocinhas em vestidos claros passaram por mim, as raquetes de tênis sob os braços – um radiante cumprimento para me despedir de uma vida da qual ainda me recordaria por tanto tempo.

No dia 21, eu estava mais uma vez na região conhecida, onde as ruas pululavam de tropas devido à partida da 111ª e à chegada de uma nova divisão. O 1º Batalhão estava na aldeia de Ecoust-Saint-Mein, cujos escombros nós voltaríamos a ocupar dois anos depois durante a investida final.

Paulicke, que tinha os dias de vida contados, me recebeu com cumprimentos. Avisou que os rapazes de minha coluna não paravam de perguntar se eu já havia retornado. Essa notícia me tocou profundamente e me encheu de forças; por causa dela, percebi que, nos dias quentes ainda por vir, eu poderia contar com seguidores não apenas por causa da hierarquia, mas também por meu valor pessoal.

Durante a noite, fui alojado no sótão de uma casa vazia com outros oito oficiais. Antes disso, ao anoitecer, ficamos sentados ainda por muito tempo e bebemos, na falta de algo mais forte, o café que duas francesas nos prepararam na casa vizinha. Sabíamos que daquela vez iríamos para uma batalha como o mundo ainda não havia visto outra igual. Não estávamos menos desejosos de atacar do que as tropas que haviam ultrapassado a fronteira dois anos antes, mas éramos mais perigosos que elas, éramos mais experientes na luta. Nosso humor era o melhor, o mais sereno, e palavras como "fugir" não faziam parte de nosso dicionário. Quem via os participantes dessa roda alegre teria de confessar a si mesmo que as posições que haviam sido confiadas a eles só seriam perdidas depois que o último soldado tombasse.

Era isso que acabaria acontecendo.

Guillemont

No dia 23 de agosto de 1916, embarcamos em caminhões de carga e viajamos até Le Mesnil. Ainda que já soubéssemos que seríamos acionados para atuar no cerne da lendária batalha do Somme, na aldeia de Guillemont, o ânimo era excelente. Palavras de troça eram lançadas de um veículo a outro debaixo de gargalhadas gerais.

Durante uma parada, um dos motoristas esmagou o polegar dividindo-o ao meio ao tentar dar a partida. Ver o ferimento quase me fez passar mal, já que sempre fui sensível a essas coisas. Menciono o fato porque ele parece mais estranho ao se pensar que nos dias seguintes suportei a visão de mutilações muito mais graves. Isso é um exemplo para a ideia de que na vida o todo é que determina as impressões.

De Le Mesnil, assim que a noite caiu marchamos para Sailly-Saillisel, onde o batalhão deixou seus sacos de viagem em um prado extenso e preparou as mochilas.

Diante de nós, rolava e trovejava um fogo de artilharia de uma força jamais imaginada; a oeste, milhares de clarões palpitantes faziam do horizonte um mar de chamas. Sem parar, feridos de rostos pálidos e combalidos se arrastavam por ali e muitas vezes eram empurrados subitamente para as valetas à beira da estrada por canhões e comboios de munição que passavam matraqueando.

Um mensageiro de um regimento de Württemberg veio ter comigo, a fim de conduzir minha coluna à famosa cidadezinha de Combles, onde deveríamos ficar esperando provisoriamente.

Foi o primeiro soldado alemão que vi usando capacete de aço e me pareceu de imediato um habitante de um mundo estranho e mais duro. Ao lado dele, sentado na valeta da estrada, lhe perguntei ansioso pela situação na trincheira e ouvi uma narrativa monótona sobre dias agachados em crateras abertas pelas granadas, sem caminhos de ligação nem de aproximação, sobre ataques intermináveis, sobre campos de cadáveres e uma sede louca, sobre feridos convalescendo e sobre outras coisas mais. O rosto imóvel, emoldurado pela borda do capacete de aço, e a voz monocórdia, acompanhada pelo barulho do front, nos causavam uma impressão fantasmagórica. Poucos dias carimbaram aquele mensageiro que deveria nos acompanhar ao reino das chamas, marcando-o com um selo que parecia diferenciá-lo de nós de um modo indizível.

"Quem tomba fica ali, deitado. Ninguém pode ajudar. Ninguém sabe se voltará vivo. Apesar de atacarem todos os dias, eles não conseguem passar; e os que não os deixam passar sabem que é uma questão de vida ou morte."

Nada mais restava naquela voz a não ser uma grande indiferença; ela havia sido calcinada pelo fogo. Com homens assim se pode lutar.

Marchamos em uma estrada larga que se estendia ao clarão da lua como uma fita branca sobre o terreno escuro, em direção ao troar dos canhões, cujos berros devoradores se tornavam cada vez mais incomensuráveis. Deixai toda a esperança para trás![16] O que tornava essa paisagem especialmente sombria eram suas estradas, que jaziam todas abertas como veias luminosas ao clarão da lua, e onde não se podia encontrar alma viva. Avançávamos como se estivéssemos sobre os caminhos cintilantes de um cemitério à meia-noite.

Em pouco tempo, as primeiras granadas explodiram à nossa direita e esquerda. O volume da conversa foi baixando até emudecermos. Todo mundo ouvia a aproximação gemente dos projéteis com aquela tensão estranha que empresta ao ouvido acuidade extrema. Principalmente na travessia de Frégicourt-Ferme, um

16 Referência a "Inferno", de Dante. A frase estaria inscrita no portal do inferno: "Deixai toda a esperança para trás, vós que entrais".

pequeno ajuntamento de casas em frente ao cemitério de Combles representou para nós uma primeira prova. Lá, o saco que envolvia Combles estava atado mais estreitamente. Quem quisesse entrar na cidade ou deixá-la, tinha de passar por ali, por isso se concentrara sobre aquela artéria um fogo ininterrupto dos mais pesados, igual à irradiação de uma lente convergente. O condutor já nos preparara para aquele famigerado desfiladeiro estreito; nós o atravessamos em passo apressado, enquanto os escombros crepitavam.

Sobre as ruínas havia um odor forte de cadáveres, assim como sobre todas as zonas perigosas daquela região, pois o fogo era tão intenso que ninguém se preocupava com aqueles que tombavam. Correr era uma questão de vida ou morte, e, quando senti aquele cheiro durante o percurso, mal cheguei a me surpreender... Fazia parte do lugar. Aliás, esse hausto pesado e adocicado não era meramente repugnante; além disso, misturado com a neblina penetrante dos explosivos, ele invocava uma excitação quase premonitória, como só a mais íntima proximidade da morte é capaz de produzir.

Foi ali que constatei, e durante toda a guerra apenas naquela batalha, que existe uma espécie de horror estranho como uma terra inexplorada. De modo que eu não sentia nenhum medo nesses momentos, e sim uma leveza elevada e quase demoníaca; sem contar os surpreendentes acessos de gargalhada que eu não conseguia conter.

Combles já era, pelo que conseguíamos perceber na escuridão, apenas o esqueleto de um povoado. Grandes quantidades de madeira entre os escombros e móveis catapultados no meio do caminho denunciavam que a destruição era bem recente. Depois de termos passado por cima de vários montes de entulhos, o que foi acelerado por uma série de rajadas de metralhadoras, chegamos a nosso alojamento, uma casa grande, peneirada de buracos, que escolhi como sede para três grupamentos, enquanto meus dois outros grupamentos se instalaram no porão de uma ruína do outro lado da rua.

Já às quatro horas da madrugada, fomos despertados de nossos leitos, compostos de pedaços de camas, para receber capacetes de aço. Nessa ocasião, encontramos um saco cheio de grãos de café em um buraco do porão – descoberta à qual se seguiu uma oportuna hora de café moca.

Depois de tomar meu desjejum, fui dar uma olhada no lugarejo. Em poucos dias, a ação da artilharia pesada transformara uma cidadezinha pacífica com uma simples base militar em uma imagem do horror. Casas inteiras haviam sido socadas ao chão ou rasgadas ao meio pelas bombas, de modo que os ambientes com sua mobília pairavam sobre o caos como cenários teatrais. De algumas das ruínas vinha um cheiro penetrante de cadáver, pois o primeiro e repentino ataque também surpreendera totalmente os moradores, enterrando muitos deles sob as ruínas antes que pudessem se adiantar e sair das casas. Em frente a uma soleira, jazia uma menina, estirada numa poça vermelha.

Um lugar muito atingido pelo bombardeio era a praça da igreja, destruída diante da entrada para as catacumbas: um corredor de catacumba antiquíssimo, com nichos feitos por explosões, nos quais praticamente todos os comandos das tropas ocupavam seus lugares. Contou-se que os moradores no princípio do bombardeio haviam aberto, à força de picaretas, a entrada trancada com tijolos, que durante todo o tempo da ocupação alemã havia sido mantida às escondidas.

As ruas já estavam reduzidas a trilhas estreitas, que se estendiam em linhas sinuosas entre montanhas poderosas de escombros de vigas e alvenaria. Nos jardins revirados, frutas e legumes apodreciam.

Depois do almoço, que preparamos na cozinha com as abundantes provisões encontradas na despensa, e que naturalmente foi coroado com um café bem forte, eu me sentei em uma poltrona na parte de cima da casa para descansar. Nas cartas jogadas por ali, vi que a casa pertencia ao proprietário da cervejaria Lesage. No quarto, havia cômodas e armários arrebentados, um lavatório derrubado, uma máquina de costura e um carrinho de bebê. Das paredes pendiam quadros e espelhos quebrados. No chão, uma desordem de mais ou menos 1 metro de altura, com gavetas arrancadas, roupas, espartilhos, livros, jornais, criados-mudos, cacos, garrafas, livros de notas, pernas de cadeira, saias, sobretudos, lâmpadas, cortinas, janelas, portas arrancadas das dobradiças, tecidos, fotografias, quadros a óleo, álbuns, caixas destroçadas, chapéus de mulher, vasos de flores e tapetes, tudo misturado e amontoado em grande confusão.

Pelas janelas estilhaçadas, podia ser visto o quadrado escalavrado pelas granadas de uma praça deserta, coberta pelos galhos das tílias em frangalhos. Essa confusão de impressões ainda era obscurecida pelo fogo interminável da artilharia, que tomava conta dos arredores do lugarejo. De quando em vez, o impacto gigantesco de uma granada de 38 centímetros sobrepujava a barulheira toda. Então, nuvens de estilhaços varriam Combles, estalavam contra os galhos das árvores ou espocavam nos poucos que ainda restavam, fazendo com que as telhas de ardósia rolassem abaixo.

No decorrer da tarde, o fogo aumentou a ponto de deixar apenas a sensação de uma zoeira monstruosa, na qual cada ruído isolado era engolido. A partir das sete horas, a praça e as casas em volta foram atacadas em intervalos de meio minuto por granadas de 15 centímetros. Havia muitas bombas não detonadas entre elas, cujos impactos breves e desagradáveis sacudiam a casa até as fundações. Durante todo o tempo, ficamos sentados dentro de nosso porão sobre sofás estofados em seda, em volta da mesa, a cabeça apoiada nas mãos, contando o tempo entre uma explosão e outra. Os chistes se tornaram cada vez mais raros e, por fim, até o mais temerário entre nós emudeceu. Às oito horas, a casa vizinha desmoronou depois de ser atingida em cheio duas vezes; o desabamento soprou uma formidável nuvem de pó para o alto.

Das nove às dez horas, o fogo atingiu um ímpeto alucinado. A terra estremecia, o céu parecia um gigantesco caldeirão fervendo. Centenas de baterias pesadas faziam estardalhaço nos arredores e, em Combles, incontáveis granadas se cruzavam gemendo e bufando sobre nós. Tudo estava envolvido em uma fumaça densa, irradiada por coloridos foguetes luminosos, prometendo infortúnios. Com violentas dores de cabeça e de ouvido, nós só conseguíamos nos entender com palavras ditas aos gritos e aos poucos. A capacidade de pensar logicamente e a sensação da gravidade pareciam estar suspensas. Tínhamos a percepção do inevitável e do estritamente necessário como diante de uma erupção dos elementos. Um suboficial da terceira coluna entrou em delírio.

Por volta das dez horas, o carnaval do inferno foi se acalmando aos poucos, até se transformar em fogo de artilharia calmo e ininterrupto, no qual, em todo caso, ainda não era possível distinguir os disparos isolados.

Mais ou menos às onze horas, um mensageiro chegou correndo e trouxe a ordem de conduzir os grupamentos à praça da igreja. Nós nos unimos com as duas outras colunas para marchar em posição. Para levar mantimentos, havia sido selecionada ainda uma quarta coluna, sob o comando do tenente Sievers. Esses homens ficavam à nossa volta, enquanto nós nos reuníamos sob gritos precipitados no perigoso lugar, e nos abasteciam com pão, tabaco e carne enlatada. Sievers me fez aceitar uma marmita cheia de manteiga, apertou minha mão em despedida e nos desejou boa sorte.

Em seguida, partimos marchando, em fila. Todos tinham ordem de se manterem incondicionalmente atrás daquele que caminhava à sua frente. Logo na saída do lugarejo, nosso guia percebeu que errara o caminho. Fomos obrigados a voltar sob o fogo intenso de metralhas. Então nos deslocamos, na maior parte do tempo em passo acelerado, ao longo de um caminho marcado por uma fita branca, arrebentada em pequenos trechos e estendida pelo campo aberto. Com frequência, éramos obrigados a parar justo nas piores partes, quando os guias perdiam o rumo. Nesses momentos, a fim de que o contato com o restante da tropa não fosse perdido, era proibido se deitar ao chão.

Ainda assim, súbito desapareceram a primeira e a terceira colunas. Adiante! Os grupamentos se congestionaram em um desfiladeiro bombardeado violentamente. Deitar! Um cheiro nojento que subia mostrou que aquela passagem já havia custado muitas vítimas. Depois de uma corrida sob a ameaça constante da morte, chegamos a um segundo desfiladeiro, que escondia o abrigo subterrâneo do comandante das tropas em combate, nos perdemos na corrida e demos meia-volta no empurra-empurra torturante de homens agitados. A 5 metros, no máximo, de mim e de Vogel, explodiu uma granada mediana com impacto surdo sobre a encosta traseira e nos cobriu de imensos torrões de terra, enquanto um arrepio mortal perpassava nossa espinha. Por fim, o guia voltou a encontrar o caminho ao localizar a marcação constituída por um grupo de cadáveres que chamava atenção. Um dos que haviam caído estava deitado sobre a encosta de calcário como se tivesse sido crucificado – que fantasia poderia inventar um sinalizador de direção mais adequado àquela paisagem?

Adiante! Adiante! Pessoas desabavam em plena corrida, pressionadas com dureza por nós para que arrancassem as últimas forças de seus corpos esgotados. Feridos caíam, lançando gritos desatentos de socorro dentro dos buracos abertos por granadas, à direita e à esquerda. E, olhar fixo no homem à nossa frente, seguíamos adiante por uma vala à altura dos joelhos, formada por uma cadeia de crateras gigantescas, na qual havia um morto deitado ao lado do outro. Relutante, o pé pisava sobre os corpos moles e já se desfazendo, cuja forma a escuridão não liberava aos olhos. Também o ferido que caía pelo caminho sucumbia ao destino de ser pisoteado pelas botas dos que seguiam adiante, às pressas.

E sempre aquele cheiro adocicado! O baixinho Schmidt, acompanhante de alguma patrulha perigosa, também meu volante de batalha, principiou a cambalear. Eu lhe arranquei o fuzil das mãos, contra o que o bom rapaz ainda quis reagir até mesmo naquele momento fatal.

Por fim, chegamos à linha de frente, ocupada em seus buracos por homens encolhidos e bem próximos uns dos outros, cujas vozes sem som tremeram de alegria ao saber que aqueles que os substituiriam haviam chegado. Um sargento bávaro me entregou setor e pistola de sinalização, dizendo apenas algumas palavras.

O setor de minha coluna formava a ala direita da posição do regimento e consistia em um desfiladeiro baixo ao qual o bombardeio dera a forma de uma bacia, incrustada em terreno aberto algumas centenas de passos à esquerda de Guillemont, e a distância um pouco menor à direita de Bois de Trônes. Da tropa vizinha, à direita, o 76º Regimento de Infantaria, estávamos separados por uma área de cerca de quinhentos passos de largura na qual ninguém podia permanecer devido ao fogo violento.

O sargento bávaro havia desaparecido de repente e eu fiquei parado, totalmente só, com a pistola de sinalização nas mãos, em meio àquele terreno sinistro de crateras, encoberto de modo ameaçador e misterioso pelo véu dos rolos de fumaça que pairavam sobre o chão. Atrás de mim, soou um ruído surdo e desagradável; constatei com estranha objetividade que ele vinha de um cadáver gigantesco que já começava a se desintegrar.

Como nem mesmo a possível localização do inimigo estava clara para mim, fui até meus homens e os aconselhei a se controlarem o máximo que pudessem. Ficamos todos acordados; passei a noite com Paulicke e meus dois outros volantes de batalha em uma assim chamada toca de raposa de talvez 1 metro cúbico.

Quando a aurora se anunciou, o véu que cobria o terreno estranho caiu aos poucos diante de nossos olhos espantados.

O desfiladeiro agora era nada mais do que uma sequência de crateras gigantescas, cheia de pedaços de uniformes, armas e mortos; o terreno em volta estava, tanto quanto a vista alcançava, completamente revolvido pela ação de pesadas granadas. Nem mesmo um talo de relva insignificante se mostrava aos olhos que o buscavam. O campo de batalha se encontrava em estado terrível. Entre os defensores ainda vivos, jaziam os mortos. Ao escavarmos buracos para nos proteger, descobrimos que eles foram colocados em camadas uns sobre os outros. Uma após outra, todas as companhias que resistiam compactamente ao fogo contínuo da artilharia foram ceifadas, e então os cadáveres haviam sido cobertos pelas massas de terra levantada pelos projéteis, e as companhias que as substituíram ocupavam o lugar das que tombaram. Agora era a nossa vez.

O desfiladeiro e o terreno atrás dele estavam salpicados de alemães; o terreno em frente, de ingleses. Das ribanceiras, destacavam-se braços, pernas e cabeças; diante de nossos buracos na terra, jaziam membros arrancados e mortos em combate, parcialmente cobertos com sobretudos e barracas para que se evitasse a visão constante dos rostos deformados. Apesar do calor, ninguém pensava em cobrir os corpos de terra.

A aldeia de Guillemont parecia ter desaparecido sem deixar rastros; apenas uma mancha esbranquiçada no campo de crateras ainda sinalizava a área sobre a qual as pedras de calcário das casas haviam sido moídas até virar pó. Diante de nós, encontrava-se a estação ferroviária, amassada como um brinquedo de criança; mais atrás, a floresta de Delville, destroçada em cavacos.

Mal o dia havia chegado quando um avião inglês se aproximou voando baixo e circulou sobre nós como se fosse um urubu, enquanto fugíamos para dentro de nossos buracos e lá nos encolhíamos. O olho aguçado do observador deve nos ter vislumbrado mesmo assim, pois logo soaram de cima, em curtos intervalos, sons de sirene longos e surdos. Eles se pareciam com o chamado de um ser fantástico que paira inclemente sobre um deserto.

Depois de algum tempo, uma bateria pareceu ter registrado os sinais. Um projétil pesado e rasante se seguia a outro, sibilando com força inacreditável perto de nós. Estávamos sentados impassíveis em nossos esconderijos, acendendo um cigarro de quando em quando e logo o jogando para longe, conscientes de que a qualquer momento poderíamos ser soterrados. A manga do casaco de Schmidt foi rasgada por um estilhaço imenso.

Logo no terceiro tiro, o ocupante do buraco ao nosso lado foi soterrado por uma explosão monstruosa. Nós escavamos imediatamente para buscá-lo; mesmo assim, ele estava esgotado até a morte pela pressão das massas de terra, e seu rosto se mostrava combalido e semelhante a uma caveira. Era o cabo Simon. Ele havia se tornado esperto com o dano, pois quando no decorrer do dia algum homem se movia sem cobertura ao ver um avião, ouvia-se sua voz ralhando e via-se seu punho se levantar nos ares, ameaçador, saindo de uma abertura de sua toca de raposa coberta por uma barraca.

Por volta das três horas da tarde, minhas sentinelas vieram da direita e anunciaram que não podiam mais resistir, já que os buracos em que estavam haviam sido destruídos pelas bombas. Tive de demonstrar todo o meu poder de comando para levá-las de volta a seus lugares. De qualquer modo, eu estava no local mais perigoso, e é aí onde se goza a maior autoridade.

Pouco antes das dez da noite, começou um fogo cerrado na ala esquerda do regimento, que depois de vinte minutos também nos atingiu. Em pouco tempo, estávamos totalmente envolvidos pela fumaça e pela poeira, mas a maioria das explosões se localizava logo em frente ou logo atrás da trincheira, se é que se podia dar esse nome à nossa vala, aberta à força de bombas. Durante o furacão que soprava à nossa volta, perpassei o setor de nossa coluna. Os homens estavam de baionetas caladas. Parados em sua imobilidade pétrea, com o fuzil nas mãos, na parede frontal do desfiladeiro, olhavam fixamente o campo aberto diante deles. Às vezes, ao clarão de um foguete luminoso, eu via brilhar capacetes de aço junto a capacetes de aço, lâmina junto a lâmina, e era tomado por uma sensação de invulnerabilidade. Nós podíamos até ser triturados, mas não vencidos.

Na coluna vizinha, à esquerda, o sargento Hock, o infeliz caçador de ratos de Monchy, quis disparar um foguete luminoso de luz branca, mas se enganou e pegou um vermelho sinalizando fogo cerrado, e este foi comunicado adiante por todos os lados, mandando novos foguetes de luz vermelha em direção ao céu. Num instante, nossa artilharia entrou em ação, e foi uma coisa bonita de ver. Uma granada de morteiro atrás da outra vinha voando dos ares, gemendo, e se desintegrava em estilhaços e faíscas no campo aberto. Uma mistura de pó, gases sufocantes e hausto nauseabundo de cadáveres revolvidos se levantava das crateras.

Depois dessa orgia de aniquilação, o fogo voltou a decair a seu nível normal. A ação descontrolada de um indivíduo havia colocado toda uma poderosa maquinaria de guerra em movimento.

Hock era, e continuou sendo, um homem azarado; ainda na mesma noite, deu um tiro no cano de sua própria bota ao carregar a pistola de sinalização, e teve de ser levado de volta para a retaguarda com queimaduras graves.

No dia seguinte, choveu forte, coisa que não nos era desagradável, uma vez que a sensação de secura no céu da boca depois de o pó estar molhado deixava de ser tão torturante, e as grandes moscas negro-azuladas, reunidas em bolas gigantescas como travesseiros escuros de veludo nos trechos ensolarados, haviam sido expulsas. Fiquei sentado no chão quase o dia inteiro diante de minha toca de raposa, fumei e comi com grande apetite, apesar do cenário à minha volta.

Na manhã seguinte, Knicke, o fuzileiro de minha coluna, levou de sei lá onde um tiro de fuzil no peito, que passou de raspão na medula da espinha dorsal, de modo que ele não conseguiu mais mover as pernas. Quando o vi, ele estava deitado, calmo, em um buraco, como alguém que havia acertado as contas com a morte. À noite, foi arrastado em meio ao fogo da artilharia e, em um momento em que os carregadores tiveram de buscar abrigo de repente, ainda acabou por quebrar uma das pernas. O fuzileiro veio a morrer no hospital de campanha.

À tarde, um homem de minha coluna me chamou e me deixou ver pela mira a estação ferroviária de Guillemont, apoiado à perna arrancada de um inglês. Por uma vala de deslocamento bem rasa, centenas de ingleses se adiantavam às pressas sem se preocupar muito com o fogo fraco dos fuzis, que eu logo redirecionei para eles. Aquela visão era esclarecedora, pois marcava a desigualdade dos meios com que lutávamos. Tivéssemos a mesma ousadia, nossas divisões seriam dizimadas em poucos minutos. Enquanto do nosso lado não se via balão cativo algum, do outro lado logo se viam mais de trinta, ajuntados em um cacho amarelado, grande e luminoso, que observava com olhos de Argos[17] cada movimento que se anunciava no terreno pisoteado, para imediatamente dirigir a ele uma saraivada de ferro e aço.

Ao anoitecer, quando transmiti a senha, um grande estilhaço de granada, que por sorte já estava quase no fim de seu voo, ainda roncou de encontro a meu estômago e, depois de um golpe forte na fivela de meu cinturão, caiu ao solo. Eu estava tão surpreso com o fato que só a preocupação de meus acompanhantes, oferecendo seus cantis, é que me deu noção do perigo presente.

Diante do setor da primeira coluna, apareceram dois carregadores de comida ingleses que haviam se perdido assim que a noite caiu. Eles se aproximaram com toda a calma; o primeiro segurava nas mãos uma vasilha redonda de comida, o outro um caldeirão alongado cheio de chá. Os dois tombaram com tiros a curta distância; um deles bateu com a parte superior do corpo no desfiladeiro, enquanto suas pernas ficaram na ribanceira. Fazer prisioneiros naquele inferno era praticamente impossível, e como é que se poderia carregá-los através da zona de tiro de barragem?

17 Argos "Panoptes" ("aquele que tudo vê", na mitologia grega) vigia Io, a vaca ebúrnea de Zeus, com seus cem olhos, que jamais dormem todos de uma vez; fazem-no apenas alternadamente.

Por volta da uma hora da madrugada, Schmidt me arrancou do sono conturbado. Excitado, me levantei e agarrei o fuzil. Os homens que nos substituiriam haviam chegado. Passamos a eles o que podia ser passado e deixamos aquele lugar do diabo para trás tão rápido quanto possível.

Mal havíamos alcançado uma vala de deslocamento rasa quando a primeira massa de metralhas espocou entre nós. Uma bala esmagou o pulso do homem que ia à minha frente, e o sangue jorrou. Ele começou a cambalear e quis se deitar de lado. Eu o agarrei pelo braço, levantei-o bruscamente apesar de seus gemidos e apenas o larguei no abrigo subterrâneo da enfermaria, ao lado da galeria do comandante das tropas em combate.

Em ambos os lados do desfiladeiro, a coisa estava bem quente. Chegamos quase sem fôlego. O pior lugar era um vale no qual acabamos entrando e onde metralhas e granadas leves abriam fogo ininterruptamente. Vrrrummm! Vrrrummm! E o torvelinho de ferro ribombava a nossa volta, borrifando uma chuva de faíscas na escuridão. "Aaiiiii!" Mais um grupamento foi para o espaço! Eu não tinha mais fôlego, pois reconheci, frações de segundo antes dos berros, cada vez mais agudos, que o fogo piorava bem na minha direção e terminaria em mim. Logo em seguida, um impacto pesado se fez sentir com toda a pressão ao lado da sola de meu pé, catapultando fiapos moles de argila ao ar. E justo aquela granada não explodiu!

Por todos os lugares, tropas que vinham para substituir ou estavam sendo substituídas se apressavam em meio à noite e ao fogo, parcialmente perdidas, gemendo de excitação e esgotamento; nisso, ecoavam chamados, ordens e gritos de socorro prolongados ao infinito, em repetição monótona, no campo de crateras, vindos de feridos já condenados. Eu dava indicações aos perdidos ao passar voando por eles, puxava homens para fora de buracos de granadas, ameaçava outros que queriam se deitar, gritava sem parar o meu nome para manter todos reunidos, e assim, como por milagre, consegui trazer minha coluna de volta a Combles.

Depois, ainda tínhamos de marchar por Sailly e pela Gouvernements-Ferme até a floresta de Hennois, onde passaríamos a noite a céu aberto. Só nesse momento conseguimos perceber a dimensão de nosso esgotamento. A cabeça voltada para o chão, embotados e teimosos, muitas vezes empurrados para a beirada por caminhões ou comboios de munição, seguíamos pela estrada. Em hiperexcitação doentia, eu acreditava que os caminhões que vinham matraqueando passavam tão perto e nos jogavam para a borda da estrada só para nos irritar, e mais de uma vez me surpreendi com a mão no coldre da pistola.

Depois da marcha, ainda tivemos de armar as barracas e só então pudemos nos jogar sobre o chão duro. Durante nossa estadia naquele acampamento na floresta, caíram pancadas violentas de chuva. A palha dentro das tendas começou a apodrecer e muitos adoeceram. Nós, os cinco oficiais da companhia, deixamo-nos importunar bem pouco com a umidade e, à noite, ficávamos sentados juntos, sobre nossas malas, dentro das barracas, diante de algumas garrafas bojudas que haviam sido arranjadas sabe-se lá onde. O vinho tinto nessas situações é um verdadeiro remédio.

Em uma daquelas noites, a guarda tomou a aldeia de Maurepas de assalto em um contra-ataque. Enquanto as duas artilharias se destruíam mutuamente numa área extensa, irrompeu uma tempestade horrível, de modo que, assim como na batalha entre deuses e homens, de Homero, a revolta da terra rivalizava com a revolta dos céus.

Três dias mais tarde, retornamos mais uma vez a Combles, onde ocupei quatro porões pequenos com minha coluna. Esses porões eram construídos com blocos de calcário, estreitos, longos e abaulados em forma de barril; prometiam segurança. Pareciam ter pertencido a um vinicultor – pelo menos foi assim que esclareci para mim mesmo o fato de serem equipados com pequenos fogões instalados na parede. Depois de eu ter escolhido as sentinelas, nós nos esticamos sobre os numerosos colchões que nossos antecessores haviam juntado ali.

Na primeira manhã, tudo foi relativamente tranquilo; por isso, cheguei a fazer um pequeno passeio pelos jardins devastados e pilhei ramadas cobertas de pêssegos deliciosos. Em minhas errâncias, acabei chegando a uma casa cercada de altas sebes, que devia ter sido habitada por um amante das coisas belas e antigas. Nas paredes dos ambientes, havia uma coleção de pratos pintados, pias de água benta, gravuras em cobre e imagens de santos esculpidas em madeira. Nos grandes armários, porcelana antiga aos montes; graciosos volumes encadernados em couro haviam sido arremessados ao chão: bem embaixo, uma valiosa edição antiga de *Dom Quixote*. Todos aqueles tesouros estavam abandonados à deterioração. Eu gostaria muito de ter levado uma lembrança comigo, mas me encontrava na mesma situação de Robinson com seu ouro; aquelas coisas não tinham nenhum valor ali. E assim, em uma manufatura, foram arruinados grandes fardos da mais preciosa seda, sem que ninguém se preocupasse com eles. Quando se pensava na barreira de fogo incandescente junto a Frégicourt-Ferme, que bloqueava aquela região, se dispensava sem problemas qualquer item supérfluo na bagagem.

Assim que alcancei meu alojamento, os homens, que voltavam de caminhadas de reconhecimento semelhantes pelos jardins, haviam preparado, usando carne em conserva, batatas, ervilhas, cenouras, alcachofras e todo tipo de verdura, uma sopa tão grossa que a colher parava em pé. Durante a refeição, uma granada explodiu dentro da casa e três outras nas proximidades, mas não nos deixamos perturbar muito por causa disso. Já estávamos por demais embotados com o excesso de impressões. Na casa, o cenário devia ter sido sangrento, uma vez que sobre uma montanha de escombros, no cômodo central, via-se uma cruz esculpida em lenha bruta, com uma fileira de nomes entalhada na madeira. Na tarde do dia seguinte, fui buscar na casa do colecionador de porcelana um volume do suplemento ilustrado do *Petit Journal*; depois me sentei em um cômodo ainda preservado, acendi um fogo com pedaços de móveis e comecei a ler. Não pude deixar de sacudir a cabeça várias vezes, pois haviam me caído nas mãos os números do Affaire Faschoda[18] im-

18 Também conhecido como "Crise de Faschoda". Faschoda, hoje no sul do Sudão, foi invadida por tropas coloniais francesas sob o comando de Jean-Baptiste Marchand (1863-1934), atingindo interesses britânicos. Diante da iminência de um conflito de largas proporções em torno do Sudão, a França acabou recuando. Uma vez que as tentativas de se aproximar da Alemanha não deram certo, os britânicos acabaram se acercando dos franceses, fato que resultou na *Entente Cordiale* de 1904 e se mostraria importante no desenrolar da Primeira Guerra Mundial.

pressos na época. Durante a leitura, quatro explosões reboaram em volta de nossa casa a intervalos regulares. Por volta das sete horas, eu havia virado a última página e fui até a antessala que ficava em frente à entrada do porão, onde os homens preparavam o jantar em um pequeno fogão.

Mal eu me aproximara deles, houve um estrondo agudo na porta da casa, e, no mesmo instante, senti um golpe forte na parte inferior da perna esquerda. Com o grito guerreiro primevo "Eu levei uma!", saltei pela escadaria do porão abaixo, com meu cachimbo Shag[19] na boca.

Uma luz foi acesa às pressas, e o caso, examinado. Exigi, como sempre fizera em tais situações, que me fizessem um relatório primeiro, enquanto olhava para o teto, pois não gostava de olhar eu mesmo para a ferida. Na polaina de proteção, se abria uma fenda denteada, da qual um fino jato de sangue espirrava no chão. Do outro lado, via-se a protuberância arredondada de uma bala de metralha localizada sob a pele.

O diagnóstico era bem simples, portanto – um ferimento típico: nem muito leve nem muito grave. De qualquer modo, essa era a última oportunidade de se deixar "arranhar", caso não se quisesse perder a conexão que levava de volta à Alemanha. O tiro tinha algo que lhe dava um caráter todo sutil, pois a metralha explodira além do muro de tijolos que envolvia nosso pátio. Naquele muro, uma granada quebrara uma janela circular, diante da qual havia um vaso de oleandro. A bala que me atingiu passara, pois, pelo buraco da granada, depois pela folhagem do oleandro, atravessara o pátio e a porta da casa e, por fim, selecionara, entre as muitas pernas que se encontravam reunidas no vestíbulo, justamente a minha.

Depois de terem posto uma bandagem rápida em mim, os camaradas me carregaram até as catacumbas, do outro lado da estrada bombardeada, e me depuseram de imediato sobre a mesa de cirurgia. Enquanto o tenente Wetje, que chegara correndo, segurava minha cabeça, nosso médico do estado-maior retirou a bala de metralha de meu corpo usando faca e tesoura,

19 Cachimbo conhecido por ser de tamanho bem diminuto. *Shag* refere-se também ao tabaco.

me cumprimentando em seguida, já que o chumbo havia atravessado de raspão entre a tíbia e o perônio, sem machucar nenhum dos ossos. "*Habent sua fata libelli et balli*"[20], comentou o velho médico, encaminhando-me a um paramédico para que ele providenciasse o curativo.

Enquanto fiquei deitado sobre uma maca dentro de um nicho das catacumbas até a chegada da noite, para minha alegria muitos de meus homens vieram se despedir de mim. Momentos difíceis esperavam por eles. Também meu honrado coronel Von Oppen me visitou brevemente.

Ao anoitecer, fui carregado com outros feridos para a saída do lugarejo e lá embarcado em um carro-enfermaria. Sem dar atenção à gritaria dos que estavam dentro, o motorista voou sobre crateras e outros obstáculos da estrada de Frégicourt-Ferme, que como sempre estava sob o fogo pesado do inimigo, e nos entregou por fim a um automóvel que nos encaminhou à igreja da aldeia de Fins. A troca de veículo foi executada no meio da noite junto a uma aglomeração isolada de casas, na qual um médico examinou as ataduras, decidindo quem deveria e quem não deveria ficar. Meio tomado pela febre, tive a impressão de estar diante de um homem ainda jovem, de cabelos completamente brancos, que se ocupava dos ferimentos com um cuidado inacreditável.

A igreja de Fins estava tomada por centenas de feridos. Uma enfermeira me contou que, nas últimas semanas, mais de 30 mil haviam sido atendidos e enfaixados naquele lugar. Diante de tais números, até para mim meu caso de um tiro miserável na perna parecia de todo insignificante.

De Fins fui levado com quatro outros oficiais a um pequeno hospital de campanha que havia sido instalado em um casarão

20 Expressão latina oriunda de um poema do gramático Terenciano Mauro, que escreveu e atuou provavelmente no final do século II depois de Cristo. Completo, o verso diz: *Pro captu lectoris habent sua fata libelli*, algo como: "conforme a capacidade do leitor, têm os livrinhos seu destino". A citação *Habent sua fata libelli* ocupa posição de destaque em *O nome da rosa*, de Umberto Eco, e encerra a célebre *A letter from Mr. Joyce to the Publisher*, de James Joyce. Jünger postula que têm seu destino não apenas os "livrinhos", mas também as "balas".

burguês de Saint-Quentin. Quando fomos descarregados, todas as vidraças da cidade tremiam; era justamente a hora em que os ingleses, usando os contingentes máximos de todas as forças de artilharia, conquistavam Guillemont.

Quando a maca ao meu lado foi levantada para fora do veículo, ouvi uma daquelas vozes atônitas, que jamais se esquecem: "Por favor, me levem logo a um médico... eu estou muito doente... tenho um flegmão de gás".

Por esse nome, era designada uma forma terrível de septicemia, que pode chegar a destruir a vida do soldado logo após um ferimento.

Fui carregado a um quarto em que havia doze camas tão próximas umas das outras que se tinha a impressão de estar em um espaço totalmente preenchido por travesseiros brancos como a neve. A maioria dos ferimentos era grave, e imperava um tumulto do qual tomei parte sonhando de tanta febre. E assim, logo depois de minha chegada, um rapaz com um curativo em forma de turbante atado em volta da cabeça saltou de sua cama e fez um discurso. Acreditei se tratar de uma piada esquisita, apenas, mas logo ele foi visto desmaiando exatamente de forma tão repentina quanto havia levantado. Sua cama foi empurrada sob um silêncio angustiado pela porta pequena e escura.

Ao meu lado, estava deitado um oficial dos sapadores. Na trincheira, ele havia pisado sobre um explosivo, que cuspira uma chama aguda e longa. Haviam posto um chumaço transparente de gaze em seu pé mutilado pelo fogo. Ele se mostrava de bom humor, aliás, e contente por encontrar em mim um ouvinte. À minha esquerda, um alferes na flor da juventude era tratado com vinho tinto e gema de ovo; ele havia alcançado o último grau da consumpção possível, mesmo na mais fértil imaginação. Quando a enfermeira queria fazer sua cama, ela o levantava como se fosse uma pena; todos os ossos que um ser humano possui em seu corpo podiam ser vistos sob sua pele. Assim que a enfermeira lhe perguntou, à noite, se ele não queria escrever uma cartinha simpática a seus pais, imaginei que sua hora havia chegado, e de fato: ainda naquela noite também a sua cama foi empurrada pela porta escura até o quarto mortuário.

Já na tarde seguinte, eu estava deitado em um vagão-hospital que me levou a Gera, onde recebi tratamento excelente no hospital militar da guarnição. E depois de uma semana já me considerei pronto a ir em busca de minha coluna, mas tive de cuidar, em todo caso, para não cruzar com o médico-chefe.

Foi o momento em que também vim a subscrever os 3 mil marcos, que eu possuía na época, como empréstimo à guerra, para jamais voltar a vê-los. Enquanto tinha os papéis em mãos, lembrei-me do belo foguetório que havia sido desencadeado pelo foguete luminoso errado... Um espetáculo que não poderia ser pago nem com 1 milhão...

Voltemos mais uma vez ao desfiladeiro terrível para contemplar o último ato que sempre encerra um drama como aquele, e nos mostraremos fiéis aos relatos dos poucos feridos sobreviventes, sobretudo ao de meu volante de batalha Otto Schmidt.

Depois de meu ferimento, meu substituto, o sargento Heistermann, assumiu o comando da coluna para, passados poucos minutos, conduzi-la ao campo de crateras junto a Guillemont. À exceção de alguns poucos homens, atingidos em marcha, mas que, por conseguirem caminhar, ainda puderam voltar a Combles, todos desapareceram sem deixar rastros nos labirintos de fogo da batalha.

Depois de ter sido substituída, a coluna voltou a se instalar nas tocas de raposa já familiares. Nesse meio-tempo, a lacuna na ala direita havia se alargado tanto com o fogo aniquilador e ininterrupto que não podia mais ser ignorada. Na ala esquerda, também surgiram buracos, de modo que os homens em posição pareciam uma ilha cercada de torrentes poderosas de fogo por todos os lados. O setor inteiro era constituído, sob um ponto de vista mais panorâmico, de ilhas semelhantes, maiores e menores, que encolhiam cada vez mais. O ataque inimigo encontrou diante de si uma rede cuja malha havia se tornado larga demais para conseguir detê-lo.

E assim a noite foi ficando cada vez mais agitada. Quando estava amanhecendo, apareceu uma patrulha formada por dois homens do 76º Regimento, que, depois de esforços infindos, conseguiu se aproximar de nós. A patrulha logo voltou a desaparecer no mar de fogo, e com ela o último contato com o mundo exterior. O fogo vinha pela ala direita e se tornava cada vez mais intenso, aumentando a lacuna aos poucos, tirando da linha de defesa um foco de resistência após o outro.

Por volta das seis horas, Schmidt quis tomar café da manhã e foi pegar sua marmita, que havia guardado diante de nossa velha toca de raposa, mas acabou encontrando apenas uma peça de alumínio amassada e toda esburacada. Logo o bombardeio reiniciou e aumentou a uma força tal que só poderia ser interpretado como sinal de um ataque próximo. Aviões apareceram e começaram a descrever seus círculos bem perto do chão, como abutres que se lançam sobre suas vítimas.

Heistermann e Schmidt, os dois únicos habitantes da minúscula caverna de terra e que só por milagre haviam resistido tanto tempo, sabiam que o instante chegara e que tinham de se preparar. Quando saíram para o desfiladeiro repleto de fumaça e poeira, se viram na mais absoluta solidão. Durante a noite, o fogo havia patrolado os últimos e parcos esconderijos que ainda existiam entre eles e a ala direita, e soterrado os que estavam dentro deles sob as massas de terra despencando. Também à sua esquerda, as bordas do desfiladeiro se mostravam desnudas e sem defensores. Os restos da guarnição, entre eles a equipe de metralhadora, haviam se recolhido em um abrigo subterrâneo, que era coberto apenas com tábuas e uma fina camada de terra, tinha duas entradas e havia sido escavado mais ou menos na metade do desfiladeiro, na encosta da retaguarda. Também Heistermann e Schmidt tentaram alcançar esse último refúgio. No caminho até lá, desapareceu também o sargento, que justo naquele dia fazia aniversário. Ele ficou para trás em uma curva e jamais voltou a ser visto.

O único homem que ainda apareceu vindo da direita para se esconder junto ao grupamento do abrigo subterrâneo foi um cabo de rosto coberto por bandagens, que de repente se livrou das ataduras para borrifar homens e armas com uma torrente de sangue e se deitar para morrer. Durante esse tempo, o poder do fogo continuou crescendo ininterruptamente; era preciso contar com o fato de que a qualquer instante uma bomba poderia acertar em cheio o abrigo superlotado, onde havia tempo não se dizia mais palavra.

Mais adiante, à esquerda, alguns homens da terceira coluna ainda haviam se aferrado a suas crateras enquanto a trincheira do lado direito, observada da lacuna de antes, que já crescera a ponto de parecer um terreno atingido por avalanche, era literalmente esmagada. Aqueles homens também devem ter sido os primeiros a perceber tropas inglesas atacando, depois de um fogo derradeiro e ainda mais cerrado. De qualquer modo, o primeiro alerta ouvido pelos homens foi uma gritaria que ecoou à esquerda deles e anunciava a presença do inimigo.

Schmidt, que havia alcançado o abrigo subterrâneo por último e, por isso, era quem estava mais próximo da saída, foi o primeiro a dar as caras no desfiladeiro. Ele saltou em direção ao cone respingante de uma granada. Através da nuvem que se dissipava, conseguiu ver à direita, justo no lugar em que ficava a velha toca de raposa que nos havia protegido de modo tão leal, figuras de cor cáqui se deslocando acocoradas. No mesmo instante, o inimigo adentrou a parte esquerda da trincheira, atacando em grupamentos coesos. O que acontecia além da encosta frontal não podia ser visto devido à profundidade do desfiladeiro.

Nessa situação desesperadora, a leva seguinte dos homens que estavam no abrigo subterrâneo, sobretudo o sargento Sievers, se apressou em sair dali com uma metralhadora ainda intacta e seu apontador. Em segundos, a arma havia sido colocada em posição no solo do desfiladeiro e posto o inimigo à direita sob a alça da mira. Enquanto colocava o punho na correia e o dedo na alavanca de carregamento, granadas de mão inglesas já rolavam encosta abaixo. Os dois atiradores sucumbiram ao lado da arma, sem conseguir carregar tiro algum. Quem saltou para fora do abrigo subterrâneo foi recebido com tiros de fuzil, de modo que em poucos instantes já havia uma espessa coroa de mortos cercando ambas as entradas.

Schmidt também foi mandado ao chão com a primeira salva de granadas. Um estilhaço o atingiu na cabeça, outros lhe arrebentaram os dedos. Ele ficou deitado com o rosto pressionado ao solo, próximo ao abrigo subterrâneo, que ainda atrairia por muito tempo o fogo intenso dos fuzis e das granadas.

Por fim, tudo ficou em silêncio; os ingleses tomaram posse daquele trecho da trincheira. Schmidt, talvez a última alma viva no desfiladeiro, ouviu passos que anunciavam a aproximação do inimigo atacando. Logo em seguida, reboaram tiros de fuzil bem rente ao chão, também se sentiu o impacto de explosivos e bombas de gás que defumaram todo o abrigo subterrâneo. Ainda assim, por volta do entardecer, alguns sobreviventes, que haviam se escondido em um canto protegido, se arrastaram para fora. Por certo, formaram os grupinhos de prisioneiros que caíram nas mãos das tropas de assalto. Foram recolhidos e levados de volta por padioleiros ingleses.

Em seguida, Combles também foi tomada, depois de a abertura do saco que nos envolvia ter sido atada em Frégicourt-Ferme. Os últimos defensores da aldeia, que haviam se retirado para as catacumbas durante o fogo, foram derribados na batalha pelos escombros da igreja.

Mais tarde, tudo ficou calmo naquela região, até voltarmos a conquistá-la na primavera de 1918.

Junto a Saint-Pierre-Vaast

Depois de eu ter passado duas semanas no hospital militar e outras duas em férias, voltei ao regimento, que estava em posição junto a Deuxnouds, bem próximo da Grande Tranchée, tão familiar para nós. Depois de minha chegada, o regimento só ficou mais dois dias por lá e outros dois no lugarejo antigo e montanhoso de Hattonchâtel. Em seguida, pegamos o trem na estação de Mars-la-Tour, outra vez em direção à região do Somme.

Em Bohain, fomos descarregados e alojados em Brancourt. Aquela região, à qual voltaríamos ainda muitas vezes mais tarde, é povoada por agricultores, e mesmo assim há um tear instalado em quase todas as casas.

Eu estava alojado com um casal cuja filha era até bem bonita. Dividíamos os dois ambientes da casinha e, à noite, eu tinha de atravessar o quarto da família.

O pai me pediu, já no primeiro dia, que eu lhe redigisse uma queixa ao comandante local, já que seu vizinho o havia agarrado pelo pescoço, espancado e ameaçado de morte com o grito "*Demande pardon!*".[21]

Certa manhã, quando quis deixar meu quarto para me colocar em serviço, a filha segurou a porta fechada por fora. Achei que aquilo era uma de suas brincadeiras e, pelo meu lado, forcei a porta, que saltou das dobradiças graças à pressão que nós dois fazíamos, de modo que caminhamos com ela pelo quarto. De repente, a parede divisória caiu e a bela estava em pé, para

21 "Peça perdão!" Em francês, no original.

o constrangimento de ambos e grande alegria de sua mãe, fantasiada de Eva diante de mim.

Jamais ouvi alguém praguejar com língua tão hábil como aquela rosa de Brancourt reagiu às acusações de uma vizinha, de ter sido pensionista em certa estrada de Saint-Quentin. "*Ah, cette pelure, cette pomme de terre pourrie, jetée sur un fumier, c'est la crème de la crème pourrie*",[22] ela vociferou, enquanto corria pelo quarto com as mãos esticadas como garras, sem encontrar uma vítima para sua fúria.

Aliás, tudo naquele vilarejo se passava à maneira de lansquenetes. Certa noite, eu quis procurar um camarada que estava alojado junto à referida vizinha, uma robusta beldade flamenga chamada Madame Louise. Atravessei os jardins sem titubear e, por uma janelinha, a vi sentada à mesa, se regalando diante de um grande bule de café. De repente, a porta se abriu e o proprietário daquele confortável alojamento entrou no quarto como um sonâmbulo e, para minha surpresa, tão parcamente vestido como se fosse um sonâmbulo de fato. Sem dizer palavra, pegou o bule e derramou com exímia pontaria uma porção significativa de café em sua própria boca. Depois disso, voltou a sair sem dizer palavra. Como logo senti que só perturbaria tal idílio, me limitei a sair sorrateiramente dali.

Aquela região se caracterizava por um comportamento bem relaxado, que fazia um estranho contraste com seu caráter rústico. Com certeza, isso tinha a ver com a tecelagem, pois, em cidades e paisagens nas quais o fuso impera, sempre se encontrará um espírito bem diferente do que se encontra, por exemplo, em lugares onde se forja o ferro.

Uma vez que estávamos distribuídos em companhias em cada um dos lugarejos, formávamos apenas um pequeno círculo, à noite. Na maior parte das vezes, só participavam da reunião íntima o tenente Boje, que chefiava a 2ª Companhia; o tenente Heilmann, um guerreiro feroz, que perdera um olho atingido por um tiro; o alferes Gornick, que mais tarde mudou para os aviadores de Paris; e eu. Todas as noites, comíamos batatas com

22 "Ah, essa casca de ferida, essa batata podre misturada com estrume, é a nata da podridão." Em francês, no original.

sal e gulache enlatado, depois era a vez das cartas e de algumas garrafas de Polnischer Reiter ou de Grüne Pomeranzen sobre a mesa. E lá quem mais fazia uso da palavra era Heilmann, que pertencia àquele tipo de homem que não se impressiona com absolutamente nada. Ele morava no segundo alojamento mais bonito, foi o segundo ferido mais grave e participara do segundo maior enterro. Só o seu torrão pátrio, a Silésia Superior, era uma exceção, já que possuía a maior aldeia, a maior estação ferroviária de carga e o poço mais fundo do mundo inteiro.

Para a próxima incursão, eu havia sido destinado à condição de oficial de reconhecimento, e me apresentei com uma tropa de dois suboficiais e quatro homens da divisão. Tais missões especiais me agradavam bem pouco, pois em minha companhia eu me sentia como em uma família, e só a contragosto a deixava antes de uma batalha.

No dia 8 de novembro, o batalhão se deslocou sob chuva torrencial para a aldeia de Gonnelieu, já abandonada pela população. De lá, a tropa de reconhecimento foi mandada a Liéramont e subordinada ao oficial de informação da divisão, o capitão de cavalaria Böckelmann. O capitão de cavalaria morava conosco, os quatro chefes da tropa de reconhecimento, e com mais dois oficiais de observação e seus ordenanças, na espaçosa casa paroquial, cujos quartos dividimos entre nós. Em uma das primeiras noites, aconteceu na biblioteca uma longa conversa sobre a proposta de paz alemã, que acabava de aparecer. Böckelmann concluiu dizendo que todos os soldados deveriam ser proibidos de mencionar a palavra paz durante uma guerra.

Nossos antecessores nos familiarizaram com a posição da divisão. Tínhamos de nos deslocar à vanguarda todas as noites. Nossa missão era investigar a situação, testar as possibilidades de contato e nos manter informados em todos os lugares para, em caso de necessidade, poder orientar as tropas e encaminhar missões especiais. O setor que me fora destinado como zona de trabalho ficava à esquerda da floresta de Saint-Pierre-Vaast, imediatamente diante da "Floresta Sem Nome".

A paisagem noturna era lodosa e desolada, muitas vezes tomada pelo ribombar de pesados ataques. Com frequência, eram lançados ao alto foguetes amarelos, que explodiam no ar e faziam cair um chuvisco de fogo cuja cor me lembrava o tom de uma viola.

Logo na primeira noite, eu me perdi nos pântanos do arroio de Tortille, em completa escuridão, e quase teria morrido afogado. Ali, havia trechos insondáveis; ainda na noite anterior, um carro de munição atrelado havia desaparecido sem deixar rastros em uma gigantesca cratera de granada, escondida sob o espelho do lodo.

Depois de ter conseguido escapar daquela paisagem inóspita, tentei encontrar o caminho de volta à Floresta Sem Nome, em cujos arredores havia um fogo leve e intermitente de granadas. Bem despreocupado, fui caminhando, pois o som pálido das explosões me fez deduzir que os ingleses gastavam por lá a pólvora de seus estoques encalhados. Mas eis que de repente uma pequena lufada de vento soprou até mim um cheiro adocicado de cebola, e logo ouvi várias vozes gritando na floresta: "Gás, gás, gás!". Com a distância, aquele alerta ecoava estranhamente fino e queixoso, mais ou menos como o cricrilar de um punhado de grilos.

Conforme fiquei sabendo na manhã seguinte, muitos dos nossos foram envenenados àquela hora na floresta, em cuja mata rasteira as pesadas nuvens de fosgênio se agarravam com persistência sem se dissiparem.

Com os olhos lacrimejando, tropecei de volta à floresta de Vaux, onde, ofuscado pelo visor embaçado da máscara antigás, caía de uma cratera a outra. Aquela noite foi, em lugares distantes e inóspitos, de uma solidão fantasmagórica. Quando dava de cara com sentinelas ou soldados perdidos de seus grupamentos, vagando a esmo naquela escuridão, eu tinha a sensação gélida de que não estava mais conversando com homens, e sim com demônios. Perambulávamos como se estivéssemos sobre uma praça de escombros além dos limites do mundo conhecido.

No dia 12 de novembro, esperando melhor sorte, fiz minha segunda incursão à vanguarda, com a missão de examinar as possibilidades de contato na trincheira de crateras. Ao longo de uma corrente de postos de ligação escondidos em buracos na terra, eu avançava em direção a meu objetivo.

A trincheira de crateras com justiça era assim chamada. Em uma encosta de montanhas diante da aldeia de Rancourt, havia incontáveis crateras espalhadas e, aqui e ali, elas eram ocupadas por alguns homens. A área escura sobre a qual os projéteis se cruzavam assoviando era deserta e amedrontadora.

Depois de algum tempo, perdi o contato com a cadeia de crateras e voltei para não cair nas mãos dos franceses. Ao fazê-lo, dei de cara com um conhecido oficial do 164º Regimento, que me advertiu a não permanecer por mais tempo ali já que a aurora estava chegando. Por isso, atravessei às pressas a Floresta Sem Nome e tropecei pelas crateras fundas, passando por árvores arrancadas, raízes e uma confusão quase impenetrável de galhos derrubados ao chão.

Quando saí da floresta, já estava claro. O campo de crateras se estendia diante de mim sem rastro de vida algum. Estaquei, porque áreas sem vivalma sempre são suspeitas na guerra.

De repente, soou um tiro dado por um atirador invisível e me atingiu em ambas as pernas. Eu me joguei dentro da cratera mais próxima e pressionei as feridas com um lenço, já que mais uma vez havia esquecido meus dois pacotes de ataduras. Um projétil havia atravessado a panturrilha direita e acertado a esquerda de raspão.

Com extrema cautela, rastejei de volta à floresta e de lá atravessei mancando o terreno pesadamente bombardeado em direção ao posto improvisado de primeiros socorros.

Pouco antes, vivenciei mais uma vez algo que exemplifica como pequenas circunstâncias são responsáveis pela ventura e pela desventura na guerra. Mais ou menos a 100 metros de um cruzamento da estrada ao qual eu me dirigia, o chefe de uma divisão escavadora de trincheiras, com o qual eu havia estado na 9ª Companhia, me chamou. Mal havíamos começado a conversar quando uma granada explodiu no meio do cruzamento, e eu provavelmente estaria morto caso não tivesse ocorrido aquele encontro. E coisas assim não são vistas como obra do acaso.

Depois da chegada da escuridão, fui carregado até Nurlu em uma maca. Lá, o capitão de cavalaria veio me buscar com um automóvel. Na estrada iluminada por holofotes inimigos, o motorista puxou o freio bruscamente. Um obstáculo escuro atravancava o caminho. "Não olhe para lá!", disse-me Böckelmann, que me segurava pelo braço. Era um grupamento da infantaria com seu líder, que havia pouco fora vítima de um golpe certeiro. Os camaradas estavam unidos na morte como se dormissem em paz.

Na casa paroquial, ainda tomei parte no jantar, pelo menos no sentido de que fui aninhado em um sofá e me deram um copo de vinho tinto para provar. Mas o conforto logo foi perturbado, quando Liéramont recebeu sua bênção noturna. Bombardeios localizados são especialmente desagradáveis, e assim nos mudamos às pressas para o porão, depois de ter ouvido algumas vezes o canto sibilante dos mensageiros de ferro, que terminava com um estrondo nos jardins ou no vigamento das casas.

Fui o primeiro a ser enrolado em um cobertor e arrastado para baixo. Ainda na mesma noite, eu chegaria enfim ao hospital de campanha de Villeret e de lá ao hospital de guerra de Valenciennes.

O hospital de guerra ficava nas proximidades da estação ferroviária, instalado numa escola, e abrigava mais de quatrocentos soldados com ferimentos graves. Dia a dia, um cortejo de cadáveres deixava o grande portão sob os acordes surdos de um tambor. Na extensa sala de cirurgia, toda a lamúria da guerra era ainda mais condensada. Junto a uma fila de mesas de operação, os médicos tentavam dar conta de seu ofício sangrento. Aqui era cortado um membro, acolá aberto um crânio ou removida uma atadura que se prendera à carne. Gemidos e gritos de dor ecoavam pelo ambiente tomado por uma luz impiedosa, enquanto enfermeiras vestidas de branco, ocupadas com instrumentos e ataduras, corriam de uma mesa a outra.

Ao lado de minha cama, estava deitado um sargento que perdera uma perna lutando com uma septicemia braba. Ondas desordenadas de suor se revezavam com calafrios intermitentes, e as marcas da febre davam saltos como um cavalo alucinado. Os médicos tentavam apoiar a vida com champanhe e cânfora, mas a balança se inclinava cada vez mais para o lado da morte. Foi estranho que ele, que nos últimos dias na verdade já estivera ausente, na hora de sua morte tenha reencontrado a clareza absoluta e ainda encaminhado alguns preparativos. Assim, fez com que a enfermeira lhe lesse seu capítulo predileto da Bíblia, depois se despediu de todos nós, pedindo desculpas por nos ter perturbado o sono tantas vezes com seus ataques de febre. Por fim, sussurrou, com uma voz à qual ainda tentou imprimir um tom chistoso: "Tem mais, não, um tiquinho de pão, aí, Fritz?", e poucos minutos depois estava morto. Aquela última frase se referia ao nosso enfermeiro Fritz, um homem já de mais idade cujo dialeto nós costumávamos imitar, e ela nos comoveu, porque nela ficou expressa a última intenção do moribundo, a de nos animar e divertir.

Durante a estadia no hospital de guerra, sofri um ataque de melancolia, para o qual certamente também contribuiu a recordação da fria paisagem cheia de lama em que eu havia sido baleado. Todas as tardes, eu caminhava mancando ao longo de um canal deserto, entre álamos desfolhados. O que mais pesava era o fato de não ter podido participar do ataque de meu regimento à floresta de Saint-Pierre-Vaast – uma ação armada brilhante, que nos trouxe centenas de prisioneiros.

Com as feridas quase fechadas, voltei à tropa depois de catorze dias. A divisão ainda ocupava a mesma posição na qual eu a havia deixado depois de meu ferimento. Quando meu trem estava chegando a Epéhy, uma série de explosões ecoou do lado de fora. Destroços amassados de vagões de carga, jogados ao lado dos trilhos, revelavam que por ali ninguém estava para brincadeiras.

"Mas o que está acontecendo aqui?", perguntou um capitão sentado à minha frente, que parecia estar chegando da pátria novinho em folha. Sem perder tempo esperando resposta, escancarei a porta do vagão com um gesto brusco e busquei cobertura atrás do dique da estação, enquanto o trem ainda seguia um trecho adiante. Por sorte, aquelas explosões haviam sido as últimas. Entre os que viajavam, ninguém fora atingido; apenas alguns cavalos sangrando foram conduzidos para fora do vagão de animais.

Já que eu ainda não conseguia caminhar muito bem, me deram o posto de oficial de observação. O posto de observação ficava em uma encosta entre Nurlu e Moislains. Lá havia um telescópio que girava em semicírculo, com o qual eu podia observar a linha de frente que já me era tão familiar. Quando o fogo se tornava mais intenso, os foguetes luminosos coloridos se manifestavam, ou, quando havia quaisquer acontecimentos especiais, a divisão tinha de ser informada por telefone. Durante dias fiquei sentado, tremendo de frio, numa cadeirinha atrás das lentes duplas, sob a neblina de novembro, e a experiência mais radical que me restava era testar a linha telefônica. Se o fio fosse rompido a tiros, eu tinha de chamar a tropa de pane para consertá-lo. Descobri naqueles homens, cuja atividade no terreno de batalha mal havia chamado minha atenção até aquele momento, um tipo incomum de trabalhador desconhecido no espaço da morte. Enquanto qualquer outro se apressava em passar o mais longe possível das zonas de bombardeio, a tropa de pane se deslocava em direção a elas sem perder tempo e seguindo os ditames de sua profissão. De dia e à noite, ela vasculhava as crateras ainda quentes abertas pelas explosões, a fim de voltar a trançar e juntar duas pontas de fio; essa atividade era tão perigosa quanto imperceptível.

O posto de observação havia sido construído diretamente no solo para não chamar atenção. De fora, era possível ver apenas uma fenda estreita, escondida pela metade sob uma moita de capim. Assim, apenas tiros casuais atingiam suas proximidades; e do esconderijo seguro eu podia acompanhar com conforto o comportamento dos homens isolados e das divisões menores, aos quais se dá pouca atenção quando nós mesmos estamos atravessando a área bombardeada. Por vezes, em especial à hora do crepúsculo, a paisagem parecia uma grande estepe povoada de animais. Sobretudo quando pontos bombardeados a intervalos regulares voltavam a ser buscados por outros que vinham, se jogavam ao chão de repente e fugiam em velocidade máxima, é que a semelhança com uma paisagem natural perversa ficava mais evidente. Decerto a impressão era tão forte porque eu podia observar os procedimentos com toda a tranquilidade, na condição de órgão visual avançado dos comandantes. No fundo, não tinha nada a fazer a não ser esperar pela hora do ataque.

A cada 24 horas, eu era substituído por outro oficial e ia descansar na aldeia de Nurlu, bem próxima, onde havia sido instalado, em uma grande adega, um alojamento até bem confortável.

Não raro, me recordo das noites de novembro, longas e pensativas, que passei sozinho, fumando meu cachimbo, diante da lareira do recanto pequeno e abobadado, enquanto lá fora, no parque devastado, a neblina pingava das castanheiras desnudas e, às vezes, uma explosão que ecoava longe quebrava o silêncio.

No dia 18 de dezembro, a divisão foi substituída e eu voltei ao regimento, que se encontrava na aldeia de Fresnoy-le-Grand. Lá, assumi a chefia da 2ª Companhia no lugar do tenente Boje, que havia entrado em férias. Em Fresnoy, o regimento teve quatro semanas de paz completa, e todos se esforçaram em gozá-las tanto quanto podiam. O Natal e o Ano-novo foram festejados na companhia, em festas nas quais a cerveja e o grogue jorraram em torrentes. Apenas cinco homens da 2ª Companhia haviam festejado comigo o Natal anterior, nas trincheiras de Monchy.

Com o alferes Gornick e meu irmão Fritz, que chegara seis semanas antes ao regimento na condição de cadete, eu habitava o salão e dois quartos de um aposentado francês. Ali, voltei a me animar um pouco e muitas vezes chegava em casa apenas ao amanhecer.

Certa manhã, quando ainda estava deitado em minha cama, bêbado de sono, um camarada veio até meu quarto me buscar para o serviço. Enquanto conversávamos, ele brincava com minha pistola, que como de costume estava sobre a mesa de cabeceira, e nisso fez uma bala disparar e passar bem perto de minha cabeça. Na guerra, vivenciei toda uma série de ferimentos fatais ocasionados pelo uso imprudente das armas; e tais acasos são especialmente desagradáveis.

Na primeira semana, o general Sontag fez uma inspeção, em que o regimento foi louvado por seu desempenho no ataque à floresta de Saint-Pierre-Vaast e contemplado com numerosas distinções. Enquanto eu apresentava a 2ª Companhia desfilando em marcha, acreditei ter percebido que o coronel Von Oppen informava o general a meu respeito. Algumas horas mais tarde, fui chamado ao alojamento do estado-maior, onde o general me entregou a Cruz de Ferro de Primeira Classe. Fiquei ainda mais alegre porque, na verdade, atendi ao chamado esperando em segredo receber alguma repreensão. "O senhor costuma ser ferido muitas vezes", cumprimentou-me o general, "e, por isso, pensei em um emplastro bem especial".

No dia 17 de janeiro de 1917, fui mandado de Fresnoy à praça de treinamento das tropas de Sissonne, junto a Laon, por quatro semanas, para um curso dado a chefes de companhia. O capitão Funk, diretor de nossa seção, tornou o serviço bem agradável para nós. Ele possuía o talento de reduzir a grande quantidade de prescrições a algumas regras fundamentais; e com esse método sempre nos sentíamos incentivados, não importando a área com que entrávamos em contato.

O abastecimento, ao contrário, foi bem parco durante aquele tempo. As batatas haviam se tornado raras; dia após dia encontrávamos, quando levantávamos a tampa das panelas em nosso gigantesco refeitório, uma sopa de nabo bem aguada. Em pouco tempo, mal podíamos ver aqueles legumes amarelados. No fundo, eles são bem melhores que sua fama – contanto que sejam refogados com um belo pedaço de carne de porco e não se economize na pimenta. E isso não existia mais por ali.

A retirada do Somme

No fim de fevereiro de 1917, voltei ao regimento, que havia alguns dias estava em posição junto às ruínas de Villers-Carbonnel, e assumi o comando da 8ª Companhia.

A marcha às trincheiras serpenteou pelo terreno sinistro e ermo da planície do Somme; uma ponte velha, já muito danificada, nos levou por cima do rio. Outros atalhos de aproximação eram feitos com barragens de troncos postos de través sobre a bacia do brejo que se espraiava na baixada; o importante quando estávamos em terreno assim era nos manter homem atrás de homem, romper cinturões de juncos largos e rascantes e passar sobre áreas de pântano silenciosas, cintilando no espelho escuro das águas. Quando granadas explodiam naqueles trechos e respingavam lodo em altos jorros, ou quando as rajadas de metralhadora erravam sobre as áreas pantanosas, podíamos no máximo trincar os dentes, pois caminhávamos para o lado do rio, onde não havia mais cobertura, como se estivéssemos sobre uma corda. Por isso, algumas locomotivas fantasticamente bombardeadas, que haviam ficado paradas na margem alta do outro lado, sobre os trilhos, e que assinalavam o fim do caminho, sempre eram cumprimentadas com uma sensação de alívio.

Na baixada, ficavam as aldeias de Brie e Saint-Christ. Torres, das quais apenas uma parede estreita havia permanecido intacta, em cujas aberturas das janelas a luz do luar brincava, escuros montões de escombros encimados por uma confusão de vigas que sobressaíam esparsamente, e árvores isoladas, privadas de seus galhos e espalhadas sobre áreas de neve maculadas aqui e ali pela marca negra das explosões, bordejavam o caminho na condição de cenários rijos e metálicos, atrás dos quais o caráter fantasmagórico daquela paisagem parecia estar à espreita.

As trincheiras foram mais uma vez postas em ordem de modo precário, depois de um longo período de muita lama. Os condutores do trem me contaram que durante algum tempo só fora possível encaminhar a substituição por meio de foguetes luminosos, para não se submeterem ao perigo de morrer afogados. Um foguete luminoso disparado obliquamente sobre a trincheira significava "Estou entregando a guarda"; outro, em direção contrária, dizia: "Acabei de assumi-la".

Meu abrigo subterrâneo ficava mais ou menos a 50 metros do front em uma vala transversal na qual habitava, além de mim e meu pequeno estado-maior, mais um grupamento que havia sido colocado à minha disposição. A vala estava seca e parecia bem construída. Em suas duas saídas, cobertas por barracas, havia pequenos fogões de ferro com longos canos, pelos quais muitas vezes rolavam torrões de terra fazendo um estardalhaço sinistro quando o bombardeio era pesado. Da galeria, saíam, ramificados em ângulos retos, alguns corredores cegos que formavam uma série de tendas minúsculas. Em uma delas, montei meu alojamento. Além de um catre estreito, uma mesa e alguns caixotes de granadas de mão, o mobiliário era constituído apenas de alguns poucos objetos bem familiares, a garrafinha de álcool, o candelabro, a marmita e o equipamento pessoal.

Ali, também passávamos uma horinha de conversa agradável durante a noite, cada um sentado sobre 25 granadas de mão. Faziam-me companhia os dois oficiais, Hambrock e Eisen, e tenho de dizer que as reuniões subterrâneas de nossa pequena roda, a 300 metros do inimigo, eram bem estranhas.

Hambrock, que era astrônomo, um grande amante de E. T. A. Hoffmann, gostava de fazer longos discursos sobre a observação de Vênus, em relação à qual ele afirmava que o brilho puro de estrela jamais poderia ter equivalente na Terra. Ele era uma figura de compleição minúscula, magro como um varapau, tinha cabelos vermelhos e um rosto semeado de pintas amarelas e esverdeadas que lhe havia rendido entre nós o apelido de

"Marquês Gorgonzola". No decorrer da guerra, havia adquirido hábitos bem peculiares; costumava dormir durante o dia e se mostrar vivaz apenas ao anoitecer, para então perambular de vez em quando como um fantasma nas trincheiras alemãs ou inglesas. Ele também tinha a mania arriscada de se aproximar devagar de uma sentinela e disparar um foguete luminoso bem próximo de seu ouvido, "para testar sua coragem". Lamentavelmente, sua saúde era demasiado débil para uma guerra, e deve ter sido por isso que ele acabou sucumbindo a um ferimento, em si inofensivo, que sofreria pouco depois, em Fresnoy.

Eisen também era de estatura baixa, mas corpulento e, uma vez que havia crescido no clima bem mais quente de Lisboa, na condição de filho de emigrantes, era atormentado por eternos tremores de frio. Por esse motivo, costumava esquentar a cabeça com um grande lenço quadriculado vermelho, que passava por cima do capacete de aço e era atado em nó debaixo do queixo. Além disso, tinha uma queda por pendurar um grande número de armas em seu corpo – além de um fuzil, que sempre carregava consigo, tinha todo tipo de facas, pistolas, granadas de mão e uma lanterna enfiada no cinturão, de modo que, quando se topava com ele na vala, achávamos de cara que havia encontrado algum armênio. Por um bom tempo, carregou também algumas granadas ovais de mão nos bolsos de suas calças, até que esse hábito o levou a vivenciar algo bastante desagradável, que ele nos contou com humor certa noite. Ele estava fuxicando seus bolsos para pegar o cachimbo que, porém, ficara preso ao pino de uma dessas granadas de mão, levando-a a disparar. E assim o estalo abafado inconfundível que costuma anunciar os três segundos do sibilar silencioso do detonador o havia surpreendido de repente. Em seu empenho horrorizado de puxar o troço para fora, para arremessá-lo pela amurada da trincheira acima, ele se enrolou de tal maneira no bolso da própria calça que a granada já o teria arrebentado em pedaços se, por um lance fabuloso da sorte, justamente aquele projétil não tivesse falhado. Meio paralisado e banhado no suor do medo, ele viu sua vida lhe ser dada de presente mais uma vez.

Contudo, conseguiu assim apenas uma curta prorrogação, pois alguns meses mais tarde tombaria em combate junto a

Langemarck. Também no caso dele, a vontade tinha de ajudar muito o corpo; além de míope, ouvia mal e, conforme logo se constatou em um pequeno embate, primeiro precisava ser virado em direção ao inimigo por seus homens para só depois poder tomar parte na batalha.

Pelo menos, pessoas débeis têm melhor coração do que covardes forçudos, coisa que foi provada em algumas ocasiões durante as poucas semanas que passamos naquela trincheira.

Ainda que aquele trecho do front também pudesse ser caracterizado como tranquilo, os poderosos ataques de fogo que de vez em quando caíam martelando de surpresa sobre as valas denunciavam que, de todo jeito, a artilharia estava a postos. Os ingleses também pareciam bem curiosos, e não passava uma semana sem que tentassem ver o que estava acontecendo conosco através de pequenas expedições de reconhecimento levadas a cabo com esperteza ou com violência. Murmurava-se algo acerca de uma grande "batalha de superioridade material", na primavera, em que estariam sendo preparados para nós festejos ainda piores do que aqueles aos quais estávamos acostumados desde a batalha do Somme, no ano anterior. Para abafar o ímpeto do choque, nós nos preparávamos para deixar em massa a trincheira. Dou notícia aqui de algumas vivências daquele tempo.

Dia 1º de março: Na parte da tarde, o fogo foi intenso devido às condições abertas do tempo. Sobretudo uma pesada bateria aplainou quase por completo o setor da terceira coluna, sob a orientação dos observadores localizados em balões cativos. Para reorganizar meu mapa da trincheira, chapinhei até lá atravessando a "vala sem nome" completamente tomada por água. Enquanto estava a caminho, vi um gigantesco sol amarelo descer no horizonte, puxando atrás de si uma longa coluna de fumaça negra. Um aviador alemão conseguiu se aproximar do balão desagradável e o bombardeou, fazendo com que pegasse fogo. Perseguido pelos tiros alucinados da defesa terrestre, o aviador acabou escapando depois de algumas peripécias aéreas.

Ao anoitecer, o cabo Schnau veio até mim e anunciou que no abrigo subterrâneo de seu grupamento havia quatro dias se podia ouvir o ruído de algo que parecia bicar o solo. Passei a observação adiante e recebi um comando de sapadores com aparelhos de escuta que de qualquer modo não conseguiu descobrir nada suspeito. Mais tarde, disseram que, justo por ocasião daquele ruído, haviam minado subterraneamente toda a trincheira.

No dia 5 de março, uma patrulha se aproximou de nossa vala bem cedo pela manhã e começou a cortar o arame da cerca. Eisen avançou às pressas com alguns homens, assim que ouviu o anúncio da sentinela, e arremessou granadas de mão, fazendo recuar em fuga os que atacavam, deixando dois homens para trás. Um deles, um jovem tenente, morreu logo em seguida; o outro, um sargento, foi ferido gravemente nos braços e nas pernas. Pelos documentos do oficial, ficamos sabendo que seu nome era Stokes e que pertencia ao 2º Regimento de Fuzileiros Royal Munster. Ele estava muito bem-vestido e seu rosto, mortalmente convulso, era de talhe inteligente e enérgico. Em seu caderno de notas, li um punhado de endereços de moças londrinas; isso me deixou tocado. Nós o enterramos atrás de nossa vala e assentamos sobre sua cova uma cruz bem simples, na qual mandei entalhar seu nome com tachas de botina. Dessa experiência, vi que nem todas as patrulhas necessariamente tinham de chegar a bom termo como acontecera nas que eu até então fizera.

Na manhã seguinte, os ingleses atacaram com cinquenta homens o setor da companhia vizinha, que se encontrava sob o comando do tenente Reinhardt, depois de um breve fogo preparatório por parte da artilharia. Os que atacavam haviam rastejado até diante do arame e, depois que um deles fez um sinal de luz raspando uma lixa afixada ao punho, indicando que as metralhadoras inglesas deveriam silenciar, chegaram à nossa vala, no mesmo instante em que explodiam suas últimas granadas. Todos tinham o rosto coberto de fuligem, para se confundirem ao máximo com a escuridão.

Nossos homens os receberam com tal maestria que só um deles conseguiu chegar até dentro da trincheira. Este correu imediatamente até a segunda linha da defesa, onde, depois de não ter dado atenção à ordem de se render, teve o corpo crivado de balas. Só um tenente e um sargento conseguiram saltar sobre o arame. O tenente tombou, ainda que vestisse uma couraça blindada sob o uniforme, pois a bala de pistola disparada quase à queima-roupa por Reinhardt fez uma placa de metal penetrar em seu corpo. O sargento teve as duas pernas quase arrancadas por estilhaços de granada; mesmo assim, manteve seu pequeno cachimbo preso entre os dentes rilhados, com tranquilidade estoica, até morrer. No caso dele, e também em todos os outros em que demos de cara com ingleses, ficamos com a feliz impressão de estar diante de arrojada hombridade.

Na manhã daquele dia bem-sucedido, passeei por minha vala e vi o tenente Pfaffendorf, em um dos estandes das sentinelas, que de lá dirigia o fogo de seus lançadores de mina com um telescópio. Parando ao lado dele, percebi de imediato um inglês que buscava proteção atrás da terceira linha inimiga, se destacando com nitidez no horizonte em seu uniforme cáqui. Arranquei o fuzil das mãos da sentinela mais próxima, ajustei o visor para 600 metros, mirei com precisão no homem, mantive a arma firme alguns segundos e puxei o gatilho. Ele ainda deu três passos, depois caiu de costas como se suas pernas tivessem sido puxadas por baixo, bateu algumas vezes os braços e rolou para dentro de um buraco de granada, no qual vimos suas ombreiras marrons brilhando ainda por muito tempo através do telescópio.

No dia 9 de março, os ingleses mais uma vez pavimentaram nosso setor à risca e segundo todas as regras da arte do bombardeio. Já bem cedo pela manhã, fui despertado por um pesado ataque, peguei minha pistola e saí, ainda meio dormindo. Quando puxei para o lado a lona da barraca diante da entrada de minha galeria subterrânea, ainda estava escuro como breu. O fogo intenso e a sujeira sibilando logo me fizeram acordar completamente. Corri pela vala sem encontrar vivalma até chegar às escadas da galeria, onde um grupamento de homens sem comando se encolhia como galinhas na chuva, todos apertados uns aos outros. Eu os levei comigo e botei movimento na vala. Em algum lugar ouvi, para minha alegria, a voz pipilante do baixinho Hambrock, que também já arrumava suas coisas.

Mal-humorado, voltei à minha galeria depois de o fogo ter diminuído um pouco, e ali meu mau humor só fez piorar quando recebi o telefonema de um escalão de comando.

"Raios, o que está acontecendo aí com vocês? Por que o senhor atende ao telefone só agora?"

Depois do café da manhã, o bombardeio continuou. Dessa vez os ingleses martelaram devagar, mas planejadamente, palmilhando as trincheiras com granadas pesadas. Por fim, tudo ficou entediante; fui visitar o baixinho Hambrock passando por um corredor subterrâneo, olhei de perto o que tinha para beber e joguei vinte-e-um[23] com ele. Em dado momento, fomos perturbados por um estrondo imenso; torrões de terra rolaram pela porta adentro e pela chaminé do fogão. A boca da galeria havia desmoronado, o revestimento fora amassado como uma caixa de fósforos. Às vezes, um cheiro amargoso de amêndoas vinha do poço – será que estavam atirando com ácido cianídrico? Bom, saúde, camarada! Em dado momento, tive de sumir; isso precisou ser feito em quatro tempos, por causa das interrupções constantes da artilharia pesada. Logo em seguida, o ordenança surgiu com o anúncio de que a latrina havia sido transformada em um monte de gravetos por um tiro que a acertara em cheio, coisa que levou Hambrock a fazer uma observação reconhecendo minha sorte. E eu disse: "Se eu tivesse ficado lá fora, talvez agora estivesse com o mesmo número de sardas que você tem na cara".

Por volta do anoitecer, o fogo cessou. Percorri a vala no estado de espírito que sempre me dominava depois de fortes bombardeios, e que só pode ser comparado à sensação de relaxamento depois de uma tempestade. O aspecto da vala, aliás, era desolador; trechos inteiros haviam sido aplainados pelas bombas, cinco bocas de galeria haviam desmoronado. Diversos homens foram feridos; eu os visitei e os encontrei relativamente bem. Um morto jazia na vala, coberto por sua lona. Um estilhaço longo lhe arrancara o lado esquerdo do quadril quando ele ainda estava bem embaixo, na escada da galeria.

À noite, fomos substituídos.

No dia 13 de março, recebi do coronel Von Oppen a missão de guardar o setor da companhia com uma patrulha de dois grupamentos até a retirada completa do regimento, que atravessaria

23 Jogo de cartas, também chamado *pontoon*, em inglês. A partir dele foi desenvolvido o conhecido jogo de cassino chamado *blackjack*.

o Somme. Cada um dos quatro setores na linha de frente deveria ser ocupado por uma dessas patrulhas, cujo comando foi entregue a oficiais. Os setores eram, a partir da ala direita, subordinados aos tenentes Reinhardt, Fischer, Lorek e a mim.

As aldeias que atravessamos ao marchar haviam assumido o aspecto de grandes manicômios. Companhias inteiras derrubavam e arrancavam muros ou estavam sentadas sobre os telhados e destruíam as telhas. Árvores eram derrubadas, vidraças, quebradas; à volta, nuvens de pó e de fumaça subiam das poderosas montanhas de escombros. Viam-se soldados em trajes masculinos e com vestidos de mulher deixados para trás pelos moradores, usando cartolas na cabeça e correndo adoidados por ali. Eles encontravam as vigas principais das casas com uma sagacidade destruidora, prendiam cordas a elas e puxavam por muito tempo lançando gritos ritmados até que tudo desmoronasse. Outros vibravam martelos gigantescos e com eles destruíam o que encontravam pela frente, do pote de flores no parapeito da janela à artística construção em vidros de um jardim de inverno.

Até a Linha Siegfried, cada aldeia se tornara uma montanha de escombros, cada árvore havia sido derrubada, cada estrada estava coberta de minas, cada poço, cheio de veneno, cada curso de rio tinha sua barragem, cada porão havia sido explodido ou se tornado perigoso com bombas escondidas, cada trilho, desparafusado, cada fio de telefone, cortado, e tudo que podia ser queimado havia sido queimado; resumindo, transformávamos em terra devastada as regiões à espera do inimigo, que avançava.

As imagens lembravam, como já foi dito, um manicômio, e causavam efeito semelhante, meio engraçado, meio adverso. Elas também eram, conforme logo se podia perceber, prejudiciais à disciplina do homem. Pela primeira vez, vi ali a destruição planejada que ainda haveria de encontrar à farta mais tarde em minha vida; ela está desastrosamente atada à orientação econômica de nossa época, trazia mais prejuízos do que lucros, inclusive a quem destrói, e não proporcionava nenhuma honra ao soldado.

Entre as surpresas que ficaram reservadas àqueles que nos seguiam, algumas eram de uma maldade engenhosa. Arames quase invisíveis, da grossura de um pelo de crina de cavalo, eram esticados na entrada das casas e galerias e, ao menor toque, detonavam cargas inteiras de explosivos. Em alguns lugares, eram cavadas valetas estreitas na estrada nas quais alguém se encarregava de enterrar uma granada; tudo isso era coberto com uma prancha de carvalho e, depois, com terra. Na prancha, fixava-se um prego um pouco acima do detonador da granada. Sua grossura era calculada de tal maneira que divisões em marcha podiam passar sem que nada acontecesse, mas, assim que o primeiro caminhão ou o primeiro canhão passassem, a prancha se curvaria e a granada explodiria pelos ares. Entre as invenções mais odiosas, estavam as bombas-relógio, que eram enterradas nos porões de casas não destruídas. Elas eram divididas em duas partes por uma plaquinha de metal. Uma das câmaras era ocupada pelo explosivo, a outra, por um ácido. Depois que esses ovos do demônio eram escondidos, o ácido corroía a placa de metal em um trabalho renhido de semanas e acabava por detonar o explosivo. Uma delas levou aos ares a prefeitura de Bapaume, justamente no momento em que os chefes da administração pública haviam se reunido para festejar a vitória.

No dia 13 de março, pois, a 2ª Companhia deixou as trincheiras, que assumi com meus dois grupamentos. À noite, um homem chamado Kichhof foi abatido com um tiro na cabeça. Estranhamente, aquele tiro infeliz foi o único que o inimigo deu ao longo de horas.

Dei todas as ordens possíveis para enganar o inimigo acerca de nossas forças. Aqui e acolá algumas pás de terra eram jogadas para fora da trincheira, e nossa única metralhadora tinha de disparar sequências de tiros ora da ala direita, ora da ala esquerda. Mesmo assim, nosso fogo soava bem ralo quando observadores voando baixo cruzavam sobre a trincheira ou uma divisão de escavadores atravessava o terreno inimigo. Por isso, todas as noites apareciam patrulhas que se punham a trabalhar no arame, em diferentes pontos diante de nossa vala.

No penúltimo dia, quase encontrei um fim bem desagradável. A bomba não detonada de um canhão antiaéreo caiu sibilando de uma altura descomunal e explodiu na amurada de proteção na qual eu havia me apoiado, sem a menor noção do que estava acontecendo. A pressão do ar me catapultou justamente à abertura frontal de uma galeria, onde voltei a mim extremamente perplexo.

No dia 17 pela manhã, percebemos que um ataque devia estar próximo. Na vala inglesa dianteira, normalmente desocupada e coberta de lama, ouvimos o chapinhar de muitas botas. Os risos e gritos de uma guarnição numerosa denunciavam que aqueles homens haviam se azeitado muito bem para o combate, inclusive interiormente. Vultos escuros se aproximaram de nosso arame e foram expulsos a tiros; um deles desabou gemendo e ficou deitado. Recolhi meus grupamentos ocupando posição em forma de ouriço em volta da entrada de uma vala de deslocamento, e me esforcei para manter o terreno à nossa frente iluminado com o disparo de foguetes luminosos, em meio ao fogo repentino da artilharia e de bombas arremessadas. Uma vez que os brancos logo partiram, mandamos ao ar um verdadeiro foguetório de projéteis coloridos. Quando, às cinco, chegou a hora da retirada, ainda explodimos às pressas, com granadas de mão, os abrigos subterrâneos, pelo menos onde não havíamos instalado aquelas máquinas infernais genialmente construídas, para as quais usamos os restos de nossa munição. Durante a última hora, eu não queria mais tocar em nenhuma caixa, nenhuma porta e nenhum balde d'água, com medo de voar pelos ares de repente.

No tempo estipulado, as patrulhas recuaram até o Somme, em parte já envolvidas em batalhas de granadas de mão. Quando havíamos ultrapassado a baixada (éramos os últimos da tropa), as pontes foram mandadas aos ares por comandos de sapadores. Em nossas trincheiras, continuava o fogo alucinado de antes. Só depois de algumas horas, as primeiras patrulhas inimigas apareceram nas proximidades do Somme. Nós nos recolhemos atrás da trincheira da Linha Siegfried, ainda em construção; o batalhão instalou seu alojamento na aldeia de Lehaucourt, localizada junto ao canal de Saint-Quentin. Eu me alojei com meu ordenança em uma casinha confortável, na qual os estoques de alimento continuavam em arcas e armários. O fiel Knigge não pôde ser convencido, por mais que eu lhe falasse, a montar seu acampamento na sala aquecida durante a noite; quis dormir na cozinha fria – traço distintivo que mostra bem a discrição típica de nós, nascidos na Baixa Saxônia.

Na primeira noite de descanso, convidei meus amigos para um vinho quente temperado com todos os condimentos que o proprietário havia deixado para trás, pois nosso trabalho de patrulha nos proporcionara, além de outros reconhecimentos, férias de duas semanas.

Na aldeia de Fresnoy

Dessa vez, as férias que passei a desfrutar alguns dias mais tarde não foram interrompidas. Em meu diário, encontro a anotação breve, mas significativa: "Férias muito bem aproveitadas, não precisarei censurar a mim mesmo depois de morrer". No dia 9 de abril de 1917, voltei à 2ª Companhia, que estava acampada na aldeia de Merignies, bem próxima a Douai. A alegria de voltar a ver meus companheiros foi perturbada por um alarme que me incomodou sobretudo pela missão de conduzir a tropa de combate a Beaumont. Sob os pingos da chuva e no torvelinho da neve, cavalguei na ponta da fileira de caminhões que sacolejava pela estrada até chegarmos a nosso destino, à uma hora da madrugada.

Depois de homens e cavalos terem sido precariamente acomodados, fui em busca de um alojamento para mim, mas até mesmo o lugar mais ínfimo já estava ocupado. Por fim, um funcionário da intendência teve a boa ideia de me oferecer sua cama, já que tinha de manter guarda junto ao telefone. Enquanto eu me enfiava na cama de botas e esporas, ele me contou que os ingleses haviam tomado dos bávaros a elevação de Vimy e boa parte da região em volta dela. Apesar de toda a hospitalidade, fui obrigado a constatar que a transformação da tranquila aldeiazinha de passagem, localizada em um lugar de cruzamento das tropas em combate, lhe era extremamente desagradável.

Na manhã seguinte, o batalhão marchou ao encontro do reboar de canhões no povoado de Fresnoy. Lá, recebi a ordem de instalar um posto de observação. Procurei, com alguns homens, uma casinha no limite ocidental da aldeia em cujo telhado mandei fazer uma abertura de espionagem voltada para o front. Nossos aposentos foram transferidos para o porão, cuja arrumação fez com que caísse em nossas mãos um saco de batatas, uma ajuda bem-vinda a nossos mantimentos extremamente escassos. Assim, Knigge preparava todas as noites para mim batatas assadas com casca. Gornick, que ocupava a vila de Villerwal com um posto de guarda em campo aberto, depois de ela já ter sido abandonada, me mandou o presente bem camarada de algumas garrafas de vinho tinto e uma grande lata de patê de fígado, subtraídas do estoque de um depósito de provimentos que havia sido deixado para trás na pressa da retirada. Uma tropa de pilhagem, equipada com carrinhos de bebê e veículos semelhantes, enviada por mim de imediato ao lugar para resgatar aqueles tesouros, lamentavelmente teve de dar meia-volta sem nada conseguir, uma vez que os ingleses já haviam alcançado as fronteiras do povoado com linhas de tiro bem densas. Mais tarde, Gornick me contou que, depois da descoberta do depósito de vinho tinto na aldeia, já tomada por fogo inimigo, se instalara ali um banquete despreocupado de beberrões que só a muito custo pôde ser controlado. Por isso, em tais casos, passamos a quebrar a tiros garrafões e recipientes do gênero.

No dia 14 de abril, recebi a missão de instalar uma central de informações na aldeia. Assim, colocaram à minha disposição volantes, ciclistas, telefones, estação sinalizadora e telégrafo subterrâneo, pombos-correio e uma sequência de postes luminosos. À noite, selecionei um porão adequado, com galeria anexa, e depois, pela última vez, fui à minha velha habitação, no limite ocidental do povoado. Aquele dia havia sido muito trabalhoso, e voltei cansado à minha nova casa.

Durante a noite, acreditei ouvir algumas vezes um estrondo surdo e os gritos de Knigge, mas estava tão mergulhado no sono que apenas murmurei: "Deixe que atirem!", e me virei para o outro lado, ainda que o pó tomasse conta do ambiente como em um moinho de calcário. Na manhã seguinte, despertei com os gritos do sobrinho do coronel Von Oppen, o baixinho Schultz: "Homem, então ainda não sabe que sua casa foi bombardeada e está totalmente destruída?". Quando me levantei para verificar os danos, fui obrigado a constatar que uma granada gigantesca havia explodido no telhado e destruído todas as salas ao lado do estande de observação. A detonação precisaria ter sido apenas um pouco mais bruta e teriam de "nos recolher com a colher e nos enterrar na marmita", conforme rezava a bela expressão típica do front. Schultz me contou que seu volante havia dito, ao ver a casa destruída: "Ainda ontem ela foi ocupada por um tenente; vamos dar uma olhada para ver se encontramos rastro". Meu sono tão pesado tinha deixado Knigge totalmente fora de si.

Pela manhã, nos mudamos para um porão novo. No caminho até lá, quase fomos abatidos pelos escombros da torre da igreja, que despencou após ter sido mandada aos ares sem pompa nem circunstância por um comando de sapadores, para dificultar a mira da artilharia inimiga. Em uma aldeia vizinha, chegaram a esquecer de comunicar a destruição da torre ao posto de guarda de dois soldados que vigiavam na lucarna. Milagrosamente, conseguiram tirar os homens intactos do meio do vigamento. Naquela manhã, mais de uma dezena de torres de igreja voou pelos ares nos arredores mais próximos.

Instalamo-nos sofrivelmente em nosso espaçoso porão, arrastando até ele móveis de castelos e choupanas, aproveitando tudo o que aparecia, fosse o que fosse. O que não nos agradava, usávamos na lareira.

Durante aqueles dias, uma série encarniçada de batalhas aéreas aconteceu sobre nós; quase todas terminaram com a derrota dos ingleses, uma vez que a esquadrilha de Richthofen circulava sobre a região. Muitas vezes, cinco, até seis aviões, um após o outro, eram mandados ao chão ou derrubados já pegando fogo. Em uma delas, vimos quem estava dentro sair voando em arcos largos e cair no chão como pontos negros, bem distantes de suas máquinas. Sem dúvida, olhar para cima também podia ser perigoso; foi assim que um homem da 4ª Companhia acabou atingido mortalmente no pescoço por um estilhaço em queda.

No dia 18 de abril, fui visitar a 2ª Companhia em sua trincheira, que se localizava em uma curva sinuosa do front em volta da aldeia de Arleux. Boje me contou que até então havia apenas um ferido, já que o bombardeio sistemático dos ingleses sempre permitia a retirada dos setores atacados.

Depois de ter lhe desejado tudo de bom, deixei a aldeia a galope devido às pesadas granadas que não paravam de explodir à minha volta. Trezentos metros depois de Arleux, fiquei parado, observando as nuvens brotarem das explosões, que, conforme atingiam tijolos ou a terra de um jardim, moendo tudo o que encontravam pela frente, eram tingidas de vermelho ou de negro e se misturavam ao branco suave de metralhas detonando. Mas, quando algumas séries de granadas leves passaram a atingir as trilhas estreitas que ligavam Arleux a Fresnoy, abri mão de novas impressões e abandonei o campo às pressas, para não deixar que "a morte me tocasse", conforme a expressão usual da 2ª Companhia na época.

Eu costumava fazer passeios desse tipo com frequência; às vezes, eles se estendiam até a cidadezinha de Henin-Liétard, pois nas primeiras duas semanas, apesar da grande quantidade de pessoal disponível, não houve mensagem alguma a ser passada adiante.

A partir do dia 20 de abril, Fresnoy passou a ser bombardeada por um canhão de navio cujos projéteis voavam gemendo e lançando bufos infernais. Depois de cada explosão, a aldeia era envolvida por uma gigantesca nuvem marrom-avermelhada de pícrico[24] que subia em forma de cogumelo. Até mesmo as bombas que não explodiam causavam um pequeno terremoto. Um homem da 9ª Companhia, surpreendido no pátio do castelo por um desses projéteis, foi catapultado para o alto, por cima das árvores do parque, e quebrou todos os ossos ao cair ao chão.

Certa noite, eu me apressava de bicicleta para o vilarejo, vindo de uma encosta, quando vi a já familiar nuvem marrom-avermelhada se levantando. Desci da bicicleta e fui me postar em campo aberto, para esperar com calma o fim do bombardeio. Mais ou menos três segundos depois de cada impacto, eu ouvia o estrondo poderoso, sucedido por um assoviar e um trinar de diversas vozes, como se um imenso bando de pássaros

24 Ácido usado em processos de anestesia e cicatrização.

estivesse se aproximando. Depois disso, centenas de estilhaços caíam e revolviam o pó seco do chão das lavouras. O espetáculo se repetia diversas vezes, e eu sempre voltava a esperar, com a sensação de uma curiosidade em parte constrangedora, em parte incontrolável, a revoada relativamente lenta dos estilhaços.

Durante as tardes, a aldeia permanecia sob o fogo dos mais diferentes calibres. Apesar do perigo, eu só conseguia me separar da lucarna no sótão de minha casa com muita dificuldade, pois era empolgante o espetáculo das guarnições isoladas e dos mensageiros correndo afoitos; muitas vezes eles se jogavam ao chão, no terreno bombardeado, enquanto à direita e à esquerda a terra se levantava em redemoinho. Ao espiar assim as cartas do destino, era fácil esquecer a própria segurança.

Quando voltei ao vilarejo, depois do encerramento de uma dessas provas de fogo, pois com certeza era disso que se tratava, mais um porão havia sido destruído. Nós conseguimos resgatar só três cadáveres do lugar em chamas. Ao lado da entrada, um morto estava deitado de bruços em seu uniforme esfrangalhado; sua cabeça havia sido arrancada e o sangue escorria para uma poça d'água. Quando um paramédico o virou de costas para recolher os objetos de valor, vi, como em um pesadelo, que no coto de seu braço apenas o polegar se destacava.

Dia após dia, a ação da artilharia se tornava mais intensa e em pouco tempo eliminou qualquer dúvida a respeito de um ataque próximo. No dia 27, à meia-noite, recebi um telefonema dizendo: "67 das cinco a. m.", o que em nossa linguagem codificada significava "a partir das cinco horas da manhã deveríamos aumentar nossa prontidão".

Fui me deitar logo, pois queria estar desperto diante das dificuldades esperadas, mas, justo quando estava pegando no sono, uma granada caiu sobre a casa e derrubou a parede da escadaria que dava para o porão, jogando tijolos e pedaços de argamassa pelo quarto. Pulamos e corremos em direção às galerias.

Quando estávamos sentados na escada, cansados e aborrecidos, ao clarão de uma vela, o chefe dos meus sinalizadores, cuja estação havia sido destruída à tarde, junto com duas valiosas lâmpadas de sinalização, chegou correndo e anunciou:

"Senhor tenente, o porão da casa número 11 foi atingido em cheio, e ainda há gente sob os escombros!". Dois de meus ciclistas e três operadores de telefonia estavam naquela casa e corri com alguns homens para socorrê-los.

Nas galerias, encontrei um cabo e um ferido e ouvi o seguinte relato: quando os primeiros tiros pareceram bem próximos, quatro dos cinco moradores decidiram se proteger nas galerias. Um deles saltou logo para baixo, outro ficou deitado tranquilamente em sua cama, enquanto os restantes resolveram, antes, calçar as botas. O mais cauteloso e o mais indiferente, conforme acontece tantas vezes na guerra, se deram bem: um deles saiu sem nenhum ferimento, o que estava dormindo teve um estilhaço na coxa. Os três outros foram arrebentados pela granada que atravessou a parede do porão e explodiu no canto oposto.

Depois do que me foi contado, não fiz mais que acender um charuto e entrar no ambiente repleto de fumaça, onde um amontoado confuso de colchões de palha, estrados de cama e peças de mobília se elevava quase até o teto. Enfiamos algumas luzes nas reentrâncias da parede e pusemos mãos à obra. Agarramos os membros superiores e inferiores que apareciam em meio aos escombros e puxamos os cadáveres para fora. Um deles teve a cabeça arrancada, e o pescoço assentava no tronco como uma grande esponja sangrenta. Do coto do braço do segundo, sobressaía um osso estilhaçado e o uniforme estava embebido no sangue de uma grande ferida no peito. As vísceras brotavam do ventre aberto do terceiro. Quando o puxamos para fora, uma tábua estilhaçada se cravou com um ruído horroroso na ferida terrível, opondo resistência. Um dos ordenanças fez uma observação a respeito, até Knigge lhe impor silêncio com as palavras: "Melhor fechar o bico; falar desse tipo de coisa não faz o menor sentido!".

Listei as coisas de valor que encontramos com eles. Era uma tarefa sombria. As velas bruxuleavam avermelhadas na fumaça densa, enquanto os homens me estendiam carteiras e objetos de prata como se estivessem realizando uma ação obscura e secreta. O pó fino e amarelado dos tijolos havia se assentado sobre o rosto dos mortos e lhes dava o aspecto rígido de máscaras de cera. Jogamos cobertores sobre eles e nos apressamos em sair do porão, depois colocamos nosso ferido em uma lona para poder carregá-lo. Com o conselho estoico "firme, camarada!", nós o arrastamos em meio a um fogo selvagem de metralhas até o abrigo subterrâneo em que ficava a enfermaria improvisada.

Chegando a meu alojamento, voltei ao equilíbrio tomando um cherry brandy. Em pouco tempo, o fogo voltou a recrudescer e nós nos reunimos às pressas na galeria, já que ainda tínhamos, todos, bem nítido diante de nossos olhos, o exemplo do efeito que a artilharia era capaz de causar em porões.

Às 5h14, o fogo aumentou em poucos segundos, chegando a uma intensidade jamais vista. Portanto, nosso serviço de informações havia previsto os acontecimentos com acerto. A galeria balançava e tremia como um navio em mar revolto; à nossa volta, ribombavam muros e paredes rachando, e se ouvia o estrondo das casas vizinhas, que desabavam ao serem atingidas.

Às sete horas, consegui captar uma mensagem luminosa da brigada ao 2º Batalhão: "Brigada quer clareza imediata acerca da situação". Depois de uma hora, um volante mortalmente esgotado me trouxe de volta a notícia: "Inimigo ocupou Arleux, parque de Arleux. 8ª Companhia preparada para o contra-ataque, até agora nenhuma notícia. Rocholl, capitão".

Aquela foi a única notícia, mas em todo caso realmente importante, que consegui repassar adiante com todo o meu grande aparato durante as três semanas de minha estadia em Fresnoy. No momento em que minha atividade passava a ser de altíssimo valor, a artilharia inimiga havia posto quase todo o equipamento fora de combate. Eu mesmo estava sentado sob a cobertura de fogo como um camundongo engaiolado. A construção daquele posto de informações não tinha mais nenhuma utilidade; ele era por demais centralizado.

Compreendi, depois dessa percepção surpreendente, por que já havia algum tempo pipocavam contra os muros projéteis da infantaria vindos de muito perto.

Mal tivemos clareza acerca das grandes perdas do regimento, o bombardeio já recomeçava com ímpeto renovado. Knigge era o último que ainda estava parado nos degraus superiores da escada da galeria quando um estrondo de trovão anunciou que os ingleses não haviam conseguido destruir nosso porão. O singelo Knigge levou uma pedrada pontuda nas costas, mas de resto não sofreu dano algum. Em cima, tudo estava em pedaços. A luz do dia agora chegava até nós apenas através de duas bicicletas encravadas na entrada da galeria. Nós nos recolhemos bastante abatidos ao último degrau, enquanto tremores e o ribombar de pedras, soturnos e constantes, nos convenciam do caráter incerto de nosso refúgio.

Como por milagre, o telefone ainda estava funcionando; relatei nossa situação ao chefe do setor de informações da divisão, e recebi ordens de me recolher com meus homens às bem próximas galerias da enfermaria.

Pegamos, pois, o indispensável, e nos preparamos para deixar a galeria pela segunda saída, ainda intacta. Mesmo que eu não poupasse ordens e ameaças, os homens da companhia telefônica, pouco experimentados na guerra, hesitaram tanto em abandonar a proteção da galeria para sair ao fogo aberto que também aquela entrada foi triturada por uma granada gigantesca e desmoronou, fazendo estrondo. Por sorte, ninguém foi atingido; só nosso cachorrinho ganiu em lamento, desaparecendo no mesmo instante.

Em seguida, jogamos para o lado as bicicletas que emperravam a saída do porão, nos arrastamos de quatro sobre os escombros amontoados e ganhamos campo aberto através de uma fenda no muro. Sem nos ocuparmos em observar a transformação inacreditável do lugar, corremos para a saída da aldeia. Pouco depois que o último de nós havia deixado o portão, a casa recebeu o golpe de misericórdia, atingida por uma poderosa explosão.

No terreno entre o limite do vilarejo e a galeria onde ficava a enfermaria, havia uma barreira de fogo cerrado. Granadas leves e pesadas com detonadores de impacto, de combustão e retardados, bombas não explodidas, bombas ocas e metralhas se uniam em um frenesi que deixava olhos e ouvidos absolutamente confusos. Em meio a tudo isso, tropas de apoio se adiantavam à direita e à esquerda, se desviando do caldeirão infernal da aldeia.

Em Fresnoy, um jorro de terra da altura de uma torre de igreja dava lugar a outro, cada segundo parecia querer superar o anterior em potencial de fogo. Como por forças mágicas, uma casa após a outra era sugada pelo chão; muros tombavam, frontões desabavam e vigamentos devastados eram lançados ao alto, ceifando os telhados vizinhos. Sobre rolos esbranquiçados de fumaça, dançavam nuvens de estilhaços. Olhos e ouvidos pareciam enfeitiçados por aquela aniquilação rodopiante.

Na galeria da enfermaria, passamos mais dois dias em ambiente torturantemente apertado, pois, além de meus homens, povoavam-no dois chefes de batalhão, comandos de substituição e os inevitáveis "perdidos de suas tropas". O trânsito intenso nas entradas, diante das quais tudo fervilhava como nos buracos de uma colmeia, com certeza não passou despercebido. Em pouco tempo, foram lançadas, em intervalos de um minuto, granadas disparadas com toda a precisão sobre o atalho que passava diante da galeria, fazendo numerosas vítimas, de modo que os apelos por paramédicos não acabavam mais. Durante o bombardeio nem um pouco agradável, perdi quatro bicicletas que havíamos deixado ao lado da entrada da galeria. Elas foram retorcidas a ponto de formar figuras estranhas, catapultadas aos quatro ventos.

Diante da entrada jazia, rígido e mudo, enrolado em uma lona, com os grandes óculos de aros de chifre ainda no rosto, o comandante da 8ª Companhia, tenente Lemière, que foi trazido por seus homens até ali. Ele levara um tiro na boca. Seu irmão mais novo tombou alguns meses mais tarde, vítima exatamente do mesmo ferimento.

No dia 30 de abril, meu sucessor, do 25º Regimento, que nos substituiria, assumiu o serviço e nós nos deslocamos a Flers, o lugar destinado a reunir os homens do 1º Batalhão. Deixando à nossa esquerda a mina de calcário Chezbontemps, atingida por pesadas explosões em vários lugares, vagueamos deliciados, gozando a tarde cálida, pelo atalho que levava a Beaumont. Os olhos desfrutavam mais uma vez a beleza da terra, felizes por terem escapado ao aperto insuportável do buraco da galeria, e os pulmões se embriagavam com o ar ameno da primavera. Com o reboar dos canhões às costas, podíamos dizer:

Um dia e tanto, feito por Deus, o todo-poderoso senhor do mundo,
Para se ocupar de coisas mais doces do que nós mesmos.[25]

Em Flers, encontrei o alojamento que me fora destinado ocupado por alguns segundos-sargentos da retaguarda, que se recusaram a sair do lugar sob o pretexto de ter de guardar o quarto para certo barão de X, mas não contavam com o mau humor de um soldado cansado e irritado, vindo do front. Mandei meus acompanhantes arrombarem a porta sem mais e, depois de uma pequena briga diante dos olhos dos moradores da casa, que vieram correndo assustados em seus pijamas, os senhores segundos-sargentos voaram pelas escadas frontais da casa. Knigge levou a cortesia tão longe a ponto de jogar atrás deles suas botas de cano longo. Depois dessa luta, subi à minha cama preaquecida, cuja metade ofereci a meu amigo Kius, que vagava por ali, ainda sem alojamento. O sono naquele móvel, sem o qual havíamos ficado tanto tempo, nos fez tão bem que na manhã seguinte acordamos "no velho frescor".

Uma vez que o 1º Batalhão sofrera bem pouco durante os dias de batalha que haviam passado, o clima estava até alegre enquanto marchávamos para a estação ferroviária de Douai. Nosso objetivo era a aldeia de Sérain, onde deveríamos descansar alguns dias. Encontramos bom abrigo junto à população amistosa, e já na primeira noite ecoou de muitas casas o barulho alegre de camaradas festejando o reencontro.

Esse brinde depois de uma batalha que acabou bem faz parte das mais belas recordações de velhos guerreiros. E mesmo quando dez de uma turma de doze tombavam, os dois últimos ainda assim se encontravam na primeira noite de folga diante de um copo, bebiam em silêncio aos camaradas mortos e discutiam, brincando, as experiências que tinham passado juntos. Naqueles homens, havia um elemento bem vivaz, que sublinhava a brutalidade da guerra e ainda assim a espiritualizava, a alegria objetiva diante do perigo, o impulso cavalheiresco de se sair bem em combate. No decorrer de quatro anos, o fogo

25 Versos de *O príncipe de Homburg*, peça de Heinrich von Kleist (Segundo ato, primeira cena).

acabou por fundir uma estirpe guerreira cada vez mais pura, cada vez mais ousada.

Na manhã seguinte, Knigge apareceu e leu para mim ordens a partir das quais ficou claro, à tarde, que eu deveria assumir o comando da 4ª Companhia. Nessa companhia, o poeta da Baixa Saxônia Hermann Löns[26] havia tombado diante de Reims, no outono de 1914, com quase 50 anos de idade, como voluntário da guerra.

26 Jornalista e escritor alemão (1866-1914). Era conhecido como defensor da natureza e da pátria.

Contra indianos

No dia 6 de maio de 1917, mais uma vez estávamos em marcha a caminho da tão familiar aldeia de Brancourt e no dia seguinte nos deslocamos, passando por Montbréhain, Ramicourt e Joncourt, à Linha Siegfried, que deixáramos havia apenas um mês.

A primeira noite foi tempestuosa; a chuva forte chicoteava os campos inundados. Mas logo uma sequência de dias belos e quentes nos reconciliou com nossa nova estadia. Desfrutei a paisagem esplendorosa em grandes goles, pouco me importando com as bolas brancas das metralhas e os esguichos borrifantes das granadas, aos quais eu já mal dava atenção. A cada primavera, começava também um novo ano de luta; os sinais de um grande ataque faziam parte dele exatamente como as prímulas e a relva jovem e verde.

Nosso setor se posicionou em forma de meia-lua em frente ao canal de Saint-Quentin; atrás dele, ficava a famosa trincheira da Linha Siegfried. Continuou sendo um mistério para mim por que deveríamos ficar estacionados nas valas estreitas e mal construídas de calcário, se tínhamos às nossas costas aquele baluarte gigantesco e poderoso.

A linha de frente serpenteava em um prado sombreado por grupos de árvores que carregavam as cores suaves do princípio da primavera. Era possível se mover sem problemas na frente e atrás das valas, uma vez que guardas de campo, numerosos e bastante adiantados, garantiam a segurança da trincheira. Esses postos avançados eram uma mosca na sopa do inimigo, e em determinadas semanas não passava noite sem que o mesmo inimigo tentasse afugentar a pequena ocupação aqui e ali, usando esperteza ou violência.

Contudo, nosso primeiro período na trincheira foi de agradável tranquilidade; o tempo estava tão bom que passávamos as noites amenas deitados sobre a relva. No dia 14 de maio, fomos substituídos pela 8ª Companhia e, deixando, à direita, Saint-Quentin em chamas, nos deslocamos para nosso lugar de descanso, em Montbréhain, uma aldeia maior, que ainda havia sofrido pouco com a guerra e oferecia alojamentos muito confortáveis. No dia 20, ocupamos a trincheira da Linha Siegfried na condição de companhia de reserva. O frescor do verão era dos mais belos; durante o dia, ficávamos sentados nos caramanchões construídos na encosta ou tomávamos banho e remávamos no canal. Durante esse tempo, li com grande prazer, estendido sobre a grama, todo o Ariosto[27].

A desvantagem de tais trincheiras-modelo está na visita constante de superiores, que perturba o aconchego de maneira considerável, sobretudo nas valas de atiradores. De qualquer modo, minha ala esquerda, que se localizava no limite da aldeia já significativamente "arranhada" de Bellenglise, não podia se queixar da falta de fogo. Logo no primeiro dia, um de meus homens levou um tiro de metralha na nádega direita. Quando me apressei em direção ao lugar do desastre, assim que ouvi a notícia, ele já estava sentado sobre a nádega esquerda, bem contente, bebendo café e comendo uma gigantesca fatia de pão com geleia, enquanto esperava pelos paramédicos.

No dia 25 de maio, substituímos a 12ª Companhia na fazenda Riqueval. Essa fazenda, antigamente uma grande quinta, servia sempre de estadia a uma das quatro companhias na trincheira. De lá, tinham de ser ocupados três postos de metralhadoras espalhados na retaguarda, cada um deles por um grupamento. Essas bases agrupadas em forma de tabuleiro de xadrez atrás da trincheira eram indício da primeira tentativa de uma defesa elástica.

A fazenda ficava a uma distância de no máximo 1.500 metros da linha de frente; mesmo assim, suas construções, cercadas por

27 Ludovico Ariosto (1474-1533), poeta italiano do Renascimento, autor de *Orlando furioso*.

um parque em que as plantas cresciam livres, ainda permaneciam intactas. Também havia muita gente morando por lá, pois ainda era necessário construir galerias. Os caminhos floridos com espinheiros rubros no parque e a vizinhança encantadora emprestavam à nossa existência, apesar da proximidade do front, uma ideia daquele gozo vital e sereno, típico da vida rural, que os franceses tanto apreciam. Em meu quarto, um casal de andorinhas havia construído seu ninho, e, já nas primeiras horas da manhã, os pássaros começavam o trato cheio de ruídos de sua prole insaciável.

Ao entardecer, eu pegava minha bengala de passeio a um canto e caminhava ao longo das estreitas estradinhas que corriam na paisagem cheia de colinas. Os campos ermos eram cobertos de flores de cheiro cálido e selvagem. Volta e meia, havia árvores cobertas de floração branca, rosada ou vermelho-escura, aparições mágicas em meio à solidão, isoladas no caminho, sob as quais, em tempos de paz, o homem do campo tantas vezes deve ter descansado. A guerra imprimira luzes heroicas e melancólicas no quadro daquela paisagem sem destruir seu encanto; a abundância de flores desabrochando tinha um efeito ainda mais anestesiante e irradiante.

É bem mais fácil ir à batalha em uma natureza como aquela do que saindo de uma terra hibernal, morta e gélida. Em um lugar como aquele, mesmo alguém de índole singela passa a ter noção de que sua vida está profundamente incrustada no mundo e de que sua morte não significa um fim.

No dia 30 de maio, aquele idílio terminou para mim, pois o tenente Vogeley, dispensado do hospital de campanha, voltou a assumir o comando da 4ª Companhia. Eu retornei à minha velha 2ª Companhia e à linha de frente.

Nosso setor estava ocupado por duas colunas, da estrada principal até a chamada vala da artilharia; o comandante da companhia ficava com a terceira coluna, atrás de uma pequena encosta mais ou menos duzentos passos distante dali. Lá, também se elevava o minúsculo barraco de tábuas no qual me instalei com Kius, confiando na incompetência da artilharia inglesa. Um dos lados ficava bem perto de uma encosta que corria em direção à linha de tiro, os outros três ofereciam seus flancos ao inimigo.

A cada dia, quando o cumprimento matinal do inimigo chegava a toda brida, era possível ouvir mais ou menos o seguinte diálogo, que se desenvolvia entre o proprietário da cama de cima e o da cama de baixo do mesmo beliche:

"Ei, Ernst!"

"Hã?"

"Eu acho que eles estão atirando!"

"E daí? Vamos ficar deitados mais um pouco; acho que foram os últimos tiros."

Depois de quinze minutos:

"Ei, Oskar!"

"Sim?"

"Parece que hoje não vai parar; acho que uma bala de metralha acaba de atravessar a parede. É melhor mesmo levantar. O observador da artilharia, aqui ao lado, já se mandou faz tempo."

De forma leviana, sempre descalçávamos as botas. Em geral, quando estávamos prontos, os ingleses também cessavam os tiros, e podíamos nos sentar contentes à mesinha ridiculamente pequena, beber o café já azedo de tanto calor, e acender o charuto matinal. À tarde, tomávamos banho de sol sobre a barraca, diante da porta que dava para a artilharia inglesa, só para fazer troça.

Também, de resto, nossa cabana era improvisada ao extremo. Quando estávamos deitados no beliche de ferro, gozando o doce ócio, minhocas gigantescas passeavam pela superfície de terra e, quando se sentiam incomodadas, sumiam com uma velocidade incompreensível para dentro de seus buracos. Uma toupeira rabugenta saía de sua toca farejando o ar de vez em quando e contribuía muito para animar nossa pausa longa após o meio-dia.

No dia 12 de junho, tive de ocupar com vinte homens a guarda no campo que pertencia ao setor da companhia. A tardas horas, deixamos a trincheira e caminhamos por uma trilha de animais que serpenteava pelo terreno ondulado, adentrando o anoitecer cálido. O crepúsculo já estava tão adiantado que as papoulas no campo selvagem se fundiam em um único e robusto tom com a relva verde-clara. No lusco-fusco, minha cor preferida sobressaía cada vez mais, o vermelho quase negro, que deixa uma sensação ao mesmo tempo selvagem e melancólica.

Passeamos em silêncio, sobre o tapete floreado, cada um ocupado com seus pensamentos, fuzil pendurado no ombro e, depois de vinte minutos, havíamos chegado ao nosso destino. Aos sussurros, senha e guarda foram transmitidas, os postos assumidos sem ruído, e a equipe substituída sumiu na escuridão.

A guarda no campo se apoiava em uma pequena encosta íngreme na qual uma sequência de tocas de raposa fora escavada às pressas. Às nossas costas, um matagal que crescia de forma livre e desordenada levava em direção à noite, separado da encosta por um trecho de prado de 100 metros de largura. Em frente e no flanco direito, se levantavam duas colinas, sobre as quais passava a linha inglesa. Em uma delas, ficava uma ruína com o nome auspicioso de Fazenda da Ascensão aos Céus. Entre essas colinas, um desfiladeiro levava em direção ao inimigo.

Lá, ao entregar meus postos de guarda, dei de cara com o segundo-sargento Hackmann e alguns homens da 7ª Companhia; eles estavam prontos para fazer uma patrulha. Ainda que eu, na verdade, não pudesse deixar minha guarda no campo, me uni a eles, curioso por batalhas.

Passamos por cima de duas cercas de arame que bloqueavam o caminho usando um procedimento que eu havia inventado, e estranhamente não topamos com nenhuma sentinela inimiga, ao palmilhar a cumeada da colina, onde ouvimos ingleses trabalhando nas trincheiras, tanto à direita quanto à esquerda. Mais tarde, ficou claro para mim que o inimigo havia recolhido suas sentinelas para evitar que elas também acabassem pagando no ataque de fogo à nossa guarda no campo, do qual em seguida farei um relato.

O procedimento de ultrapassagem que acabei de mencionar consistia em fazer com que os participantes da patrulha rastejassem alternadamente em um terreno no qual poderíamos dar de cara com o inimigo a qualquer instante. Assim, sempre haveria apenas um, que o destino poderia escolher conforme bem entendesse, enfrentando o perigo de ser morto por um atirador à espreita, enquanto os outros ficavam juntos, mais atrás, e prontos para o ataque. Eu não me excluía do serviço de avançar sozinho, ainda que minha presença na patrulha fosse mais necessária; mas na guerra não são apenas as considerações táticas que decidem as coisas.

Cercamos, rastejando, várias seções de trabalho nas trincheiras, que lamentavelmente estavam separadas de nós por barreiras bem densas. Depois de termos rejeitado, em breve discussão, a sugestão do um tanto esdrúxulo segundo-sargento, de fingir que era um desertor e ficar negociando por tanto tempo até que pudéssemos cercar as primeiras sentinelas inimigas, rastejamos de volta à guarda no campo.

Tais incursões são estimulantes; o sangue circula mais rápido, e os pensamentos ficam mais acelerados. Eu decidi passar a noite cálida sonhando, e arranjei um ninho para mim em cima da encosta íngreme, na relva alta, que forrei com meu sobretudo. Depois disso, acendi um charuto tão ocultamente quanto possível e me entreguei à minha fantasia.

No meio do mais belo dos castelos no ar, levantei de inopino, assustado com um farfalhar estranho no matagal e no prado. Diante do inimigo, nossos sentidos estão sempre à espreita, e é estranho que em tais momentos, perante ruídos que estão longe de ser incomuns, sempre se saiba com certeza: agora está acontecendo alguma coisa!

Logo em seguida, a sentinela mais próxima chegou correndo: "Senhor tenente, acabo de ver setenta ingleses avançando no matagal!".

Fiquei um pouco surpreso com a exatidão do número de inimigos, mas de qualquer modo me escondi na relva alta sobre a encosta íngreme com os quatro fuzileiros que estavam próximos de mim, para observar o desenrolar das coisas. Depois de alguns segundos, vi um soldado passar chispando pelo prado. Enquanto meus homens apontavam os fuzis para ele, eu chamei baixinho: "Quem está aí?". Era o suboficial Teilengerdes, um guerreiro velho e experiente da 2ª Companhia, que reunia seu grupamento agitado.

Os outros grupamentos também chegaram às pressas. Mandei formar uma linha de proteção cujas alas se apoiavam na encosta íngreme e no matagal. Em um minuto, os homens estavam dispostos com fuzis e baionetas. Não faria mal verificar a direção; em tais situações, nada é mais importante do que ser metódico. Quando quis corrigir a postura de um homem que estava um pouco para trás, recebi a seguinte resposta: "Eu sou padioleiro". Este tinha seu regulamento na cabeça. Tranquilo, fiz com que ele se adiantasse.

Enquanto ultrapassávamos o trecho de prado, uma chuva de balas de metralha passou rente à nossa cabeça. O inimigo impunha, assim, uma cobertura de fogo sobre nós para cortar nosso contato com as tropas de ligação. Involuntariamente, passamos a correr para alcançar a proteção da colina.

De repente, levantou-se diante de mim uma sombra escura saindo da relva. Arranquei uma granada de mão e a arremessei, gritando. Para meu desespero, ao clarão da explosão reconheci o suboficial Teilengerdes, que havia se adiantado sem ser percebido e tropeçado num arame. Por sorte, ele não foi ferido. Ao mesmo tempo, ecoou ao nosso lado o estrondo agudo das granadas de mão inglesas, e o fogo das metralhas se intensificou de maneira bem desagradável.

A linha de atiradores se desmanchou e desapareceu em direção à encosta íngreme, que estava sob o fogo cerrado dos ingleses, enquanto eu mantinha meu posto com Teilengerdes e três fiéis seguidores. De repente, um deles me cutucou: "Os ingleses!".

Como em uma imagem onírica, meu olho foi ferido por um cordão duplo de figuras ajoelhadas em meio ao campo, iluminadas apenas pelo torvelinho das chispas, no segundo exato em que elas se levantaram para avançar. Reconheci, bem nítida, a figura do oficial que dava a ordem para o movimento na ala direita. Amigos e inimigos ficaram como que paralisados diante daquele encontro inesperado. Logo depois, saímos correndo – a única coisa que nos restava fazer –, sem que o inimigo disparasse sobre nós em sua paralisia.

Saltamos e nos apressamos em direção à encosta íngreme. Ainda que eu tivesse tropeçado em um arame traiçoeiramente esticado na relva alta, caindo de borco, cheguei sem ferimentos e coloquei meus homens alvoroçados, que voltei a encontrar por lá, em uma linha de atiradores formada às pressas e com pouco cuidado, deixando-os tão próximos a ponto de sentirem o bafo uns dos outros.

Nossa situação naquele momento era a seguinte: estávamos sentados sob a torrente do fogo inimigo como sob um balaio de malha bem fina. Ao que tudo indicava, ao avançarmos, havíamos perturbado a guarnição que acabaria conosco e começava já o movimento de nos cercar. Estávamos ao sopé da encosta, em um atalho prejudicado pelo excesso de tráfego. A depressão rasa que as rodas haviam deixado para trás bastava, contudo, para nos proteger precariamente contra os tiros de fuzil, pois quando o perigo é grande nos aconchegamos à terra como se fosse nossa mãe. Mantínhamos os fuzis dirigidos ao matagal; assim, as linhas inimigas estavam atrás de nós. Essa circunstância me deixava mais tenso do que qualquer outra coisa que pudesse estar acontecendo no matagal; por isso, a cada novo acontecimento que se seguia, eu mandava um espia subir a encosta.

De repente, o fogo silenciou; tínhamos, pois, de nos preparar para o ataque. Mal os ouvidos haviam se acostumado ao silêncio surpreendente, um farfalhar e um estalar múltiplos se fizeram ouvir na vegetação rasteira do matagal.

"Alto! Quem está aí? A senha!"

Por certo, berramos cerca de cinco minutos e gritamos também a velha senha do 1º Batalhão: *Lüttje Lage* – uma expressão para aguardente e cerveja que qualquer hanoveriano conhece; mas apenas uma gritaria incompreensível nos veio em resposta. Por fim, me decidi a dar a ordem de abrir fogo, ainda que alguns de nós tenham afirmado ouvir palavras alemãs. Meus vinte fuzis fizeram suas balas varrer o matagal, as folhas farfalharam, os galhos estalaram, e logo ouvimos as queixas dos feridos na brenha. Diante disso, eu tinha uma leve sensação de incerteza, pois não era impossível que houvéssemos aberto fogo sobre tropas de apoio que eventualmente tivessem chegado às pressas.

Por isso, me acalmei ao constatar que de vez em quando algumas chamas amarelas rebrilharam em nossa direção, mas elas logo se apagaram. Um recebeu um tiro no ombro e os padioleiros tomaram conta dele.

"Cessar fogo!"

Com vagar, o comando foi passado adiante e o fogo cessou. A tensão havia sido abafada pela ação.

Novos gritos exigindo senha. Juntei o pouco de inglês que

tinha e gritei algumas palavras de ordem convincentes ao outro lado: "*Come here, you are prisoners, hands up!*"[28].

Nisso, houve uma gritaria de muitas vozes do outro lado, e os nossos afirmaram que soava como "vingança, vingança!". Um atirador isolado saiu da borda do matagal e veio em nossa direção. Alguém cometeu o erro de gritar "a senha!" para ele, que ficou parado, indeciso, e voltou. Um espia, ao que tudo indicava.

"Atirem nele!"

Uma dúzia de tiros; o vulto se encolheu sobre si mesmo e caiu na relva alta.

O entreato nos encheu de satisfação. Da borda do matagal, ecoou mais uma vez a confusão estranha de vozes; era como se os soldados que atacavam estivessem tomando coragem para agir contra os defensores misteriosos.

Na mais alta das tensões, fixávamos os olhos na borda escura do matagal; começava a clarear, uma neblina leve se elevava do chão coberto pela relva.

Eis que então se nos ofereceu uma imagem que naquela guerra de armas de longo alcance já mal podia ser vista. Da escuridão da mata rasteira, saiu uma sequência de sombras para o campo aberto. Cinco, dez, quinze, toda uma corrente de homens. Mãos tremebundas destravaram as armas. Eles já estavam a 50 metros de nós, a 30, a 15... Fogoooo! Os fuzis matraquearam durante minutos. Chispas saltavam para o alto quando as balas de chumbo ricocheteavam nas armas e capacetes de aço.

De repente, um grito: "Atençãããão, esquerda!". Vindo da esquerda, um bando de soldados atacando se aproximava de nós com rapidez; diante dele, um vulto gigante com revólver apontado à frente, brandindo uma clava branca.

"Grupamento esquerdo, desviar para a esquerda!"

Os homens se voltaram de um salto e receberam em pé os que chegavam. Alguns dos inimigos, entre eles o comandante, caíram sob os tiros disparados às pressas; os outros desapareceram tão rápido quanto haviam se aproximado.

Era esse o instante de cair sobre eles. Com as baionetas em punho e um hurra raivoso, nos lançamos ao matagal. Granadas de

28 "Venham aqui, vocês estão presos, mãos ao alto!" Em inglês, no original.

mão voaram para a vegetação rasteira emaranhada, e num piscar de olhos voltávamos a ser donos de nossa guarda no campo, porém sem conseguir derrotar o inimigo flexível.

Reunimo-nos em uma plantação de milho das proximidades e fixamos os olhos uns nos outros, mostrando rostos pálidos e tresnoitados. O sol havia se erguido com todo o seu brilho. Uma cotovia levantou voo e nos incomodou com seu trinar. Aquilo tudo era irreal como depois de uma noite de febre e insônia.

Enquanto compartilhávamos os cantis e acendíamos cigarros, ouvimos como o inimigo se distanciava pelo desfiladeiro, levando alguns feridos que gemiam alto. Por um instante, chegamos a ver o cortejo, lamentavelmente não por tempo suficiente a ponto de permitir que acabássemos de vez com os inimigos.

Decidi abandonar o campo de batalha. Do prado, se elevavam chamados estranhos e gritos de dor. As vozes lembravam os sons de sapos, que costumamos ouvir nos campos depois das tempestades. Descobrimos na relva alta uma série de mortos e três feridos, que nos imploravam por clemência, apoiados nos braços. Eles pareciam fortemente convencidos de que nós os mataríamos sem mais.

À minha pergunta: "*Quelle nation?*", um deles respondeu: "*Pauvre radschput!*"[29].

Tínhamos, pois, indianos diante de nós, vindos de bem longe, d'além-mar, para quebrar a cara diante de fuzileiros hanoverianos naquele pedaço de terra abandonado por Deus.

Suas feições delicadas estavam bem maltratadas. A curta distância, os projéteis da artilharia adquirem um efeito explosivo. Alguns deles foram atingidos uma segunda vez quando já estavam deitados, de modo que a trajetória dos projéteis atravessava todo o corpo. Nenhum havia levado menos de dois tiros. Nós os colocamos sobre as costas e os carregamos até nossa vala. Uma vez que gritavam como se estivessem enfiados em espetos, meus homens lhes fechavam a boca e os ameaçavam com os punhos, coisa que só fazia o medo deles aumentar. Um deles morreu a caminho, mas mesmo assim ainda foi levado junto, já que cada

29 "Qual país?" e, na mesma frase, "Pobre rajput", que é um descendente da velha elite hindu. Em francês, no original.

preso, pouco importava se morto ou vivo, valia uma recompensa. Os dois outros tentaram ganhar nosso agrado, repetindo sem parar: "*Anglais pas bons!*"[30]. Não cheguei a entender por que aqueles homens falavam francês. O cortejo, no qual as queixas dos presos se misturavam ao nosso júbilo, tinha algo de antiquado. Aquilo já não era uma guerra, e sim um quadro imemorial.

Na vala, fomos recebidos de modo triunfante pela companhia, que ouvira o barulho da luta e ficara presa sob fogo cerrado, e nosso butim foi admirado com merecido espanto. Nesse momento, consegui acalmar um pouco nossos prisioneiros, aos quais pareciam ter sido ditas coisas bem malvadas sobre nós. Eles começaram a amolecer e me disseram seus nomes; um se chamava Amar Singh. Sua tropa era a dos 1º Hariana Lancers, um bom regimento. Depois disso, me retirei com Kius de volta à nossa cabana, e pedi que ele me preparasse ovos estrelados para festejar os sucessos do dia.

Nossa pequena refrega foi mencionada no comando da divisão. Havíamos resistido de forma bem-sucedida, com apenas vinte homens, a uma guarnição várias vezes superior à nossa e que já havia conseguido chegar a nossas costas; tudo isso apesar de termos recebido indicação de retirada quando os que atacavam estavam em número superior. Mas eu havia esperado com sofreguidão demasiada por uma oportunidade como aquela durante os dias enfadonhos da guerra nas trincheiras.

Mais tarde foi constatado, inclusive, que além de nosso homem ferido havíamos perdido mais um, que desaparecera de maneira misteriosa e sem deixar rastros. Tratava-se de um soldado que mal poderia ser considerado apto ao serviço na guerra, porque um ferimento anterior inculcara nele um medo doentio. Nós demos por sua falta apenas alguns dias mais tarde; eu supus que ele, em seu temor, correra até uma das plantações de centeio e lá tombara vítima de um tiro.

Na noite seguinte, recebi a ordem de voltar a ocupar a guarda no campo. Uma vez que nesse meio-tempo o inimigo bem poderia ter se aninhado por lá, cerquei o matagal com duas guarnições postadas em forma de alicate, uma delas conduzida por

30 "Ingleses são maus!" Em francês, no original.

Kius, a outra, por mim. Nessa incursão, coloquei em prática pela primeira vez um tipo especial de aproximação a um lugar perigoso, que consistia em envolvê-lo com um arco bem largo, homem atrás de homem. Se o lugar se revelasse ocupado, um volteio para a direita ou para a esquerda permitia ter um front pronto para o fogo, pelos flancos. Depois do fim da guerra, introduzi essa organização nos regulamentos de batalha da infantaria sob o conceito de "fileira de atiradores".

As duas guarnições se encontraram na encosta íngreme sem incidentes – não contado o fato, claro, de Kius, ao engatilhar sua pistola, quase ter me dado um tiro.

Não encontramos nada do inimigo; só do desfiladeiro, que fui investigar com o segundo-sargento Hackmann, uma sentinela nos chamou, disparando um foguete luminoso e depois abrindo fogo. Registramos a presença do jovem indiscreto para nossa próxima incursão.

No lugar em que na noite anterior havíamos rechaçado o ataque pelos flancos, jaziam três cadáveres. Eram dois indianos e um oficial branco, com duas estrelas douradas nas ombreiras, portanto um primeiro-tenente. Ele levara um tiro no olho. Ao sair, o projétil havia trespassado a têmpora e estraçalhado a borda de seu capacete de aço, que acabei guardando como troféu. Sua mão direita ainda segurava a clava pintalgada de sangue, a esquerda um revólver Colt pesado, de seis tiros, cujo tambor ainda carregava duas balas. Ele havia, pois, nos atacado de jeito.

Nos dias que vieram, um bom número de cadáveres escondidos ainda se fez visível em meio à vegetação rasteira do matagal – um sinal das graves perdas do inimigo em ataque, que ainda ensombrecia o lugar. Certa vez, quando tentava transpor sozinho o emaranhado da mata rasteira, fiquei perturbado com um ruído baixinho, sibilante e borbulhante. Aproximei-me e topei com dois cadáveres que, devido ao calor, pareciam ter acordado para uma vida fantasmagórica. A noite estava abafada e tranquila; fiquei parado por muito tempo, fascinado, diante do quadro sinistro.

No dia 18 de junho, o posto da guarda no campo foi atacado de novo, e dessa vez a coisa não terminou tão bem. Houve pânico, os homens se dispersaram e não puderam mais ser reunidos. Um deles, o suboficial Erdelt, correu direto para a encosta íngreme e, em sua confusão, rolou para baixo até um grupo de indianos à espreita. Ele atirou atabalhoadamente granadas de mão à sua volta, mas logo foi agarrado pelo colarinho por um oficial indiano e golpeado no rosto com o chicote de arame. Em seguida, lhe tiraram o relógio. Sob murros e empurrões, ele teve de se colocar em marcha; conseguiu escapar, contudo, quando os indianos se jogaram ao chão ao ouvir tiros por perto. Depois de ter se perdido na mata por muito tempo, atrás do front inimigo, ele voltou à nossa linha, com o rosto todo lanhado.

No anoitecer do dia 19 de junho, saí daquele lugar que aos poucos se tornava de fato opressivo e fui, com o baixinho Schultz, dez homens e uma metralhadora leve, fazer uma patrulha, para encaminhar uma visita àquela sentinela que antes dera o ar da graça com tanta intensidade no desfiladeiro. Schultz foi pela direita com seus homens, e eu, pela esquerda do desfiladeiro, com o acordo de nos auxiliarmos caso uma das tropas caísse sob o fogo do inimigo. Rastejávamos com dificuldades entre a relva e a vegetação de giestas, parando para ouvir de vez em quando.

De repente, soou o ruído matraqueante da câmara de tiro de uma metralhadora sendo aberta e depois fechada de novo. Nós estávamos como fundidos ao chão. Todo patrulheiro experiente sabe dar valor à sequência de sensações desagradáveis dos segundos seguintes. Provisoriamente, se perde a liberdade de agir e é preciso esperar que o inimigo dê o primeiro passo.

Um tiro rasgou o silêncio opressor. Eu estava deitado atrás de uma moita de giesta; à minha direita, um homem jogava granadas de mão no desfiladeiro. Em seguida, uma linha de fogo se levantou diante de nós. O estalo repugnantemente agudo dos tiros denunciava que os atiradores estavam a apenas alguns passos. Percebi que havíamos caído em uma armadilha terrível e ordenei a retirada. Levantamos de um salto e corremos de volta com uma pressa alucinada, enquanto à nossa esquerda o fogo dos fuzis também começava. Em meio àquele estalar metálico infindo, perdi qualquer esperança de voltar incólume da incursão. A consciência se preparava o tempo todo para o tiro certeiro. A morte estava à caça, inclemente.

Da esquerda, uma guarnição se jogou sobre nós com hurras estridentes. O baixinho Schultz me confessou mais tarde ter imaginado que um indiano magricela corria atrás dele brandindo a faca e quase já o havia agarrado pelo colarinho.

Em dado momento, caí, e sobre mim caiu o suboficial Teilengerdes. Perdi o capacete de aço, a pistola e as granadas de mão. Mas em frente! Só queria seguir em frente! Por fim, alcançamos a proteção da encosta íngreme e rolamos por ela abaixo. Ao mesmo tempo, chegou Schultz com seus homens. Ele me informou, totalmente sem fôlego, que ao menos tinha dado um jeito na sentinela impertinente com suas granadas de mão. Logo em seguida, foi trazido um homem que tivera as duas pernas atravessadas por balas. Nenhum dos outros apresentava ferimento algum. O maior infortúnio esteve no fato de o homem que carregava a metralhadora, um recruta, ter caído sobre o ferido e abandonado a arma.

Enquanto conversávamos em diálogo apressado e planejávamos uma segunda aproximação, a artilharia principiou um fogo que me fez recordar com nitidez da noite do dia 12, inclusive no que dizia respeito à confusão que de imediato se instalou nas tropas. Eu estava sem arma, sozinho, junto à encosta, com o ferido que se arrastou à frente com as duas mãos, rastejou até mim e se queixou, dizendo: "Senhor tenente, não me deixe sozinho!".

Por mais que lamentasse, tive de deixá-lo deitado e organizar a guarda no campo. Mas, antes de o dia chegar, ele foi trazido de volta.

Nós nos juntamos em uma sequência de buracos nos postos de guarda à borda do matagal e ficamos efusivamente felizes quando a manhã chegou sem que nada extraordinário tivesse acontecido.

A noite seguinte nos encontrou no mesmo lugar, com a intenção de recuperar nossa metralhadora, porém uma sequência de ruídos suspeitos deixou claro, quando estávamos nos aproximando, que mais uma vez um bom número de homens se encontrava à espreita.

Por isso, recebemos a missão de reconquistar à força a arma perdida, ou seja, deveríamos atacar os postos de guarda inimigos e procurar pela arma, no dia seguinte, à meia-noite, depois de um fogo preparatório de três minutos. Eu já temia que a perda da metralhadora acabaria nos causando aborrecimentos, mas fiz de conta que não era nada, e à tarde preparei eu mesmo algumas baterias para fazer parte do ataque.

Às onze horas, lá estava eu com Schultz, meu camarada de infortúnio, mais uma vez naquele pedaço sinistro de terra, no qual já haviam florescido para nós tantos instantes ferozes. Com o ar abafado, o cheiro de decomposição havia aumentado a ponto de se tornar quase insuportável. Polvilhamos os mortos com calcário de cloro, que havíamos trazido em sacos. As manchas brancas brilhavam como mortalhas em meio à escuridão.

A empreitada começou com os tiros de nossas próprias metralhadoras passando de raspão por nossas pernas e ricocheteando na encosta íngreme. Isso levou a uma violenta discussão entre mim e o baixinho Schultz, que havia preparado as armas. Mas voltamos a nos reconciliar quando Schultz me mostrou uma garrafa de borgonha, que acabei levando como reforço para a aventura duvidosa.

No tempo combinado, a primeira de nossas granadas chegou troando. Ela caiu 50 metros atrás de nós. Antes mesmo de podermos nos surpreender com esse estranho tiroteio amigo, uma segunda veio explodir ao nosso lado, na encosta, e nos cobriu com uma chuva de terra. E eu não podia nem mesmo praguejar, pois havia sido eu quem determinara o momento do fogo.

Depois dessa introdução pouco encorajadora, avançamos, mais pela honra do que pela esperança de sucesso. Tivemos a sorte de constatar, ao que tudo indicava, que as sentinelas haviam deixado seus postos, pois do contrário não teríamos sido nada bem recebidos. Lamentavelmente, não encontramos a metralhadora, mas também não procuramos por muito tempo. Era bem provável que ela já estivesse em posse dos ingleses havia muito.

No caminho de volta, Schultz e eu ainda dissemos um ao outro mais uma vez tudo aquilo que tínhamos a dizer, eu sobre o posicionamento de suas armas, ele sobre a pontaria de meus canhões. Eu havia feito pontaria com tanto cuidado que não conseguia entender o que havia acontecido. Só mais tarde vim a saber que o alcance de qualquer canhão é menor durante a noite, e que na notação regular da distância eu deveria ter acrescentado 100 metros. Depois, deliberamos acerca da coisa mais importante da empreitada: o relatório. Nós o escrevemos de modo que todos ficassem satisfeitos com ele.

Como no dia seguinte fomos substituídos por tropas de outra divisão, a briguinha teve fim. Provisoriamente, retornamos a Montbréhain e de lá marchamos para Cambrai, onde passamos o mês de julho quase inteiro.

O posto de guarda no campo foi perdido em definitivo na noite seguinte à nossa retirada.

Langemarck

Cambrai é uma cidadezinha idílica do Artois, e não são poucas as recordações históricas que se entrelaçam a seu nome. Ruelas estreitas e antiquadas se enovelam em volta do prédio monumental da prefeitura, ao redor de portões marcados pela intempérie e em volta das diversas igrejas, na maior das quais Fénelon[31] fez seus sermões. Torres imponentes se elevam em meio à confusão de frontões pontiagudos. Alamedas largas levam ao bem-cuidado parque central, ornamentado pelo memorial do aviador Blériot[32].

Os moradores são calmos e amáveis, levam uma vida tranquila em suas casas aparentemente simples e ricamente decoradas. Diversos aposentados que vivem de suas rendas passam ali os outonos. A cidadezinha é conhecida com justiça pelo epíteto de *La ville des millionaires*[33], pois pouco antes da guerra mais de quarenta milionários moravam ali.

A grande guerra arrancou o lugarejo de seu sono encantado e o transformou em foco de batalhas gigantescas. Uma vida nova e movimentada passou a chacoalhar pelo calçamento acidentado e tilintar contra as pequenas janelas, atrás das quais rostos amedrontados se encontravam à espreita. Tipos estranhos

31 François de Salignac de la Mothe-Fénelon (1651-1715), sacerdote e escritor francês que nasceu em Périgord; viveu e morreu em Cambrai.

32 Louis Charles Joseph Blériot (1872-1936), pioneiro da aviação francesa, nascido em Cambrai.

33 "A cidade dos milionários". Em francês, no original.

passaram a esvaziar os porões enchidos com tanto carinho, a se jogar sobre as suntuosas camas de mogno e, com suas mudanças constantes, a perturbar a paz sossegada dos aposentados, que, na vizinhança transformada, começaram a se reunir nas esquinas e nas portas das casas, sussurrando, com voz cautelosa, boatos arrepiantes e notícias certeiras acerca da vitória próxima e definitiva de seus conterrâneos.

Os soldados ocuparam uma caserna, os oficiais se alojaram na Rue des Liniers. Essa rua assumiu o aspecto de um bairro de estudantes enquanto estávamos por ali; em todos os cantos, conversas na janela, cantorias noturnas e pequenas aventuras eram nossas ocupações.

Todas as manhãs, para os exercícios militares, íamos até a grande praça da aldeia de Fontaine, que mais tarde se tornaria tão famosa. Eu tinha um dos trabalhos dos quais mais gostava, pois o coronel Von Oppen me confiara a organização e o treinamento de uma tropa de ataque. Muitos haviam se oferecido para tomar parte nela, entre os quais privilegiei os companheiros das excursões de espionagem e de patrulha. Por se tratar de uma nova abordagem, eu mesmo esbocei o regulamento.

Meu alojamento era confortável; raramente meus senhorios, o amável casal de joalheiros Plancot-Bourlon, me deixavam almoçar sem mandar para cima algo bem bom. À noite, nos reuníamos para uma xícara de chá, jogávamos trique-traque e batíamos papo. Naturalmente, a pergunta mais debatida era a mais difícil de responder, acerca do porquê de os homens guerrearem.

Durante aquelas horas, o bom Monsieur Plancot contou algumas das piadas sobre os cidadãos sempre ociosos e divertidos de Cambrai que, em tempos de paz, haviam enchido ruas, tabernas e o mercado semanal com gargalhadas sonoras, e me faziam recordar com vivacidade o impagável "tio Benjamin"[34].

Assim, certa vez, um sujeito traquinas havia mandado uma intimação a todos os corcundas da vizinhança para que se

34 Referência ao romance em folhetim *Meu tio Benjamin* (*Mon oncle Benjamin*), do escritor francês Claude Tillier (1801-1844), publicado em capítulos pela primeira vez em 1842. O romance foi filmado por Édouard Molinaro em 1969, com Jacques Brel no papel principal.

reunissem junto a determinado notário devido a uma importante questão de herança. Atrás da janela de uma das casas que ficavam do outro lado da rua, à hora marcada, ele gozou então com alguns amigos o espetáculo, vendo dezessete diabretes raivosos e barulhentos forçando entrada na casa do infeliz notário.

Outra história muito boa era a de uma velha esquisita que morava do outro lado da rua e tinha um pescoço de cisne estranhamente curvado para o lado. Vinte anos antes ficara conhecida como uma moça que queria se casar de qualquer maneira. Seis rapazes planejaram tudo juntos e depois foram buscar com ela a promessa de poder pedir sua mão em casamento a seus pais. No domingo seguinte, uma carruagem gigantesca, dentro da qual estavam sentados os seis casadoiros, cada um com um ramalhete de flores nas mãos, estacionou diante da casa. Com o susto, a bela trancou a casa e se escondeu, enquanto os pretendentes faziam as maiores brincadeiras na rua, para gáudio da vizinhança.

Ou a seguinte historinha:

Um jovem e famigerado *cambrésien* chega ao mercado e pergunta à mulher de um camponês, apontando um queijo mole, redondo e apetitoso, salpicado de alho-poró verde:

"Quanto custa aquele queijo?"

"Vinte *sous*, meu senhor!"

Ele dá os vinte *sous* a ela.

"Então quer dizer que agora o queijo me pertence?"

"Com certeza, meu senhor!"

"Eu posso, portanto, fazer o que bem quiser com este queijo?"

"Mas é claro!"

Splesh! Ele joga o queijo na cara da mulher e vai embora, deixando-a parada ali.

No dia 25 de julho, nós nos despedimos da querida cidadezinha e seguimos rumo ao norte, a Flandres. Havíamos lido nos jornais que uma batalha de artilharia já durava semanas por lá e que superava até mesmo a batalha do Somme; ainda que não tivesse a intensidade percebida em Guillemont e Combles, essa batalha se espalhava por um território bem maior.

Em Staden, fomos descarregados ouvindo o troar dos canhões ao longe e marchamos pela paisagem à qual não estávamos habituados em direção ao Ohndanklager. À direita e à esquerda da estrada militar absolutamente retilínea, verdejavam campos frutíferos, que pareciam canteiros, e campos exuberantes cobertos de moitas. Bem esparsas, viam-se chácaras de camponeses com seus telhados baixos, de palha ou de telhas, em cujas paredes estavam pendurados maços de folhas de tabaco, postos a secar. Os camponeses que vinham pela estrada eram da estirpe flamenga e conversavam no linguajar rústico típico de sua pátria. Passamos a tarde nos jardins de quintas isoladas, longe da vista dos aviões inimigos. De vez em quando, sibilavam sobre nossa cabeça, com gorgolejos que já podiam ser ouvidos de longe, poderosas granadas de canhões navais, que explodiam nas proximidades. Uma delas caiu em um dos numerosos córregos e acabou matando alguns homens do 91º Regimento que por lá tomavam banho.

Ao anoitecer, tive de avançar com um comando adiantado até as posições do batalhão de reserva, a fim de preparar sua substituição. Passamos pela floresta de Houthulster e pela aldeia de Kokuit antes de chegar, e a caminho fomos "tirados do ritmo" algumas vezes por pesadas granadas. Na escuridão, ouvi a voz de um recruta ainda desacostumado de nossos hábitos: "Mas o tenente nunca se joga ao chão".

"Ele sabe das coisas", alguém da tropa de ataque lhe ensinou. "Se uma vem com tudo, ele será o primeiro a se jogar ao chão."

Só buscávamos abrigo quando era necessário, mas, nesses casos, bem rápido. Porém, apenas um soldado experiente é capaz de medir o grau de necessidade, pois já sente o fim da trajetória de um projétil antes mesmo de o novato perceber o farfalhar leve e anunciador. Para ouvir melhor, eu trocava o capacete de aço pelo boné de campanha quando estava em terreno perigoso.

Nossos guias, que não pareciam estar muito certos do que faziam, avançavam dentro de uma vala de encaixe infinitamente longa. Assim são chamados os corredores que não são muito fundos por causa do lençol d'água, e são construídos com sacos de areia e galhos secos atados em feixes colocados sobre o chão. Depois disso, ladeamos uma floresta assustadoramente destruída da qual, conforme contaram nossos guias, um estado-maior do regimento havia sido afugentado alguns dias antes pelo mero detalhe de milhares de granadas de 24 centímetros. "As coisas parecem estar bem generosas por aqui", pensei ao ouvi-lo.

Depois de termos vagado para lá e para cá pela densa vegetação rasteira, estávamos em pé, desnorteados, abandonados por nossos guias, num trecho de terra coberto de juncos, envolvido por pântanos cheios de musgo, sobre cujos espelhos negros a luz da lua se quebrava. Granadas estalavam no solo fofo e a lama levantada caía chapinhando. Por fim, o infeliz guia, por quem nossa raiva só crescia, voltou, dizendo ter encontrado o caminho. Mais uma vez, ele nos conduziu a esmo, até que por fim chegamos a um abrigo subterrâneo com enfermaria, onde duas metralhas, cujas balas e estilhas atravessaram a galharia fazendo estardalhaço, explodiram em breve intervalo. O médico em serviço nos dispôs um homem sensato, que nos guiou à Fortaleza dos Camundongos, a sede do comandante do batalhão de reserva.

Segui logo adiante, à companhia do 225º Regimento, que deveria ser substituída pela nossa 2ª, e, depois de muito procurar no terreno de crateras, encontrei algumas casas decadentes, que estavam discretamente forradas de concreto e de aço. Uma delas havia sido abaulada um dia antes por uma granada que a acertara em cheio, e os que estavam dentro tinham sido esmagados como em uma ratoeira pela chapa do telhado que caiu sobre eles.

Para o resto da noite, me apertei na construção cimentada, já para lá de cheia, do chefe da companhia, um discreto soldado do front que, com seu ordenança, passava o tempo junto a uma garrafa de aguardente e uma grande lata de carne salgada, e várias vezes parava tudo para ouvir, sacudindo a cabeça, o fogo da artilharia aumentando cada vez mais. Nesses momentos, ele gostava de suspirar pelos bons tempos que passara na Rússia, e praguejava contra o fim paulatino de seu regimento. Por fim, minhas pálpebras caíram, me fechando os olhos.

O sono era difícil e angustiante; os projéteis explosivos que se abatiam em torno da casa na escuridão impenetrável invocavam um sentimento indizível de solidão e abandono na paisagem morta. Eu me aconcheguei involuntariamente a um homem que estava deitado ao meu lado sobre o catre. Em dado momento, dei um pulo ao sentir um forte impacto. Iluminamos as paredes para investigar se a casa não apresentava rachaduras. Logo descobrimos que uma granada leve havia se estilhaçado na parte externa.

Passei a tarde seguinte com o comandante do batalhão na Fortaleza dos Camundongos. Em sequência incansável, granadas de 15 centímetros explodiram ao lado do comando, enquanto o capitão com seu ajudante e o oficial da ordenança jogavam uma partida interminável de *skat*[35], fazendo rodar uma garrafa de água mineral de Selters cheia de aguardente ruim. Às vezes, ele largava as cartas para despachar um mensageiro ou entabulava uma conversa acerca de nossa construção cimentada, segura contra bombas. Apesar de seu diligente discurso em contrário, nós o convencemos de que não seríamos capazes de resistir a uma granada que nos acertasse em cheio.

Ao anoitecer, o fogo generalizado atingiu uma violência alucinada. À nossa frente, foguetes luminosos de todas as cores foram disparados em sequência ininterrupta. Volantes cobertos de pó trouxeram a notícia de que o inimigo estava atacando. Depois de semanas de fogo ininterrupto, começava a batalha da infantaria. Chegávamos, pois, no momento certo.

De volta ao estande do comandante da companhia, esperei pela chegada da 2ª Companhia, que apareceu às quatro horas da madrugada, durante um intenso ataque. Assumi minha coluna e a conduzi a seu lugar, uma construção de cimento coberta pelos escombros de uma casa aniquilada, que se localizava justo no meio de um gigantesco campo de crateras, terrivelmente abandonado.

Às seis horas da manhã, a densa neblina de Flandres se iluminou e nos permitiu vislumbrar nossos arredores horripilantes. Logo em seguida, apareceu, pairando bem próximo ao solo, um enxame de aviões inimigos, que investigou o terreno pisoteado lançando sinais de sirene enquanto soldados da

35 Jogo de baralho para três ou mais pessoas, com baralho alemão ou francês de 32 cartas.

infantaria, perdidos de seus batalhões e errando por ali, tentavam se esconder nos buracos das granadas.

Meia hora mais tarde, começou um novo ataque que envolveu nossa ilha de refúgio como se fosse o mar açoitado por um tufão. A floresta de explosões à nossa volta se intensificou a ponto de se tornar um muro que avançava em torvelinho. Estávamos sentados juntos e aguardávamos a granada certeira que nos destroçaria e nos varreria com os blocos de cimento sem deixar rastro, transformando nosso refúgio em mais uma das crateras daquele lugar ermo, e isso aconteceria a qualquer instante.

Sob impactos poderosos de fogo cerrado como aqueles, para os quais podíamos nos preparar em pausas mais alongadas, o dia acabou passando.

À noite, apareceu um esgotado volante de batalha e me repassou uma ordem da qual deduzi que a 1ª, a 3ª e a 4ª Companhias se preparavam para o contra-ataque, marcado para as 10h50, ao passo que a 2ª deveria esperar sua substituição e depois se reunir na linha de frente. Para poder encarar com todas as minhas forças as horas que viriam, fui me deitar, não imaginando que meu irmão Fritz, que eu julgava ainda estivesse em Hannover, passava às pressas pelo furacão de fogo, bem perto de minha barraca, pronto para o ataque, com um grupamento da 3ª Companhia.

Meu sono foi perturbado por muito tempo pelos lamentos de um ferido. Dois saxões perdidos no campo de crateras o haviam encontrado e o deixaram em nossa cabana antes de, completamente esgotados, pegarem no sono. Quando acordaram na manhã seguinte, seu camarada estava morto. Os saxões o carregaram até o buraco de granada mais próximo, cobriram-no com algumas pás de terra e se afastaram, deixando para trás uma das incontáveis, solitárias e desconhecidas covas daquela guerra.

Acordei de um sono profundo apenas às onze horas, me lavei já usando o capacete de aço e mandei buscar as ordens do chefe da companhia, que, para minha surpresa, havia se retirado sem nem ao menos nos avisar. É assim que acontece na guerra; presenciam-se descuidos com os quais nem mesmo se ousa sonhar nos campos de manobra.

Enquanto eu ainda estava sentado a praguejar em meu catre e pensava no que deveria fazer, apareceu um volante de batalha me trazendo a ordem de assumir de imediato a 8ª Companhia.

Fiquei sabendo que o contra-ataque do 1º Batalhão havia fracassado com baixas pesadas e que os que tinham restado se defendiam em um bosque diante de nós, Dobschützwald, à sua direita e à sua esquerda. A 8ª Companhia recebera a missão de avançar para lá a fim de reforçar as tropas, mas fora varrida por uma barreira de fogo no terreno intermediário e também sofreu muitas baixas. Como seu comandante, o primeiro-tenente Büdingen, também estava ferido, eu deveria avançar com seus soldados mais uma vez.

Depois de ter me despedido de minha coluna, que ficou órfã, me pus a caminho com o volante, passando por aquele descampado polvilhado de metralhas. Uma voz desesperada fez nossa corrida de cócoras estacar por um momento. Ao longe, um vulto que se levantava de uma cratera nos acenava com os cotos sangrentos de seus braços. Apontamos para o barraco que acabávamos de deixar e seguimos adiante, às pressas.

Encontrei a 8ª já transformada em um montinho de gente acocorada atrás de uma fileira de construções cimentadas.

"Comandantes de coluna!"

Apareceram três cabos que consideraram impossível um segundo avanço em direção ao bosque de Dobschützwald. E de fato as explosões à nossa frente pareciam uma parede de fogo. Mandei as colunas se reunirem, primeiro, atrás de três construções cimentadas; cada uma delas ainda contava com cerca de quinze a vinte homens. Nesse momento, o fogo também nos alcançou. Uma confusão indescritível tomou conta de tudo. Na construção cimentada da esquerda, um grupamento inteiro voou pelos ares, a da direita foi atingida em cheio e enterrou sob suas toneladas de escombros o primeiro-tenente Büdingen, que continuava deitado ali com seu ferimento. Parecia que estávamos dentro de um aparelho de código Morse, socado ininterruptamente por golpes pesados. Rostos cadavéricos fixavam os olhos uns nos outros, e o grito dos atingidos ecoava repetidas vezes.

Naquele momento, por certo não faria diferença ficar deitado no mesmo lugar, fugir por trás ou correr em frente.

Portanto, dei a ordem de me seguirem e pulei para o meio do fogo. Já depois de alguns saltos, uma granada me cobriu de terra e me catapultou de volta à cratera anterior. Não dava para explicar como é que não fui atingido, pois as explosões eram tão próximas umas das outras que pareciam tocar o capacete e os ombros, e revolviam a terra debaixo de nossos pés como se fossem grandes animais. A única explicação para ter passado por elas sem ser atingido estava no fato de o chão lavrado tantas vezes engolir profundamente os projéteis antes de lhes opor resistência suficiente para detoná-los. Assim, a forma das explosões não era a de uma grande moita, mas sim a de grandes álamos verticais em forma de lança. Outras levantavam apenas um sino de terra. Também logo percebi que a fúria do fogo diminuía mais à frente. Depois de ter conseguido superar a pior parte, olhei à minha volta. Não havia vivalma no terreno.

Por fim, apareceram dois homens saindo de nuvens de fumaça e de pó, depois mais outro, em seguida mais dois. Com aqueles cinco cheguei, venturoso, ao meu destino.

Em uma construção cimentada e já meio destroçada, estavam sentados o tenente Sandvoss, comandante da 3ª Companhia, e o baixinho Schultz com três metralhadoras pesadas. Fui recebido com um alô bem alto e um gole de conhaque, depois eles me detalharam a situação, que não era nem um pouco favorável. Bem próximos, à nossa frente, estavam os ingleses, à direita e à esquerda não havia mais possibilidade de contato com nossas tropas. Chegamos à conclusão de que aquele lugar era adequado apenas a guerreiros bem experientes, já encanecidos pela fumaça da pólvora.

Imediatamente, Sandvoss me perguntou se eu ouvira algo acerca de meu irmão. Dá para imaginar minha preocupação quando fiquei sabendo que ele havia participado do ataque noturno e agora era dado como desaparecido. Ele era o mais próximo; a sensação de uma perda irreparável tomou conta de mim.

Logo em seguida, chegou um homem e me comunicou que meu irmão estava ferido, em um abrigo subterrâneo das proximidades. Nisso, apontou para uma casa de toras isolada, encoberta por árvores arrancadas pelas raízes, que já havia sido abandonada por aqueles que a defendiam. Atravessei correndo uma clareira vigiada pelos fuzis inimigos e entrei na casa. Que reencontro! Meu irmão estava em um ambiente tomado pelo cheiro de cadáveres, em meio a uma multidão de feridos graves a gemer. Eu o encontrei em estado lamentável. Durante o ataque, fora atingido por duas balas de metralha, uma delas lhe havia atravessado o pulmão, a outra destroçara a junta superior de seu braço direito. A febre brilhava em seus olhos; uma máscara antigás aberta estava pendurada sobre seu peito. Ele conseguia se mover, falar e respirar com dificuldade. Nós nos apertamos as mãos e contamos as novidades.

Eu tinha certeza de que ele não podia ficar naquele lugar, pois os ingleses atacariam a qualquer momento; ou uma granada poderia dar o golpe de misericórdia à construção já bem danificada. A melhor coisa que eu podia fazer pelo meu irmão era levá-lo de volta o mais rápido possível. Ainda que Sandvoss impusesse resistência a qualquer enfraquecimento de nossas forças de combate, ordenei aos cinco homens que me acompanhavam que levassem Fritz ao abrigo subterrâneo da enfermaria "Ovo de Colombo", para de lá trazer homens que resgatassem os outros feridos. Nós o enrolamos em uma lona de barraca e enfiamos nela uma estaca comprida que a atravessava, depois dois homens o colocaram nos ombros. Mais um aperto de mão, e o triste cortejo se pôs em movimento.

Segui com os olhos a carga balouçante, que se movimentava por uma floresta de explosões de granada, altas como torres de igrejas. A cada impacto, eu estremecia, até que o pequeno cortejo desapareceu na fumaça da batalha. Eu me sentia, ao mesmo tempo, substituto de minha mãe e responsável pelo destino de meu irmão.

Protegido na cratera à beira frontal da floresta, depois de ainda ter brigado um pouco com os ingleses em avanço lento, passei a noite com meus homens, cujo número naquele meio-tempo já aumentara, e mais uma equipe de manuseio de metralhadoras, nos escombros da construção cimentada. Ininterruptamente, granadas de explosão de impacto extraordinário caíam nas proximidades, e não fui atingido por um fio.

Pela manhã, nosso atirador da metralhadora começou a matraquear de repente, uma vez que vultos negros se aproximavam.

Era uma patrulha de ligação do 76º Regimento de Infantaria, da qual ele acabou matando um homem. Tais enganos aconteceram muitas vezes naqueles dias sem que ficássemos matutando muito tempo sobre eles.

Às seis horas da manhã, fomos substituídos por parte da 9ª Companhia, que me trouxe a ordem de ocupar posição de combate na Fortaleza dos Ratos. No caminho para lá, tiros de metralha colocaram mais um de meus cadetes fora de combate.

A Fortaleza dos Ratos acabou se revelando uma casa bombardeada, construída em quadrados de cimento bem próxima do leito pantanoso do arroio Steen. O nome fora bem escolhido. Roídos pelo cansaço, entramos e nos atiramos sobre os catres cobertos de palha, até que o almoço abundante e o animador cachimbo de tabaco, mais tarde, voltaram a nos botar com alguma força sobre as próprias pernas.

No início da tarde, começou um bombardeio de calibre que ia do pesado ao pesadíssimo. Entre seis e oito horas, uma explosão se sucedia a outra; muitas vezes, a construção era sacudida pelos impactos repugnantes de bombas não explodidas, e ameaçava desabar. Durante esse tempo todo, conversávamos o de sempre, especulando acerca da segurança de nosso abrigo. Considerávamos o telhado de concreto bastante seguro, uma vez que a fortaleza se localizava às margens íngremes do arroio; contudo, temíamos que ela pudesse ser minada por baixo com um projétil raso e pesado e, assim, ser atirada com as vigas de concreto para o fundo do riacho.

À noite, quando o fogo diminuiu, passando por um declive encoberto pela rede zumbidora das balas de metralha, rastejei em direção ao abrigo da enfermaria "Ovo de Colombo", para obter informações sobre meu irmão com um médico que acabava de examinar a perna horrivelmente destroçada de um moribundo. Cheio de alegria, ouvi que ele havia sido levado de volta e que seu estado era relativamente bom.

Tarde da noite, apareceram os carregadores de comida trazendo sopa quente, carne enlatada, café, pão, tabaco e aguardente para a pequena companhia, reduzida a vinte homens. Comemos fartamente e fizemos a garrafa dos "noventa e oito por cento" circular. Depois, nos entregamos ao sono, que foi muito perturbado pelos enxames de mosquitos que levantavam do rio, pelas granadas e pelos bombardeios esporádicos de gás.

Depois daquela noite agitada, dormi tão profundamente que meus homens tiveram de me acordar quando o fogo se tornou mais intenso, pela manhã, a ponto de deixá-los preocupados. Eles contaram que soldados perdidos de seus grupamentos já voltavam do front, com a notícia de que a linha de frente fora abandonada e o inimigo estava avançando.

Obedecendo ao velho princípio soldadesco "um bom café da manhã fortalece corpo e alma", resolvi me alimentar primeiro, acender um cachimbo, para depois ver o que estava acontecendo lá fora.

Meu campo de visão era bem limitado, pois os arredores estavam envolvidos por uma fumaça densa. O fogo se tornava mais violento de minuto a minuto e em pouco tempo alcançou aquele ápice de excitação que, incapaz de seguir aumentando, vira uma indiferença quase divertida. Incansáveis, chuvas de torrões de terra batiam sobre nosso telhado; em duas das vezes, a casa quase desabou. Granadas incendiárias levantavam nuvens pesadas e leitosas, das quais rajadas de fogo pingavam intensas sobre o chão. Parte dessa massa fosfórea estalou em uma pedra diante de meus pés e continuou queimando por vários minutos. Mais tarde, ouvimos que pessoas atingidas por um desses projéteis haviam rolado ao chão sem conseguir apagar o fogo. Bombas de retardo pululavam ameaçadoras sobre o piso, levantando sinos de terra rasteiros. Rolos de gás e de neblina se arrastavam, pesados, sobre o campo. Pouco adiante de nós, ecoava o fogo de fuzis e de metralhadoras, um sinal de que o inimigo com toda a certeza já se aproximara muito.

Embaixo, no leito do rio Steen, um grupamento de homens chapinhava na floresta mista de gêiseres de lama. Reconheci o comandante do batalhão, capitão Von Brixen, que, de braço ferido, se apoiava em dois paramédicos e corria em minha direção. Chamou-me às pressas, gritando que o inimigo estava avançando, e me preveniu a não ficar por mais tempo sem proteção.

Em pouco tempo, os primeiros projéteis da infantaria começaram a estalar nas crateras em volta ou a ricochetear nos restos de muro. Vultos praguejando, em número cada vez maior, desapareciam na fumaça atrás de nós, enquanto o fogo alucinado dos fuzis testemunhava a defesa renhida daqueles que ficavam na linha dianteira.

A hora havia chegado. O que importava era defender a Fortaleza dos Ratos, e eu deixei claro aos homens, entre os quais alguns fizeram muxoxos, que não se podia nem pensar em retirada. A equipe foi disposta atrás de seteiras, e nossa única metralhadora colocada na abertura da janela. Uma das crateras foi eleita como enfermaria, e um paramédico, que logo teve trabalho em abundância, postado ali. Eu também peguei do chão um fuzil sem dono e pendurei um cinturão de cartuchos em volta do pescoço.

Uma vez que nosso grupo era bem reduzido, tentei reforçá-lo com os numerosos homens que vagavam por ali, sem comando. A maior parte seguiu de bom grado nossos chamados, contente por poder se juntar a um novo grupamento, enquanto outros corriam adiante, depois de ter parado por um momento e visto que não conseguiriam nada conosco. Em situações assim, qualquer consideração acaba. Mandei apontar armas contra eles.

Atraídos magneticamente pelos canos dos fuzis, eles se aproximavam devagar, ainda que estivesse estampada em seus rostos a má vontade com que nos fariam companhia. Pragas eram rogadas, palavrões eram ditos, apesar das invocações mais ou menos bondosas.

"Mas eu já nem tenho mais fuzil!"

"Então espere até que alguém seja morto!"

Durante uma última intensificação violenta do fogo, na qual os escombros da casa foram atingidos mais de uma vez, e os fragmentos de tijolos e telhas caíam sobre nossos capacetes de aço, tinindo, vindos de bem alto, fui jogado ao chão no clarão de um impacto terrível. Para surpresa de meus homens, levantei-me, ileso.

Depois desse poderoso furacão final, tudo ficou mais calmo. O fogo passava por cima de nós e parava na estrada que levava de Langemarck a Bixschoote. Não nos sentíamos nem um pouco bem com isso. Até então, não tínhamos visto a extensão verdadeira daquilo, concentrados nas árvores e esquecidos da floresta;

o perigo havia se apossado de nós de forma tão violenta e variegada que nem conseguíamos nos ocupar dele. Depois de o ataque ter passado, cada um encontraria tempo suficiente para se preparar para aquilo que inevitavelmente estava por vir.

E veio. Os fuzis diante de nós silenciaram. Os defensores haviam sido aniquilados. Do meio da fumaça, apareceu uma densa linha de atiradores. Meus homens abriram fogo, acocorados atrás dos escombros, a metralhadora não parava de pipocar. Como se tivessem sido varridos, os soldados que atacavam desapareceram nas crateras e nos prenderam em seu fogo. À direita e à esquerda, fortes guarnições avançavam. Em pouco tempo, estávamos envolvidos por uma coroa de atiradores.

A situação era desesperançosa; não fazia o menor sentido sacrificar aqueles homens. Dei ordem para a retirada. Mas era difícil fazer com que os soldados aferrados ao fogo se levantassem.

Aproveitando uma nuvem longa de fumaça sobre o terreno, escapamos, em parte atravessando córregos cujas águas chegavam à nossa cintura. Ainda que o saco que nos envolvia já estivesse praticamente fechado, conseguimos serpentear, protegidos, para fora dele. Eu deixei a pequena fortaleza por último, dando cobertura ao tenente Höhlemann, que sangrava com um ferimento grave na cabeça e passava por cima de sua debilidade fazendo algumas piadas.

Ao atravessarmos a estrada, demos de cara com a 2ª Companhia. Kius ouvira de alguns feridos relatos sobre nossa situação e, não apenas por decisão própria, mas também atendendo à insistência de seus homens, aparecera para nos tirar dali.

Isso acontecera sem que ninguém tivesse ordenado. O gesto nos tocou e invocou uma animação alegre, um estado de espírito que nos dava forças para arrancar árvores, se fosse o caso.

Depois de breve consideração, decidimos ficar parados e esperar que o inimigo chegasse correndo. Dessa vez também, soldados da artilharia, sinalizadores, operadores de telefonia e outros solitários que erravam pelo campo de batalha só puderam ser convencidos à força a aceitar que inclusive eles tinham de se postar com um fuzil na linha de atiradores. Com pedidos, ordens e coronhadas, conseguimos criar um novo front, pronto para abrir fogo.

Depois disso, sentamo-nos em uma vala que começava a ser aberta e tomamos café da manhã. Kius pegou sua máquina inseparável e tirou algumas fotografias. À nossa esquerda, na saída de Langemarck, houve movimento. Nossos homens dispararam sobre os vultos a correr por lá até eu proibir o fogo. Pouco depois, apareceu um cabo e informou que uma Companhia dos Fuzileiros da Guarda havia se alojado na estrada e sofrera baixas por causa de nosso fogo.

Em seguida, permiti que se avançasse até a altura em que eles estavam, sob o fogo intenso dos fuzis. Alguns tombaram; o tenente Bartmer, da 2ª Companhia, foi ferido gravemente. Kius ficou ao meu lado, terminando seu pão com manteiga ao avançar. Quando havíamos ocupado a estrada, de onde o terreno descia até o rio Steen, verificamos que os ingleses estavam a ponto de fazer o mesmo. Os primeiros vultos de cor cáqui se encontravam a apenas 20 metros. Até onde a vista podia alcançar, o terreno à nossa frente estava cheio de linhas de atiradores e colunas enfileiradas. A Fortaleza dos Ratos já pululava de inimigos.

Eles se mostravam despreocupados em sua atividade. Um carregava sobre as costas um rolo cujo fio se desenrolava. Pareciam mal ter sofrido com os tiros e avançavam animados. Logo colocamos uma barreira diante deles, ainda que estivessem em número muito maior. O tiroteio foi intenso, e a pontaria não deixou a desejar. Vi um robusto cabo da 8ª Companhia pousar com grande tranquilidade seu fuzil sobre um toco de árvore; a cada tiro, um soldado inimigo caía. Os outros se detiveram e começaram a saltar para cá e para lá, como coelhos, em meio ao fogo, enquanto nuvenzinhas de pó se levantavam. Parte deles foi atingida, os outros se arrastaram para dentro de crateras de granada, para se esconder até a chegada da escuridão. O avanço fracassou bem rápido; eles pagaram caro por isso.

Por volta das onze horas, aviões enfeitados com insígnias nacionais circularam acima de nós e foram expulsos pelo fogo intenso. Em meio àquele tiroteio alucinado, tive de rir de um homem que se apresentou a mim querendo que eu certificasse por escrito que ele havia feito com que um avião pegasse fogo depois de tê-lo atingido com seu fuzil.

Logo depois da ocupação da estrada, mandei a notícia ao regimento e pedi auxílio. À tarde, chegaram colunas da infantaria, sapadores e metralhadoras para reforçar nossas tropas. Seguindo a tática do Velho Fritz[36], tudo foi disposto na já superlotada linha de frente. De vez em quando, os ingleses derrubavam alguns homens que atravessavam a estrada sem cautela.

Por volta das quatro horas, principiou um tiroteio de metralha deveras desagradável. As descargas eram arremessadas sobre a estrada. Sem dúvida, os aviões haviam detectado o local de nossa nova linha de resistência, e momentos difíceis se anunciavam.

De fato, em pouco tempo começou um bombardeio poderoso com granadas leves e pesadas. Estávamos deitados bem perto uns dos outros na valeta da estrada, reta e sobrecarregada. O fogo dançava diante de nossos olhos, galhos e torrões de lama caíam assoviando sobre nós. À minha esquerda, um clarão se acendeu em chamas, deixando para trás uma fumaça branca e sufocante. Eu me arrastei de quatro até o companheiro ao meu lado. Ele não se mexia mais. O sangue lhe brotava de várias feridas abertas por estilhaços finos e denteados. Também mais à direita as perdas foram grandes.

Após meia hora, tudo ficou em silêncio. Cavamos com determinação buracos profundos no chão raso da valeta para nos proteger ao menos contra os estilhaços, no caso de um segundo ataque. Na atividade, nossas pás bateram em fuzis, cinturões e cartuchos vazios do ano de 1914 – um sinal de que aquele chão não bebia sangue pela primeira vez. Ali lutaram, antes de nós, os voluntários de Langemarck.

Durante o crepúsculo, fomos contemplados mais uma vez pela atenção toda especial do inimigo. Eu estava sentado ao lado de Kius em um buraco que nos custara algumas bolhas nas mãos. O chão tremia como uma prancha de navio com as explosões mais próximas. Estávamos preparados para o fim.

Com o capacete de aço apertado à testa, eu mordia meu cachimbo, fixava os olhos na estrada, cujas pedras borrifavam

36 Referência a Frederico II, rei da Prússia (1712-1786), também conhecido em alemão nortista por *Ollefritz*.

fagulhas sob os fragmentos de ferro que se abatiam sobre elas, e tentei instilar coragem em mim mesmo, filosoficamente, com sucesso. Pensamentos estranhos me passaram pela cabeça. Me ocupei com intensidade de um romance francês barato intitulado *Le Vautour de la Sierra*[37], que caíra em minhas mãos na passagem por Cambrai. Diversas vezes murmurei uma sentença de Ariosto: “Um grande coração não sente horror diante da morte, venha quando vier, contanto que ela seja honrosa”. Isso invocava uma espécie agradável de embriaguez, mais ou menos como aquela que sentimos quando estamos no “balanço da bruxa”[38]. Quando as granadas concederam um pouco de paz aos ouvidos, escutei fragmentos da bela canção da baleia negra de Askalon[39] sendo entoados ao meu lado, e achei que meu amigo Kius estava variando. Que fazer, cada um com seu esplim…

No final do bombardeio, um estilhaço imenso atingiu minha mão. Kius iluminou o local com sua lanterna de bolso. Descobrimos um arranhão superficial.

Depois da meia-noite, começou a chuviscar; patrulhas de um regimento acabavam de chegar e avançavam até o rio Steen, mas só encontraram crateras cheias de lama. O inimigo havia se recolhido do outro lado da margem.

Esgotados com os esforços daquele dia conturbado, nós nos sentamos todos em nossos buracos, não contadas as sentinelas, que ficariam nos postos da guarda. Puxei sobre a cabeça o sobretudo em frangalhos do camarada morto ao meu lado, e caí em um sono intranquilo. De manhãzinha, despertei tremendo de frio e descobri que me encontrava em situação problemática. Chovia a cântaros, e as valetas da estrada desaguavam dentro do buraco em que eu estava. Levantei um pequeno dique e tirei a água de meu lugar de descanso usando a tampa da marmita. Com o aumento da água na valeta, eu ia levantando meu dique aos poucos, até que a frágil construção

37 “O abutre da serra”. Em francês, no original.

38 Semelhante ao brinquedo de feiras conhecido como *Mad House*, em inglês. Trata-se de um ambiente que dá aos que estão dentro dele a impressão de girar.

39 *Schwarzer Walfisch zu Askalon*. Conhecida canção estudantil alemã.

cedeu à pressão crescente e uma torrente de lama caiu borbulhando buraco adentro, enchendo-o até a boca. Enquanto eu me esforçava em pescar pistola e capacete de aço em meio à lama, o tabaco e o pão navegaram pela vala da estrada abaixo, cujos moradores restantes tiveram de enfrentar a mesma situação em seus buracos. Tremendo de frio, sem nem mesmo um fio seco sobre o corpo, ficamos ali em pé, conscientes de que estávamos submetidos ao bombardeio seguinte sem a menor proteção, em meio à lama da estrada. Foi uma manhã lastimável. Mais uma vez, percebi que nenhum fogo de artilharia é capaz de dinamitar forças de resistência de um modo tão cabal quanto o frio e a umidade.

Contudo, no contexto geral da batalha, aquela chuva foi um verdadeiro presente dos deuses para nós, pois o ataque inglês teve de refrear nos primeiros e mais importantes dias que se seguiram. O inimigo precisava superar a zona pantanosa das crateras, ao passo que nós podíamos fazer nossa munição se aproximar por estradas intactas.

Às onze horas da manhã, quando o desespero já havia tomado conta de nós, apareceu um anjo salvador na figura de um mensageiro, que trouxe a ordem de que o regimento deveria se reunir em Kokuit.

Na marcha de volta, vimos como deveria ter sido difícil manter o contato com o front nos dias de ataque. As estradas estavam repletas de homens e cavalos. Ao lado de alguns carros de duas rodas para o transporte de canhões, furados a ponto de parecerem raladores, doze cavalos terrivelmente mutilados atravancavam o caminho.

A parte restante de nosso regimento se reuniu em um prado úmido da chuva, onde as balas leitosas de metralhas isoladas formavam nuvens. Ali estava um grupelho do tamanho de uma companhia, com um punhado de oficiais no meio. Quantas baixas! De dois batalhões, quase todos os oficiais e soldados haviam tombado. Com olhar sombrio, os sobreviventes estavam em pé sob a chuva torrencial, esperando pelos preparadores de alojamento. Em seguida, nos secamos em um barraco de madeira, amontoados em volta de um fogão aceso, e, depois de um lanche substancioso, pudemos juntar forças para continuar a viver.

Ao anoitecer, granadas explodiram na aldeia. Uma das cabanas foi atingida e uma série de homens da 3ª Companhia acabou morrendo. Apesar do bombardeio, logo fomos nos deitar, com a única esperança de que não fôssemos novamente jogados para fora, na chuva, para poder preparar o contra-ataque ou uma defesa repentina.

Às três horas da madrugada, veio a ordem de recuar. Marchamos pela estrada semeada de cadáveres e carros destroçados em direção a Staden. O fogo chegou longe em sua fúria; encontramos a cratera de uma explosão rodeada por doze mortos. Staden, que à nossa chegada ainda estivera tão cheia de vida, já mostrava diversas casas bombardeadas. A deserta praça do mercado estava coberta de móveis destroçados. Uma família deixou a cidadezinha conosco, puxando atrás de si sua única propriedade, uma vaca. Eram pessoas simples; o homem tinha uma perna de pau, a mulher segurava as crianças chorosas pela mão. O barulho confuso atrás de nós dava contornos soturnos à triste imagem.

Os restos do 2º Batalhão foram alojados em uma chácara isolada que ficava escondida nos campos cobertos de vegetação alta e exuberante, atrás de moitas bem densas. Lá me foi entregue o comando da 7ª Companhia, com a qual eu dividiria alegrias e sofrimentos até o fim da guerra.

À noite, ficávamos sentados diante da lareira revestida de ladrilhos velhos, nos fortificávamos com um grogue denso e ouvíamos o fragor da batalha que voltava com toda a intensidade. Do relatório sobre o Exército, feito por um novo jornal, saltava aos olhos a sentença: "Conseguimos deter o inimigo na linha do rio Steen".

Era estranho descobrir que nossa ação, aparentemente confusa, em uma noite escura, havia se tornado pública. Havíamos dado nossa contribuição no sentido de parar um ataque iniciado com forças tão poderosas. Por mais formidáveis que fossem as massas de gente e de material, ainda assim o trabalho era encaminhado apenas por alguns guerreiros nos pontos mais decisivos.

Logo nos entregamos ao sono sobre o chão coberto de feno. Apesar da quantidade generosa de bebida, a maior parte dos que tentavam dormir fantasiava e rolava de um lado a outro, como se tivesse de lutar mais uma vez na batalha de Flandres.

No dia 3 de agosto, nos colocamos em marcha, carregados com farto abastecimento de gado e frutas do campo da região abandonada, em direção à estação ferroviária da cidadezinha próxima de Gits. No bar da estação, o batalhão encolhido bebeu café mais uma vez em esplêndida atmosfera, que duas robustas garçonetes flamengas para nosso gáudio temperaram com expressões bastante ousadas. Prazer especial causava aos homens o fato de elas tratarem todo mundo, inclusive os oficiais, por "tu", de acordo com os costumes da região.

Depois de alguns dias, recebi uma carta de Fritz, vinda de um hospital militar de Gelsenkirchen. Ele escreveu dizendo que por certo ficaria para sempre com um braço rijo e um pulmão decrépito.

Extraio de suas anotações o seguinte trecho, que complementa minhas informações e reproduz de maneira bem plástica as impressões de um recruta jogado no bramir da guerra tecnológica:

"'Formar tropa para o ataque!' O rosto do comandante de minha coluna se curvou sobre a pequena furna. Os três homens ao meu lado findaram a conversa e juntaram suas coisas praguejando. Eu me levantei, ajeitei o capacete de aço e saí para a penumbra da madrugada.

"O tempo estava nublado e frio; nesse meio-tempo, o quadro havia mudado. O fogo das granadas se deslocara e passava a se localizar, troando sombriamente, sobre outros trechos do gigantesco campo de batalha. Aviões matraqueavam no alto e acalmavam o olho angustiado à espreita com as grandes cruzes de ferro pintadas na parte inferior das asas.

"Corri de novo até um poço que havia se mantido estranhamente limpo entre escombros e entulhos, e enchi meu cantil.

"Os homens da companhia se apresentaram em colunas. Às pressas, enfiei quatro granadas de mão em meu cinturão e logo me dirigi a meu grupamento, que deu pela falta de dois homens. Mal deu tempo de registrar seus nomes e todo mundo já se pôs em movimento. Em filas, as colunas se deslocavam pelo terreno cheio de crateras, desviavam-se das vigas, cortavam macegas e caminhavam, tilintando e fazendo estardalhaço, em direção ao inimigo.

"O ataque foi executado por dois batalhões; um batalhão do regimento vizinho foi acionado conosco. A ordem era breve e concisa. Divisões inglesas que ultrapassaram o canal tinham de ser rechaçadas. A mim estava reservado o papel de ficar deitado, com meu grupamento, na dianteira das posições alcançadas, a fim de bloquear o contra-ataque.

"Chegamos às ruínas de um povoado. Da planície flamenga cheia de cicatrizes erguiam-se, negros e estilhaçados, os cotos de árvores isoladas. Restos de uma grande floresta. Rolos monstruosos de fumaça tomavam o ar e encobriam o céu do anoitecer com nuvens sombrias e pesadas. Sobre a terra devastada, que havia sido rasgada e rasgada de novo de modo tão inclemente, pairavam gases sufocantes que, amarelos e marrons, se deslocavam indolentes sobre o solo.

"Recebemos ordem de nos preparar para o gás. Nesse momento, principiou um fogo respeitável – o ataque havia sido percebido pelos ingleses. A terra saltava em jorros bufantes, e uma chuva de estilhaços varreu o terreno como uma tempestade. Por um instante, todo mundo ficou paralisado, para logo em seguida se dispersar precipitadamente. Mais uma vez, ouvi a voz de nosso comandante de batalhão, o capitão Böckelmann, que gritou a plenos pulmões, dando uma ordem que não consegui compreender.

"Os homens de meu grupamento haviam desaparecido. Eu me encontrava em uma coluna estranha e me acotovelava com os outros em direção aos escombros de um povoado que havia sido ceifado até a raiz pelas granadas implacáveis. Tiramos as máscaras antigás.

"Todo mundo se jogou ao chão. À minha esquerda, estava ajoelhado o tenente Ehlert, que eu já conhecia do Somme. Ao lado dele, estava deitado um cabo, à espreita. O ímpeto da barreira de fogo era terrível; confesso que ele sobrepujava até mesmo minhas expectativas mais ousadas. Diante de nós tremulava, amarela, uma parede de fogo; uma chuva de torrões de terra, fragmentos de tijolos e telhas e estilhaços de ferro caía como granizo sobre nós e arrancava chispas luminosas de nossos capacetes de aço. Eu tinha a sensação de que respirar havia se tornado mais difícil, e de que o ar não era suficiente para os pulmões em sua atmosfera maciçamente carregada de ferro.

“Por muito tempo, fiquei de olhos fixos no incandescente caldeirão infernal, cuja fronteira visível era formada pelo fogo penetrante que saía dos canos das metralhadoras inglesas. O enxame de projéteis que se abateu sobre nós era inaudível. Chegou-me à consciência que nosso ataque, preparado por um fogo incessante da artilharia que durou meia hora, antes mesmo de começar já havia sido rechaçado por aquele formidável fogo defensivo. Duas vezes, em breves intervalos, um estrondo monstruoso engoliu o bramido geral. Minas do mais grosso calibre explodiram. Campos inteiros de entulho voaram ao ar, se enovelaram em redemoinho e caíram lançando um crepitar infernal.

“A um apelo de Ehlert, dado aos gritos, olhei para a direita. Ele levantava a mão esquerda, acenava para trás e saltava à frente. Levantei com dificuldade e o segui correndo. Meus pés continuavam queimando como fogo, mas a dor penetrante havia diminuído.

“Mal eu dera vinte passos, a luz incandescente de uma metralha a menos de dez passos de mim explodiu a 3 metros de altura, me ofuscando; e isso no exato momento em que voltei a mostrar a cara para sair de uma cratera. Senti dois impactos surdos contra o peito e contra o ombro. O fuzil caiu automaticamente de minhas mãos e, cabeça virada para trás, desabei rolando de volta à cratera. Ainda ouvi a voz difusa de Ehlert, que gritou ao passar correndo: ‘Esse foi atingido em cheio!’.

“Ele não viveria o dia seguinte até o fim. O avanço fracassou e, ao voltar, foi morto com todos aqueles que o acompanhavam. Um tiro na parte posterior da cabeça acabou com a vida desse valente oficial.

“Quando acordei, depois de um longo desmaio, tudo estava mais calmo. Tentei me levantar, já que estava com a cabeça para baixo, mas senti uma dor violenta no ombro, que aumentava a qualquer movimento. Minha respiração estava breve e ofegante, os pulmões não conseguiam ar suficiente. Bala de ricochete no pulmão e no ombro, pensei, quando me lembrei dos dois impactos surdos e indolores que haviam me atingido. Joguei mochila de ataque e cinturão para longe e, em estado de completa indiferença, também a máscara antigás. Fiquei com o capacete de aço e pendurei o cantil nos ganchos da cintura do casacão.

"Consegui sair da cratera. No entanto, depois de cerca de cinco passos que eu, arrastando-me com dificuldade, logrei avançar, fiquei deitado, imóvel, em uma cratera ao lado. Uma hora mais tarde, tentei me arrastar pela segunda vez, já que o campo voltou a ser encoberto por um fogo mais leve vindo da artilharia. Essa tentativa também acabou fracassando. Perdi meu cantil cheio de preciosa água e mergulhei em um esgotamento infindo, do qual fui despertado depois de muito tempo pela sensação da sede me queimando.

"Começou a chover de leve. Com o capacete de aço, consegui recolher um pouco de água suja. Eu havia perdido todo o senso de direção e não sabia mais ao certo onde ficava a linha do front. Crateras se enfileiravam umas após as outras, uma maior que a outra; e, do chão dessas covas profundas, era possível ver apenas as paredes de argila e o céu cinzento. Uma tempestade se formou, seus trovões foram abafados pelo barulho de um novo fogo incessante da artilharia. Eu me encolhi junto à parede da cratera. Um torrão de argila acertou meu ombro; grandes estilhaços varreram o ar sobre minha cabeça. Aos poucos, também perdi a noção do tempo; já não sabia se amanhecia ou se anoitecia.

"Em dado momento, apareceram dois homens, que atravessavam o campo em grandes saltos. Eu os chamei em alemão e em inglês; eles desapareceram como sombras na neblina, sem me ouvir. Por fim, vieram outros três homens em minha direção. Reconheci em um deles o cabo que no dia anterior estivera deitado ao meu lado. Eles me levaram consigo até uma pequena cabana que ficava nas proximidades – entupida de feridos, que eram atendidos por dois paramédicos. Eu ficara treze horas deitado na cratera.

"O fogo violento da batalha trabalhava como uma gigantesca máquina de fundição e de moagem. Granadas e mais granadas explodiam ao nosso lado, cobrindo o telhado de areia e terra em muitas camadas. Me enfaixaram e me deram uma nova máscara antigás, um pão com uma geleia vermelha bem espessa e um pouco de água. O paramédico cuidava de mim como um pai.

"E os ingleses já começavam a avançar. Aproximavam-se aos saltos e desapareciam nas crateras. Gritos e chamados ecoavam de fora para dentro.

"De repente, respingado de lama das botas ao capacete de aço, um jovem oficial se precipitou cabana adentro. Era meu irmão Ernst, que já fora declarado morto um dia antes no comando maior do regimento. Nós nos cumprimentamos, sorrindo um tanto estranha e comovidamente. Ele olhou à volta e depois para mim, cheio de medo. As lágrimas lhe saltaram aos olhos. Ainda que pertencêssemos ao mesmo regimento, aquele reencontro no campo de batalha incomensurável tinha algo de fantástico, comovente, e a recordação de tê-lo visto continuou preciosa e digna de veneração para o resto de meus dias. Depois de alguns minutos, ele me deixou e trouxe consigo os cinco últimos homens de sua companhia. Fui colocado em uma lona de barraca, em cujos panos se fincou o tronco de uma árvore jovem, e depois fui carregado para longe do campo de batalha.

"Eram sempre dois os carregadores que se revezavam no trabalho de me levar adiante. O pequeno transporte corria ora à direita, ora à esquerda, e desviava em zigue-zague das granadas que explodiam em massa. Obrigados a buscar abrigo às pressas, eles me jogaram ao chão algumas vezes, me fazendo bater com dureza no fundo das crateras.

"Por fim, chegamos a um abrigo subterrâneo revestido de cimento e lata que tinha o prodigioso nome de 'Ovo de Colombo'. Me arrastaram para baixo e me deitaram sobre um catre de madeira. Naquele recinto, dois oficiais que eu não conhecia estavam sentados e ouviam o concerto enfurecido da artilharia. Um deles era, conforme fiquei sabendo mais tarde, o tenente Bartmer, o outro, um médico de campanha chamado Helms. Jamais gostei tanto de uma bebida quanto da mistura de água da chuva e vinho tinto que ele me deu. Como um fogo, a febre tomou conta de mim. Eu lutava por ar, com imensa dificuldade de respirar, e, como se fosse um pesadelo, pesavam sobre mim a imaginação de que o teto de cimento do abrigo jazia sobre meu peito e a sensação de que eu tinha de levantá-lo a cada respiro.

“O médico-assistente Köppen entrou ofegante. Ele havia atravessado o campo de batalha inteiro, perseguido por granadas. Me reconheceu, se curvou sobre mim, e eu vi como seu rosto se contorceu em uma careta tranquila e sorridente. A ele, se seguiu meu comandante de batalhão, que, em sua condição de homem severo, bateu suavemente em meu ombro me fazendo sorrir, e me veio a ideia de que logo o imperador em pessoa entraria no abrigo para se informar a meu respeito.

“Os quatro homens se sentaram juntos, bebendo de suas canecas de campanha e sussurrando. Em dado momento, percebi que falavam de mim e logrei ouvir palavras isoladas como ‘irmão’, ‘pulmões’, ‘ferimento’, sobre cujo nexo passei a refletir. Logo começaram a falar em voz alta acerca da situação da batalha.

“No esgotamento mortal em que me encontrava, só naquele momento tive consciência da minha sorte; ela aumentou mais e mais e permaneceu comigo ainda por semanas. Pensei na morte sem que isso me perturbasse. Todas as minhas relações pareciam simples a ponto de me surpreender, e, com a consciência dizendo ‘tudo está em ordem com você’, acabei caindo no sono.”

Regniéville

No dia 4 de agosto de 1917, descemos do trem na famosa Mars-la-Tour. A 7ª e a 8ª Companhias se alojaram em Doncourt, onde levamos uma vida bem sossegada durante alguns dias. Apenas as escassas porções de mantimentos me deixavam um tanto embaraçado. Era terminantemente proibido armazenar alimentos tirados do campo; mesmo assim, a cada manhã os guardas me apresentavam alguns homens que haviam sido encontrados colhendo batatas à noite, e cuja punição eu não podia evitar – "porque eles foram pegos", conforme o teor de minha justificativa, de qualquer modo nada oficial.

Naqueles dias, também pude experimentar que o bom, conseguido de forma injusta, não chega a vingar. Tebbe e eu havíamos levado conosco uma carruagem principesca de um solar flamengo abandonado e soubemos como escondê-la dos olhos que nos espreitavam durante a viagem de trem. Eis que então planejamos um passeio maravilhoso a Metz, para gozar mais uma vez de tudo o que a vida tinha a oferecer. Em uma dessas tardes, atrelamos uma parelha à carruagem e fomos embora. Lamentavelmente, ela não tinha freios; é que fora construída para as planícies flamengas, e não para o terreno montanhoso da Lotaríngia. Já no povoado a velocidade aumentou bastante, e em pouco tempo estávamos em uma carreira tão desabalada que só poderia acabar mal. O primeiro a saltar da carruagem foi o cocheiro, depois Tebbe, que caiu sobre um monte de utensílios de lavoura, machucando-se muito. Eu fiquei sozinho sobre o estofamento de seda e me senti bem desconfortável.

Uma porta se abriu e foi arrancada por um poste de telégrafo. Por fim, o coche desceu por uma encosta íngreme e se despedaçou junto ao muro de uma casa. Para minha surpresa, constatei, enquanto escapava por uma janela do veículo destruído, que eu não havia me ferido.

No dia 9 de agosto, a companhia recebeu a visita do comandante de divisão, o major-general Von Busse, que a louvou pelo seu bom comportamento em combate. Na tarde seguinte, seguimos todos até as proximidades de Thiaucourt. De lá, logo marchamos para nossa nova trincheira, que se estendia sobre as elevações ricas em vegetação da Côte Lorraine, diante da aldeia bombardeada de Regniéville, conhecida de diversas ordens especiais anteriores.

Na primeira manhã, investiguei o trecho que cabia a mim e ele me pareceu bem longo para uma companhia apenas, formado por uma confusão de valas em parte já desmoronadas e intrincadas. A linha de frente estava destruída em vários lugares pelas minas voadoras de 3 pés, comuns ali. Minha galeria subterrânea ficava a 100 metros da linha de frente, na chamada vala de trânsito, perto da estrada para sair de Regniéville. Pela primeira vez, depois de muito tempo, voltávamos a ver franceses.

Um geólogo teria se sentido muito bem naquela trincheira. As valas de aproximação mostravam seis camadas diferentes, do calcário de coral até a "marga de Gravelotte", na qual estava embutida a vala de combate. A rocha marrom-amarelada pululava de fósseis, sobretudo de um ouriço-do-mar achatado, em formato de pãozinho, cujas bordas marcavam aos milhares as paredes da trincheira. A cada vez que eu percorria o setor, voltava ao abrigo subterrâneo com os bolsos cheios de conchas, ouriços-do-mar e amonites. A marga também tinha a vantagem de resistir muito mais à intempérie do que o chão de argila comum. Em alguns trechos, inclusive, a vala era construída e rebocada com cuidado, e o fundo era cimentado, de modo que mesmo a água das chuvas mais fortes escoava sem causar danos.

Minha galeria subterrânea era profunda e tinha goteiras. Ela possuía ainda uma característica que me proporcionava bem pouca alegria: é que naquela região, ao contrário dos piolhos comuns, existia uma espécie aparentada bem mais ágil. Os dois tipos pareciam estar na mesma relação de hostilidade um com o outro, como os ratos caseiros e os ratos do banhado. Ali não ajudava nem mesmo a habitual troca de roupa, pois os parasitas saltadores ficavam à espreita, de um jeito traiçoeiro, na palha dos lugares em que dormíamos. Quem duvidasse e tentasse dormir entrava em desespero e acabava tendo de arrancar as cobertas para fazer uma caçada minuciosa aos importunos.

O abastecimento também deixava muito a desejar. Além da sopa rala ao meio-dia, recebíamos apenas um terço de um pão com um acompanhamento ridiculamente diminuto que, na maior parte das vezes, era uma geleia já meio estragada. Quase sempre, a metade disso eu acabava perdendo para um rato gordo, do qual tentei em vão dar cabo diversas vezes.

As companhias de reserva e de descanso se mantinham em antiquíssimos grupos de fortins escondidos nos fundos da floresta. O que me agradava mais era meu alojamento onde se localizavam as tropas de reserva, o acampamento no pântano, encravado na encosta protegida por um despenhadeiro estreito, no meio da mata. Lá, eu morava em uma cabana minúscula, construída só até a metade dentro da parede da encosta, que era rodeada de moitas de avelãs e pés de cereja selvagem. A janela tinha vista para os cumes cobertos de floresta da montanha que ficava em frente e para uma estreita faixa de prado, atravessada por um córrego, embaixo. Ali, eu me divertia dando de comer a incontáveis aranhas-de-cruz que haviam armado suas teias poderosas nas moitas das proximidades. Uma coleção de garrafas de todo tipo, amontoadas na parede de trás do fortim, denunciava que algum ermitão já havia passado horas bem agradáveis por ali, e eu me esforçava em não negligenciar os usos honrados do local. Ao cair da tarde, quando as neblinas que levantavam do chão se misturavam à fumaça pesada e branda de meu fogo de lenha, e eu ficava sentado, de porta aberta, à chegada do crepúsculo, entre o ar frio do outono e o calor do fogo, uma bebidinha pacífica parecia fazer parte indispensável do ambiente: vinho tinto com licor de ovos até a metade em uma taça bojuda. Para acompanhar, eu lia um livro e fazia minhas anotações. Essas celebrações silenciosas me consolavam também do fato de um senhor, com mais tempo de serviço, que chegara vindo do batalhão de substituição, ter assumido minha companhia e do fato de eu ter de voltar aos trabalhos tediosos na trincheira, na condição de chefe de coluna. Eu procurava contornar as guardas intermináveis à velha maneira, fazendo diversas patrulhas.

No dia 24 de agosto, o valente capitão Böckelmann foi ferido por um estilhaço de granada – o terceiro comandante do batalhão que o regimento perdeu em um espaço bem curto de tempo.

Durante o serviço na trincheira, me tornei amigo do suboficial Kloppmann, um homem já mais velho e casado, que se distinguia pelo grande prazer de lutar. Ele fazia parte daqueles homens entre os quais não se percebia a menor mácula no que dizia respeito à coragem, desses que só se encontram uma vez na vida e outra na morte. Combinamos que queríamos dar uma olhada nas trincheiras francesas e fizemos nossa primeira visita no dia 29 de agosto.

Rastejamos até o local em que Kloppmann abrira uma passagem na barreira inimiga, cortando o arame, na noite anterior. Para nossa desagradável surpresa, o arame havia sido remendado; mesmo assim, voltamos a cortá-lo, fazendo muito ruído na atividade, e entramos na vala. Depois de termos ficado à espreita por um bom tempo junto a uma amurada à altura dos ombros, rastejamos adiante seguindo um fio de telefone que terminava perto de um fuzil com baioneta cravado na terra. Encontramos o acesso trancado por vários fios de arame e por uma porta gradeada, mas o posto da guarda estava desocupado. Depois de termos observado tudo com cuidado, voltamos pelo mesmo caminho e mais uma vez remendamos a passagem com cuidado para manter nossa visita em segredo.

Na noite seguinte, Kloppmann espionou o lugar outra vez, porém foi recebido com tiros de fuzil e granadas de mão em forma de limão, os chamados "ovos de pata", dos quais um caiu bem ao lado de sua cabeça, comprimida ao chão, sem explodir. Ele teve de botar sebo nas canelas. Na noite seguinte, fomos em dupla e encontramos a vala dianteira ocupada. Ouvimos o que as sentinelas diziam e confirmamos os postos em que montavam guarda. Um dos soldados assoviava baixinho uma melodia simpática. Por fim, abriram fogo, e nós rastejamos, retornando.

Quando eu estava de volta a nossas trincheiras, apareceram de repente meus camaradas Voigt e Haverkamp, que pareciam ter festejado muito e tiveram a ideia maluca de perambular fora do aconchegante acampamento no pântano, atravessando a floresta escura como breu até a linha de frente para fazer uma patrulha, conforme disseram. Eu sempre defendi que cada um podia fazer com sua pele o que bem entendesse, levá-la ao mercado quando bem quisesse, e permiti que subissem para fora da trincheira, ainda que o inimigo continuasse demonstrando nervosismo. No entanto, a patrulha deles consistiu apenas na busca da seda dos paraquedas de foguetes franceses para depois, balançando esses tecidos brancos, se provocarem mutuamente diante da cerca do inimigo. Sem dúvida, atiraram neles, e um bom tempo mais tarde acabaram voltando intactos. Baco os manteve sob sua eficaz proteção.

No dia 10 de setembro, saí do acampamento no pântano e me dirigi ao quartel-general do regimento para pedir férias. "Já pensei no senhor", respondeu-me o coronel, "contudo, o regimento deve fazer um reconhecimento que terá de ser encaminhado à força, e eu gostaria de confiar ao senhor a execução desse reconhecimento. Pode escolher os homens adequados e treinar lá embaixo, no acampamento de Sousloeuvre."

Nós deveríamos penetrar nas trincheiras inimigas em dois lugares e tentar fazer prisioneiros. A patrulha se ramificou em três partes, duas tropas de assalto e uma guarnição que deveria ocupar a primeira linha inimiga e nos dar cobertura. Além do comando geral, assumi a chefia da tropa esquerda, designando a direita ao comando do tenente Von Kienitz.

Quando pedi voluntários, para minha surpresa – e já estávamos em fins de 1917 –, quase três quartos dos homens de todas as companhias do batalhão se adiantaram. Escolhi os participantes segundo meu hábito, passando ao longo da fileira e elegendo os "rostos bons". Alguns que não foram escolhidos quase choraram ao serem rechaçados.

Minha tropa era constituída, incluindo eu mesmo, por catorze homens, entre eles o alferes Von Zglinitzky, os suboficiais Kloppmann, Mevius, Dujesiefken e dois sapadores. Os homens mais destemidos e malucos do 2º Batalhão haviam se encontrado.

Durante dez dias, treinamos o lançamento de granadas de mão e executamos a empreitada junto a uma obra que imitava fielmente a trincheira inimiga. Era um milagre que, sendo tanto o exagero no entusiasmo, eu tivesse apenas três feridos por estilhaços antes do ataque. De resto, não nos ocupávamos com outros serviços, de modo que na tarde do dia 22 de setembro me desloquei, na condição de chefe de um bando asselvajado, mas bastante útil, à segunda trincheira, na qual deveríamos buscar nosso alojamento para a noite.

Ao anoitecer, Kienitz e eu perambulamos pela floresta escura até o quartel-general do batalhão, já que havíamos sido convidados pelo capitão Schumacher a participar de uma refeição de despedida. Depois, voltamos a nos deitar em nossa galeria subterrânea para descansar ainda por algumas horas. É uma sensação bem estranha saber que na manhã seguinte se tem um caminho a fazer que passa exatamente no limiar entre a vida e a morte, e antes de dormir ainda se volta para si mesmo por algum tempo, prestando contas.

Por volta das três horas da madrugada, nos despertaram; levantamos, nos lavamos e mandamos preparar o café da manhã. De pronto, me incomodei um bocado, já que meu ordenança salgou demais os ovos estrelados com os quais eu queria me fortalecer e ao mesmo tempo festejar aquele dia: a coisa já começava bem.

Empurramos os pratos e repassamos pela centésima vez todos os detalhes com que poderíamos ter de lidar. Brindamos com cherry brandy, enquanto Kienitz contava algumas piadas velhíssimas. Às vinte para as cinco, reunimos os homens e os conduzimos aos bunkers da linha de frente. Já haviam sido cortados alguns buracos no arame, e flechas longas borrifadas com calcário apontavam como grandes ponteiros os pontos que pretendíamos atacar. Nos separamos com um aperto de mãos e aguardamos as coisas que ainda estavam por vir.

Eu usava trajes de trabalho adequados à atividade que pretendíamos executar: no peito, dois sacos de areia, cada um deles com quatro granadas de mão, à esquerda com detonadores de impacto, à direita com detonadores de fogo; no bolso direito do casacão, uma Pistola 08; no bolso direito da calça, uma pequena pistola Mauser; no bolso esquerdo do casacão, cinco granadas de mão do tipo ovos de pata; no bolso esquerdo da calça, uma bússola de mostrador luminoso e um apito; no cinturão, o gancho da carabina para arrancar os pinos das granadas de mão, punhal e alicate. No bolso interno junto ao peito, uma carteira cheia e meu endereço de casa; no bolso traseiro da calça, uma garrafa chata de cherry brandy. As dragonas e a faixa de Gibraltar, nós as havíamos tirado para não permitir ao inimigo identificar nossa origem. Como marca de reconhecimento, tínhamos todos uma bandagem branca atada em cada um dos braços.

Quando faltavam quatro minutos para as cinco, um fogo para distrair o inimigo foi aberto na divisão vizinha à nossa esquerda. Pontualmente às cinco horas, o céu atrás de nosso front se abriu em chamas, e, ressoando, os projéteis descreviam suas parábolas sobre nossas cabeças. Eu estava em pé com Kloppmann na entrada da galeria subterrânea e fumava um último charuto; mas, devido aos numerosos tiros demasiado curtos, tivemos de buscar proteção. Com o relógio nas mãos, contávamos os minutos.

Pontualmente às 5h05, saímos da galeria, passando pelos caminhos preparados antecipadamente. Eu corria na frente, segurando uma granada de mão ao alto, e vi a patrulha direita também avançando em ataque sob os primeiros raios da aurora. A cerca inimiga era fraca: precisei de apenas dois saltos para passar por ela, só que acabei tropeçando em um rolo de arame e caí em uma cratera, de onde Kloppmann e Mevius me tiraram.

“Pra dentro!” Saltamos na primeira vala sem encontrar nenhuma resistência, enquanto à direita começava uma batalha estrondosa de granadas de mão. Sem nos preocuparmos com isso, pulamos uma barreira de sacos de areia e desaparecemos, sempre abaixados, nas crateras, para voltar a aparecer junto a uma cerca de arame farpado diante da segunda linha. Como ela também estava completamente destruída e não oferecia nenhuma esperança de fazer prisioneiros, nós seguimos, sem parar, ao longo de uma vala de deslocamento entulhada. Primeiro, mandei os sapadores avançarem, para que abrissem caminho; mas sua velocidade não me agradava, e eu mesmo tomei a picareta nas mãos. Não podíamos nos ocupar com meras pirotecnias.

Na desembocadura da terceira linha, fizemos uma descoberta que nos prendeu o fôlego; uma ponta de cigarro acesa, caída ao chão, anunciava a proximidade do inimigo. Fiz um sinal a meus homens, segurei a granada de mão com mais firmeza e rastejei pela vala bem ampla, em cujas paredes estavam apoiados numerosos fuzis abandonados. Nessas situações, a memória apreende cada detalhe. E, assim, naquele trecho ficou impressa dentro de mim como em um sonho a imagem de uma marmita com a colher dentro. Ter reparado nela me salvaria a vida vinte minutos mais tarde.

De repente, vultos sombreados desapareceram diante de nós. Corremos atrás deles e caímos em uma vala sem saída, em cuja parede havia desmoronado a entrada de uma galeria subterrânea. Parei diante dela e gritei: "*Montez!*"[40]. Uma granada de mão arremessada para fora foi a resposta. Ao que tudo indica, se tratava de um projétil com detonador antecipado; eu ouvi o pequeno estalo e ainda tive tempo de saltar para trás. Ele explodiu à altura da minha cabeça, na parede do outro lado, deixou meu boné de seda em frangalhos, feriu minha mão esquerda em muitos lugares e arrancou a ponta de meu dedo mindinho. O oficial dos sapadores, parado ao meu lado, teve o nariz perfurado. Recuamos alguns passos e bombardeamos o perigoso lugar com granadas de mão. Um apressadinho arremessou um foguete incendiário à entrada da galeria, tornando qualquer ataque subsequente impossível. Demos meia-volta e seguimos pela terceira linha em direção contrária, para enfim aprisionar um inimigo. Por todos os lados, se viam armas e peças de equipamento jogadas fora. A pergunta "onde será que poderiam estar os homens aos quais pertenciam aqueles muitos fuzis? Onde espreitavam?" se apresentava cada vez mais sinistra dentro de nós; entretanto, ainda assim corríamos decididos, com granadas de mão prontas para serem arremessadas e pistola em punho, cada vez mais fundo nas valas desertas e encobertas pela fumaça da pólvora.

Só mais tarde, quando refleti sobre isso, pude entender nosso caminho a partir daquele ponto. Sem percebermos, dobramos

40 "Subam!" Em francês, no original.

em uma terceira vala de deslocamento e nos aproximamos, já no próprio fogo de bloqueio, da quarta linha. Volta e meia, quebrávamos uma das caixas instaladas nas paredes e enfiávamos, de recordação, uma granada de mão no bolso.

Depois de termos corrido algumas vezes por valas perpendiculares e transversais, ninguém mais sabia onde estávamos e em que direção ficava a trincheira alemã. Aos poucos, todos começaram a ficar nervosos. As agulhas das bússolas luminosas dançavam nas mãos esvoaçantes, e, ao procurarmos o norte, a excitação era tanta que toda a nossa sabedoria escolar nos deixava desamparados. Uma confusão de vozes em valas próximas denunciava que o inimigo havia se recobrado do primeiro susto. Em pouco tempo, ele adivinharia nossa posição.

Depois de dar meia-volta mais uma vez, eu estava no fim da fila e, de repente, vi diante de mim, sobre uma amurada de sacos de areia, a boca do cano de uma metralhadora oscilando para lá e para cá. Saltei ali, tropeçando em um cadáver francês, e vislumbrei o suboficial Kloppmann e o alferes Von Zglinitzty, que se ocupavam com a arma, enquanto o fuzileiro Haller vasculhava um cadáver em frangalhos buscando documentos. Nós manuseávamos a arma com uma pressa febril, sem nos preocupar com nossos arredores, queríamos levar conosco pelo menos aquele butim. Tentei destravá-la; outro cortou a fita de carregar com o alicate; por fim, agarramos o troço preso sobre um tripé, para arrastar a metralhadora conosco sem que desmontasse. Nesse instante, ecoou uma voz inimiga, muito nervosa mas ameaçadora, vinda de uma vala paralela, na direção em que suspeitávamos estar a nossa própria linha: "*Qu'est-ce qu'il y a?*"[41], e uma bola negra voou para cima de nós, se destacando com pouca nitidez do céu penumbroso, descrevendo uma curva bem longa. "Atenção!" O clarão ficou entre Mevius e mim; um estilhaço atravessou a mão de Mevius. Nós nos afastamos, nos embrenhando cada vez mais profundamente na confusão das valas. Comigo estavam ainda apenas o oficial dos sapadores, de cujo nariz continuava jorrando sangue, e Mevius, com a mão ferida. Só a confusão dos

41 "O que é que há?" Em francês, no original.

franceses, que por ora não se arriscavam a sair de seus buracos, é que retardava nossa queda. Àquela altura, tinha de ser apenas uma questão de minutos até encontrarmos uma divisão mais forte, que daria cabo de nós com o maior prazer. E não se pode dizer que havia um clima de perdão no ar.

Quando eu já havia abandonado qualquer esperança de voltar vivo daquele ninho de vespas, me escapou de repente um grito de alegria. Meu olhar bateu na marmita com a colher; eis que agora eu estava a par de tudo. O dia já havia clareado, nós não tínhamos um segundo a perder. Saltamos em campo aberto, já com as primeiras balas de fuzil sibilando à nossa volta, em direção à nossa própria linha. Na vala dianteira dos franceses, demos de cara com a patrulha do tenente Von Kienitz. Quando o grito "*Lüttje Lage!*" ecoou em nossa direção, sabíamos que tínhamos deixado o pior para trás. Lamentavelmente, caí sobre um soldado gravemente ferido. Von Kienitz me contou às pressas que atropelara franceses que estavam trabalhando nas trincheiras já na primeira vala com granadas de mão e, ao se adiantar mais, houve mortos e feridos logo no início, vítimas de nossa própria artilharia.

Depois de algum tempo de espera, apareceram ainda dois outros de meus homens, o suboficial Dujesiefken e o fuzileiro Haller, que me trouxe pelo menos um pequeno consolo. Ao correr por ali sem rumo em uma vala de deslocamento em direção ao inimigo bem distante, ele encontrara três metralhadoras abandonadas, uma das quais havia desparafusado do tripé e levado consigo. Já que clareava cada vez mais, corremos feito doidos pela terra de ninguém até nossa linha de frente.

Dos catorze homens que haviam saído comigo, apenas quatro voltaram, e a patrulha de Kienitz também teve grandes baixas. Meu abatimento foi compensado um pouco pelas palavras do singelo Dujesiefken, de Oldenburg, que, enquanto enfaixava minha mão na galeria subterrânea, relatava a seus camaradas os acontecimentos dali mesmo na entrada, para concluir com a frase: "Mas agora tenho respeito é pelo tenente Jünger; homem, o bicho correu como o vento sobre as barricadas inimigas!".

Depois, marchamos pela floresta em direção ao quartel-general do regimento, quase todos com mãos e cabeça enfaixadas.

O coronel Von Oppen nos cumprimentou e ordenou que nos fosse servido café. Embora se mostrasse decepcionado com nosso fracasso, declarou seu reconhecimento. Isso nos consolou. Depois, fui carregado para um automóvel e levado à divisão, que queria um relatório exato. Enquanto as explosões terríveis das granadas de mão ainda ressoavam em meus ouvidos, gozei o alívio de ser levado a toda brida pela estrada, recostado ao banco do automóvel.

O oficial do estado-maior da divisão me recebeu em seu escritório. Ele estava bem impaciente, até furioso, e percebi, para meu desgosto, que ele tentava me tornar responsável pelo desfecho da empreitada. Quando ele colocava o dedo sobre o mapa e fazia perguntas como, por exemplo, "Mas e por que o senhor não dobrou à direita nessa vala de deslocamento?", percebi que uma confusão em que conceitos como direita e esquerda deixam de existir estava além das noções que ele era capaz de alcançar. Para o oficial, tudo era um plano; para nós, uma realidade vivenciada com paixão.

O comandante da divisão me cumprimentou amavelmente e logo espantou meu mau humor para longe. No almoço, sentei ao lado dele, de casacão fechado e mão enfaixada, e me esforcei em esclarecer todas as dúvidas sobre a nossa ação da manhã sem mostrar falsa modéstia, coisa que acabei conseguindo.

No dia seguinte, o coronel Von Oppen examinou a patrulha mais uma vez, distribuiu cruzes de ferro e deu a cada um dos participantes duas semanas de folga. À tarde, os que tombaram e puderam ser trazidos de volta foram enterrados no cemitério de guerra de Thiaucourt. Entre as vítimas da nossa guerra, lá também descansavam em paz soldados que lutaram em 1870-1871[42]. Um desses velhos túmulos era enfeitado por uma lápide musgosa com a inscrição: "Longe dos olhos, eternamente perto do coração!". Em uma grande pedra estava entalhado:

42 Data da grande guerra entre França e Alemanha, também chamada de Guerra Franco-Prussiana. A França declarou guerra à Prússia após disputas relativas à sucessão do trono espanhol. Os Estados sulinos alemães, que em 1866 haviam guerreado contra a Prússia, se posicionaram a favor dela e contra a França. O hábil Bismarck acabou vencendo e promovendo a unidade alemã.

Ações heroicas, túmulos heroicos
enfileiram-se, o novo após o antigo,
e anunciam como o Reich surgiu,
anunciam como o Reich foi mantido.

À noite, li no relatório do Exército francês: "Uma investida dos alemães em Regniéville fracassou; fizemos prisioneiros". Éramos lobos, nós os que havíamos nos perdido em um obstáculo durante a invasão. Da informação breve pude aferir, para minha alegria, que entre os camaradas que perdêramos ainda havia sobreviventes.

Alguns meses mais tarde, recebi uma carta de um desaparecido, o fuzileiro Meyer, que havia perdido uma perna na batalha de granadas durante aquela investida; ele se envolvera em um combate depois de ter vagado sem rumo com outros companheiros por muito tempo nas valas inimigas e fora levado preso ao ser ferido gravemente, depois que os outros, entre eles também o suboficial Kloppmann, haviam tombado. E Kloppmann era de fato aquele tipo de homem que não conseguimos imaginar sendo preso.

Na guerra, sobrevivi a algumas aventuras, mas nenhuma foi mais sinistra do que aquela. Ainda hoje sou tomado pela angústia quando volto a pensar como nos perdemos correndo pelas valas desconhecidas, iluminadas pela luz fria do amanhecer. Era como em um sonho labiríntico.

Alguns dias mais tarde, os tenentes Domeyer e Zürn, com diversos acompanhantes, romperam a primeira linha inimiga depois de alguns tiros de metralha. Domeyer deu de cara com um soldado francês de barba imponente e cheia, que respondeu simplesmente com um "*Ah, non!*" enfurecido à sua exigência: "*rendez-vous!*",[43] e logo se lançou sobre ele. No decorrer de uma luta renhida corpo a corpo, Domeyer atravessou seu pescoço com um tiro de pistola e teve de voltar sem prisioneiros, como eu. A diferença é que em minha investida foi gasta uma quantidade de munição que em 1870 daria para uma batalha inteira.

43 Respectivamente: "Ah, não" e "Renda-se!". Em francês, no original.

Mais uma vez Flandres

No mesmo dia em que voltei de minhas férias, fomos substituídos por tropas bávaras e alojados em seguida em uma aldeia próxima chamada Labry.

No dia 17 de outubro de 1917, fomos desembarcados e, depois de uma viagem de um dia e meio, voltamos a pisar o chão de Flandres, que havíamos deixado fazia apenas dois meses. Passamos a noite na cidadezinha de Iseghem e na manhã seguinte marchamos para Roulers ou, conforme o nome flamengo, Roeselaere. A cidade se encontrava no primeiro estágio da destruição. As lojas ainda ofereciam mercadorias, mas a população já morava nos porões, e os laços da vida burguesa eram desfeitos por diversos bombardeios. Uma vitrine com chapéus femininos, em frente a meu alojamento, era um exemplo da fantasmagórica ausência de nexo entre as coisas na confusão da guerra. À noite, saqueadores arrombavam as moradias abandonadas.

Em meu alojamento, que ficava na Ooststraat, eu era o único morador dos ambientes acima da superfície terrestre. A casa pertencia a um comerciante de tecidos que fugira no princípio da guerra e deixara para trás uma velha governanta e sua filha para vigiá-la. As duas tomavam conta de uma menina órfã, que haviam encontrado perdida nas ruas durante nossa marcha para a cidade e da qual não sabiam nem mesmo o nome ou a idade. Elas tinham um medo terrível de bombas e me imploraram quase de joelhos para que eu não acendesse a luz em cima, a fim de não atrair os temíveis aviões. Entretanto, meu sorriso amarelou quando uma bomba gigantesca bateu nas proximidades da casa e a pressão do ar fez voar os estilhaços das vidraças à nossa volta, enquanto eu estava parado com meu amigo Reinhardt junto à janela, vendo sob a luz do holofote um inglês sobrevoar bem baixo os telhados.

Para as batalhas que se anunciavam, na condição de oficial de espionagem, fui designado a fazer parte do comando maior do regimento. Para buscar minhas orientações, fui até o quartel-general do 10º Regimento Bávaro de Reserva antes da missão, o mesmo que nós deveríamos substituir. Achei no comandante um senhor amistoso, ainda que tivesse rosnado um pouco ao me receber, por causa da minha "faixa vermelha no boné", que não estava de acordo com o regulamento e que na verdade tinha de ser coberta por um tecido cinzento, evitando atrair os temíveis tiros na cabeça.

Dois volantes de batalha me levaram ao posto central de informações, que ofereceria uma boa perspectiva, disseram. Mal havíamos deixado o quartel-general, uma granada já lançava terra do campo para o alto. Meus condutores sabiam muito bem, entrementes, como escapar do fogo com habilidade; por volta da tarde, ele se tornou ininterrupto, em meio ao terreno encoberto por numerosos álamos ainda pequenos. Eles avançavam com o instinto do velho lutador responsável pelo equipamento que, mesmo no fogo mais denso, ainda é capaz de encontrar uma vereda mais ou menos segura na paisagem outonal, brilhante, dourada.

No limiar de uma quinta isolada, que mostrava os rastros de explosões recentes, vislumbramos um morto com o rosto voltado para o solo. "Esse levou uma bem na cuia!", disse o bávaro simplório. "Ar pesado", observou o outro, farejando, ao lançar o olhar à sua volta, para logo depois seguir adiante, apressado. O posto central de informações ficava além da estrada Passchendaele-Westroosebeke, intensamente bombardeada, e era semelhante a um epicentro, como o que eu havia dirigido em Fresnoy. Ele havia sido instalado ao lado de uma casa tão bombardeada a ponto de virar um monte de escombros e tinha tão pouca cobertura que o primeiro projétil mais certeiro não deixaria de aniquilá-lo. Fiz com que os três oficiais, que viviam juntos naquela caverna e se mostraram muito felizes por serem substituídos em breve, me informassem acerca do inimigo, da trincheira, da aproximação, e em seguida passei por Roodkruis-Oostnieuwkerke, para então voltar a Roules, onde transmiti as informações ao coronel.

No caminho pelas ruas da cidade, estudei os nomes convidativos das numerosas e pequenas tavernas, que expressavam com fidelidade a pachorra flamenga. Quem não se sentiria atraído por uma plaqueta de restaurante que trouxesse o nome De Zalm (O salmão), De Reeper (A garça), De Nieuwe Trompette (A nova trombeta), De drie Koningen (Os três reis) ou Den Olifant (Ao elefante)? Já a recepção naquela língua robusta, com o uso destemido do "tu", fez com que o clima ficasse imediatamente agradável. Deus permita que aquela terra faustosa, que já foi por tantas vezes o palco de exércitos em luta, também renasça em sua velha essência depois da guerra.

Ao anoitecer, a cidade foi dominada mais uma vez pelas bombas. Desci ao porão, onde as mulheres haviam se encolhido, tremendo, a um canto, e acendi minha lâmpada de bolso para acalmar a menina, que gritava de medo, uma vez que uma explosão havia apagado a luz. Logo ficou claro ali, mais uma vez, como a humanidade se encontra intimamente ligada ao solo pátrio. Apesar do temor terrível que aquelas mulheres sentiam diante do perigo, se agarravam com unhas e dentes ao torrão que a qualquer instante poderia virar sua cova.

Na manhã do dia 22 de outubro, com minha tropa de espiões, formada por quatro homens, me dirigi a Kalve, onde o estado-maior do regimento nos substituiria no decorrer da manhã. O front estava tomado por um fogo terrível, cujos clarões tingiam a neblina de vermelho-sangue. Na entrada de Oostnieuwkerke, uma casa desmoronou, fazendo estardalhaço ao nosso lado, atingida por uma granada pesada. Escombros de pedras rolaram pela estrada. Tentamos nos desviar do lugar, mas tivemos de atravessá-lo, pois não conhecíamos a direção Roodkruis-Kalve. Avançando às pressas, perguntei a um suboficial desconhecido, que estava em pé à entrada de um porão, qual era o caminho. Em vez de responder, ele enterrou as mãos nos bolsos e deu de ombros. Como não tinha tempo a perder em meio aos tiros, saltei ao encontro dele e o obriguei a me dar as informações necessárias, encostando a pistola debaixo de seu nariz.

Na luta, era a primeira vez que eu dava de cara com um homem que me trazia dificuldades não por covardia, e sim por puro desinteresse, ao que parecia. Ainda que nos últimos anos esse desinteresse tivesse ficado cada vez maior e mais geral, manifestá-lo em um momento de ação continuava incomum, pois a batalha une, ao passo que a falta de atividade distrai. Na luta, nós nos encontramos, todos, sob uma ordem objetiva. Marchando nas colunas que voltam de uma batalha de máquinas e equipamentos, ao contrário, o esmigalhar-se da disciplina guerreira se mostra em sua feição mais nítida.

Em Roodkruis, perto de uma pequena quinta no cruzamento do caminho, a coisa começou a se tornar suspeita. Tanques passavam a toda pela estrada bombardeada, tropas de infantaria serpenteavam pelo terreno, vindas de ambos os lados, e numerosos feridos se arrastavam vindos da vanguarda. Encontramos um jovem soldado da artilharia que tinha um estilhaço denteado, longo como uma ponta de lança quebrada, cravado no ombro. Ele caminhava sem levantar os olhos e passou por nós feito um sonâmbulo.

Dobramos à direita na estrada, em direção ao quartel-general do regimento, que estava envolvido por uma cortina de fogo. Nas proximidades, dois operadores de telefonia desenrolavam seus rolos de fiação em uma plantação de couves. Uma granada caiu bem ao lado de um deles; nós o vimos tropeçar e logo o consideramos riscado da face da Terra. Contudo, ele se levantou em seguida e continuou desenrolando seu arame. Como o quartel-general não passava de um bloco de cimento que mal oferecia lugar para o comandante, seu ajudante de ordens e seu ordenança, busquei abrigo nos arredores. Com os oficiais de informação, de proteção contra gás e de arremesso de minas, fui a uma barraca de tábuas finas, que estava longe de ser um modelo de abrigo antibombas.

À tarde, entrei em posição; chegara a informação de que o inimigo havia atacado nossa 5ª Companhia ao amanhecer. Meu caminho passava pela estação central de informações em direção ao Pátio Norte, uma propriedade tão bombardeada que não podia mais ser reconhecida, sob cujos escombros estava alojado o comandante do batalhão de espera. De lá, uma trilha que mal podia ser vislumbrada levava ao comandante das tropas em combate. Devido às fortes chuvas dos dias anteriores, o campo de crateras se transformara em um deserto de lama cuja profundidade era fatal, sobretudo no leito do rio Padde. Em minhas errâncias por ali, eu passava de quando em quando por um morto solitário e abandonado; muitas vezes, era apenas a cabeça ou a mão que podia ser vista no espelho de lama das crateras. São milhares os que descansam assim, sem marco algum erigido por mão amiga para adornar seu sepulcro.

Depois da travessia extremamente difícil do rio Padde, que foi possível apenas após termos derrubado sobre ele alguns álamos explodidos com granadas, encontrei dentro de uma cratera gigantesca o chefe da 5ª Companhia, o tenente Heins, cercado por um amontoado de soldados fiéis. A cratera ficava junto a uma encosta e, como não fora completamente tomada pela lama, podia ser caracterizada como habitável por soldados do front que não fossem de todo exigentes. Heins me contou que, pela manhã, uma linha de atiradores ingleses havia aparecido e, ao ser recebida a tiros, sumira. Esta, por sua vez, havia acabado com alguns soldados perdidos do 164º, que tentaram fugir correndo quando ela se aproximara. De resto, estava tudo em ordem; com as notícias, me retirei de volta ao quartel-general, onde as repassei ao coronel.

No dia seguinte, nosso almoço foi interrompido de modo ainda mais rude: algumas granadas passaram de raspão na parede de madeira, e os jorros de sujeira bateram como um tambor, em um torvelinho lento, no telhado de papelão alcatroado. Todos se apressaram porta afora; eu me refugiei em uma quinta próxima, que adentrei por causa da chuva. Ao anoitecer, aconteceu a mesma coisa, mas dessa vez fiquei em campo aberto, já que o tempo estava seco. A granada seguinte caiu no meio da construção que já desmoronava. Era esse o jogo do acaso durante a guerra. Mais do que em qualquer outro lugar, ali valia: pequenas causas, grandes efeitos.

No dia 25 de outubro, fomos expulsos de nossas barracas já às oito horas; a que ficava à nossa frente foi atingida em cheio no segundo tiro. Outros projéteis caíram no prado ainda úmido da chuva. Eles pareciam não ter efeito por lá, mas abriam crateras gigantescas. Atilado pelas experiências do dia anterior, procurei para mim uma cratera isolada, que inspirasse confiança, na grande plantação de couves atrás do quartel-general do regimento, de onde eu só voltaria a sair depois de uma adequada pausa de segurança. Durante aquele dia, recebi uma notícia que me atingiu pessoalmente, a da morte do tenente Brecht, que havia tombado na condição de oficial de espionagem da divisão, no campo de crateras à direita do Pátio Norte. Ele era um dos poucos que, mesmo naquela guerra tecnológica, era envolvido por um brilho especial e, por isso, era considerado invulnerável. Homens como ele sempre podiam ser reconhecidos – sempre riam quando voltava a ser dada a ordem para o ataque. Ao recebermos notícias de mortes como aquela, éramos involuntariamente tomados pelo pensamento de que nós também talvez não iríamos mais muito longe.

As primeiras horas do dia 26 de outubro foram preenchidas por um fogo preparatório constante e sem pausa, de uma violência extraordinária, da artilharia inimiga. Nossa artilharia também redobrou sua fúria aos sinais de fogo defensivo maciço vindos do outro lado. Cada trecho da floresta e cada moita estavam salpicados de canhões, atrás dos quais canhoneiros semissurdos tentavam dominar seu fôlego.

Já que os feridos que voltavam davam informações pouco claras e exageradas acerca de um ataque inglês, fui mandado com meus quatro homens para a frente, às onze horas, a fim de investigar com maior precisão o que estava acontecendo por lá. Nosso caminho passava por um fogo pesado. Numerosos feridos nos encontravam, entre eles o tenente Spitz, chefe da 12ª, com um tiro no queixo. Diante da galeria subterrânea do comandante das tropas em combate, entramos na mira de metralhadoras, um sinal de que o inimigo devia ter penetrado em nossas linhas. Essa suspeita me foi confirmada pelo major Dietlein, chefe do 3º Batalhão. Encontrei o velho senhor ocupado em rastejar para fora de sua construção cimentada, já três quartos debaixo da água, e procurando diligentemente por seu cachimbo de espuma do mar que caíra e se perdera na lama.

Os ingleses penetraram na linha de frente e tomaram o topo de uma elevação, a partir do qual podiam abrir fogo sobre o leito do rio Padde, onde estava o comandante das tropas em combate. Depois de ter inscrito no mapa essa mudança de situação com alguns traços de caneta vermelha, encorajei meus homens a uma nova e longa corrida pela lama. Corremos aos saltos, apressados, pela superfície prevista, até a ondulação mais próxima do terreno e, de lá, algo mais devagar até o Pátio Norte. À direita e à esquerda, granadas explodiam no charco e levantavam chafarizes gigantescos com incontáveis esguichos. O Pátio Norte se encontrava sob o fogo de granadas de alto poder explosivo e teve de ser ultrapassado aos pulos. Os troços faziam um estrondo particularmente terrível e ensurdecedor. Eles caíam aos grupos e em breves intervalos. Importava ganhar terreno pouco a pouco, sempre aos saltos e rápido, para esperar as explosões seguintes já dentro de uma cratera. No tempo entre o primeiro uivar distante e a explosão bem próxima, a vontade de viver se confrangia de modo demasiado doloroso, já que o corpo tinha de esperar por seu destino sem a mínima proteção e absolutamente imóvel.

Também havia metralhas misturadas ao fogo pesado; uma delas atirou uma carga de balas que causou estalos múltiplos bem no meio de nós. Um de meus acompanhantes foi atingido na borda de trás do capacete de aço e arremessado ao chão. Depois de ter ficado deitado, atordoado, por algum tempo, conseguiu reunir forças para se levantar e seguiu correndo adiante. O terreno em volta do Pátio Norte estava coberto por uma multidão de cadáveres terrivelmente mutilados.

Como desempenhávamos nossa tarefa de espiões zelosos, chegávamos muitas vezes a lugares que até então não haviam sido palmilhados. E, assim, nos era permitido um olhar às coisas ocultas que se passavam no campo de batalha. Por todos os lados, dávamos de cara com rastros da morte; era quase como se já não houvesse vivalma naquele deserto. Aqui, era um grupamento inteiro que jazia atrás de uma moita destroçada, os corpos ainda encobertos pela terra fresca que havia chovido sobre eles depois da explosão; ali, dois mensageiros estirados no chão ao lado de uma cratera da qual ainda brotava a fumaça sufocante dos gases explosivos. Acolá, diversos cadáveres espalhados em uma superfície exígua: uma tropa de carregadores de comida que caíra no epicentro de um redemoinho de fogo ou uma coluna reserva perdida, que ali encontrara seu fim. Aparecíamos, registrávamos os mistérios desses recantos mortais com um olhar e voltávamos a desaparecer em meio à fumaça.

Depois de termos passado incólumes pelo terreno fortemente bombardeado atrás da estrada Passchendaele-Westroosebeke, pude repassar minhas informações ao coronel Von Oppen.

Na manhã seguinte, fui mandado à frente já às seis, com a missão de constatar se e onde o regimento tinha possibilidade de contato. A caminho, encontrei o subtenente Ferchland, encarregado de transmitir à 8ª Companhia a ordem de avançar a Goudberg e, em caso de êxito, fechar a lacuna entre o regimento vizinho à nossa esquerda e nós. Para desempenhar minha missão tão rápido quanto possível, o melhor que eu poderia fazer era acompanhá-lo. Depois de muito procurar, encontramos o chefe da 8ª, meu amigo Tebbe, em uma parte inóspita da paisagem de crateras, nas proximidades da central de informações. Ele se mostrou pouco contente com a missão de ter de fazer um movimento que dava tanto na vista à luz do dia. Durante nossa parca conversa, constrangida pela austeridade indizível do campo de crateras iluminado pela claridade matinal, acendemos um charuto e esperamos até que a companhia se reunisse.

Depois de poucos passos, já caímos na mira do fogo da infantaria, localizada nas elevações à nossa frente, e tivemos de saltar isoladamente de cratera em cratera. Ao ultrapassarmos a encosta seguinte, o fogo se intensificou de tal modo que Tebbe, para esperar a segurança maior da noite, mandou que nos instalássemos em uma trincheira de crateras. Ele percorreu o setor fumando seu charuto e dividiu os homens em grupos.

Decidi averiguar o tamanho da lacuna mais adiante e fiquei descansando por mais um momento na cratera de Tebbe. Logo a artilharia inimiga começou a bombardear a faixa de terreno, em resposta à atitude ousada da companhia. Um explosivo que caiu com ímpeto sobre a borda de nosso refúgio, respingando de lama nosso mapa e nossos olhos, me alertou de que já era hora de partir. Me despedi de Tebbe e lhe desejei muita sorte para as horas seguintes. Ele gritou, quando eu já me afastava: "Meu bom Deus, permita que a noite venha, porque a manhã vem por si só".

Caminhamos com cautela pelo leito do rio Padde, que havíamos previsto palmilhar, nos escondendo atrás das massas de álamos-negros derrubados no bombardeio e utilizando seus troncos como pontes. De vez em quando, um de nós sumia com lama acima da cintura e, não fossem as coronhas de fuzil dos camaradas estendidas para ajudar, se afogaria. Como ponto de orientação para nossa marcha, elegi uma construção cimentada em volta da qual havia um grupo de soldados. Diante de nós, uma maca arrastada por quatro carregadores se movia na mesma direção em que íamos. Ao constatar que um ferido era levado para a frente, fiquei um pouco surpreso, olhei pelo binóculo e vi uma fileira de vultos de cor cáqui com capacetes de aço achatados. No mesmo instante, espocaram os primeiros tiros. Era impossível buscar abrigo, então corremos de volta, enquanto os projéteis levantavam respingos na lama. A pressa de nos deslocarmos em meio ao barro exigia um esforço extremo; mas quando, totalmente sem fôlego, nos oferecemos como alvo para os ingleses por alguns instantes, uma série de granadas de alto poder explosivo nos deu o velho frescor. Com a fumaça que levantavam, elas pelo menos tinham a vantagem de nos esconder aos olhos do inimigo. A coisa mais desagradável nessa carreira desabalada era a perspectiva de sermos transformados em cadáveres de pântano, caso fôssemos feridos. Corríamos nas cumeadas das trincheiras como ao longo das paredes estreitas de um favo de mel. Filetes de sangue em meio à lama revelavam que não eram poucos os soldados que já haviam desaparecido ali.

Esgotados à morte, alcançamos o quartel-general do regimento, onde entreguei meus esboços e dei notícias de nossa situação. Havíamos investigado a lacuna. Tebbe se adiantaria durante a noite e a fecharia com suas tropas.

No dia 28 de outubro, fomos substituídos mais uma vez pelo 10º Regimento Bávaro de Reserva e, sempre a postos para voltar a intervir, fomos alojados nas aldeias atrás do front. O alto-comando ficou em Most.

À noite, no quarto de uma taverna abandonada, festejávamos a promoção e o noivado do tenente Zürn, que acabara de voltar de férias. Em punição a essa leviandade, na manhã seguinte fomos acordados por um fogo daqueles da artilharia inimiga, que, apesar da distância, quebrou as vidraças de minhas janelas. Logo em seguida, foi dado o alarme. Parece que houve surpresas na lacuna. Corria o boato de que os ingleses invadiram a trincheira do regimento. Passei o dia esperando por ordens no estande de observação do alto-comando do Exército, cujos arredores se encontravam sob um fraco fogo esparso. Uma granada leve entrou pela janela de uma casinha da qual saíram apressados dois soldados da artilharia, feridos e cobertos pelo pó de telhas e tijolos. Três outros jaziam sob os escombros.

Na manhã seguinte, recebi a seguinte missão de batalha da parte do comandante bávaro:

"Devido a numerosas investidas do inimigo, a posição do regimento vizinho à esquerda teve de recuar um bocado mais, fazendo com que a lacuna entre os dois regimentos ficasse ainda maior. Uma vez que existia o perigo de que o posto do regimento pudesse ser cercado pela esquerda, o 1º Batalhão do 73º Regimento de Fuzileiros se posicionou ontem à noite para o contra-ataque, mas, ao que tudo indicava, foi esfacelado pela barreira de fogo e não conseguiu chegar ao inimigo. Hoje pela manhã, o 2º Batalhão foi mandado em direção à lacuna. Até agora não chegou notícia a respeito. É necessário investigar a posição do 1º e do 2º Batalhões."

Pus-me a caminho e, quando cheguei ao Pátio Norte, encontrei o capitão Von Brixen, comandante do 2º Batalhão, que já estava com o esboço de sua posição no bolso. Eu o copiei e, com isso, havia cumprido minha missão, mas ainda assim me dirigi à construção cimentada do comandante das tropas em combate a fim de ter pessoalmente uma vista geral da situação. No caminho, jaziam soldados cujo rosto pálido estava repleto de crateras cheias de água, ou já se encontrava tão coberto pelo lodo que mal se conseguia adivinhar a feição humana. Nas mangas da maior parte deles, brilhava a faixa azul de Gibraltar.

O comandante das tropas em combate era o capitão bávaro Radlmaier. Esse oficial extremamente ativo me comunicou em detalhes o que o capitão Von Brixen já me havia dito às pressas. Nosso 2º Batalhão sofrera baixas pesadas; entre os muitos que tombaram, estavam o comandante da valente 7ª Companhia e o ajudante do batalhão. Lemière, o ajudante, era irmão do chefe da 8ª Companhia, que tombara em Fresnoy, em abril. Os dois irmãos eram de Liechtenstein e lutavam como voluntários do lado alemão. Ambos tombaram do mesmo jeito, com um tiro na boca.

O capitão apontou para uma construção cimentada, 200 metros distante da nossa, que, no dia anterior, havia sido defendida de modo especialmente obstinado. Pouco depois do ataque, o comandante da pequena fortaleza, um segundo-sargento, vira um inglês conduzindo três alemães até onde estava o inimigo. Ele derrubou o inglês com um tiro e fortaleceu suas tropas com três homens. Quando eles haviam gastado toda a sua munição, colocaram um inglês amarrado diante da porta para evitar mais bombardeios e assim puderam recuar sem serem percebidos quando a escuridão chegou.

Outra construção cimentada, comandada por um tenente, teve sua rendição exigida por um oficial inglês; em vez de dar uma resposta, o comandante alemão saltou para fora, agarrou o inglês e o puxou para dentro sob os olhos pasmos de seus homens.

Naqueles dias, vi pequenas tropas de padioleiros se movimentarem em campo aberto na zona do fogo de infantaria, com bandeiras erguidas, sem que tiro algum fosse dado em sua direção. Cenas como essa só se mostravam ao lutador daquela guerra subterrânea quando a necessidade se tornava tão grande a ponto de se fazer insuportável.

Minha volta foi dificultada por um gás irritante, bem desagradável, com cheiro de maçã podre que, lançado por granadas inglesas, havia penetrado no solo. Ele limitava a capacidade respiratória e arrancava lágrimas dos olhos. Depois de ter repassado minhas informações no quartel-general, pouco antes de chegar ao hospital de campanha, encontrei as macas de dois oficiais amigos gravemente feridos. Um deles era o tenente Zürn, com quem eu festejara duas noites antes em animado círculo. Agora ele estava ali, sobre uma porta arrancada, seminu, com aquela cor amarelada de cera no rosto, que é um prenúncio garantido da morte, e fixou os olhos vazios em mim quando entrei para acariciar sua mão. O outro, tenente Haverkamp, teve os ossos de seus braços e pernas tão destroçados por estilhaços de granada que era bem provável a necessidade de amputação. Estava em uma maca, pálido como a morte, tinha as feições petrificadas e fumava cigarros que mandara seus padioleiros acenderem e colocarem em sua boca.

Naqueles dias, mais uma vez tivemos baixas assustadoras no que dizia respeito a jovens oficiais. Essa segunda batalha de Flandres estava monótona; sucedia em ambiente tenaz e lodoso, mas mostrava um apetite e tanto.

No dia 3 de novembro, fomos descarregados na estação ferroviária de Gits, que já conhecíamos muito bem dos primeiros dias em Flandres. Lá, vimos as duas flamengas de novo; mas elas já não mostravam o frescor que as caracterizava outrora. Pareciam também ter vivenciado, naquele meio-tempo, muitos dias de luta pesada.

Por alguns dias, estivemos em Tourcoing, uma cidade-irmã de Lille, bem agradável. Pela primeira e última vez naquela guerra, todos os homens da 7ª Companhia dormiram uma noite em um colchão de penas. Eu morava em um quarto luxuoso na casa de um barão da indústria, na Rue de Lille. Com grande prazer, gozei a primeira noite em uma poltrona de clube, diante do fogo da lareira de mármore.

Os poucos dias foram utilizados por todos para se alegrarem com aquela existência conquistada a duras penas. Naquele momento, mal podíamos compreender como havíamos escapado à morte e procurávamos nos assegurar da vida que havíamos ganhado de novo, gozando-a em todas as suas formas.

A batalha dupla de Cambrai

Os belos dias de Tourcoing passaram rápido. Ficamos ainda por algum tempo em Villers-au-Tertre, onde recebemos, no dia 15 de novembro de 1917, tropas de reserva para viajar a Lécluse, o lugar em que ficava o Batalhão de Descanso que ocupava a posição que nos havia sido designada. Lécluse era um povoado maior do Artois, cercado de lagos. As áreas extensas de junco abrigavam patos e saracuras, as águas pululavam de peixes. Ainda que a pesca fosse expressamente proibida, muitas vezes durante a noite se ouviam ruídos misteriosos na água. Certo dia, recebi do comando local alguns livros de soldo de homens da minha companhia, surpreendidos pescando com granadas de mão. Mas não levei a coisa a sério, já que o ambiente animado entre meus homens me parecia bem mais importante do que o resguardo da caça e da pesca francesas ou do que a mesa dos poderosos do lugar. Desde então, quase todas as noites uma mão desconhecida depunha um lúcio gigante diante de minha porta. À tarde, eu podia oferecer a meus dois oficiais um almoço cujo prato principal era "lúcio à Lohengrin".

No dia 19 de novembro, fui com meus chefes de coluna examinar a posição que ocuparíamos nos dias seguintes. Ela ficava perto da aldeia de Vis-en-Artois. Mas não conseguimos chegar às trincheiras tão rápido quanto imagináramos, já que quase todas as noites éramos acordados pelo alarme e tínhamos de ficar de prontidão, ora na Linha Wotan, ora na barreira de proteção da artilharia, na aldeia de Dury. Para os guerreiros experientes, estava claro que aquilo não poderia continuar assim por muito tempo.

E de fato, no dia 29 de novembro, ficamos sabendo pelo capitão Von Brixen que deveríamos tomar parte em um amplo contra-ataque que visava à recuperação das posições perdidas em nosso front na batalha de tanques de Cambrai. Ainda que estivéssemos contentes por passar de bigorna a martelo, fizemos ponderações no sentido de que os homens cansados da batalha em Flandres talvez não fossem capazes de encarar essa prova. Ao final, contudo, assegurei que se podia confiar em minha companhia; ela jamais havia fracassado.

Na madrugada de 30 de novembro para 1º de dezembro, embarcamos em caminhões. Já ali, sofremos as primeiras perdas, porque um dos soldados deixou cair uma granada de mão que explodiu de modo misterioso, ferindo gravemente a ele e mais um camarada. Outro, ainda, tentou se fazer de louco, a fim de escapar à batalha. Depois de longa discussão, voltou a se mostrar razoável, sobretudo após um golpe forte nas costelas dado por um suboficial, e pudemos embarcar. Na ocasião, vi que o papel de louco não é nem um pouco fácil de ser desempenhado.

Andamos, amontoados, até bem perto de Baralle, onde esperamos ordens em uma valeta da estrada durante horas. Apesar do frio, eu me deitei sobre a relva e dormi até o romper da aurora. Preparados que estávamos, ficamos sabendo com certa decepção que o 225º Regimento, ao qual estávamos subordinados, dispensara nossa ajuda no assalto às tropas inimigas. Deveríamos ficar de prontidão no parque do castelo de Baralle.

Às nove horas, nossa artilharia iniciou o ataque com impetuosas rajadas de fogo que se intensificaram até atingir a constância de um fogo cerrado das 11h45 às 11h50. A floresta de Bourlon, cujas fortalezas vigorosas garantiram que o ataque não fosse bem-sucedido, desapareceu sob as nuvens verde-amareladas da fumaça de gás. Às 11h50, vimos, com nossos binóculos, linhas de defesa se levantarem do campo de crateras vazio, enquanto, na parte de trás do terreno, baterias se preparavam e avançavam para a mudança de posição. Um de nossos aviões deixou em chamas um balão de espionagem inglês cujos observadores saltaram de paraquedas. O fato de o avião ainda ter voado em torno deles algumas vezes, atirando com munição sinalizadora, era outro sinal de que a inclemência da guerra estava aumentando.

Depois de termos acompanhado, tensos, o ataque da elevação do parque do castelo, esvaziamos uma marmita de macarrão e nos deitamos sobre o chão congelado para fazer a sesta. Às três horas, recebemos a ordem de avançar ao quartel-general do regimento, que ficava escondido na câmara da eclusa, dentro do leito seco de um canal. Percorremos esse caminho em grupos, sob um fogo fraco e esparso. De lá, a 7ª e a 8ª receberam ordens de avançar até o comandante dos preparativos para a substituição de duas companhias do 225º Regimento. Os 500 metros que tinham de ser percorridos dentro do leito do canal estavam sob uma cerrada barreira de fogo. Corremos embolados, sem perder nenhum homem, até nosso destino. Numerosos mortos revelavam que, naquele lugar, muitas companhias pagaram com sangue a ousadia. Grupamentos de apoio se esmagavam junto às encostas e se ocupavam em abrir, sem perder tempo, buracos de proteção nas paredes amuradas. Como os postos estavam ocupados, o lugar, destacado em meio ao terreno, atraía o fogo sobre si. Por isso, conduzi a companhia a um campo de crateras à direita e responsabilizei cada um por se instalar de modo adequado. Um estilhaço voou sibilando contra minha baioneta. Com Tebbe, que seguira nosso exemplo com sua 8ª, procurei uma cratera que nos servisse e em seguida a cobrimos com uma lona de barraca. Acendemos uma vela, comemos, fumamos cachimbo e conversamos, tremendo de frio. Tebbe, que mesmo naquele ambiente conseguia manter algo do dândi que era, me contou uma longa história de uma moça que havia posado de modelo para ele em Roma.

Às onze horas, recebi a ordem de avançar até o local em que antes ficava a linha de frente e me apresentar ao comandante das tropas em combate. Mandei meus homens se reunirem e os conduzi à frente. Granadas gigantescas ainda explodiam aqui e ali, isoladamente; uma delas, como se fosse um cumprimento do inferno, explodiu bem perto de nós e encheu o leito do canal de uma fumaça sinistra. Os homens emudeceram, como se tivessem sido agarrados pelo pescoço por um punho de ferro, e em seguida tropeçaram às pressas sobre arame farpado e escombros de pedra atrás de mim. Uma sensação tenebrosa toma conta do espírito quando se atravessa uma posição desconhecida durante a noite, mesmo que o fogo não seja de todo intenso; olhos e ouvidos ficam excitados com as ilusões mais peculiares. Tudo é frio e estranho, como em um mundo encantado.

Por fim, encontramos a foz estreita da linha de frente no canal e nos movimentamos por valas cheias de gente até o quartel-general do batalhão. Entrei e encontrei um grupo de oficiais e mensageiros envolvidos num ar tão denso que poderia ser cortado em fatias. Lá, fiquei sabendo que o ataque naquela posição não lograra grande sucesso e que, na manhã seguinte, deveria ser retomado e levado adiante. O clima no recinto inspirava pouca confiança. Dois comandantes de batalhão deram início a uma longa negociação com seus ajudantes. Volta e meia, do alto de seus catres, que estavam apinhados feito poleiros, oficiais das armas especiais metiam o bedelho na conversa. A fumaça dos charutos passou a sufocar. Ordenanças tentavam cortar pão para os senhores em meio à confusão; um ferido que entrou caindo deu o alarme para anunciar um ataque inimigo de granadas de mão.

Consegui, enfim, escrever minha ordem de ataque. Com minha companhia, eu deveria percorrer o Caminho do Dragão e de lá adentrar, indo tão longe quanto possível, a Linha Siegfried, às seis horas da manhã. Os dois batalhões do regimento em posição atacariam às sete horas, à nossa direita. Essa diferença de tempo despertou em mim a desconfiança de que os de cima não confiavam nem um pouco no sucesso da empreitada e nos estavam dando o papel de cobaias. Levantei uma objeção contra o ataque esparso e consegui que também nos preparássemos apenas para as sete horas. A manhã seguinte mostrou que a mudança foi de extrema importância.

Uma vez que a localização do Caminho do Dragão era obscura para mim, pedi um mapa antes de partir, mas disseram que não poderiam prescindir dele. Pensei com meus botões o que aquilo podia significar e saí para o ar fresco da manhã. Sob comando desconhecido, não são muitos os mimos.

Depois de vagar na posição por muito tempo com minha tropa sobrecarregada de equipamento, um homem descobriu uma placa com a inscrição já meio apagada "Caminho do Dragão" em uma vala pequena, que se bifurcava à frente e estava trancada por cavaletes armados com arame farpado. Quando adentrei a vala, depois de poucos passos, ouvi uma confusão de vozes estranhas. Voltei furtivamente sem fazer ruído. Eu tinha dado de cara com a ponta da cunha do ataque inglês, que parecia, por confusão ou até mesmo por despreocupação, se comportar de modo pouco cauteloso. Mandei que um grupamento trancasse a vala sem perda de tempo.

Bem próximo, ao lado do Caminho do Dragão, havia um buraco gigantesco na terra, ao que tudo indicava uma armadilha para tanques, onde recolhi toda a companhia a fim de explicar a missão da batalha, dividir e preparar as colunas para o ataque. Meu discurso foi interrompido diversas vezes por granadas leves. Em dado momento, uma granada que não chegou a explodir bateu sibilando contra a parede de trás. Eu estava em pé, no alto, à beira do buraco, e, a cada impacto, podia ver uma inclinação profunda e uniforme dos capacetes de aço que estavam abaixo e brilhavam sob a luz da lua.

Preocupado com a possibilidade de um grande e desafortunado tiro que nos acertasse em cheio, mandei a primeira e a segunda colunas de volta à posição e me instalei com a terceira dentro do buraco. Soldados de uma divisão que, na tarde anterior, haviam sido humilhados pelo inimigo fizeram meus homens baixarem a cabeça ao contar que, a 50 metros dali, uma metralhadora inglesa representava um obstáculo intransponível no meio da vala. Sabendo disso, decidimos saltar para fora da vala assim que percebêssemos alguma resistência e atacar com granadas de mão cercando o epicentro da defesa.

Passei os momentos intermináveis da espera acocorado em um buraco na terra, bem próximo ao tenente Hopf. Às seis horas, me levantei e dei as últimas ordens, já naquele clima peculiar que antecede todos os ataques. Sente-se um embrulho no estômago, conversa-se com os comandantes de grupamento, faz-se alguma brincadeira, corre-se para lá e para cá como em um desfile diante do alto-comando; resumindo, tentamos nos ocupar com algo para fugir ao pensamento insistente que nos aflige. Um soldado me ofereceu uma caneca de café aquecida sobre tabletes de álcool, que, como por encanto, instilou vida e confiança na medula.

Às sete horas em ponto, começamos a avançar em longa fila na sequência predeterminada. Encontramos o Caminho do Dragão desocupado; uma série de tambores vazios atrás de uma barricada revelava que a famigerada metralhadora havia sido recolhida. Isso nos animou. Adentramos um desfiladeiro depois de eu ter trancado, com uma proteção, uma vala bem construída que dobrava à direita. O desfiladeiro ficava cada vez mais plano, e por fim chegamos a campo aberto na manhã cinzenta. Demos meia-volta e entramos na vala direita, na qual o ataque malogrado havia deixado seus rastros. O chão estava coberto de ingleses mortos e apetrechos de guerra. Era a Linha Siegfried. De repente, o comandante das tropas de assalto, tenente Hoppenrath, arrancou o fuzil das mãos de um homem e atirou. Dera de cara com uma sentinela inglesa, que se pusera em fuga depois de ter jogado algumas granadas de mão. Seguimos adiante, até que, logo depois, houve nova resistência. Granadas de mão voavam de ambos os lados e explodiam com estrondos múltiplos. As tropas de assalto atacaram. Projéteis de arremesso passavam de homem para homem, numa corrente de mãos; atiradores de elite se aninhavam atrás das amuradas e botavam os arremessadores inimigos sob sua mira; os comandantes de coluna espiavam sobre as bordas da vala, na tentativa de reconhecer a tempo um possível contra-ataque, e os que manejavam as metralhadoras montavam suas armas em lugares favoráveis. Avançamos na vala usando granadas de mão e passando o fuzil por todos os cantos. Nos arredores, a coisa ficou feia, e enxames de projéteis se cruzavam sobre o lugar em que estávamos.

Depois de breve luta, vozes nervosas ecoaram do outro lado e, antes que pudéssemos entender o que estava acontecendo, os primeiros ingleses vieram a nosso encontro de mãos levantadas. Um após o outro, vinham pela amurada, desafivelando os cinturões, enquanto nossos fuzis e pistolas apontavam para eles, ameaçadores. Eram todos rapazes jovens e vigorosos em uniformes novos. Eu os deixei passar com a intimação "*Hands down!*"[44] e encarreguei um grupamento de os conduzir. A maior parte deles mostrava, com sorrisos confiantes, não acreditar que fôssemos capazes de algo desumano. Outros procuravam nos amaciar estendendo carteiras de cigarros e barras de chocolate. Com a alegria de caçador aumentando cada vez mais, constatei que a presa era farta; o cortejo não tinha fim. Já havíamos contado 150 homens, e continuavam aparecendo outros, de mãos levantadas. Parei um oficial e lhe perguntei pelo trecho seguinte e sobre a ocupação da posição. Ele respondeu com muita cortesia; o fato de se mostrar enérgico ao fazê-lo era desnecessário. Depois, ele me acompanhou até o comandante da companhia, um capitão ferido, que se mantinha em um abrigo subterrâneo nas proximidades. Encontrei um homem jovem, de mais ou menos 27 anos, com um rosto de talhe nobre, se apoiando à armação da galeria com a panturrilha perfurada por um tiro. Quando me apresentei, ele levantou a mão tocando o quepe, fazendo brilhar uma corrente de ouro, disse seu nome e me entregou a pistola. Suas primeiras palavras já mostraram que eu estava diante de um homem: "*We were surrounded about*"[45]. Ele parecia sentir necessidade de informar ao inimigo por que sua companhia havia se entregado com tanta rapidez. Conversamos em francês sobre muitos assuntos. Ele me contou que diversos feridos alemães, enfaixados e cuidados por seus homens, estavam em um abrigo subterrâneo das proximidades. Quando tentei descobrir quais as condições em que a Linha Siegfried estava ocupada mais atrás, ele negou informações. Depois que prometi que ele e os outros feridos seriam retirados, apertamos as mãos.

Diante da galeria, Hoppenrath se anunciou e informou que havíamos feito em torno de duzentos prisioneiros. Para uma companhia de oitenta soldados aquilo era uma proeza e tanto. Depois que dispus sentinelas em vigília, passamos a examinar a vala conquistada, que estava lotada de armas e peças de equipamentos. Nos postos de sentinelas, havia metralhadoras, catapultas de minas, granadas de mão e de arma, cantis, coletes de

44 "Mãos para baixo!" Em inglês, no original.
45 "Fomos totalmente cercados." Em inglês, no original.

pele, sobretudos de borracha, lonas de barraca, latas cheias de carne, geleia, chá, café, chocolate e tabaco, garrafas de conhaque, ferramentas, pistolas, pistolas sinalizadoras, roupas, luvas; em resumo, tudo que se pode imaginar. Como se fosse um velho comandante lansquenete, ordenei uma pausa para o saque, dando tempo a meus homens para descansarem e olharem mais de perto todas aquelas coisas. Também não pude resistir à tentação de mandar preparar um pequeno lanche à entrada da galeria subterrânea, e encher um cachimbo com o bom Navy Cut, enquanto rabiscava meu relatório para o comandante das tropas em combate. Homem cauteloso que sou, mandei uma cópia ao comandante de nosso batalhão.

Depois de meia hora, voltamos a nos preparar, em atmosfera animada – não vou negar que o conhaque inglês pode ter contribuído um bocado para tanto –, e rastejamos de amurada a amurada ao longo da Linha Siegfried.

De uma casa de troncos construída na vala, abriram fogo sobre nós; subimos ao posto seguinte de sentinelas, a fim de descobrir o que estava acontecendo. Enquanto trocávamos algumas balas com os que estavam lá dentro, um dos homens foi derrubado ao chão como se tivesse sido atingido por um punho invisível. Um projétil atravessara a parte de cima de seu capacete de aço e abrira um sulco longo no tampo do crânio. O cérebro levantava e baixava no ferimento a cada pulsada do coração, mas ainda assim ele conseguiu recuar sozinho. Contudo, tive de lhe ordenar que deixasse sua mochila onde estava, porque ele queria levá-la, e lhe implorei que andasse bem devagar e com muita cautela.

Chamei voluntários para quebrar a resistência com um ataque em campo aberto. Os homens olharam hesitantes à sua volta; só um polonês desajeitado, que eu sempre havia tido na conta de débil mental, trepou vala afora e sapateou pesadamente em direção à casa de troncos. Infelizmente, esqueci o nome daquele homem simples, que me ensinou que jamais se conhece alguém muito bem quando não se o viu em um momento de perigo. Eis que então o alferes Neupert também saltou para o campo aberto com seu grupamento, enquanto nós avançávamos na vala. Os ingleses deram alguns tiros e fugiram, abandonando a casa de troncos. Um dos soldados em assalto havia caído em meio à corrida e estava deitado com o rosto virado para o chão, a alguns passos de seu objetivo. Levara um tiro no coração que o jogou ao chão de um jeito que parecia estar dormindo.

Ao avançarmos mais, demos de cara com a defesa renhida de invisíveis arremessadores de granadas e, no decorrer de uma matança mais prolongada, fomos empurrados de volta à casa de troncos. Ali, montamos uma barricada. Tanto nós quanto os ingleses deixamos um grande número de mortos no trecho disputado da vala. Lamentavelmente, entre os nossos se encontrava o suboficial Mevius, que eu aprendera a admirar como guerreiro corajoso na noite de Regniéville. Ele estava deitado com o rosto numa poça de sangue. Quando o virei, vi um grande buraco na testa, e nenhuma ajuda adiantaria mais. Eu acabara de trocar algumas palavras com ele; de repente, não recebi mais resposta a uma pergunta. Após alguns segundos, quando dobrei a amurada atrás da qual ele havia desaparecido, ele já estava morto. Isso era um pouco fantasmagórico.

Depois de o inimigo também ter recuado um pouco, principiou uma obstinada troca de tiros durante a qual uma metralhadora Lewis[46], postada a 50 metros, nos obrigava a ficar com a cabeça abaixada. Uma de nossas metralhadoras leves passou a duelar com ela. Durante meio minuto, as duas armas pipocaram em meio a respingos de projéteis, atirando uma contra a outra. Foi quando nosso atirador, o cabo Motullo, caiu com um tiro na cabeça. Mesmo com o cérebro escorrendo pelo rosto até o queixo, ele ainda estava em seu perfeito juízo quando o carregamos para a galeria subterrânea mais próxima. Motullo, um homem já de mais idade, era o tipo de pessoa que jamais teria se apresentado voluntariamente; mas, postado atrás de sua metralhadora, eu observei, com os olhos fixos em seu rosto, ele não baixava a cabeça uma polegada que fosse, apesar das rajadas que passavam sibilando à sua volta. Quando me informei acerca de seu estado, ele se mostrou em condições de

46 Metralhadora britânica muito usada na Primeira e na Segunda Guerra Mundial. Foi desenvolvida pelo coronel do Exército americano Isaac Newton Lewis em 1911, mas jamais chegou a ser usada por seus compatriotas.

responder com frases que faziam sentido. Eu tinha a impressão de que o ferimento mortal não lhe causava nenhuma dor e de que ele talvez nem soubesse que estava ferido.

Aos poucos, as coisas foram ficando mais tranquilas, já que os ingleses também trabalhavam em uma barricada. Ao meio-dia, apareceram o capitão Von Brixen, o tenente Tebbe e o tenente Voigt; eles me cumprimentaram pelos sucessos da companhia. Nos sentamos na casa de troncos, lanchamos parte dos estoques ingleses e discutimos a situação. Vez por outra, eu negociava aos berros com uns 25 ingleses, cuja cabeça aparecia em cima das valas a 100 metros de distância e que pareciam querer se entregar. Mas, assim que eu saía da trincheira, atiravam mais de trás em minha direção.

De repente, houve movimento na barricada. Granadas de mão voaram, fuzis pipocaram, metralhadoras matraquearam. "Eles estão vindo! Eles estão vindo!" Saltamos para trás dos sacos de areia e atiramos. Um de meus homens, o cabo Kimpenhaus, pulou por sobre a barricada no calor do entrevero e atirou por tanto tempo em direção às valas inimigas até que dois graves tiros no braço o varreram para baixo. Guardei para mim aquele herói do momento e tive a alegria de poder cumprimentá-lo pela Cruz de Ferro de Primeira Classe duas semanas mais tarde.

Mal havíamos voltado daquele interlúdio para o lanche quando mais uma vez rompeu um berreiro alucinado. Ocorreu um daqueles incidentes imprevisíveis que mudam a situação de uma hora para outra. A gritaria vinha de um oficial substituto do regimento vizinho à esquerda, que queria voltar a ter contato conosco e estava possuído por uma vontade inesgotável de pelejar. A embriaguez parecia ter transformado sua ousadia nata em loucura. "Onde estão os Tommys? Vamos acabar com os cachorros! Vamos, quem vem comigo?" Em sua fúria, ele derrubou nossa bela barricada e saiu, abrindo caminho com granadas de mão espocando. Diante dele, deslizava seu ordenança, que derrubava a tiros de fuzil os que escapavam das explosões.

A coragem e a ação maluca e arrojada de uma pessoa sempre entusiasmam. Também fomos tomados pelo furor e nos apressamos em participar daquela investida tresvariada, ajuntando algumas granadas de mão. Em pouco tempo, eu me encontrava ao lado dos que corriam ao longo da posição, e os outros oficiais, seguidos dos fuzileiros de minha companhia, não se fizeram esperar por muito tempo. Até mesmo o capitão Von Brixen, como comandante de batalhão, estava entre os mais avançados, com um fuzil nos braços, deixando diversos arremessadores inimigos estirados ao chão.

Os ingleses se defenderam com brio. Cada amurada era disputada renhidamente. As bolas negras das granadas de mão Mill se cruzavam no ar com as nossas, providas de alças. Atrás de cada amurada que tomávamos, encontrávamos cadáveres ou corpos ainda estrebuchando. Nos matávamos sem nos vermos. E também tivemos baixas. Um pedaço de ferro caiu no chão, ao lado do ordenança; o homem não conseguiu mais se desviar dele e caiu curvado sobre si mesmo, enquanto o sangue penetrava no lodo, saindo de vários ferimentos.

Saltando por sobre seu corpo, continuamos avançando. Um reboar de trovões marcava nosso caminho. Atrás de fuzis e metralhadoras, centenas de olhos espreitavam no terreno morto, procurando um alvo. Já estávamos bem adiante de nossas linhas. De todos os lados, projéteis sibilavam em volta de nossos capacetes de aço ou ricocheteavam com estalos duros na borda da vala. A cada vez que um bloco de ferro com formato de ovo aparecia sobre a linha do horizonte, era capturado pelo olho com uma clarividência que só se tem diante de situações de vida ou morte. Durante esses momentos de espera, era preciso tentar alcançar um local seguro, de onde se pudesse ver o céu o melhor possível, pois apenas contra esse fundo claro é que o negro ferro denteado das bolas mortais podia ser distinguido com nitidez suficiente. Em seguida, nós mesmos atirávamos granadas e saltávamos em frente. Nosso olhar mal alcançava os corpos agrupados do inimigo; tocavam a musiquinha de sua vida até o final e um novo duelo começava. O duelo de granadas de mão lembrava um duelo de florete; é necessário dar saltos como no balé. É o mais mortal dos embates e só acaba quando um dos dois oponentes voa pelos ares. E pode acontecer de os dois tombarem.

Naqueles minutos, eu conseguia olhar para os mortos por sobre os quais eu saltava sem sentir o menor arrepio. Estavam todos deitados na postura descontraída e suavemente fundida ao chão, característica dos momentos em que a vida está se despedindo. Enquanto saltávamos, tive uma discussão com o oficial-substituto, que de fato era um tipo maluco. Ele queria ser o primeiro a todo custo e exigia que eu não arremessasse, e sim lhe estendesse os projéteis. Entre os chamados breves e terríveis com os quais a gente dá regras ao trabalho e presta atenção nos movimentos do inimigo, eu escutava sua voz de vez em quando: "*Só um* atira! Eu fui professor no Batalhão de Preparação de Ataques!".

Uma vala que dobrava para a direita foi tomada pelos homens do 225º Regimento, que nos seguiam. Os ingleses que ficaram no meio tentaram escapar pelo campo aberto e logo tombaram sob o fogo vindo dos dois lados.

Também para os outros que seguíamos de perto a situação começou a ficar sinistra na Linha Siegfried. Eles tentaram fugir por uma vala de ligação, que dobrava para a direita. Saltamos para os postos de sentinela e de lá tivemos uma visão que arrancou um grito selvagem de júbilo de nossa garganta: a vala pela qual eles pretendiam fugir voltava numa curva em direção à nossa, como se fosse a asa ondulada de um oboé, e em seus trechos mais estreitos ficava a menos de dez passos de nós. Quer dizer, eles teriam de passar por onde estávamos mais uma vez. Do ponto mais elevado em que havíamos nos postado, podíamos ver os capacetes de aço dos ingleses, que tropeçavam de tanta pressa e nervosismo. Arremessei uma granada de mão nos pés dos primeiros da fila, de modo que eles pararam, sem saber o que fazer, e os que os seguiam também tiveram de parar, sem ter para onde ir. Eis que estavam em uma garganta terrível; granadas de mão voaram como bolas de neve pelo ar, envolvendo tudo em uma fumaça leitosa. De baixo, estendiam para nós mais e mais munição. Entre os ingleses encolhidos, clarões palpitavam, lançando para o alto farrapos e capacetes de aço. Gritos de raiva e de medo se misturavam. Com o fogo diante dos olhos, saltamos para a borda da vala. Os fuzis que existiam naquele terreno apontaram para nós.

Naquela confusão, fui atirado ao chão como se tivesse levado o golpe de um martelo gigantesco. Sóbrio, arranquei meu capacete de aço e, assustado, vi dois buracos imensos no metal. O cadete Mohrmann, que correu até mim, me acalmou garantindo que na parte posterior da cabeça havia apenas um filete de sangue saindo de um pequeno rasgo. O projétil de um atirador distante havia atravessado o capacete e passado de raspão no crânio. Meio anestesiado, cambaleei de volta com uma atadura feita às pressas, afastando-me do foco da batalha. Mal havia passado pela amurada seguinte quando um homem veio tropeçando atrás de mim e vociferou que Tebbe acabara de tombar com um tiro na cabeça no mesmo lugar onde eu estava.

A notícia me deixou arrasado. Um amigo de grandes qualidades, com o qual eu dividira alegrias, tormentos e perigos durante tantos anos e que poucos minutos antes havia gritado para mim uma brincadeira, encontrou seu fim por causa de um pedaço minúsculo de chumbo! Eu me negava a acreditar nisso; mas infelizmente era verdade, a mais pura verdade.

Ao mesmo tempo, naquele trechinho assassino da vala, todos os suboficiais e um terço de minha companhia sangravam. Os tiros na cabeça eram como uma chuva de granizo. O tenente Hopf também tombou, um homem já de mais idade que era professor, um mestre-escola alemão, no melhor sentido da palavra. Meus dois alferes e muitos outros foram feridos. Apesar disso, a 7ª Companhia manteve a posição conquistada, sob o comando do tenente Hoppenrath, o último oficial da companhia, até ser substituída.

Entre todos os momentos tensos da guerra, nenhum é tão forte como o do encontro de dois comandantes de tropas de assalto entre as estreitas paredes lodosas de uma trincheira. Nesses casos, não há volta nem clemência. Sabem disso todos aqueles que se viram um dia em seu reino, os príncipes da vala, de rosto duro e decidido, arrojados, saltando com graça para a frente e para trás, de olhos agudos, sedentos de sangue, homens que eram capazes de encarar sua hora com valentia e não são mencionados em relatório algum.

No caminho de volta, fiquei em pé ao lado do capitão Von Brixen, que com alguns homens comandou uma linha de fogo contra uma fileira de cabeças que se destacavam à borda de uma vala paralela, nas proximidades. Me posicionei entre ele e outro atirador e observei o impacto dos projéteis. Na atmosfera onírica que se segue ao choque do ferimento em si, não cheguei a pensar que minha atadura brilhava longe como se fosse um turbante branco.

De repente, um estalo na testa voltou a me jogar no fundo da vala, enquanto meus olhos se anuviaram por causa do sangue que desceu jorrando. O homem ao meu lado caiu no mesmo instante e começou a gemer. Um tiro na cabeça atravessara o capacete e a têmpora. O capitão temeu ter perdido seu segundo chefe de companhia no mesmo dia, mas logo constatou, ao olhar mais de perto, apenas dois buracos superficiais na linha do cabelo. Por certo, haviam sido causados pelo projétil estilhaçado ou por estilhaços do capacete de aço do ferido. Esse ferido, com quem eu compartilhava no corpo o metal do mesmo e único tiro, me visitou depois do fim da guerra; ele trabalhava em uma fábrica de cigarros e desde o ferimento estava adoentado e esquisito.

Enfraquecido por perder sangue de novo, me juntei ao capitão, de volta a seu posto de comando. Ultrapassando em passo apressado a fronteira da aldeia de Mœuvres, que se encontrava sob forte bombardeio, chegamos ao abrigo subterrâneo no leito do canal, onde fui enfaixado e vacinado contra o tétano.

À tarde, me sentei na cabine de um caminhão e viajei a Lécluse, onde durante o jantar fiz um relatório ao coronel Von Oppen. Depois de ter esvaziado com ele uma garrafa de vinho, já meio com sono, mas me sentindo maravilhosamente bem, me despedi e me atirei à cama que o fiel Vinke havia preparado para mim; depois daquele dia violento, eu estava tomado por um sentimento de fim de jornada e de missão cumprida.

Dois dias depois, o batalhão entrou em Lécluse. Em 4 de dezembro, o comandante da divisão, o general Von Busse, discursou aos batalhões que haviam tomado parte no ataque, fazendo menção especial à 7ª Companhia. Eu a conduzi de cabeça enfaixada para passar por ele durante o desfile.

Eu tinha razão em estar orgulhoso de meus homens. Cerca de oitenta homens, apenas, haviam conquistado um trecho longo das trincheiras, saqueado um grande número de metralhadoras, catapultas de minas e material de guerra e feito duzentos prisioneiros. Tive a alegria de poder anunciar uma série de promoções e condecorações. Assim, o tenente Hoppenrath, comandante das tropas de assalto, o alferes Neupert, que investira contra a casa de troncos, e também o arrojado defensor da barricada Kimpenhaus passaram a carregar no peito muito merecidamente a Cruz de Ferro de Primeira Classe. Não cheguei a incomodar os hospitais militares por causa de meu quinto e duplo ferimento, mas deixei que ele se curasse durante a folga de Natal. O rasgão na parte posterior da cabeça se fechou rapidamente, o estilhaço na testa foi coberto pela pele e pela carne, fazendo companhia a dois outros que, desde Regniéville, estavam cravados na mão esquerda e no lóbulo da orelha. Durante a folga, fui surpreendido com a Cruz de Cavaleiro da Ordem da Casa dos Hohenzollern, que enviaram para onde eu estava.

Essa cruz, bordada em ouro, e uma taça de prata com a inscrição "Ao vitorioso de Mœuvres", que os três outros comandantes de companhia do batalhão me confiaram, são meus objetos de recordação da batalha dupla de Cambrai, que entrará na história como a primeira tentativa de superar a gravidade mortal da guerra de trincheiras por meio de novos métodos.

Levei também o capacete de aço furado pelo tiro e o guardei como peça complementar àquelas que o lanceiro indiano trouxera quando conduziu seus homens contra nós.

Junto ao riacho Cojeul

Ainda antes de minhas férias, no dia 9 de dezembro de 1917, substituímos a 10ª Companhia na linha de frente depois de alguns dias de tranquilidade. A posição ficava, conforme já relatei, perto da aldeia de Vis-en-Artois. Meu setor era limitado à direita pela estrada Arras-Cambrai, à esquerda pelo leito pantanoso do riacho Cojeul, que permitia manter contato com a companhia ao lado por meio de patrulhas noturnas. A posição inimiga se escondia de nossa vista atrás de uma elevação que se localizava entre as valas frontais. À exceção de algumas patrulhas, que se metiam a trabalhar em nossa cerca durante a noite, e do zumbir de um gerador elétrico instalado nas proximidades da fazenda Hubertus, não percebíamos nenhum sinal de vida da infantaria inimiga. Contudo, eram bem desagradáveis os constantes ataques com bombas de gás, que fizeram grande número de vítimas. Eles aconteciam graças a centenas de tubos de ferro instalados debaixo da terra, que eram descarregados eletricamente em uma salva de chamas. Assim que o clarão do fogo se fazia ver, era dado o alarme de gás, e quem não punha a máscara no rosto até o momento da explosão acabava se dando muito mal. Além disso, o gás alcançava uma densidade quase absoluta em alguns trechos, fazendo com que nem mesmo a máscara ajudasse mais, pois não sobrava mais oxigênio a ser filtrado para a respiração. Dessa forma, tivemos muitas baixas.

Meu abrigo subterrâneo ficava no paredão íngreme de uma vala de pedregulho que desembocava na parte de trás da posição, que quase todos os dias era fortemente bombardeada.

Mais atrás, se levantava, em contornos negros, a estrutura de ferro de uma fábrica de açúcar destruída.

A vala de cascalho era um lugar sinistro. Entre as crateras cheias de material de guerra usado, estavam fincadas as cruzes capengas de túmulos decadentes. À noite, não se enxergava um palmo à frente do nariz, e era preciso esperar o tempo entre o apagar de um foguete luminoso e o levantar do seguinte para evitar cair da trilha segura, com grades de deslocamento, para a lama do fundo do Cojeul.

Quando não tinha nada para fazer nas valas de sentinelas que estavam construindo, eu passava os dias na galeria subterrânea, fria como o gelo, lia um livro e tamborilava com os pés contra a armação da galeria para me esquentar. A garrafa cheia de hortelã verde, escondida em um nicho da rocha calcária, servia ao mesmo objetivo, e era usada com muita frequência por mim e meu ordenança.

Passávamos um frio tremendo; mas, se deixássemos a fumaça de um foguinho subir da vala de cascalho para o céu nublado de dezembro, o lugar em pouco tempo se tornaria inabitável, uma vez que o inimigo até então parecia achar que a fábrica de açúcar era a sede do comando e desperdiçava na armação de ferro a maior parte de seus tiros. Assim, só à hora do crepúsculo é que nossos membros rijos se animavam. O pequeno fogão era aceso, e com a fumaça densa se espalhava também um calor confortável. Logo as marmitas dos carregadores de comida que voltavam de Vis, que já eram esperadas com fervor, chocalhavam na escada da galeria. E, quando a sequência eterna de nabo, cevadinha e legumes secos era interrompida por feijões ou massa, o humor já não deixava nada a desejar. Às vezes, sentado à minha mesinha, eu me alegrava com a conversa desinteressada dos ordenanças que, envolvidos por nuvens de tabaco, se sentavam em volta do fogão, de onde uma marmita cheia de grogue exalava perfumes intensos. Guerra e paz, batalha e pátria, descanso e férias eram debatidos nos mínimos detalhes, e em outros assuntos eu às vezes lograva captar uma frase bem interessante. Assim, o ordenança de combate, que viajaria em férias, despediu-se com as palavras: “Rapazes, é tão bonito quando se volta a passar a primeira noite em casa e mamãe volta a velar nosso sono!”.

No dia 19 de janeiro, fomos substituídos às quatro horas da madrugada e marchamos por uma nevasca densa até Gouy, onde deveríamos ficar por mais tempo, a fim de nos preparar para as missões da grande batalha de ataque. Das ordens de treinamento de Ludendorff, que eram distribuídas até entre os comandantes de companhia, deduzimos que a tentativa de decidir a guerra em um poderoso golpe seria encaminhada em bem pouco tempo.

Treinávamos as quase esquecidas formas da batalha de trincheiras e da guerra de fronts móveis, também atirávamos com fervor usando fuzis e metralhadoras. Como todas as aldeias que ficavam atrás do front estavam com lotação esgotada, qualquer ribanceira era usada como estande de tiro, de modo que os projéteis às vezes sibilavam pelo terreno tal qual em uma batalha. Com uma metralhadora leve, um atirador de elite da minha companhia derrubou da sela o comandante de um regimento que não conhecíamos, justo em meio a uma crítica. Por sorte, o atingido levou apenas um tiro na perna.

Algumas vezes, eu fazia exercícios de ataque com minha companhia usando granadas de mão em sistemas de valas bem complicados, a fim de aproveitar as experiências da batalha de Cambrai. Nessas atividades também houve feridos.

No dia 24 de janeiro, o coronel Von Oppen se despediu para assumir uma brigada na Palestina. Ele havia comandado o regimento cuja história guerreira está intimamente unida a seu nome, sem pausas, desde o outono de 1914. O coronel Von Oppen era um exemplo vivo de que existem homens que nasceram para dar ordens. Estava sempre envolvido por uma atmosfera de comando e de confiança. O regimento é a última unidade na qual ainda podemos nos conhecer pessoalmente; é, de certa forma, a maior entre as famílias soldadescas, e a influência de um homem como ele atua de maneira contínua e invisível sobre milhares. Lamentavelmente, suas palavras de despedida, "Até a vista, em Hannover!", não chegariam a se concretizar; ele logo morreria de cólera asiática. Quando já sabia da notícia de sua morte, ainda recebi uma carta escrita por suas mãos. Devo muito a ele.

No dia 6 de fevereiro, nos transferimos mais uma vez para Lécluse e, no dia 22, fomos alojados por quatro dias no campo de crateras à esquerda da estrada Dury-Hendecourt, a fim de nos entrincheirar à noite na linha de frente. Diante da posição que ficava próxima à montanha de escombros daquilo que um dia fora a aldeia de Bullecourt, compreendi que uma parte do ataque violento, sobre o qual se murmurava esperançosamente em todo o front ocidental, aconteceria ali mesmo.

Em contrapartida, se construía com uma pressa febril; galerias subterrâneas eram escavadas e novos caminhos, abertos. O campo de crateras estava semeado de plaquetas cravadas no meio do terreno devastado nas quais havia hieróglifos que por certo antecipavam a disposição de baterias e postos de comando. Sem descanso, nossos aviões voavam fazendo uma barreira para não permitir que o inimigo visse o movimento. Com o objetivo de abastecer as tropas a uma hora determinada, todo dia, pontualmente, uma bola negra era largada dos balões cativos, que desaparecia às 12h10.

Ao final do mês, voltamos a marchar para Gouy, onde ficavam nossos antigos alojamentos. Depois de diversos exercícios em unidades de batalhão e de regimento, treinamos por duas vezes um rompimento da divisão inteira junto a uma posição indicada com faixas grandes e brancas. Depois disso, o comandante fez um discurso a partir do qual ficou claro para todos que o grande ataque começaria nos dias seguintes.

Me recordo com prazer da última noite em que ficamos sentados em volta da mesa redonda, conversando de cabeça quente sobre a guerra de fronts móveis que estava por vir. Será que, no entusiasmo todo, gastamos também o último táler com vinho, sabedores de que o dinheiro nada importava naquelas circunstâncias? Em pouco tempo, estaríamos ou além das linhas inimigas ou então no mundo melhor do além. Só lembrando que a retaguarda também pretendia continuar viva é que o capitão conseguiu nos impedir de jogar copos, garrafas e porcelanas contra a parede.

Não tínhamos nenhuma dúvida de que o grande plano daria certo. De nossa parte, pelo menos, não deixaríamos nada a desejar. Também os outros homens estavam em forma. Quando os ouvíamos falar com seu jeito seco da Baixa Saxônia sobre a "corrida rasa de Hindenburg" que tinham pela frente, tínhamos certeza de que eles meteriam mãos à obra como sempre: duros, confiáveis e sem gritarias desnecessárias.

No dia 17 de março, depois do pôr do sol, marchamos para fora do alojamento, do qual já gostávamos tanto, em direção a Brunemont. Todas as estradas estavam superlotadas de colunas em marcha, que se adiantavam rolando, canhões incontáveis e séquitos infindos. Apesar disso, imperava uma ordem exata, que seguia à risca um plano de mobilização elaborado com esmero. Ai da tropa que não respeitasse meticulosamente o rumo e o horário da marcha; era empurrada às valetas da estrada e tinha de esperar durante horas antes de conseguir se meter em uma lacuna de outra tropa. No entanto, em dado momento, houve uma confusão geral em que o cavalo do capitão Von Brixen acabou caindo sobre o timão afiado de um carro e morrendo.

A grande batalha

O batalhão foi acomodado no castelo de Brunemont. Fomos informados de que marcharíamos para o front na noite do dia 19 de março, para ficar de prontidão em galerias subterrâneas do campo de crateras nas proximidades de Cagnicourt, e de que o grande ataque deveria começar na manhã do dia 21 de março de 1918. O regimento tinha a missão de romper as linhas inimigas entre as aldeias de Ecoust-Saint-Mein e Noreuil e alcançar Mory já no primeiro dia. A região havia sido nossa etapa durante as batalhas de trincheira em Monchy; era uma velha conhecida.

Para garantir o alojamento da companhia, mandei à frente o tenente Schmidt, a quem, por ser uma criatura tão simpática, não podíamos chamar senão "Schmidtchen"[47]. À hora determinada, deixamos Brunemont marchando. Em um cruzamento da estrada, onde as tropas de condutores esperavam por nós, as companhias se dividiram e avançaram em movimento irradiante. Quando estávamos na altura da segunda linha, na qual deveríamos ser alojados, descobrimos que nosso condutor se enganara. Começou, então, um perambular sem fim no terreno de crateras mal iluminado e movediço e um perguntar contínuo a outras tropas, que desconheciam igualmente o lugar onde estavam. Para não deixar os homens esgotados, mandei todo mundo parar e enviei os condutores em direções diversas.

Os grupamentos depuseram suas armas e se amontoaram em uma cratera gigantesca, enquanto eu me sentava com

47 Apelido carinhoso para Schmidt.

o tenente Sprenger à beira de uma menor, da qual se podia olhar para a outra, maior, como de uma sacada. Já havia algum tempo, algumas explosões isoladas podiam ser vistas a cerca de 100 metros de nós. Um novo projétil explodiu a uma distância pequena; estilhaços estalaram nas paredes de argila. Um homem gritou e afirmou estar ferido no pé. Enquanto eu examinava as botas enlameadas do atingido à procura do ferimento, gritei aos grupamentos ordenando que se distribuíssem nas crateras das proximidades.

Então mais um projétil levantou sibilando. Todos foram tomados pela angústia: "Essa vai cair bem aqui!". Depois, um estrondo perturbador, monstruoso se fez ouvir – a granada explodiu bem no meio de nós.

Meio atordoado, fiquei de pé. Da cratera grande, cinturões de metralhadora que haviam pegado fogo lançavam uma luz vivamente rosada. Ela iluminava a fumaça ardente da explosão, na qual rolava uma pilha de corpos enegrecidos, enquanto as sombras dos sobreviventes corriam para todos os lados. Ao mesmo tempo, ecoou uma gritaria múltipla e terrível de dor e de socorro. O rolar da massa escura no fundo daquela caldeira fumegante e incandescente fez o abismo mais extremo do terror se abrir, por um segundo, como uma imagem infernal.

Depois de um segundo de paralisia, de horror petrificado, dei um pulo e corri como todos os outros para o meio da noite, às cegas. Só quando tropecei, caindo de cabeça no buraco de uma granada, é que compreendi o que havia acontecido. – Não queria mais ouvir nem ver nada, somente correr dali, para longe, para as profundezas da escuridão! – Mas e os homens! Eu tinha de me preocupar com eles, a mim é que eles foram confiados. – Me obriguei a voltar ao lugar terrível. A caminho, encontrei o fuzileiro Haller, que havia saqueado a metralhadora em Regniéville, e o levei comigo.

Os feridos continuavam dando seus gritos terríveis. Alguns vinham rastejando até mim e gemiam, ao reconhecer minha voz: "Senhor tenente, senhor tenente!". Um de meus recrutas mais queridos, Jasinski, que tivera a coxa aberta por um estilhaço, se agarrou a minhas pernas. Praguejando contra minha impotência, bati em seus ombros sem saber o que fazer. Momentos assim ficam enterrados para sempre dentro da gente.

Tive de deixar os infelizes com o único padioleiro ainda vivo, pois devia conduzir o grupinho dos que não estavam feridos e que se reunira à minha volta para fora daquela área perigosa. Meia hora depois, ainda à frente de uma companhia forte e preparada para a guerra, era eu quem vagava pela confusão de valas com alguns poucos homens, totalmente abatidos. Um rostinho de bebê que, havia poucos dias, fora vítima do escárnio de seus camaradas por chorar durante o treinamento, tendo de carregar as pesadas caixas de munição, naquele momento carregava peso bem maior, se salvara da cena terrível, sempre fiel, seguindo nosso difícil caminho. Observar isso foi o golpe de misericórdia para mim. Me joguei ao chão e me rasguei em soluços contraídos, enquanto os homens se postavam sombrios ao meu redor.

Depois de termos corrido algumas horas, sem sucesso, por diversas valas nas quais lama e água cobriam nossos pés, muitas vezes ameaçados por granadas explodindo ao nosso lado, acabamos por rastejar para dentro de alguns nichos de munição construídos na parede, esgotados de cansaço. Vinke estendeu seu cobertor sobre mim e esperou a aurora, fumando charutos, em uma sensação de indiferença extrema.

A primeira luz do dia arrancou o véu que cobria uma vida inacreditável no campo de crateras. Incontáveis soldados de tropa ainda procuravam por seus abrigos. Outros, da artilharia, arrastavam munição, arremessadores de minas puxavam seus carros; operadores de telefonia e sinalizadores de luz construíam linhas. Tudo se assemelhava mais a uma feira a 1.000 metros do inimigo, que incompreensivelmente parecia não perceber nada.

Por fim, dei de cara com o condutor da companhia de metralhadoras, tenente Fallenstein, um velho oficial do front, que saberia me mostrar nosso abrigo. Suas primeiras palavras foram: "Homem, que cara é essa? Está terrivelmente pálido!". Ele apontou para uma grande galeria subterrânea pela qual por certo havíamos passado uma dezena de vezes à noite, e na qual encontrei Schmidtchen, que nada sabia de nosso infortúnio.

Também voltei a encontrar ali os homens que deveriam apontar o caminho para nós. Desde aquele dia, sempre que nos mudávamos para ocupar uma nova posição, eu mesmo passei a escolher os condutores, e com o maior cuidado. Na guerra, se aprende tudo em detalhes, mas se paga um preço bem alto.

Depois de ter abrigado os que me acompanhavam, me pus a caminho do trecho terrível da noite anterior. O aspecto do lugar era lúgubre. Em volta do terreno queimado em que explodira a granada, havia mais de vinte cadáveres enegrecidos, quase todos dilacerados a ponto de ser impossível reconhecê-los. Mais tarde, tivemos de colocar alguns dos que haviam tombado entre os desaparecidos, pois não sobrara nada deles.

Soldados dos trechos vizinhos da trincheira estavam ocupados em recolher as coisas ensanguentadas dos mortos no meio daquela confusão horrível e em buscar o que ainda podia ser recuperado. Eu os expulsei e encarreguei meu mensageiro de pegar as carteiras e objetos de valor a fim de os salvar para os familiares. De qualquer modo, tivemos de os deixar para trás no dia seguinte, quando atacamos.

Para minha alegria, Sprenger saiu de uma galeria subterrânea próxima com um grupo de homens que haviam passado a noite por lá. Pedi o relatório dos condutores de grupamento e constatei que ainda tínhamos 63 homens. Eu saíra com 150 na noite anterior, e no melhor dos climas! Consegui contar mais de vinte mortos e mais de sessenta feridos, dos quais muitos ainda sucumbiram aos ferimentos mais tarde. A investigação requereu inúmeras caminhadas às valas e crateras, mas elas também distraíam um pouco daquele quadro terrível.

O único e parco consolo era o de que poderia ter sido pior. O fuzileiro Rust, por exemplo, estava tão próximo da explosão que o cinturão que segurava suas caixas de munição começou a pegar fogo. O suboficial Peggau, que, tristemente, no dia seguinte perderia a vida, estava em pé entre dois camaradas que foram dilacerados por inteiro pelos estilhaços e não sofreu escoriação alguma.

Passamos o resto do dia em um estado de desalento, dormindo a maior parte do tempo. Tive de ir várias vezes ao comandante do batalhão, já que sempre havia algo a comentar sobre o ataque. De resto, deitado em um catre, conversei apenas com meus dois oficiais sobre coisas sem importância, na tentativa de fugir da lembrança martirizante. O primeiro estribilho era: "Mais do que morrer com um tiro nós não poderemos, graças a Deus!". Algumas palavras com as quais procurei encorajar meus homens, que se encolhiam amontoados na escada da galeria, pareciam ter tido pouco efeito. Eu também não estava muito para encorajamentos.

Às dez horas da noite, um mensageiro trouxe a ordem de marchar à linha de frente. Um animal da floresta que é arrastado para fora de sua toca ou um marinheiro que percebe a tábua salvadora afundar sob seus pés devem ter sensações semelhantes às que sentimos, quando tivemos de abandonar a galeria subterrânea segura e quente para sair rumo à noite nada hospitaleira.

Lá já imperava a agitação. Corremos no meio do fogo intenso das metralhas pela vala Felix e chegamos à linha de frente sem perder nenhum homem. Enquanto nos movimentávamos embaixo, pelas valas, a artilharia se adiantava a posições mais avançadas nas pontes sobre nossas cabeças. Ao regimento, e nós nos apresentaríamos como seu batalhão mais adiantado, estava destinado um trecho bem estreito. Todas as galerias subterrâneas ficaram superlotadas em poucos instantes. Os que não conseguiram entrar escavaram buracos nas paredes da vala, procurando um mínimo de proteção contra o fogo da artilharia, que era esperado antes do ataque. Depois de muita correria de um lado para outro, todos tinham encontrado um buraco. Novamente o capitão Von Brixen reuniu os comandantes das companhias para discutir a situação. Pela última vez, os relógios foram sincronizados, e nos despedimos com um aperto de mão.

Me sentei ao lado de meus dois oficiais na escada de uma galeria subterrânea, esperando as 5h05, horário estipulado para o início dos preparativos, ao sinal de fogo. O clima estava um pouco mais animado, já que não chovia mais, e a noite clara e estrelada prometia uma manhã seca. Passamos o tempo fumando e conversando. Às três horas da madrugada, tomamos café e o cantil fez a volta na roda. De manhãzinha, a artilharia inimiga se mostrou tão vivaz que ficamos com medo de os ingleses terem farejado a caça. Algumas das pilhas de munição distribuídas no terreno voaram pelos ares.

Pouco antes do início, foi divulgado o seguinte radiograma: "Sua Majestade, o imperador, e Hindenburg se deslocaram à praça das operações". O anúncio foi recebido com aplausos.

O ponteiro seguia avançando; contamos juntos os últimos minutos. Por fim, ele parou às 5h05. O furacão irrompeu.

Uma cortina de chamas se levantou nos ares, seguida de um berreiro brusco, inaudito. Um trovão alucinado, que engolia até explosões mais pesadas em seu rastro, fez a terra tremer. O urro de aniquilação gigantesco lançado pelos incontáveis canhões atrás de nós era tão terrível que até mesmo as maiores entre as batalhas às quais havíamos sobrevivido pareciam brincadeira de criança perto dele. O que não ousáramos esperar aconteceu: a artilharia inimiga ficou muda; ela havia sido jogada ao chão com um golpe daquelas proporções. Não aguentamos esperar por mais tempo nas galerias subterrâneas. Subindo, contemplamos admirados a parede de fogo que alcançava a altura de uma torre, levantando suas chamas acima das trincheiras inglesas, encoberta por nuvens onduladas, vermelhas de sangue.

O espetáculo foi perturbado por lágrimas nos olhos e uma queimação sensível nas mucosas. Os vapores de nossas granadas de gás, soprados de volta pelo vento contrário, nos envolveram em um cheiro forte de amêndoas amargas. Percebi, preocupado, que alguns dos homens começavam a tossir e a sentir ânsias de vômito e acabaram arrancando as máscaras do rosto. Por isso, me esforcei em reprimir as primeiras tossidas e respirar apenas o necessário. Aos poucos, a fumaça se dissipou e depois de uma hora pudemos dispensar as máscaras.

O dia havia clareado. Atrás de nós, a zoeira monstruosa crescia cada vez mais, ainda que mal se pudesse imaginá-la aumentando. Diante de nós, havia surgido uma parede de fumaça, poeira e gás, impenetrável aos olhos. Homens que passavam correndo berravam chamados alegres a nossos ouvidos. Soldados da infantaria e da artilharia, sapadores e operadores de telefonia, prussianos e bávaros, oficiais e soldados rasos, todos se mostravam subjugados pela mais pura vontade de atacar, e já não podiam aguardar até as 9h40, horário combinado para a apresentação. Às 8h25, nossas pesadas catapultas de minas atacaram, preparadas em massa atrás das valas frontais. Víamos minas de quase 60 quilos voarem pelos ares em parábolas agudas e caírem do outro lado com explosões verdadeiramente vulcânicas. Elas explodiam uma ao lado da outra, desenhando uma corrente de crateras esguichantes.

Mesmo as leis da natureza pareciam já não ter validade. O ar cintilava como nos dias mais quentes do verão, e sua densidade cambiante fazia objetos fixos dançarem para cá e para lá. Traços de sombras passavam voando em meio às nuvens. A confusão era absoluta, e escutá-la se tornara impossível. Percebíamos apenas e de modo bem pouco nítido que milhares de metralhadoras da retaguarda varriam o nada azul com seus enxames de chumbo.

A última hora dos preparativos se tornou mais perigosa do que as quatro anteriores, durante as quais nos movimentamos sem grandes preocupações fora das trincheiras. O inimigo conseguiu fazer com que uma bateria pesada abrisse fogo, disparando tiro após tiro em nossa vala superlotada. Para me desviar, me desloquei à esquerda, e dei de cara com o ajudante, tenente Heins, que me perguntou pelo tenente Von Solemacher: "Ele deve assumir o batalhão imediatamente, o capitão Von Brixen acaba de tombar". Abalado com a notícia terrível, voltei e me sentei em um buraco fundo na terra. No curto caminho, eu já esquecera o fato. Me movimentava como se estivesse dormindo, como em um sonho profundo, em meio à tempestade.

Em frente ao meu buraco na terra estava o suboficial Dujesiefken, meu acompanhante em Regniéville, que me pediu para ir à vala, prevendo que, mesmo ao menor impacto, as massas de terra sobre mim desmoronariam. Uma explosão lhe arrancou as palavras da boca; com uma perna arrancada, ele caiu ao chão. Qualquer ajuda seria vã. Saltei por cima dele, corri à direita e rastejei para dentro de uma toca de raposa, na qual dois sapadores haviam encontrado abrigo. No círculo estreito, os pesados projéteis prosseguiram em sua fúria. De repente, se viam torrões negros de terra sendo projetados para fora do torvelinho de nuvens brancas, e o impacto era engolido pela confusão geral. No trechinho de vala à nossa esquerda, três homens de minha companhia foram dilacerados. Um dos últimos impactos, uma granada que não chegou a explodir, abateu o pobre Schmidtchen, que ainda estava sentado na escada da galeria.

Eu estava em pé com Sprenger, relógio nas mãos, em frente à minha toca de raposa e esperava pelo grande momento. Os restos da companhia se juntaram à nossa volta. Conseguimos distraí-los e animá-los com brincadeiras e palavras chulas. O tenente Meyer, que espiou por um instante sobre a amurada da vala, me contou mais tarde que naquele momento pensara que estávamos todos loucos.

Às 9h10, as patrulhas de oficiais, que deveriam assegurar nossa disposição, deixaram a vala. Como as duas posições estavam mais de 800 metros distantes uma da outra, deveríamos nos apresentar ainda durante o bombardeio e ficar prontos na terra de ninguém, de modo que às 9h40 pudéssemos saltar à primeira linha inimiga. Sprenger e eu também subimos para as amuradas depois de alguns minutos e fomos seguidos pela companhia.

"Agora vamos mostrar do que a 7ª é capaz!"

"Agora nada mais me importa!"

"Vamos vingar a 7ª Companhia!"

"Vamos vingar o capitão Von Brixen!"

Sacamos as pistolas e passamos por cima do arame, por baixo do qual os primeiros feridos já se arrastavam de volta.

Olhei à direita e à esquerda. A linha divisória entre os povos formava um quadro peculiar. Nas crateras diante da vala inimiga, que amiúde era revirada na tempestade de fogo, os batalhões de ataque se mantinham nitidamente no front, amontoados em companhias. À visão dessas massas empilhadas, o rompimento da linha inimiga me parecia garantido. Mas será que também teríamos forças para estilhaçar as reservas inglesas e aniquilá-las de vez? Eu, com certeza, esperava que assim fosse. A batalha final, a última investida, parecia ter chegado. Ali, o destino dos povos seria encaminhado; ali, tratávamos do futuro do mundo. Na época, compreendi a importância da hora e acredito que cada um de nós sentiu que o que havia de pessoal naquilo tudo começava a se diluir, e começamos a nos afastar de qualquer temor.

A atmosfera era estranha, superaquecida por uma tensão extrema. Oficiais estavam em pé, eretos, e trocavam nervosas palavras de brincadeira. Vi Solemacher, cercado por seu pequeno estado-maior, de sobretudo, como se fosse um caçador que espera pela caça tangida em um dia frio, com um cachimbo de comprimento mediano e fornilho verde nas mãos. Acenamos fraternalmente um ao outro. Muitas vezes, a trajetória de uma mina era demasiado curta, lançava um esguicho da altura de uma torre e cobria de terra os que esperavam, sem que algum deles sequer fizesse menção de baixar a cabeça. O troar da batalha havia se tornado tão terrível que ninguém mais estava em seu perfeito juízo.

Três minutos antes do ataque, Vinke acenou para mim com um cantil cheio. Tomei um grande gole. Era como se estivesse precipitando água para dentro de mim. Agora só faltava o charuto da ofensiva. Por três vezes, a pressão do ar apagou o palito de fósforo.

O grande momento havia chegado. O rolo compressor do fogo se adiantou às primeiras valas. Nós avançamos.

A ira se ergueu feito tempestade. Milhares já deviam ter tombado. Isso estava no ar; ainda que o fogo continuasse, tudo parecia permanecer tranquilo, como se perdesse sua força imponente.

A terra de ninguém estava lotada de soldados atacando, que caminhavam isolados, em tropas, ou agrupados ao léu, todos em direção à cortina de fogo. Eles não corriam, tampouco buscavam proteção quando os mastros altos como torres se levantavam no meio deles. Pesada, mas ininterruptamente, avançavam para a linha inimiga. Parecia que a vulnerabilidade estava suspensa.

Ao mesmo tempo, em meio às massas que se levantaram, tudo era solitário; as unidades se misturavam. Eu perdera as minhas de vista; elas se dissolveram como uma onda na rebentação. Apenas Vinke e um soldado que servia havia apenas um ano, chamado Haake, estavam ao meu lado. A mão direita envolvia firmemente o coldre da pistola, a esquerda segurava um cajado de bambu. Eu ainda vestia o longo sobretudo, apesar de sentir que estava quente, e, respeitando o regulamento, as luvas. Ao avançarmos, uma fúria ancestral tomou conta de nós. Um desejo supremo de matar deu asas a nossos passos. A raiva me arrancou lágrimas amargas.

A vontade monstruosa de aniquilar que pesava sobre o campo de batalha se adensava nos cérebros e os mergulhava em uma neblina vermelha. Nós gritávamos, soluçando e balbuciando, fragmentos de frases uns aos outros, e um espectador desavisado poderia acreditar que estávamos tomados por excesso de ventura.

Sem dificuldades, atravessamos uma cerca de arame embolada e esfrangalhada e, com um salto, ultrapassamos a primeira vala, que já mal podia ser distinguida. A onda de ataque dançava pelos vapores brancos e ondulados semelhante a uma fila de fantasmas, passando sobre a depressão nivelada. Ali não havia mais nenhum inimigo.

Contra qualquer de nossas expectativas, um fogo de metralhadoras matraqueou a nosso encontro vindo da segunda linha. Saltei com meus acompanhantes para dentro de uma cratera. Um segundo depois, houve um estrondo terrível, e caí de borco. Vinke me agarrou pela gola e me virou de costas: "O senhor está ferido, senhor tenente?". Nada foi encontrado. O soldado que servia havia apenas um ano tinha um buraco no braço e garantiu, gemendo, que uma bala o atingira nas costas. Lhe arrancamos o uniforme e o enfaixamos. Um sulco liso mostrava que uma metralha batera na borda da trincheira à altura de nossos rostos. Era um milagre ainda estarmos vivos. Do outro lado, eles se mostravam muito mais fortes do que havíamos imaginado.

Nesse meio-tempo, os outros nos ultrapassaram. Nós nos apressamos atrás deles, abandonando o ferido a seu destino, depois de termos enfiado um pedaço de pau com um farrapo de gaze no chão, ao lado dele, sinalizando-o para a onda de padioleiros que seguia os soldados em ataque. Mais para a nossa esquerda, apareceu o dique imponente da estação ferroviária Ecoust-Croisilles, que deveríamos atravessar para sair do meio da fumaça. De seteiras e janelas de galerias vinha um fogo tão intenso de fuzis e metralhadoras que era como se um saco de ervilhas estivesse sendo derramado. E com pontaria.

Vinke também acabou ficando para trás. Segui por um desfiladeiro de cuja encosta desembocavam abrigos subterrâneos bombardeados. Furioso, caminhei avante pelo chão negro e arrebentado do qual ainda subiam os gases sufocantes de nossas granadas. Eu estava totalmente só.

Foi então que avistei o primeiro inimigo. Um vulto em uniforme marrom, aparentemente ferido, estava encolhido 20 metros à minha frente no meio da vala pisoteada, as mãos apoiadas ao chão. Percebemos um ao outro quando apareci em uma curva do desfiladeiro. Eu o vi se encolher ainda mais e fixar os olhos arregalados em mim ao se dar conta da minha presença, enquanto eu, escondendo o rosto atrás da pistola, me aproximei devagar e cheio de maldade. Uma cena sangrenta e sem testemunhas estava para acontecer. Era uma redenção encontrar, enfim, o oponente, palpável diante de mim. Encostei o cano na têmpora do paralisado de medo e, com o outro punho, agarrei o casaco de seu uniforme, que mostrava patente e insígnias da hierarquia. Um oficial; ele deveria ter sido o comandante naquelas valas. Com um gemido de dor, o oficial pegou algo em seu bolso, mas não puxou arma alguma, e sim uma fotografia, que segurou diante de meus olhos. Eu o vi estampado nela, de pé em um terraço, cercado por uma família numerosa.

Aquilo era uma invocação vinda de um mundo já naufragado, incrivelmente distante. Mais tarde, considerei uma grande sorte o fato de tê-lo soltado e de seguir correndo adiante. Justo ele ainda apareceria muitas vezes em meus sonhos. Isso me fez ter a esperança de que ele tenha voltado a ver sua pátria.

De cima, homens da minha companhia saltavam para dentro do desfiladeiro. Eu sentia um calor incandescente. Arranquei o sobretudo e o joguei para longe. Ainda me lembro bem de que gritei com voz enérgica algumas vezes, "agora o tenente Jünger tira seu sobretudo", e que os fuzileiros riram ao ouvir a frase, como se eu tivesse contado a piada mais engraçada. Lá em cima, todos corriam sem proteção e sem dar a mínima atenção às metralhadoras, a menos de 400 metros de distância. Eu também corri às cegas ao encontro do dique da estação, que cuspia fogo. Em uma cratera qualquer, saltei por sobre um vulto que atirava de pistola e vestia um casacão marrom. Era Kius, que estava em clima semelhante e, para me cumprimentar, enfiou em meus bolsos uma mão cheia de munição.

Disso deduzi que a tentativa de entrar pela borda da cratera encontrara resistência, pois, antes do ataque, eu havia enfiado uma boa provisão de balas de pistola nos bolsos. Provavelmente, a parte restante dos soldados jogados para fora das valas frontais se aninhara ali, aparecendo ora aqui, ora acolá, entre os que atacavam. Porém, não consigo me lembrar do que foi que aconteceu naquele trecho. De todo modo, o atravessei sem ser ferido, ainda que o fogo cruzado viesse não apenas das crateras, mas também do dique da estação; os projéteis voavam como um enxame de abelhas se abatendo sobre amigos e inimigos. Do outro lado, eles deviam ter provisões quase inesgotáveis de munição.

Eis que em certo momento nossa atenção se dirigiu àquele baluarte que se levantava como um muro ameaçador diante de nós. O campo lanhado que nos separava dele estava tomado por centenas de ingleses perdidos de suas tropas. Em parte, eles ainda procuravam alcançar o dique, em parte estavam envolvidos em combates corpo a corpo.

Mais tarde, Kius me contou tudo em detalhes, e eu tive uma sensação idêntica a quando outra pessoa conta as façanhas incríveis que a gente mesmo realizou embriagado. E assim ele havia perseguido um inglês por um trecho da vala lançando granadas de mão. Quando elas acabaram, ele continuou a perseguição com torrões de terra para "manter o inimigo em fuga"; isso enquanto eu estava em pé na encosta e rolava de tanto rir.

Com aventuras desse tipo, sem percebermos direito, alcançamos o dique da estação, que cuspia fogo ininterruptamente, como uma grande máquina de tiro. Ali, volto a me lembrar das coisas, constatando uma situação extremamente favorável. Não fôramos atingidos, e agora o dique da estação deixava de ser um obstáculo para virar uma proteção para nós, já que estávamos colados à sua encosta. Quase despertado de um sonho profundo, vi os capacetes de aço alemães se aproximarem pelo campo de crateras. Eles cresciam como uma semente férrea do chão lavrado a fogo. Ao mesmo tempo, via que, bem perto, aos meus pés, de uma janela de galeria encoberta pelo tecido de linho de um saco, espiava o cano de uma metralhadora pesada. O barulho era tanto que só constatamos que a arma estava abrindo fogo pelo tremor do cano. O defensor estava, pois, apenas à distância de um braço. Nessa proximidade imediata do inimigo é que estava nossa segurança. E também o fim dele. Uma fumaça quente levantava da arma. Ela já devia ter acertado muitos e continuava ceifando à sua volta. O cano se movimentava bem pouco; os tiros eram dados só depois de feita a pontaria.

Fascinado, eu fixava o pedaço vibrante de ferro quente que semeava a morte e quase tocava meu pé. Então, atirei pelo pano. Um homem que apareceu ao meu lado arrancou o mesmo pano e jogou uma granada de mão na abertura. Um impacto e a nuvem esbranquiçada que brotou de dentro dela revelaram o efeito. O meio era duro, mas eficiente. O cano não se moveu mais, a arma silenciou. Corremos ao longo da encosta, para dar conta das lucarnas seguintes do mesmo jeito e, assim, quebramos muitas vértebras da espinha dorsal do inimigo. Levantei a mão para avisar aos nossos homens, cujas balas sibilavam em nossos ouvidos à mínima distância. Eles acenaram de volta, alegres. Então escalamos o dique com centenas de outros. Pela primeira vez na guerra, vi massas se chocarem umas com as outras. Os ingleses se mantinham em duas valas abertas em níveis diferentes na encosta de trás. Tiros eram trocados à distância de poucos metros, granadas de mão voavam abaixo descrevendo arcos.

Saltei na primeira vala; caindo sobre a amurada mais próxima, dei um encontrão em um oficial inglês de casaco aberto e gravatinha pendente; agarrei-o e joguei-o contra um muro de sacos de areia. Atrás de mim, apareceu a cabeça de cabelos brancos de um major, que gritou em minha direção: “Mate o cão a pauladas!”.

Isso foi desnecessário. Me voltei para a vala de baixo, que pululava de ingleses. Feito um navio naufragando. Alguns jogavam ovos de pata, outros disparavam revólveres Colt, a maioria praguejava. Naquele momento, dominávamos a situação. Eu apertava o gatilho de minha pistola como se estivesse sonhando, ainda que já não tivesse balas houvesse muito tempo. Um homem ao meu lado atirava granadas de mão nos que escapavam correndo. Um capacete de aço em formato de prato foi pelos ares rodopiando.

Em um minuto, a batalha estava decidida. Os ingleses saltavam de suas valas e fugiam em campo aberto. Do alto do dique, irrompeu um fogo alucinado de perseguição. Os que fugiam caíam uns sobre os outros na corrida, e, em alguns segundos, o chão estava juncado de soldados. Aquele era o outro lado do dique da estação.

Também já havia alemães no campo em frente. Ao meu lado, um suboficial que olhava para a batalha de olhos arregalados e boca aberta. Peguei seu fuzil e disparei em um inglês que estava em luta corpo a corpo com dois alemães. Ambos ficaram paralisados por um instante, ao constatar minha ajuda invisível, e logo depois seguiram adiante.

O sucesso trazia consigo um efeito maravilhoso. Ainda que, havia tempo, já não se pudesse falar em um comando de unidades homogêneas, todos tinham uma mesma direção: avante! Todos corriam sempre em frente.

Escolhi uma pequena encosta como objetivo a ser atingido, onde podiam ser vistos os escombros de uma casinha, uma cruz de cova e um avião destruído. Outros estavam comigo; formamos um bando e, no calor da luta, penetramos na parede de chamas de nosso próprio rolo compressor. Tivemos de nos jogar para dentro das crateras e esperar que o fogo se adiantasse. Ao meu lado, descobri um jovem oficial de outro regimento que logo se mostrou alegre com os sucessos de seu primeiro ataque. O entusiasmo conjunto nos aproximou naqueles poucos instantes, como se já nos conhecêssemos de longa data. O salto seguinte nos separou para sempre.

Mesmo nesses instantes terríveis acontece algo engraçado. Um homem perto de mim aproximou o fuzil do rosto, como se fosse um caçador, para acertar um coelho que de repente atravessava nossa linha. A ideia me deixou tão perplexo que tive de rir. De fato, nada pode ser tão medonho que impeça um camarada audaz de superá-lo.

Ao lado da ruína da casa, havia uma vala que era varrida pelo fogo das metralhadoras postadas do outro lado. Tomando impulso, pulei para dentro dela e a encontrei desocupada. Logo depois, apareceram Oskar Kius e Von Wedelstädt. Um mensageiro de combate de Von Wedelstädt, que chegara por último, foi colhido ao saltar e ficou estirado no chão, atingido no olho. Quando Von Wedelstädt viu o derradeiro soldado de sua companhia tombar, encostou a cabeça na parede da vala e chorou. Ele era mais um que não chegaria vivo ao fim do dia.

No fundo da vala, havia uma garganta fortificada com todo o cuidado e, diante dela, nos dois lados das bordas reviradas de uma depressão no terreno, dois nichos de metralhadora. O rolo compressor de nosso fogo já havia passado por cima dessa posição; o inimigo parecia ter se recuperado e atirava como podia. Uma faixa de terreno de 500 metros de largura, sobre a qual as rajadas sibilavam como enxames de abelhas, era o que nos separava deles.

Após uma breve pausa para respirar, saltamos com poucos homens para fora de nosso trecho da vala em direção ao inimigo. Era uma questão de vida ou morte. Depois de alguns saltos, eu estava deitado, sozinho, com apenas um companheiro em frente ao nicho da metralhadora da esquerda. Atrás da pequena abertura na terra, vi com nitidez uma cabeça coberta por um capacete raso, bem ao lado de um fino jato de vapor de água. Aproximei-me em saltos curtos, impedindo que tivesse tempo de fazer mira, e corri em zigue-zague para que as armas não pudessem ser redirecionadas. A cada vez que eu me deitava, o soldado que me acompanhava me jogava um pente de munição com o qual eu duelava com o inimigo. "Cartuchos, cartuchos!" Me voltei para trás e o vi caído de lado, estrebuchando.

Da esquerda, onde a resistência não era tão forte, apareceram alguns homens que quase poderiam alcançar os defensores com granadas de mão. Tomei impulso para o último salto e tropecei sobre uma cerca de arame, caindo dentro da vala. Bombardeados por todos os lados, os ingleses correram para o nicho da direita, deixando a arma para trás. A metralhadora estava meio escondida sob um monte gigantesco de cartuchos de latão disparados. Ela fumegava e ainda estava em brasa de tão quente. Diante dela, jazia meu oponente, um inglês atlético cujo olho fora arrancado por um tiro na cabeça. O gigante, com o globo ocular grande e branco pendendo do crânio enegrecido pela fumaça, tinha um aspecto horripilante. Quase desmaiando de sede, não esperei mais e comecei a procurar por água. Uma entrada de galeria me atraiu. Olhei para dentro e vi um homem sentado lá embaixo, que puxava e ordenava cinturões de munição sobre as pernas. Segundo todas as evidências, ele ainda não tinha noção de como a situação havia mudado. Apontei minha pistola para ele, mirando com toda a calma, mas, em vez de atirar de imediato, conforme a cautela manda fazer, gritei: "*Come here, hands up!*"[48]. Ele deu um pulo, fixou os olhos em mim, atônito, e desapareceu na escuridão da galeria. Atirei uma granada de mão nele. É provável que a galeria subterrânea tivesse uma segunda saída, pois atrás de uma amurada apareceu um desconhecido que gritou, lacônico: "Os que ainda há pouco atiravam já foram executados".

Por fim, descobri uma caixa de lata cheia de água de arrefecimento. Derramei o líquido oleoso goela abaixo em largos goles, enchi um cantil inglês e também dei de beber aos outros que de repente povoaram o trecho da vala.

A título de curiosidade, eu gostaria de mencionar ainda que o primeiro pensamento que me veio depois de ter penetrado naquele nicho de metralhadora foi o de estar resfriado. Amídalas inchadas fizeram com que eu me preocupasse com minha saúde desde sempre; por isso, apalpei meu pescoço e constatei, para minha satisfação, que a sauna de vapor da qual eu acabava de sair havia me curado.

Enquanto isso, o nicho da metralhadora à direita e seus homens continuavam oferecendo resistência renhida do desfiladeiro, a 60 metros de nós. Os rapazes realmente se defendiam com brilhantismo. Tentamos direcionar a metralhadora inglesa para o lado deles, mas não tivemos sucesso na empreitada; muito antes, senti um tiro passar sibilando, próximo à minha cabeça, para acertar de raspão um tenente-caçador parado atrás de mim e ferindo um homem na coxa de modo preocupante. Com mais sorte, os que manejavam uma metralhadora leve conseguiram colocar a arma em posição à beira da meia-lua de nossa pequena vala e dispararam uma sequência de rajadas ao flanco dos ingleses.

Os soldados que atacavam à direita aproveitaram esse instante de surpresa para correr frontalmente em direção ao

48 "Venha aqui, mãos ao alto!" Em inglês, no original.

desfiladeiro, indo de encontro à nossa 9ª, ainda sem nenhuma baixa, sob o comando do tenente Gipkens. Então, de todas as crateras, se elevaram vultos brandindo fuzis e correndo com hurras terríveis para cima da posição do inimigo, da qual os defensores passaram a sair em grande número. Estes corriam de braços levantados, para escapar à fúria da primeira onda de ataque, sobretudo daquela representada por um ordenança de Gipkens que bradava enfurecido como se estivesse louco. Acompanhei o choque que se deu bem próximo à beira de nossa pequena vala sem desviar os olhos. Ali, vi que um defensor que atravessa diante de um soldado em ataque a 5 metros de distância não pode contar com a clemência de seu adversário. O lutador, cujos olhos estão encobertos por um véu sangrento durante a corrida, não quer fazer prisioneiros; ele quer matar.

O desfiladeiro ocupado estava forrado de armas, equipamentos e estoques. No meio de tudo, homens mortos em uniformes cinzentos e marrons, feridos e gemendo. Soldados dos regimentos mais diversos haviam se juntado ali e estavam em pé, gritando confusamente, unidos em um aglomerado denso. Oficiais lhes apontaram a continuação da vala com bengalas de passeio, e a multidão em luta, em peso, se pôs a caminho com uma indiferença surpreendente.

A depressão no terreno acabava em uma elevação de onde apareceram colunas inimigas. Avançamos, parando algumas vezes e atirando, até que fomos detidos por um fogo violento. Ouvir as balas estalando no chão ao lado da cabeça causava uma sensação melindrosa. Kius, que mais uma vez conseguira se aproximar, pegou do chão um projétil amassado que estalara bem em frente de seu nariz. Nesse instante, um homem mais à esquerda de nós levou um tiro no capacete; o eco do impacto foi ouvido em toda a depressão. Usamos a pausa no fogo para alcançar uma das crateras que por ali já haviam se tornado raras. Lá acabaram se reunindo os oficiais sobreviventes de nosso batalhão, que então era comandado pelo tenente Lindenberg, pois também o tenente Solemacher tombara com um tiro fatal na barriga ao assaltar o dique da estação. Na encosta direita do despenhadeiro, para a alegria de todos, passeava o tenente Breyer, do 10º Batalhão de Caçadores; ele havia sido enviado até nós e passeava com a bengala na mão e um cachimbo de tamanho mediano na boca, o rifle pendurado ao ombro, em meio ao fogo, como se estivesse indo caçar coelhos.

Contamos nossas aventuras em breves palavras e oferecemos cantis e chocolates uns aos outros, depois voltamos a avançar "seguindo a vontade geral". As metralhadoras, ao que parece ameaçadas pelos ataques nos flancos, haviam desaparecido. É provável que tivéssemos ganhado cerca de 3 ou 4 quilômetros até aquele momento. A depressão agora pululava de soldados em ataque. Tão longe quanto o olho podia alcançar, eles avançavam em linhas de tiro, fileiras e colunas de grupamentos. Lamentavelmente, estávamos muito próximos; quantos deixamos para trás, por sorte não chegamos a saber durante o ataque.

Sem encontrarmos resistência, alcançamos a elevação. À nossa direita, vultos de cor cáqui saltavam de um trecho de vala. Seguimos o exemplo de Breyer, que, sem tirar o cachimbo da boca, ficou parado por algum tempo a fim de fazer pontaria neles e depois seguir em marcha.

A elevação era fortificada por uma série de abrigos subterrâneos distribuídos irregularmente. Ninguém fazia a defesa deles; decerto os que estavam dentro ainda não tinham percebido nossa aproximação. As nuvens de fumaça mostravam que eles haviam sido fumegados de jeito, o que se confirmava pelos soldados que saíam correndo de dentro dos abrigos, de braços levantados. Eles foram obrigados a entregar cantis e cigarros, depois lhes foi apontado o caminho que levava para a retaguarda, para onde se dirigiram em alta velocidade. Um jovem inglês já se rendera a mim quando de repente deu meia-volta e mais uma vez desapareceu em seu abrigo subterrâneo. Apesar da minha intimação para que saísse, ele continuava escondido lá dentro, então colocamos um fim em sua hesitação com algumas granadas de mão e seguimos adiante. Uma trilha estreita se perdia do outro lado da elevação. Uma placa indicava que ela levava a Vraucourt. Enquanto os outros continuaram nos abrigos subterrâneos, ultrapassei o cume da elevação junto com Heins.

Do outro lado do cume, ficavam as ruínas da aldeia de Vraucourt. Diante dela, relampejavam os disparos de uma bateria cujos soldados haviam fugido para a aldeia quando nos aproximávamos, sob o fogo da primeira onda de ataque. Além deles, os soldados que estavam em uma série de abrigos subterrâneos instalados em um desfiladeiro também saíram apressados. Acertei um no instante em que saltava para fora da entrada do primeiro.

Com dois homens de minha companhia, que nesse meio-tempo se apresentaram a mim, avancei pelo desfiladeiro. À direita dele, havia uma posição ocupada, de onde abriram um fogo pesado sobre nós. Tivemos de voltar até o primeiro abrigo subterrâneo, sobre o qual pouco depois os tiros de ambos os lados se cruzaram. Ao que tudo indicava, ele fora usado como abrigo por mensageiros e ciclistas da bateria. Perto dali, jazia meu inglês, um rapazinho na flor da juventude, cujo crânio fora atravessado por um tiro meu. Seu rosto estava relaxado. Eu me obriguei a contemplá-lo, olhá-lo nos olhos. Agora não valia mais o "você ou eu". Pensei nele muitas vezes depois do fim da guerra, cada vez mais com o passar dos anos. O Estado que nos toma a responsabilidade não pode nos livrar do luto; nós temos de vivê-lo. E ele invade nossos sonhos profundamente.

Não nos deixamos perturbar pelo fogo crescente; nos instalamos no abrigo subterrâneo e arranjamos algo entre os víveres deixados para trás, já que nosso estômago nos fez lembrar que durante todo o ataque ainda não havíamos tido o prazer de comer. Encontramos presunto, pão branco, geleia e uma moringa de pedra cheia de licor de gengibre. Depois de ter me fortificado, fui me sentar sobre uma lata de biscoitos vazia e li algumas revistas inglesas, que pululavam de ataques verbais contra "*the Huns*"[49]. Aos poucos, começamos a nos sentir entediados e voltamos correndo ao começo do desfiladeiro, onde uma multidão de homens se reunira. De lá, vimos um batalhão da 164ª já à esquerda de Vraucourt. Decidimos tomar a aldeia de assalto e mais uma vez avançamos às pressas pelo desfiladeiro. Pouco antes de chegarmos à aldeia, nossa própria artilharia, que continuava atirando obstinadamente sem sair do lugar, fez mira sobre nós. Uma granada pesada explodiu no meio do caminho e dilacerou quatro dos nossos. Os outros correram, recuando.

49 "Os hunos." Em inglês, no original.

Conforme fiquei sabendo mais tarde, a artilharia tinha ordens de continuar atirando à distância. A ordem incompreensível arrancou de nossas mãos os louros da vitória. Rangendo os dentes, tivemos de parar diante da parede de fogo.

A fim de procurarmos uma lacuna, nos dirigimos para mais à direita, onde um comandante de companhia do 76º Regimento Hanseático se preparava para tomar de surpresa a posição Vraucourt. Nós nos engajamos com um hurra, porém, mal entramos na aldeia, nossa artilharia voltou a atirar. Três vezes avançamos, três vezes tivemos de recuar. Praguejando, ocupamos algumas trincheiras, dentro das quais um incêndio no campo causado pelas granadas, em que muitos feridos acabaram morrendo, se revelou bem incômodo para nós. Tiros ingleses também mataram alguns homens, entre eles o cabo Grützmacher, da minha companhia.

Vagaroso, o crepúsculo chegou. Às vezes, o fogo dos fuzis aumentava, se tornando violento, para depois acabar aos poucos. Os guerreiros, esgotados, procuravam um lugar onde pudessem passar a noite. Oficiais gritavam seus nomes até ficar roucos, no intuito de voltar a juntar suas companhias esfaceladas.

Doze homens da 7ª haviam se reunido ao meu redor algumas horas antes. Como começava a esfriar, voltei a conduzi-los ao pequeno abrigo subterrâneo diante do qual jazia o inglês, e depois mandei que procurassem cobertores e sobretudos entre os que haviam tombado. Quando consegui alojar todos eles, cedi à curiosidade que me tangia à depressão onde estava a artilharia, logo à nossa frente. Se tratava de um prazer pessoal; por isso, levei comigo o fuzileiro Haller, que tinha inclinações aventureiras. Avançamos com o fuzil engatilhado até a depressão no terreno, onde nossa artilharia continuava abrindo fogo a toda brida, e examinamos primeiro um abrigo subterrâneo que parecia ter sido abandonado havia bem pouco tempo por oficiais da artilharia inglesa. Sobre uma mesa, havia um gramofone gigantesco, que Haller logo pôs em movimento. A melodia divertida que se fez ouvir nos deu uma impressão fantasmagórica. Joguei o caixote ao chão, donde ele ainda lançou alguns sons roncantes para em seguida emudecer. As instalações no abrigo eram extremamente confortáveis; havia até mesmo uma lareira pequena sobre cuja borda se viam cachimbos e tabaco, sem falar nas poltronas posicionadas em semicírculo. *Merry old England!*[50] Naturalmente, não tivemos prurido algum e juntamos tudo o que nos agradou. Escolhi para mim uma sacola de pão, roupas, uma pequena garrafa de metal cheia de uísque, um estojo de cartas e umas coisinhas de Roger & Gallet, supostamente lembranças ternas das férias do front em Paris. Era possível ver que os moradores haviam dado o fora, sumindo dali na maior pressa.

Em um ambiente contíguo, ficava a cozinha, cujos estoques contemplamos admirados e cheios de reverência. Ali, havia uma caixa cheia de ovos, os quais logo furamos, tomando uma boa porção, já que quase nem sabíamos mais como era seu gosto. Encostados na parede, empilhados, abundavam potes de geleia deliciosa e consistente, latas cheias de carne e, além disso, garrafas com essência de café, tomates e cebolas; resumindo, tudo que um gourmet poderia desejar.

A imagem me voltou à memória ainda várias vezes mais tarde, quando fomos submetidos durante semanas a parcas rações de pão, sopas aguadas e geleia rala nas trincheiras em que estávamos.

Depois dessa olhada na situação doméstica invejável do inimigo, deixamos o abrigo subterrâneo e investigamos a depressão, onde encontramos dois canhões abandonados, tinindo de novos. Grandes montes de cartuchos brilhantes e recém-detonados mostravam que eles haviam dado uma palavrinha importante durante o discurso de nosso ataque. Peguei uma pedra de calcário e inscrevi neles o número de minha companhia. Mas fui obrigado a constatar que o direito do vitorioso é pouco respeitado pelas divisões que o seguem: todos apagavam os números dos outros e os substituíam pelos próprios, até que por último ficava o de uma companhia de escavação de trincheiras.

Em seguida, voltamos até onde estavam os outros, já que nossa artilharia continuava espalhando sem parar ferro incandescente em torno das orelhas. Nossa linha de frente, nesse

50 "Divertida e velha Inglaterra!" Em inglês, no original.

meio-tempo formada por tropas que avançaram mais tarde, estava a 200 metros. Coloquei um posto duplo de sentinelas diante do abrigo subterrâneo e mandei que os outros mantivessem o fuzil nas mãos. Depois de ter estabelecido o esquema de substituição da guarda, comido algo e anotado em tópicos os acontecimentos do dia, acabei adormecendo.

À uma da madrugada, fomos despertados por gritos de hurra e fogo intenso à nossa esquerda. Pegamos os fuzis, saímos apressados e nos postamos dentro de uma grande cratera de granada. De frente, alguns alemães dispersos voltavam e acabaram alvo de nossas linhas. Dois deles ficaram estirados no caminho. Atilados por causa desse incidente, esperamos até que os primeiros movimentos nervosos se amainassem atrás de nós, em seguida nos demos a conhecer por meio de alguns chamados e voltamos para a nossa linha. Com cerca de sessenta soldados da 73ª, lá estava o comandante da 2ª, tenente Kosik, que não conseguia dizer palavra de tão resfriado, além de estar ferido no braço. Ele precisava recuar até o hospital de campanha improvisado, portanto assumi o comando de sua tropa, na qual havia três oficiais. Além dessas tropas, o regimento ainda tinha as duas divisões de Gipkens e Vorbeck, igualmente juntadas ao léu.

Passei o resto da noite com alguns suboficiais da 2ª em um pequeno buraco na terra, em que ficamos enregelados. Pela manhã, lanchei parte das provisões saqueadas e mandei mensageiros buscarem café e comida na cozinha, em Quéant. Mais uma vez, nossa artilharia começou o bombardeio maldito e, como se quisesse nos fazer um primeiro cumprimento logo pela manhã, acertou em cheio uma das crateras que abrigava quatro homens da companhia de metralhadoras. Ao romper da aurora, o segundo-sargento Kumpart veio fortalecer nossa tropa com mais alguns homens.

Mal havíamos tirado dos ossos um pouco do frio da noite, recebi a ordem de atacar, com o que sobrou do 76º Regimento, a posição Vraucourt, mais à direita, que já havia sido tomada em parte pelos nossos. Nós nos dirigimos na densa neblina da manhã até o espaço de posicionamento, uma elevação ao sul de Écoust, onde jaziam muitos mortos do dia anterior. Entre os comandantes, houve discussão, como quase sempre acontece quando se recebem ordens de ataque que não são compreendidas com muita clareza, e ela só teve fim com a rajada de uma metralhadora que sibilou em volta de nossas pernas. Todos saltaram para a cratera mais próxima, menos o segundo-sargento Kumpart, que ficou estirado, gemendo. Corri com um paramédico até ele, para enfaixá-lo. Tinha levado um tiro no joelho e a situação era grave. Afastamos diversos fragmentos de osso do ferimento com uma torquês. Ele morreu alguns dias mais tarde. O caso me atingiu de modo particular porque Kumpart fora meu mestre de treinamento havia três anos, em Recouvrence.

Em uma reunião com o capitão Von Ledebur, que havia assumido o comando superior de nossas unidades reunidas ao léu, tentei expor a falta de sentido de um ataque frontal, uma vez que a posição Vraucourt, parcialmente já em nossas mãos, poderia ser tomada com baixas muito menores se atacada pela esquerda. Decidimos poupar nossos homens da investida e os acontecimentos vieram a nos dar razão.

Portanto, provisoriamente nos estabelecemos nas crateras no topo da elevação. Aos poucos, o sol rompeu o véu das nuvens e apareceram alguns aviões ingleses, que polvilharam nossos buracos com rajadas de metralhadora, mas logo foram expulsos pelos aviadores alemães. Na baixada de Écoust, uma bateria assumiu posição, oferecendo uma imagem incomum para velhos guerreiros de trincheiras; ela também logo foi bombardeada. Um cavalo solitário se livrou das cordas e galopou pelo terreno; o animal, lívido, se deslocava de modo fantasmagórico na superfície ampla, solitária e coberta pelas nuvens cambiantes do bombardeio. Não fazia muito tempo que os aviões inimigos haviam desaparecido quando recebemos o primeiro fogo. Algumas metralhas explodiram, depois numerosas granadas, leves e pesadas. Estávamos deitados, como entregues de bandeja. Alguns ânimos mais medrosos fizeram o fogo aumentar ainda mais ao correr despropositadamente para lá e para cá, em vez de aguentar a bênção com paciência, encolhidos na cratera. Em tais situações, resta apenas ser fatalista. Tomei esse princípio a peito ao devorar o conteúdo delicioso de uma das latas que havíamos pilhado, cheia de geleia de groselha. Também usei um par de meias de lã escocesa que havia encontrado no abrigo subterrâneo. E assim o sol se levantou, lento.

Havia já algum tempo, era possível observar uma movimentação mais à esquerda na posição Vraucourt. Agora, víamos justo diante de nós a trajetória ogival e a explosão branca de granadas de mão alemãs providas de alça. Aquele era o momento pelo qual esperávamos.

Dispus meus homens ou, muito antes, ao levantar o braço direito, simplesmente me dirigi à posição. Sem recebermos fogo de maior intensidade, chegamos à vala inimiga e saltamos para dentro, cumprimentados com alegria por um soldado do 76º Regimento. No ataque de granadas de mão que principiou, as coisas se passaram mais ou menos como em Cambrai: bem vagarosas. Infelizmente, não conseguimos esconder por muito tempo da artilharia inimiga que teimávamos em avançar sobre suas linhas. Um ataque pesado de metralhas e granadas leves pegou de raspão os nossos que estavam mais à frente, mas se concentrou sobretudo nas tropas de apoio, que corriam para a vala em campo aberto, atrás de nós. Percebemos que os canhoneiros atiravam com pontaria. E isso foi um revés dos mais vigorosos, pois nos esforçávamos em dar cabo do inimigo o mais rápido possível para escapar ao fogo.

As trincheiras da posição Vraucourt pareciam ainda estar sendo construídas, pois alguns trechos de vala estavam sinalizados apenas por ter a camada de grama arrancada. Quando passávamos por um desses trechos, o fogo à nossa volta ficava mais intenso. E também abríamos fogo sobre o inimigo que corria por essas trilhas mortais, de modo que os trechos traçados em meio ao longo terreno estavam semeados de corpos. Houve uma caça alucinada debaixo das nuvens de metralhas que caíam. Passávamos correndo por vultos robustos ainda quentes, sob cujos casacos curtos brilhavam joelhos fortes, ou rastejávamos por cima deles. Eram *highlanders*[51] e seu modo de resistir mostrava que estávamos nos havendo com homens.

Depois de termos conseguido avançar algumas centenas de metros, granadas de mão e de fuzil que caíam cada vez mais

51 Soldados do batalhão das Terras Altas da Escócia.

próximas nos fizeram parar. A situação ameaçava virar. E começava a ficar crítica; ouvi gritos nervosos.

"Os Tommys estão contra-atacando!"

"Fica parado!"

"Eu só quero buscar contato!"

"Granadas de mão pra frente; granadas de mão, granadas de mão!"

"Atenção, senhor tenente!"

Principalmente em batalhas de trincheiras, contra-ataques assim são terríveis. Uma pequena tropa de assalto se adianta, disparando e arremessando granadas. Quando os arremessadores saltam para trás e para a frente, se desviando dos projéteis aniquiladores, acabam se atirando sobre os que vêm atrás e se aproximaram em demasia. A confusão se instala com facilidade nesses casos. Talvez alguns tentem saltar para fora das valas, mas dessa forma tombam vítimas de atiradores de elite, o que faz com que o inimigo se sinta vivamente encorajado.

Consegui juntar um punhado de homens com os quais formei um foco de resistência atrás de uma amurada bem larga. A vala permaneceu aberta, um corredor comum para nós e para os *highlanders*. A poucos metros de distância, trocamos tiros e granadas com um inimigo invisível. Era preciso ter coragem para manter a cabeça erguida ao ouvir o estalo dos impactos, enquanto a areia da amurada de proteção era chicoteada para o alto. Um soldado do 76º que estava ao meu lado, um hercúleo trabalhador do porto de Hamburgo, disparava com cara de selvagem um cartucho após o outro, sem nem pensar em se proteger, até desabar coberto de sangue. Um tiro, que fez o estalo de uma tábua caindo ao chão, havia lhe perfurado a testa. Ele se curvou sobre si mesmo a um canto da vala e ficou encolhido, com a cabeça apoiada contra a parede. Jorrava sangue sobre o fundo da vala, como se derramado de um balde. Seu estertorar roncante ecoava em intervalos cada vez maiores, até emudecer de todo. Agarrei seu fuzil e continuei abrindo fogo. Por fim, houve uma pausa. Dois homens que estavam deitados à nossa frente ainda fizeram uma tentativa de saltar para fora da vala, a fim de voltar. Um tombou ao chão com um tiro na cabeça, o outro só pôde voltar à vala rastejando, depois de levar um tiro na barriga.

Ficamos no fundo da vala, à espera, e fumamos cigarros ingleses. De vez em quando, granadas de obus com muita pontaria eram plantadas bem perto de nós. Podíamos vê-las e nos desviávamos aos pulos. O ferido com o tiro na barriga, um rapaz na flor da idade, estava estirado entre nós e se esticava como se sentisse o bem-estar de um gato aos raios cálidos do sol poente. Adormeceu para a morte com um sorriso infantil estampado no rosto. Foi um momento em que não me senti tocado por algo angustiante, apenas por uma sensação fraternal de afeto para com o moribundo. Os gemidos de seu camarada também foram cessando aos poucos. Ele morreu sob ataques de calafrios, bem no meio de nós.

Por diversas vezes, tentamos avançar bem agachados sobre os cadáveres dos *highlanders* pelas valas traçadas, conquistando mais terreno, mas sempre éramos mandados de volta pelo fogo de atiradores de elite e granadas de obus. Quase todos os tiros que eu via eram fatais. E assim, lentamente, a parte frontal da vala se encheu de mortos e feridos; mas logo chegaram os reforços da retaguarda. Em pouco tempo, atrás de cada amurada de proteção havia uma metralhadora leve ou pesada. Com elas, fizemos uma pressão cada vez mais forte sobre a parte inglesa da vala. Também me postei atrás de uma dessas máquinas cuspidoras de fogo e atirei até meu indicador ficar preto de tanta fumaça. Ali, eu poderia ter acertado o escocês que me escreveu uma carta simpática de Glasgow depois do fim da guerra, na qual descrevia com exatidão o lugar em que acabara ferido. Quando a água de arrefecimento evaporava, os engradados eram passados de mão em mão e enchidos por meio de um processo bem natural, sob piadas nem um pouco distintas. Em pouco tempo, as armas começaram a ficar incandescentes.

O sol já estava quase na linha do horizonte. O segundo dia de luta parecia ter acabado. Pela primeira vez, olhei a região com mais cuidado e mandei informação por escrito e um esboço à retaguarda. Nossa vala cortava, a 500 metros de distância, a estrada Vraucourt-Mory, que se encontrava encoberta por quebra-luzes de pano. Mais além da encosta, as tropas inimigas corriam pelo campo coberto de tiros. O céu inabitado da noite era cortado por uma esquadrilha embandeirada em preto, branco e vermelho. Os derradeiros raios do sol já posto os embebiam em um rosa suave, como se fossem uma fileira de flamingos. Desdobramos nossos mapas da posição e aproveitamos a parte em branco do lado inverso para mostrar quanto havíamos avançado em campo inimigo.

Um frio vento noturno anunciava a madrugada cortante. Me recostei à parede da vala, envolto em um sobretudo inglês bem quente, e conversei com o baixinho Schultz, o companheiro de minha patrulha indiana, que havia aparecido com quatro metralhadoras pesadas, de acordo com os velhos costumes da camaradagem, justo no momento em que a coisa estava mais feia. Dos postos das sentinelas, homens de todas as companhias observavam as posições inimigas com o rosto jovem e anguloso sob o capacete de aço. Eu os via acima da borda da vala, destacados à luz do crepúsculo e imóveis, como se estivessem em torres de artilharia. Seus comandantes haviam tombado; eles se encontravam de moto-próprio no lugar correto.

Já nos preparamos para a defesa durante a noite. Coloquei minha pistola e uma dúzia de ovos de pata ingleses ao meu lado e assim me senti capaz de enfrentar qualquer um que se atrevesse a vir, até mesmo o mais cabeçudo dos escoceses.

Em seguida, granadas de mão voltaram a fazer estrondo à direita, e à esquerda se elevaram sinais luminosos dos alemães. Do crepúsculo veio, com o vento, um hurra esparso e de múltiplas vozes. Isso nos incendiou. "Eles estão cercados, eles estão cercados!" Em um daqueles instantes de entusiasmo que antecedem grandes façanhas, todos agarraram o fuzil e avançaram pela vala. Depois de breve troca de granadas de mão, uma tropa de *highlanders* correu em direção à estrada. Eis que não havia mais como parar. Apesar dos chamados de alerta: "Cuidado, a metralhadora à esquerda ainda está atirando!", saltamos para fora da vala e num piscar de olhos havíamos alcançado a estrada, que pululava de *highlanders* desorientados. Eles se desviaram do choque terrível, mas, ao fugir, deram de cara com sua própria cerca de arame. Estacaram e, em seguida, correram ao longo dela. Sob hurras retumbantes, tiveram de fazer a corrida da morte sob fogo cerrado. Nesse instante, chegou também o baixinho Schultz com sua metralhadora.

A estrada proporcionava um quadro apocalíptico. A seara da morte havia sido farta. Os gritos de guerra que ecoavam longe, o fogo cerrado das armas de mão, o ímpeto sombrio dos projéteis arremessados davam asas aos soldados em ataque e paralisavam os que se defendiam. Durante o longo dia, a batalha ardeu como um incêndio; agora, enfim, ela podia respirar. Nossa superioridade aumentava a cada instante, pois, à tropa de ataque dispersada durante a extensa investida, se seguiram logo os reforços como uma larga e densa cunha.

Quando cheguei à estrada, olhei da encosta para baixo. A posição escocesa corria ao longo da vala aprofundada do outro lado da estrada e, portanto, se encontrava abaixo de nós. Contudo, nesses primeiros segundos nossos olhares foram desviados dela; a visão dos *highlanders* correndo ao longo da cerca de arame apagava todos os detalhes. Nós nos jogamos ao chão na borda superior da encosta e abrimos fogo. Se tratava de um daqueles raros momentos em que o inimigo foi encurralado, e surge o desejo ardente de se multiplicar.

Praguejando ao me ver ocupado com um defeito na arma que me impedia de atirar, senti que alguém me batia no ombro com violência. Me voltei e vi o rosto contraído do baixinho Schultz. "Lá, eles ainda estão atirando, os malditos porcos!" Olhei para a direção em que sua mão apontava e, pela primeira vez, na confusão das valas separadas de nós apenas pela estrada, vi uma fila de vultos que em parte carregavam as armas, em parte as assestavam ao rosto, atirando febrilmente. Logo vieram da direita as primeiras granadas de mão que catapultaram para o alto o tronco de um escocês.

A razão mandava ficar no lugar em que estávamos e botar o inimigo fora de combate ali do alto. E ele era um alvo fácil. Em vez disso, joguei meu fuzil para longe e me precipitei de punhos cerrados entre as duas linhas de tiro. Por azar, ainda vestia o sobretudo inglês e meu boné de campanha bordejado em vermelho. Eu me encontrava, pois, no lado inimigo e vestindo a farda inimiga! Em meio à embriaguez do triunfo, senti um golpe agudo do lado esquerdo do peito; em seguida, anoiteceu à minha volta. Já era!

Acreditei ter sido atingido no coração, mas não senti nem dor nem medo enquanto esperava a morte. Ao cair, ainda vi o cascalho branco e liso na argila da estrada; seu ordenamento era lógico, necessário como o das estrelas, e anunciava grandes mistérios. Era mais familiar e mais importante do que o massacre à minha volta. Caí ao chão, mas, para minha surpresa, logo voltei a me levantar. Uma vez que não descobri nenhum buraco na camisa, voltei-me mais uma vez para o inimigo. Um homem da minha companhia se aproximou correndo: "Senhor tenente, tire o sobretudo!", e arrancou a perigosa peça de roupa de meus ombros.

Um novo hurra arrebentou os ares. Da direita, onde durante toda a tarde já faziam seu trabalho com granadas de mão, um grande número de alemães saltou, atravessando a estrada, para ajudar; à frente deles, estava um jovem oficial com um casacão de cor marrom. Era Kius. Ele teve a sorte de tropeçar em um arame justo no instante em que uma metralhadora inglesa entrou em ação pela última vez. Assim, a rajada passou por cima dele – tão rente que um projétil cortou a carteira que carregava no bolso da calça. Logo depois, em poucos instantes, demos um jeito nos escoceses. Os arredores da estrada estavam juncados de corpos, enquanto alguns sobreviventes eram perseguidos a tiros.

Nos segundos que durou meu desmaio, o baixinho Schultz também teve seu destino selado. Conforme fiquei sabendo apenas mais tarde, em sua correria, com a qual contagiara inclusive a mim, ele saltara para a vala inimiga, a fim de lá descarregar sua fúria. Quando um escocês que já havia desafivelado o cinturão o viu se aproximando nesse estado, ergueu um fuzil sem dono do chão e o deixou estatelado com um tiro mortal.

Eu estava em pé, conversando com Kius no trecho da vala que havíamos conquistado e que se encontrava tomado pela fumaça das granadas de mão. Discutíamos como poderíamos nos apoderar dos canhões que decerto se encontravam bem próximos. De repente, ele me interrompeu: "Está ferido? Tem sangue escorrendo por baixo do casaco!". E de fato eu sentia uma leveza estranha e tinha uma sensação úmida sobre o peito. Rasgamos a camisa e vimos que um tiro havia atravessado meu peito sobre o coração, justamente embaixo da Cruz de Ferro. O pequeno buraco redondo em que a bala entrara do lado direito e o buraco um pouco maior em que saíra do lado esquerdo podiam ser vistos com nitidez. Uma vez que eu correra em ângulo agudo da esquerda para a direita atravessando a estrada, não havia dúvidas de que um dos nossos me tomara por inglês e atirara em mim a uma distância de poucos passos. Suspeitei fortemente daquele que me arrancara o sobretudo, mas sua intenção, como se diz, era boa, e a culpa era toda minha.

Kius me enfaixou e só com muita dificuldade conseguiu me convencer a abandonar o campo de batalha naquele instante. Nos despedimos com um: "Até mais ver, em Hannover!".

Escolhi um acompanhante e voltei ainda uma vez para a estrada sob forte tiroteio, atrás do meu estojo de cartas, que meu ajudante desconhecido havia tirado de mim ao arrancar o sobretudo inglês de meus ombros. Meu diário estava dentro dele. Depois, caminhamos tranquilamente de volta, pela vala por onde só conseguíramos avançar lutando.

Nosso grito de guerra fora tão terrível que a artilharia inimiga foi dominada em um só golpe. No terreno atrás da estrada e, sobretudo, nas proximidades da vala, havia uma barreira de fogo de rara densidade. Meu ferimento já me bastava, e voltei saltando de amurada em amurada.

De repente, houve um estrondo ribombante na borda da vala. Senti um golpe no crânio e caí de borco, atordoado. Quando acordei, estava pendurado de cabeça para baixo, por cima do trenó de uma metralhadora pesada, e fixava os olhos em uma poça vermelha que aumentava de forma amedrontadoramente rápida no fundo da vala. O sangue pingava com tanta intensidade no chão que perdi qualquer esperança. Contudo, como meu acompanhante afirmou não ver nenhum pedaço de cérebro, criei coragem de novo, me esforcei em me levantar e corri adiante. Ali, paguei pela leviandade de ir ao combate sem meu capacete de aço.

Apesar da dupla perda de sangue, eu estava extremamente excitado e implorei a todos que encontrava na vala que corressem para a frente e tomassem parte na batalha. Em pouco tempo, havíamos escapado à zona dos canhões de campo mais leves e diminuíamos a velocidade, já que só alguém muito azarado poderia ser atingido pelas balas de grosso calibre que ainda explodiam isoladamente aqui e ali.

No desfiladeiro de Noreuil, passei pelo quartel-general da brigada, mandei anunciar minha presença ao brigadeiro Höbel, a quem dei notícia acerca de nosso sucesso, e pedi que ele mandasse reforços para ajudar os soldados em ataque. O brigadeiro me contou que eu estava sendo declarado morto nos quartéis-generais desde o dia anterior. Não era a primeira vez naquela guerra. Talvez alguém tivesse me visto desabar no ataque à primeira vala, ao lado da metralha que feriu Haake.

Fiquei sabendo que havíamos ganhado terreno mais lentamente do que planejávamos. Ao que tudo indicava, tivéramos de nos haver com tropas de elite inglesas; nosso ataque havia atravessado posições centrais. O dique da estação mal tinha sido tocado por nosso fogo mais pesado: nós o tomáramos contra todas as regras da arte da guerra. Mory não fora alcançada. Talvez pudéssemos tê-la tomado já na primeira noite, se nossa artilharia não tivesse bloqueado nosso caminho. Durante a noite, o inimigo se fortalecera. O que a vontade humana era capaz de alcançar, de qualquer forma, havia acontecido, e quase mais que isso, até; o brigadeiro o reconheceu.

Em Noreuil, uma pilha bem alta de caixas de granadas de mão se encontrava em chamas nas proximidades do caminho. Passamos por ali às pressas, cheios de sentimentos bem ambíguos. Depois da aldeia, um motorista me levou em seu carro de munição vazio. Eu me desentendi de verdade com ele, pois queria mandar jogar para fora da cabine dois ingleses feridos que haviam me dado apoio durante o último trecho do caminho.

Na estrada que levava de Noreuil a Quéant, o trânsito era inacreditavelmente intenso. Quem não os viu não é capaz de imaginar esses cortejos infindos de carros de canhões dos quais um grande ataque se alimentava. Depois de Quéant, o burburinho aumentou ainda mais, atingindo proporções fabulosas. Foi um momento melancólico quando passei pela casinha da pequena Jeanne, casinha que só podia ser reconhecida pela planta e mesmo assim com dificuldade.

Me dirigi a um dos oficiais de transporte identificados pelas faixas brancas, e ele me arranjou um lugar em um automóvel de passeio até o hospital de campanha de Sauchy-Cauchy. Muitas vezes tivemos de esperar meia hora até que carros e caminhões encaixados uns nos outros desbloqueassem o caminho. Ainda que os médicos estivessem muito ocupados na sala de cirurgia do hospital de campanha, o cirurgião ficou admirado com a sorte que tive em meus ferimentos. A ferida na cabeça mostrava igualmente um buraco por onde a bala entrara e outro por onde saíra, sem que a tampa do crânio fosse rompida. Aliás, muito mais doloroso do que os ferimentos, que eu sentira apenas como impactos surdos, foi o tratamento ao qual um ajudante do hospital me submeteu, depois de o médico ter atravessado os dois canais de tiro com uma sonda, mostrando uma elegância verdadeiramente artística. Esse tratamento consistia em uma raspagem vigorosa das bordas da ferida na cabeça, executada sem o uso de sabão e com uma navalha sem fio.

Depois de ter dormido maravilhosamente bem durante a noite, fui levado na manhã seguinte ao posto de reunião de doentes de Cantin, onde, para minha alegria, encontrei Sprenger, que eu não vira mais desde o princípio do ataque. Ele havia sido ferido na coxa por um projétil da infantaria. Ali, eu também encontrei minha bagagem – mais uma prova da confiabilidade de Vinke. Depois de ter me perdido de vista, ele havia sido ferido junto ao dique da estação. Antes de ir para o hospital de campanha, e dali para sua fazenda na Vestfália, ele não descansou até saber que as coisas que eu havia confiado a ele estavam em minhas mãos. Típico dele, que era menos meu ordenança do que meu velho camarada. Quantas foram as vezes que os mantimentos ficavam escassos e eu sempre encontrava sobre minha mesa uma porção de manteiga, "de um homem da companhia que não queria ser mencionado" e mesmo assim podia ser adivinhado sem dificuldade. Ele não tinha senso para a aventura, como, por exemplo, Haller o tinha; mas me seguia na batalha como um desses antigos vassalos e via sua tarefa no cuidado com a minha pessoa. Muito tempo após a guerra, ele pediu que eu lhe enviasse uma foto, "para que pudesse contar de seu tenente a seus netos". Devo a ele o entendimento do que eram as forças em repouso, de que um povo dispõe para a batalha, na figura do miliciano.

Depois de uma breve estadia no hospital de campanha bávaro de Montigny, fui alojado em um vagão-hospital, em Douai, e viajei até Berlim. Lá, aquela sexta ferida dupla sarou tão bem quanto todas as anteriores, sob cuidados que duraram duas semanas. Desagradável era apenas uma campainha, estridente e ininterrupta, que parecia soar dentro dos ouvidos. Ela ficou cada vez mais baixa no decorrer dos dias até emudecer de vez.

Apenas em Hannover fiquei sabendo que, conforme já disse aqui, também o baixinho Schultz tombara, entre muitos outros conhecidos durante a luta corpo a corpo. Kius havia escapado com um ferimento leve na barriga. Nessa ocasião, sua câmera, que continha uma série de fotografias de nosso ataque ao dique da estação, também acabara se quebrando.

Quem observasse nossa festa de reencontro em um pequeno bar de Hannover, da qual também participaram meu irmão com seu braço rijo e Bachmann com seu joelho rijo, teria dificuldades em imaginar que, apenas duas semanas antes, estávamos separados pelos acordes de uma música bem diferente daquela que era feita pelo estalo alegre das rolhas saltando das garrafas.

Ainda assim, aqueles dias permaneceram sombrios, pois, em pouco tempo, podia ser deduzido das notícias que o grande ataque fora contido e que, estrategicamente, fracassara. Isso era confirmado pelos jornais ingleses e franceses que folheei nos cafés de Berlim.

A grande batalha significou uma virada também em meu interior, e não apenas porque dali em diante passei a considerar possível a derrota na guerra.

A concentração monstruosa das forças na hora decisiva em que se lutava por um futuro distante e o desencadeamento que se seguiu a ela de modo tão surpreendente e abalador haviam me conduzido pela primeira vez às profundezas de regiões suprapessoais. Isso era diferente de tudo o que eu vivenciara até então; era uma iniciação que não apenas abria as câmaras incandescentes do horror, mas também as atravessava do princípio ao fim.

Investidas inglesas

No dia 4 de junho de 1918, voltei ao regimento que descansava nas proximidades da aldeia de Vraucourt, agora já bem distante do front. O novo comandante, major Von Lüttichau, me confiou o comando de minha antiga 7ª Companhia.

Quando me aproximei dos alojamentos, os homens correram a meu encontro, me ajudaram a carregar as coisas e me receberam triunfantemente. Era como se eu tivesse retornado a uma família.

Habitávamos uma taba de barracos de zinco em meio a uma paisagem de prados que cresciam selvagens e de cujo verde refulgiam incontáveis florezinhas amarelas. O terreno ermo, que havíamos batizado de "Valáquia" por causa de sua distância e isolamento, era animado por manadas de cavalos a pastar. Quando se saía pela porta das cabanas, se sentia o vazio angustiante que de vez em quando toma conta do caubói, do beduíno, de qualquer outro habitante de regiões desérticas. Ao anoitecer, dávamos longos passeios nas vizinhanças dos barracos e procurávamos ninhos de perdizes ou armas escondidas na relva, peças que lembrassem a grandeza da batalha. Certa tarde, cavalguei até o desfiladeiro junto a Vraucourt, que dois meses antes fora disputado em luta tão dura, e vi suas bordas semeadas de túmulos nos quais encontrei um punhado de nomes conhecidos.

Logo o regimento recebeu a ordem de avançar para a linha de frente da posição que protegia a aldeia de Puisieux-au-Mont. Fizemos uma viagem noturna em caminhões até Achiet-le-Grand.

Tivemos de parar muitas vezes, quando os feixes de luz dos foguetes luminosos, lançados de paraquedas por bombardeiros noturnos, destacavam a faixa branca da estrada em meio à escuridão. Perto e longe, o assoviar múltiplo das pesadas setas explosivas era engolido pelos impactos ininterruptos das explosões. Em seguida, holofotes tateavam o céu escuro em busca desses traiçoeiros pássaros da noite, metralhas se esfacelavam como brinquedos graciosos, e projéteis luminosos perseguiam uns aos outros em longa corrente, como se fossem lobos de fogo.

Um cheiro forte de cadáver pairava sobre a região conquistada, ora mais, ora menos penetrante, mas deixando os sentidos sempre alertas como uma mensagem vinda de uma terra sinistra. "Perfume de ofensiva", ecoou ao meu lado a voz de um velho guerreiro, quando parecíamos passar durante alguns minutos ao longo de uma alameda de valas comuns.

De Achiet-le-Grand, caminhamos pelo dique da estação que levava a Bapaume e, depois, diagonalmente, em direção às trincheiras da posição. O fogo era bem intenso. Quando paramos para descansar por um instante, duas granadas de tamanho médio explodiram ao nosso lado. A lembrança da noite terrível e inesquecível de 19 de março pôs sebo em nossas canelas. Bem perto da linha de frente, havia uma companhia rendida e barulhenta, junto à qual o acaso nos fez passar no exato instante em que algumas dúzias de metralhas lhe fecharam a boca. Com uma chuva de pragas, meus homens se atiraram de cabeça na vala de deslocamento mais próxima. Dois tiveram de retornar sangrando ao abrigo subterrâneo em que fora instalada a enfermaria.

Às três horas, eu também cheguei, esgotado, a meu abrigo, cuja estreiteza angustiante me deu a sensação de que os dias seguintes seriam bem pouco agradáveis.

A luz avermelhada de uma vela brilhava envolta em uma densa nuvem de fumaça. Tropecei sobre uma confusão de pernas e coloquei vida na biboca com a fórmula mágica "tropa de substituição!". De um buraco em forma de forno saiu uma torrente de palavrões e depois apareceram, em sequência, um rosto não barbeado, um par de ombreiras carcomidas pelo azinhavre, um uniforme decomposto e duas toras de lama nas quais supus estarem as botas. Sentamos juntos à mesinha frágil e encaminhamos a substituição, na qual cada um tentou surrupiar ao outro uma dúzia de rações de ferro e algumas pistolas sinalizadoras. Depois disso, meu antecessor se espremeu na garganta estreita da galeria subterrânea para chegar ao ar livre com a profecia de que aquele buraco sujo não duraria mais do que três dias. Eu fiquei onde estava na condição de novo capitão do setor A.

A posição que fui examinar na manhã seguinte não oferecia nada de agradável aos olhos. Logo na frente do abrigo subterrâneo, vieram ao meu encontro dois carregadores de café, sangrando, que haviam sido atingidos por uma descarga de metralha no caminho de aproximação. Alguns passos mais adiante, o fuzileiro Ahrens se apresentou, pedindo dispensa com um tiro de ricochete.

Diante de nós, ficava a aldeia de Bucquoy, e Puisieux-au-Mont às costas. A companhia estava localizada, fora de formação, na estreita linha de frente e se encontrava separada por uma grande lacuna não ocupada à direita do 76º Regimento de Infantaria. A ala esquerda do setor do regimento envolvia um bosque derrubado, o matagal 125. Seguindo as ordens, não foram abertas galerias subterrâneas. Não deveríamos nos abrigar, e sim ficar na ofensiva. Por isso, também não havia cercas de arame na frente da posição. Cada um dos pequenos buracos na terra era ocupado por dois homens e coberto pelas chamadas "latas de Siegfried", pedaços de zinco retorcido de mais ou menos 1 metro de altura com os quais protegíamos os refúgios estreitos, semelhantes a um forno.

Como meu abrigo subterrâneo ficava atrás de um setor inimigo, a princípio espiei para ver se não encontrava nova moradia. Uma formação acabanada em um trecho desmoronado de vala me pareceu adequada, depois de eu a ter tornado apta para a defesa com equipamentos mortais que arrastei até lá. Naquela morada, vivi com meus ordenanças uma vida de ermitão em meio ao verde que só de vez em quando era perturbada por mensageiros que levavam os incômodos papéis de guerra até mesmo àquela caverna distante. Balançando a cabeça, entre as explosões de duas granadas, podíamos ler, além de outras coisas importantes, a novidade de que o comandante local Von X noticiava o desaparecimento de um terrier malhado em negro que atendia pelo nome de Zippi; isso quando não mergulhávamos na queixa de pensão alimentícia da empregada Makeben contra o cabo Meyer. Desenhos e vários anúncios de reuniões diversificavam a oferta.

Voltemos a meu abrigo subterrâneo, batizado de "Casa Paz Alucinada". Minha única preocupação era a cobertura, que poderia ser considerada apenas parcialmente segura contra as bombas, quer dizer, enquanto nenhuma a atingisse em cheio. De qualquer modo, eu me consolava com o pensamento de não estar em situação melhor que a de meus homens. Todas as tardes, Haller colocava um cobertor para mim em uma cratera gigantesca, em direção à qual havíamos aberto um corredor, fazendo dali um lugar para tomar sol. Contudo, volta e meia, meu banho de sol era perturbado por granadas que explodiam nas proximidades ou por peças explosivas que vinham zunindo do alto.

À noite, tiroteios pesados caíam sobre nós como tempestades de verão, breves e devastadores. Nesses momentos, eu ficava deitado no catre forrado com relva fresca com uma sensação de segurança, peculiar e infundada, escutando as explosões à minha volta, cujos abalos faziam a areia cair chuviscando das paredes. Ou então saía e, do posto das sentinelas, olhava para a paisagem noturna e melancólica que constituía um contraste fantasmagórico com as formações chamejantes para as quais servia de pista de dança.

Em tais momentos, eu era tomado por uma atmosfera que até então desconhecia. Uma alternância profunda, que se seguia à duração inesperada da vida intensificada à beira do abismo, acabava se anunciando. As estações se sucediam umas às outras, o inverno chegava, e depois já voltava o verão; e nós sempre em luta. Estávamos cansados e habituados ao rosto da guerra, mas justo por causa desse hábito é que passávamos a ver os acontecimentos sob uma luz opaca e diferente. Não éramos mais ofuscados pela violência dos fenômenos. Também percebíamos que o sentido daquilo que nos fizera sair, abandonando casa e família, havia se esfacelado e não bastava mais. A guerra lançava ao alto seus enigmas mais profundos. Eram tempos estranhos.

A linha de frente sofria relativamente pouco sob o fogo inimigo, pois do contrário também teria se tornado insustentável em bem pouco tempo. Eram bombardeadas sobretudo a aldeia de Puisieux e as depressões vizinhas, e esses bombardeios se transformavam em ataques extraordinariamente intensos durante a noite. Assim, providências como buscar comida e substituir tropas se tornavam muito difíceis. Ora aqui, ora ali, um membro de nossa corrente era posto fora de combate por um tiro perdido.

No dia 14 de junho, fui substituído às duas horas da madrugada por Kius, que também havia retornado e comandava a 2ª Companhia. Passamos nosso tempo de descanso junto ao dique da estação, em Achiet-le-Grand, sob cuja proteção contra o fogo inimigo ficavam nossos barracos e abrigos subterrâneos. Os ingleses nos presenteavam muitas vezes com um pesado fogo raso que acabou vitimando, entre outros, o segundo-sargento Rackebrand, da 3ª Companhia. Ele foi morto por um estilhaço que atravessou a parede fina do barraco que havia instalado como seu escritório no cume do dique da estação. Alguns dias antes, já sucedera um grande infortúnio. Um avião lançara uma bomba bem no meio da banda de música do 76º Regimento de Infantaria, envolvida por um círculo de ouvintes. Entre os atingidos, se encontravam também muitos soldados que pertenciam ao nosso regimento.

Nas imediações do dique da estação, lembrando navios encalhados, havia vários tanques destruídos, que eu examinava com atenção em meus passeios. Às vezes, também reunia minha companhia em volta deles para dar aulas sobre defesa, tática e pontos vulneráveis desses elefantes guerreiros da batalha tecnológica, que compareciam em número cada vez maior. Eles tinham nomes, símbolos e pinturas de guerra; todos meio irônicos, ameaçadores ou símbolos de fortuna; não faltava nem a folha de trevo, nem o porquinho da sorte, nem mesmo a caveira branca. Um deles também estava caracterizado com uma forca da qual pendia um laço aberto; ele era chamado de Judge Jeffries[52]. Mas todos estavam em péssimo estado. Ficar na torre

52 George Jeffreys (1645-1689), juiz-lorde na Inglaterra e País de Gales, célebre por seus enforcamentos.

estreita do canhão, com seu emaranhado de canos, barras e arames, devia ser algo bem desconfortável durante o ataque, quando os colossos, para escapar às explosões da artilharia, tinham de se mover como gigantescos besouros desajeitados em grandes linhas curvas sobre o campo de batalha. Pensei intensamente nos homens naquele fogão em chamas. Além disso, o terreno estava coberto por numerosas carcaças de aviões queimados, sinal de que as máquinas se tornavam cada vez mais poderosas na guerra. Certa tarde, desceu em nossas proximidades o gigantesco sino branco de um paraquedas com o qual um aviador havia saltado de seu avião de combate.

Na manhã do dia 18 de junho, a 7ª teve de voltar mais uma vez a Puisieux por causa da instabilidade da situação, se colocando à disposição do comandante das tropas em combate para carregar maquinarias e preparar atividades táticas. Ocupamos porões e galerias subterrâneas localizados na saída para Bucquoy. Justo quando chegamos, um punhado de granadas pesadas explodiu nos jardins dos arredores. Mesmo assim, não deixei de lanchar em um pequeno caramanchão em frente à entrada de minha galeria subterrânea. Depois de alguns instantes, os estrondos voltaram. Eu me joguei ao chão. Ao meu lado, chamas se ergueram. Um paramédico de minha companhia, chamado Kenziora, que acabava de passar com algumas marmitas cheias de água, desabou, atingido no abdômen. Corri até ele e, com a ajuda de uma sentinela de sinalização, puxei-o para a galeria subterrânea em que estava instalada a enfermaria e cuja entrada por sorte ficava imediatamente ao lado do lugar da explosão.

"E então, o senhor já lanchou o suficiente?", perguntou o doutor Köppen, enquanto enfaixava o grande ferimento na barriga do paramédico; ele era um médico de tropa daqueles de verdade, já velho, nas mãos de quem eu também estivera diversas vezes.

"Sim, sim, uma marmita das grandes, cheia de massa", gemeu o infeliz, que acreditou ver na pergunta o brilho de uma última esperança.

"Olha, que bom", tentou consolá-lo Köppen, inclinando a cabeça e mostrando uma feição altamente preocupada.

Porém, feridos graves têm uma capacidade de percepção muito refinada. De repente, ele gemeu, tentando se levantar, enquanto grandes gotas de suor irromperam em sua testa: "O tiro foi fatal, eu sei muito bem". Apesar dessa profecia, pude lhe apertar a mão seis meses depois, quando entramos marchando em Hannover.

À tarde, fiz um passeio solitário por uma Puisieux totalmente destruída. A aldeia já havia sido reduzida a uma montanha de escombros durante as batalhas do Somme. Crateras e restos de muros estavam cobertos por uma relva densa e verde, e discos brancos do sabugueiro, que tanto ama as ruínas, luziam por todo lugar. Numerosas explosões recentes haviam rompido de novo a tessitura verde que cobria a terra dos jardins já tantas vezes revolvida.

A rua principal da aldeia estava margeada pelo entulho de guerra das tropas que avançavam e haviam sido obrigadas a parar. Carros bombardeados, munição abandonada, armas de mão enferrujadas e silhuetas de cavalos semidecompostos, envolvidos por nuvens brilhantes e sibilantes de moscas, anunciavam a nulidade de todas as coisas na guerra. No ponto mais alto, a igreja ainda se destacava, mas apenas como um amontoado confuso de pedras. Enquanto colhia um ramalhete de rosas selvagens, granadas que explodiam em minhas proximidades alertavam quanto ao cuidado necessário naquela pista de dança da morte.

Depois de alguns dias, substituímos a 9ª na linha principal de resistência, localizada mais ou menos quinhentos passos atrás da linha de frente. Ao nos deslocarmos, três homens da minha 7ª foram feridos. Na manhã seguinte, o capitão Von Ledebur foi atingido no pé por uma bala de metralha, perto de meu abrigo subterrâneo. Ainda que gravemente doente do pulmão, ele encontrou seu destino na guerra e acabou sucumbindo àquele ferimento insignificante. Morreu pouco tempo depois no hospital de campanha. No dia 28, o chefe dos meus carregadores de comida, sargento Gruner, foi atingido por um estilhaço de granada. Foi a nona perda da companhia em curto espaço de tempo.

Depois de termos permanecido uma semana na linha de frente, tivemos de ocupar mais uma vez a linha principal de resistência, já que o batalhão que nos substituiria fora praticamente dizimado pela gripe espanhola. Entre os nossos, também aumentava a cada dia o número de soldados que se apresentavam doentes. Na divisão vizinha, aquela gripe grassava com tanta intensidade que um avião inimigo jogou folhetos nos quais estava escrito que os ingleses assumiriam a substituição caso a tropa em pouco tempo não fosse retirada. Entretanto, ficamos sabendo que a epidemia se alastrava mais e mais também do lado inimigo, mas de qualquer modo estávamos mais suscetíveis, por causa da escassez de mantimentos. Justo os mais jovens muitas vezes amanheciam mortos. E, nisso, nós nos mantínhamos sempre de prontidão para o combate, já que sobre o matagal 125, como em uma maligna caldeira de refogado, pairava sem cessar uma nuvem negra de fumaça. O bombardeio era tão intenso por lá que em uma tarde sem vento os gases da explosão envenenaram parcialmente a 6ª. Tivemos de mergulhar com nossos aparelhos de oxigênio dentro das galerias subterrâneas, a fim de tirar dali os que estavam inconscientes. Eles tinham o rosto vermelho como cereja e respiravam com dificuldade, feito em um pesadelo.

Certa tarde, ao repassar meu setor, encontrei diversas caixas enterradas, cheias de munição inglesa. Para estudar a construção das granadas de obus, eu as desmontei e tirei a cápsula de explosão. Sobrou uma peça, que eu achei que contivesse a pólvora detonadora da granada. Todavia, quando procurei abrir o troço com um prego, descobri uma segunda cápsula explosiva, que detonou causando um grande estrondo, arrancando o tampão do meu dedo indicador esquerdo e abrindo várias feridas sangrentas em meu rosto.

Na mesma noite, uma granada pesada explodiu nas proximidades, quando eu estava em pé com Sprenger sobre a proteção de meu bunker. Especulamos sobre a distância da explosão, que Sprenger estimou em 10, eu, em 30 metros de onde estávamos. Para ver quanto podia confiar em minhas estimativas no que dizia respeito a isso, resolvi medir e encontrei a cratera, cujo aspecto era dos mais intimidantes, a 22 metros de distância.

No dia 20 de julho, estive de novo com minha companhia em Puisieux. Durante a tarde inteira, fiquei em pé sobre os restos de um muro e contemplei o quadro da batalha, que deixou em mim uma impressão deveras suspeita. De quando em quando, eu anotava algum detalhe em meu caderno de notas.

Não raro, o matagal 125 era envolvido por uma fumaça densa de violentas explosões, enquanto foguetes luminosos verdes e vermelhos subiam e desciam. Por vezes, a artilharia silenciava, e então se podia ouvir o matraquear de algumas metralhadoras. Do lugar onde eu estava, tudo aquilo quase parecia apenas um jogo, uma brincadeira. Faltava a supremacia da grande batalha, e mesmo assim se percebia a luta renhida.

O matagal era como uma ferida incandescente que disputava a atenção das tropas escondidas. As duas artilharias brincavam com ele como dois predadores que lutam por uma presa; rasgavam seus troncos e jogavam seus farrapos bem alto. Ele sempre era ocupado por poucos homens, entretanto, por muito tempo. Assim como se podia ver ao longe, na região morta, um exemplo para o fato de que mesmo a confrontação mais violenta de instrumentos de poder não passava da balança sobre a qual hoje em dia, bem como em todos os tempos, se pode medir o peso do homem.

Por volta do anoitecer, fui chamado pelo comandante das tropas de preparação, por quem fiquei sabendo que o inimigo havia penetrado em nossa teia de valas na ala esquerda. Para conseguirmos um pouco mais de campo aberto à nossa frente, foi ordenado que o tenente Petersen, com a companhia de assalto, ocupasse a vala da Sebe; e eu, com meus homens, deveria varrer uma vala de aproximação que corria paralela em direção a um vale, para lhe abrir caminho.

Saímos ao romper da aurora, mas, já no ponto em que havíamos combinado a partida, recebemos um fogo tão intenso da artilharia que por um bom tempo abrimos mão de executar o plano. Mandei que o Caminho de Elbing fosse ocupado e, na caverna de uma gigantesca galeria subterrânea, recuperei o sono que perdera durante a noite. Às onze horas da manhã, fui despertado por estrondos de granadas de mão vindos da ala esquerda, onde mantínhamos uma barricada em nosso poder. Corri para lá e encontrei a imagem habitual da batalha de barricadas. Nas trincheiras, podiam ser vistos os rolos das nuvens brancas levantados pelas granadas de mão; algumas amuradas de proteção mais adiante, uma metralhadora matraqueava em cada um dos lados. No meio, homens, saltando para a frente e para trás, acocorados. A ação relâmpago dos ingleses fora rechaçada; mas nos custou um homem que, arrebentado por estilhaços de granada, jazia atrás da proteção.

À noite, recebi ordens de retirar a companhia para Puisieux, onde, ao chegar, encontrei nova instrução dizendo que eu deveria tomar parte em uma pequena investida com dois grupamentos na manhã seguinte. Ordenavam avançar, às 3h40, depois de um fogo de preparação da artilharia e das catapultas de minas, que duraria cinco minutos, até a chamada Trincheira da Vala e percorrê-la do ponto vermelho K ao ponto vermelho Z1. Naquela, assim como em muitas outras valas de aproximação, o inimigo havia penetrado e se alojado atrás de barricadas. Lamentavelmente, a investida para a qual haviam sido dispostos o tenente Voigt, da companhia de assalto, com uma tropa de ataque, e eu, com dois grupamentos, foi pensada seguindo o mapa; e o mapa não sabia que a Trincheira da Vala, que serpenteava ao longo de uma baixada, podia ser vista de vários lugares até seu fundo. Eu não estava de acordo com aquilo tudo, pelo menos posso encontrar em meu diário as seguintes palavras, depois da anotação da ordem recebida: "Pois é, amanhã, assim espero, poderei descrever o que se passou. Vou me preservar de uma crítica depreciativa à ordem recebida apenas por falta de tempo – encontro-me sentado aqui, no bunker, no setor F, é meia-noite, e às três eu serei despertado".

Ordens são ordens, e assim Voigt e eu, com nossos homens, estávamos às 3h40, ao romper da aurora, nas proximidades do Caminho de Elbing, prontos para avançar. Mantínhamos uma vala, cuja fundura dava em nossos joelhos, ocupada, da qual olhávamos, como se estivéssemos em uma galeria estreita, para a baixada em que ficava a vala à qual queríamos chegar, e que à hora marcada começou a se encher de fumaça e fogo. Um dos grandes estilhaços que vieram sibilando daquele caldeirão borbulhante até onde estávamos feriu a mão do fuzileiro Klaves. Ali, era oferecido o mesmo quadro que eu já vira tantas vezes antes de um ataque: um bando à espera no lusco-fusco, que a tiros de curta distância faz reverências homogêneas e profundas ou se joga ao chão, enquanto o nervosismo aumenta – uma imagem que cativa o espírito como um cerimonial terrível e silencioso, anunciando a oferenda de sangue.

Saímos pontualmente e fomos favorecidos pelo fato de o tiroteio ter estendido um véu denso sobre a Trincheira da Vala. Pouco antes de Z1, encontramos resistência; ela foi rompida a granadas de mão. Uma vez que havíamos alcançado nosso objetivo, construímos uma barricada e deixamos um grupamento com uma metralhadora postado atrás dela.

Para mim, o único prazer na coisa toda era o comportamento dos homens da tropa de assalto, que me faziam lembrar vivamente o velho Simplicíssimo. Ali, eu conheci uma nova estirpe de guerreiros – os voluntários de 1918, ao que tudo indicava, ainda pouco tocados pela disciplina, mas destemidos por instinto. Esses jovens valentões, com topetes poderosos e polainas de proteção nas canelas, entraram em confrontos violentos a 20 metros do inimigo, porque um deles havia xingado o outro de "bunda-mole", e nisso praguejavam como lansquenetes e se gabavam com bravatas sem fim. "Homem, não são todos que se cagam de medo como você!", gritou um deles por último e avançou sozinho na vala por mais 50 metros.

Já à tarde, o grupamento da barricada voltou. Eram muitas as baixas e não foi possível sustentar sua posição por mais tempo. Eu já havia desistido daqueles homens e fiquei admirado com o fato de alguns ainda terem conseguido passar vivos à luz do dia pela mangueira que dava na Trincheira da Vala.

Apesar desse e de numerosos outros contra-ataques, o inimigo estava assentado firmemente na ala esquerda de nossa linha de frente e nos caminhos de ligação com barricadas, ameaçando a linha principal de resistência. Essa vizinhança, que não estava mais separada de nós pela terra de ninguém, se mostrou bem desconfortável com o tempo; sentíamos com nitidez que em nossas valas a coisa também começava a ficar sinistra.

No dia 24 de julho, fui investigar o novo setor C da linha principal de resistência, que eu deveria assumir no dia seguinte. Pedi que o comandante da companhia, tenente Gipkens, me mostrasse a barricada na vala da Sebe, que era estranha, pois, vista pelo lado inglês, era feita de um tanque que quebrara em meio ao fogo e continuava incrustado na trincheira como uma fortaleza de aço. Com o objetivo de observarmos os detalhes, nos sentamos sobre um banco pequeno encaixado na amurada de proteção. No meio da conversa, me senti golpeado de repente e puxado para o lado. No momento seguinte, um projétil bateu no lugar em que eu estava sentado, levantando areia. Por um acaso feliz, Gipkens observara como um fuzil havia sido enfiado vagarosamente na seteira da barricada inimiga, localizada a quarenta passos de nós, e assim salvara minha vida com seus olhos aguçados de pintor, pois àquela distância até um asno teria me acertado. Estávamos sentados, totalmente sem noção, no trecho morto entre as duas barricadas e por isso podíamos ser vistos pela sentinela inglesa tão bem como se tivéssemos ocupado lugar em uma mesa. Gipkens agira rápido e acertadamente. Quando me dei conta da situação, mais tarde, me perguntei se eu talvez não fora paralisado por um instante ao ver o fuzil. Conforme me contaram, naquele lugar que parecia tão inofensivo, três homens da 9ª Companhia já haviam sido abatidos com tiros na cabeça; o lugar era calamitoso, pois.

À tarde, fui atraído para fora de meu bunker por um tiroteio que não era especialmente intenso, durante o qual eu estivera lendo, à mesinha de café. Em frente, subiam, em sequência monótona, como as pérolas de um colar, foguetes que sinalizavam fogo intenso para bloquear o avanço inimigo. Feridos que voltavam mancando informavam que os ingleses haviam penetrado nos setores B e C da linha principal de resistência, e também no setor A do campo aberto. Logo em seguida, veio a mensagem infeliz da morte dos tenentes Vorbeck e Grieshaber. Eles haviam tombado na defesa de seus setores, enquanto o tenente Kastner fora gravemente ferido. Este já havia sido atingido fazia alguns dias por um estranho tiro de raspão que, sem o ferir com mais gravidade, lhe arrancara o mamilo do peito, como se fosse uma faca afiadíssima. Às oito horas, também Sprenger, que assumira o comando da 5ª, chegou a meu abrigo subterrâneo com um estilhaço nas costas, se revigorou com um "olhar no tubo", também chamado de "alça de mira telescópica", e foi para o hospital de campanha improvisado, dizendo a frase: “Recuar, recuar, dom Rodrigo”[53]. Ele foi seguido por seu amigo Domeyer, com uma das mãos sangrando. E se despediu com uma frase breve cheia de significado.

Na manhã seguinte, ocupamos o setor C, que, entrementes, voltara a ser limpado pelo inimigo. Lá, encontrei sapadores, Boje e Kius com uma parte da 2ª, Gipkens com os restos da 9ª Companhia. Na vala, jaziam oito alemães e dois ingleses com a plaqueta no quepe “South-Africa – Otago-Riles”. Seus rostos contraídos revelavam ferimentos terríveis.

Mandei ocupar a barricada e botar a vala em ordem. Às 11h45, nossa artilharia abriu um fogo selvagem sobre as posições localizadas à nossa frente, no qual acabamos sendo mais atingidos do que os ingleses. O infortúnio não se fez esperar por muito tempo. O grito “Paramédicos!” veio voando da esquerda por toda a vala. Correndo até lá, encontrei, diante da barricada na vala da Sebe, os restos disformes de meu melhor condutor de coluna. Ele havia sido acertado em cheio na espinha dorsal por uma de nossas próprias granadas. Farrapos de uniforme e roupas de baixo, que a pressão da explosão lhe havia arrancado do corpo, estavam pendurados acima dele nos ramos despedaçados da sebe de espinheiro que dava o nome àquela vala. Mandei jogar sobre ele uma lona de barraca, para poupar nossa vista do espetáculo. Logo em seguida, mais três homens foram feridos no mesmo local. O cabo Ehlers se revirava sobre o chão, atordoado pela pressão do ar. Outro teve as duas mãos cortadas perto do pulso. Este cambaleou de volta, salpicado de sangue, os braços apoiados sobre os ombros de um padioleiro. O pequeno cortejo tinha um relevo algo heroico, pois o ajudante caminhava curvado, enquanto o atingido se mantinha ereto com muita dificuldade – um homem jovem, de cabelos pretos e um belo e decidido rosto, agora branco como mármore.

Eu enviava um mensageiro atrás do outro aos quartéis-generais e exigia a suspensão imediata do fogo ou a presença de oficiais de artilharia na vala. Em vez de uma resposta, ainda foi ativada uma catapulta de minas pesadas, que acabou

53 Citação da versão alemã de *El Cid*, feita por Johann Gottfried von Herder, em 1820.

transformando de vez a vala em que estávamos em uma mesa de abate.

Às 7h15, recebi uma ordem assaz atrasada, da qual deduzi que às 7h30 começaria um fogo pesado da artilharia, e às oito horas dois grupamentos da companhia de assalto, sob o comando do tenente Voigt, avançariam passando por cima da barricada da vala da Sebe. Eles deveriam investir até o ponto vermelho A e depois estabelecer contato à direita com um grupamento de ataque que avançaria paralelamente. Dois grupamentos de minha companhia estavam destinados à ocupação do trecho conquistado da vala.

Tomei as decisões necessárias a toda a pressa, enquanto o fogo da artilharia já começava; procurei os dois grupamentos e conversei rápido com Voigt, que alguns minutos mais tarde avançou conforme estava estipulado nas ordens. Como eu considerava tudo aquilo mais um passeio ao anoitecer, que não poderia ir muito longe, perambulei de boné, uma granada de mão sob o braço, atrás de meus dois grupamentos. No momento do ataque, que foi anunciado por nuvens de explosão, todos os fuzis dos arredores se voltaram para a vala da Sebe. Nós corremos curvados de amurada de proteção a amurada de proteção. No início, conseguimos avançar muito bem, e os ingleses praguejaram, deixando para trás um morto em uma das linhas.

Para explicar o incidente que se seguiu a isso, é preciso lembrar que não avançávamos em uma trincheira, mas em um dos muitos caminhos de aproximação nos quais os ingleses, ou melhor, os neozelandeses haviam penetrado – pois nós lutávamos ali contra um contingente neozelandês, conforme fiquei sabendo somente após o fim da guerra por meio de cartas vindas dos países dos antípodas. Esse caminho de aproximação, chamado de vala da Sebe, se estendia ao longo do cume de uma elevação que acabava à esquerda e era acompanhado, também à esquerda, na baixada, pela Trincheira da Vala. O local, que eu havia tomado com Voigt no dia 22 de julho, fora abandonado pelo grupamento que lá deixáramos, conforme já foi dito; a trincheira estava então ocupada por neozelandeses ou pelo menos controlada por eles. Os dois caminhos estavam unidos por valas transversais, e, do fundo da vala da Sebe, a Trincheira da Vala não podia ser vista.

Portanto, eu me movimentava na rabeira da divisão que avançava lutando, e estava de bom humor, pois até aquele momento vira do inimigo apenas alguns vultos em fuga pelas bordas da vala. Diante de mim, avançava o suboficial Meier, na condição de último membro de seu grupamento, e diante dele eu via ainda de vez em quando nas espirais da vala o baixinho Wilzek, soldado da minha companhia. Nessa ordem, passamos uma vala estreita que, subindo da Trincheira da Vala, terminava em forma de garfo na vala da Sebe. Entre suas duas embocaduras, ficava um bloco de terra de cerca de 1 metro e meio de largura, como se fosse um delta. Eu acabara de avançar pela primeira embocadura enquanto Meier já se encontrava na segunda.

Na guerra de trincheiras, se costuma enviar uma sentinela dupla a bifurcações desse tipo, que fica responsável pela segurança do terreno à frente. Voigt tinha esquecido esse detalhe ou, em sua pressa, não vira a outra vala. De qualquer modo, ouvi de repente, logo à minha frente, o suboficial lançar um grito de excitação máxima, e vi como levantou o fuzil ao rosto e atirou ao lado da minha cabeça em direção à segunda embocadura da vala estreita.

Uma vez que o bloco de terra encobria minha vista, aquele procedimento me pareceu totalmente inexplicável, mas precisei voltar apenas um passo para olhar para dentro da primeira embocadura. E ali o espetáculo que se descortinou a meus olhos me deixou paralisado, pois, tão próximo a ponto de poder tocá-lo, ao meu lado havia um neozelandês de porte atlético. Ao mesmo tempo, ecoou na baixada a gritaria de soldados em ataque, ainda invisíveis, que saltavam sobre as bordas se aproximando, a fim de nos cortar o caminho. O neozelandês que aparecera às nossas costas como por encanto, perto do qual eu me encontrava em pé, paralisado, não se dera conta da minha presença, para seu azar. Toda a sua atenção se dirigia ao suboficial, cujo tiro ele pretendia revidar com uma granada de mão. Vi como ele arrancou do lado esquerdo do peito um desses projéteis em forma de limão para arremessá-lo atrás de Meier, que tentava escapar da morte certa, correndo bem rápido. Ao mesmo tempo, também peguei uma granada de mão, que era a única arma que eu carregava comigo, e mais a empurrei em um breve arco para a frente dos pés do neozelandês do que propriamente a atirei. Não pude mais observar sua viagem ao além-mundo, pois aquele era o último dos momentos em que eu ainda poderia ter a esperança de conseguir voltar à trincheira da qual havíamos saído. Corri, pois, a toda a pressa, de volta, e ainda vi o baixinho Wilzek aparecer atrás de mim, ele que havia tido a sensatez de escapar ao arremesso do neozelandês saltando para o lado em que estávamos Meier e eu. Um ovo de ferro atirado atrás de nós rebentou seu cinturão e os fundilhos de suas calças sem de resto o ferir. O ferrolho com o qual trancavam a saída às nossas costas estava tão próximo que Voigt e os quarenta participantes restantes do ataque estavam cercados e perdidos. Sem imaginar nada do processo estranho do qual eu havia sido testemunha, eles se sentiram empurrados por trás para a morte. Gritos de luta e numerosas explosões mostraram que eles não entregaram sua vida de mão beijada.

Para os ajudar, comandei o grupamento do cadete Mohrmann pela vala da Sebe. Contudo, tivemos de parar diante de uma barreira de minas de garrafa que explodia, densa como uma chuva de granizo. Um estilhaço voou contra meu peito e foi contido pela fivela do suspensório.

Em seguida, começou um fogo de artilharia de impacto formidável. À nossa volta, jorros de terra com fumaças coloridas se levantaram aos ares, e o troar surdo de projéteis que cravavam na terra se misturou a um guinchar metálico que lembrava o som de serras circulares cortando toras de lenha. Blocos de ferro lançavam estrondos a intervalos sinistramente curtos e, no meio de tudo, cantavam e sibilavam nuvens de estilhaços. Como era previsível um ataque, coloquei sobre minha cabeça um dos capacetes de aço que rolavam por ali e corri, voltando pela vala, com alguns acompanhantes.

À distância, apareceram vultos. Nós nos apoiamos à parede socada da vala e atiramos. Ao meu lado, um guerreiro bem jovem mexia os dedos febrilmente tentando manusear a alavanca de carregamento de sua metralhadora, sem conseguir dar tiro algum, até que lhe arranquei o troço das mãos. Logo vieram alguns tiros, depois a arma falhou de novo, como em um pesadelo, mas os ingleses que atacavam sumiram nas valas e trincheiras, enquanto o fogo ficava mais intenso. A artilharia já não distinguia quem era amigo, quem era inimigo.

Quando, seguido por um mensageiro, cheguei a meu bunker, algo bateu na parede entre nós, arrancou o capacete de aço de minha cabeça com um ímpeto extraordinário e o catapultou para bem longe. Acreditei que uma carga inteira de metralha havia me atingido e me deitei, meio atordoado, em minha toca de raposa, em cujas bordas, segundos mais tarde, explodiu uma granada. Ela encheu de fumaça densa o pequeno espaço em que eu estava, e um longo estilhaço destroçou uma lata cheia de pepinos aos meus pés. A fim de não ser soterrado, voltei a rastejar para a vala e, lá de baixo, instei os dois mensageiros e meu ordenança a ficar atentos.

Foi uma meia hora penosa; a companhia foi peneirada pela morte mais uma vez. Depois que o vagalhão de fogo amainou, caminhei pela vala, examinei os danos e constatei que ainda tínhamos quinze homens. Com eles, a trincheira conquistada não poderia ser defendida. Por isso, entreguei a defesa da barricada a Mohrmann e mais três homens, e com os restantes formei uma roda de atiradores em uma cratera funda atrás da amurada traseira de proteção. De lá, podíamos intervir tanto na batalha pela barricada quanto atacar o inimigo por cima, usando granadas de mão, caso penetrasse na vala. Contudo, daí por diante as atividades de luta se limitaram a uma escaramuça estendida em que eram usadas minas leves e granadas de obus.

No dia 27 de julho, fomos substituídos por uma companhia do 164º Regimento. Estávamos esgotados. O comandante dessa companhia foi ferido gravemente já quando marchava para a nossa posição; alguns dias mais tarde, meu bunker foi destruído e soterrou meu sucessor. Todos suspiramos aliviados quando conseguimos ver às nossas costas a Puisieux prestes a ser envolvida pela fúria das tempestades de aço da grande batalha final.

Todas essas investidas mostravam como crescia o poderio do inimigo, que aglutinava forças das partes mais distantes do mundo. Tínhamos um número cada vez menor de homens para lhes opor resistência, muitas vezes quase crianças, e também faltavam equipamentos e treinamento. Com a melhor das vontades, conseguíamos fechar lacunas aqui e ali, ao nos jogar para dentro delas como em uma enchente que crescia. Para grandes contra-ataques, como acontecera em Cambrai, não tínhamos mais forças.

Mais tarde, quando refleti sobre como os neozelandeses haviam aparecido triunfantes sobre as bordas da trincheira e obrigado os nossos ao desfiladeiro mortal, me dei conta de que, com isso, eles haviam desempenhado exatamente o mesmo papel que nos trouxera o grande êxito no dia 2 de dezembro de 1917, em Cambrai. Víamos uma imagem especular.

Meu último ataque

No dia 30 de julho de 1918, ocupamos alojamentos de descanso em Sauchy-Léstrée, uma pérola do Artois envolvida pelo brilho da água. Depois de alguns dias, marchamos mais adiante ainda, de volta a Escaudœuvres, uma sóbria cidadezinha de trabalhadores, que havia como que sido expelida pela distinta Cambrai.

Eu habitava o salão de gala de uma família de trabalhadores do norte da França. A costumeira cama gigantesca como móvel principal, uma lareira com vasos de vidro vermelhos e azuis sobre o aparador, uma mesa redonda, cadeiras; na parede, algumas impressões coloridas do Familistère: "*Vive la classe, Souvenir de première communion*"[54], cartões-postais e coisas do tipo completavam as instalações. A janela tinha vista para um cemitério.

As noites claras de lua cheia favoreciam a visita de aviões inimigos, que nos proporcionavam uma imagem exata da superioridade material do adversário. Noite após noite, rolos de fumaça pairavam se aproximando, e deixavam cair bombas de uma capacidade explosiva sinistra sobre Cambrai e as cidades-satélite. Eu era perturbado menos pelo zumbir fino, semelhante ao de mosquitos, dos motores, e pelas sequências de explosões que ecoavam ao longe, do que pela pressa cheia de medo de meus anfitriões em descer ao porão. Em todo caso, um dia antes de minha chegada, uma bomba explodira diante da janela, jogando para dentro da sala o dono da casa, que dormia em minha cama, arrancando um dos pés da cama

54 "Viva a classe, Lembrança de primeira comunhão". Em francês, no original.

e transformando os muros em peneiras. E foi justo esse acaso que me deu alguma sensação de segurança, pois eu compartilhava um pouco da crença dos velhos guerreiros de que o lugar mais seguro possível era a cratera de uma bomba explodida pouco antes.

Depois de um dia de descanso, a lenga-lenga do treinamento recomeçou. Exercícios, aulas, inspeções, conversas e visitas preenchiam boa parte do dia. Passamos uma manhã inteira ocupados em definir um lema de honra que fosse digno. Os mantimentos, mais uma vez, eram escassos e ruins. Por algum tempo, à noite recebemos apenas pepinos para comer, aos quais o humor seco dos homens em guerra deu o apelido maldoso de "linguiças de jardineiro".

Eu me dedicava sobretudo ao treinamento de uma pequena tropa de ataque, pois, no decorrer dos últimos combates, ficara cada vez mais claro para mim que estava ocorrendo uma diminuição progressiva de nossa capacidade de combate. Para um ataque de verdade, só era possível contar com uns poucos que haviam se tornado homens especialmente resistentes, enquanto a massa dos acompanhantes podia ser considerada no máximo um acréscimo numérico a nossas forças. Nessa situação, era preferível ser o comandante de um grupamento decidido do que de uma companhia titubeante.

Eu passava o tempo livre lendo, mergulhando, atirando e cavalgando. Eram muitas as vezes que, após o meio-dia, descarregava mais de cem cartuchos em garrafas ou latas de conserva. Nas cavalgadas, encontrava panfletos em abundância, que o serviço de inteligência do inimigo arremessava em número cada vez maior, com a potência de projéteis morais. Eles continham, na maior parte das vezes, além de insinuações políticas e militares, caracterizações da vida maravilhosa nos campos de prisioneiros ingleses. "E mais um segredo", era dito em um deles, "como é fácil se perder quando se volta no escuro do serviço de buscar comida ou de escavar trincheiras!". Em outro, estava escrita até mesmo a poesia de Schiller sobre a Britânia Livre. Esses folhetos eram jogados por balões pequenos sobre o front quando o vento estava favorável; eles eram amarrados por um fio e, depois de pairar algum tempo, eram libertados por um pavio que acabava queimando. Uma recompensa de 30 centavos por peça mostrava que o alto-comando do nosso Exército considerava seu efeito bem perigoso. Todavia, essa despesa era repassada para a população da região ocupada.

Certa tarde, peguei uma bicicleta e fui até Cambrai. A cidadezinha amável e antiga se encontrava deserta e devastada. Lojas e cafés estavam fechados; as estradas pareciam mortas, apesar da vaga cinzenta que as inundava. Encontrei o senhor e a senhora Plancot, que um ano antes haviam me oferecido um alojamento tão bom, cordialmente alegres com minha visita. Eles me contaram que a situação em Cambrai havia piorado em todos os sentidos. Se queixaram sobretudo das constantes visitas de aviões, que os obrigavam a correr escadarias abaixo e acima, diversas vezes durante a noite, especulando se era melhor morrer no primeiro porão pela ação da própria bomba ou chegar ao segundo para serem soterrados. Os velhos senhores com a feição preocupada me causaram pena, no fundo do coração. Algumas semanas mais tarde, quando os canhões começaram a falar mais alto, eles tiveram de deixar às pressas a casa em que passaram a vida inteira.

No dia 23 de agosto, por volta das onze horas da noite, despertei assustado com batidas violentas à minha porta, pouco depois de ter adormecido de leve. Um mensageiro trazia a ordem de marcha. Já dias antes, o ribombar e o socar monótono de um fogo de artilharia extraordinariamente intenso ultrapassaram os limites do front até ali e nos deixaram de sobreaviso; fosse nas refeições ou jogando cartas, não devíamos alimentar nenhuma esperança de uma pausa mais duradoura. Para esse borbulhar distante do fogo dos canhões, cunhamos a expressão melodiosa "a coisa está ribombando".

Arrumamos tudo às pressas e pegamos a estrada de Cambrai durante uma tempestade repentina. O objetivo de nossa marcha era Marquion, aonde chegamos por volta das cinco horas da manhã. A companhia foi designada a uma chácara grande, cercada por um grupo de construções em aço destruídas, na qual todo mundo se alojou tão confortavelmente quanto possível. Eu me arrastei, com o único oficial de minha companhia, o tenente Schrader, para um pequeno calabouço de tijolos que, conforme o cheiro forte de bode denunciava, servira de estábulo para cabras em tempos de paz, mas naquele momento era ocupado apenas por alguns ratos imensos.

À tarde, houve uma conferência de oficiais, quando ficamos sabendo que deveríamos estar preparados e nos posicionar durante a noite, à direita da grande estrada que levava de Cambrai a Bapaume, não muito longe de Beugny. Fomos alertados acerca de um ataque a ser encaminhado pelos tanques novos, rápidos e ágeis dos ingleses.

Em um pequeno pomar, organizei minha companhia e a preparei para a batalha. Parado sob uma macieira, falei algumas palavras aos homens que me envolviam formando um semicírculo. Seus rostos tinham aspecto sério e másculo. Havia pouco a dizer. Naqueles dias, se instalara em todos eles a certeza de que nos encontrávamos na linha de tiro, certeza que só podia ser esclarecida pelo fato de que em qualquer exército há, além de uma unidade de armas, uma unidade moral. A cada novo ataque, o inimigo apresentava equipamentos mais poderosos; suas investidas eram cada vez mais rápidas e mais impetuosas. Todos sabiam que já não poderíamos vencer. Mas resistiríamos.

No pátio, à mesa improvisada com uma carreta e uma porta, jantei com Schrader e bebi uma garrafa de vinho para acompanhar. Em seguida, fomos a nosso estábulo de cabras, até que a sentinela nos informou, às duas horas da madrugada, que os caminhões estavam prontos na praça do mercado.

Sob uma iluminação sombria, seguimos chocalhando pelo terreno revolvido pelas batalhas de Cambrai, ocorridas um ano antes, e nos deslocamos de forma aventuresca pelas estradas de aldeias destruídas, cercadas por muros de escombros. Bem perto de Beugny, fomos descarregados e conduzidos a nossas salas de apresentação. O batalhão ocupava um desfiladeiro na estrada Beugny-Vaux. Quase ao meio-dia, um mensageiro trouxe a ordem de que a companhia deveria avançar pela estrada Frémicourt-Vaux. Esse avanço em linha me deu a certeza de que algo sangrento nos esperava antes mesmo do anoitecer.

Conduzi minhas três colunas em filas serpenteantes pelo terreno que os aviões, circulando acima de nós, polvilhavam de bombas e granadas. Quando chegamos a nosso destino, nos distribuímos em crateras e buracos na terra, já que granadas isoladas caíam além da estrada.

Eu estava tão mal naquele dia que me deitei imediatamente em um pequeno trecho de vala e dormi. Depois de acordar, li o *Tristram Shandy*, que carregava comigo no estojo de cartas, e assim passei a tarde, com a indiferença de um doente deitado ao sol cálido.

Às 6h15, um mensageiro convocou os comandantes de companhia a se apresentarem ao capitão Von Weyhe.

"Tenho um sério comunicado a lhes fazer. Atacaremos. O batalhão avançará para o ataque partindo do limite oeste de Favreuil às sete horas, depois de um fogo preparatório de meia hora. O ponto de orientação para o avanço da marcha é a torre da igreja de Sapignies."

Depois de breve discussão e fortes apertos de mão, nos apressamos até as companhias, pois o fogo deveria começar em dez minutos e nós ainda tínhamos um bom trecho para marchar. Orientei meus comandantes de coluna e mandei todos ficarem prontos para avançar.

"Os grupamentos devem se colocar em fila, mantendo um espaço de 20 metros entre uma fila e outra. A direção de marcha são as copas das árvores de Favreuil, mais à esquerda!"

Um bom sinal para o espírito que ainda imperava entre nós veio no momento em que tive de determinar qual seria o homem que ficaria para trás, orientando a cozinha de campanha. Ninguém quis se apresentar como voluntário.

Eu caminhava bem adiante da companhia com meus ordenanças e o segundo-sargento Reinecke, que conhecia a área como a palma da mão. Atrás de sebes e ruínas, explodiam os tiros de nossos canhões. O fogo parecia mais um latir furioso do que um vagalhão aniquilador de ataque. Atrás de nós, eu via meus grupamentos avançando em ordem exemplar. Ao lado deles, se erguiam as nuvenzinhas dos tiros disparados dos aviões. Cargas, balas ocas carregadas de gás e as chapas detonantes das metralhas caíam lançando bufos infernais entre as estreitas fileiras humanas. À direita, estava a aldeia de Beugnâtre, fortemente bombardeada, da qual vinham roncando até nós fragmentos de metal denteados que se cravavam com impacto seco no chão de argila.

A marcha se tornou ainda mais desagradável depois da estrada Beugnâtre-Bapaume. De repente, uma sequência de granadas explodiu atrás de nós e entre nós. Nós nos dispersamos e nos jogamos nas crateras mais próximas. Enfiei o joelho no produto do medo deixado por algum antecessor e mandei meu ordenança promover uma limpeza imediata, raspando aquilo com uma faca.

Nos arredores de Favreuil, se concentravam as nuvens de várias explosões; em meio a elas, subiam e desciam jorros marrons de terra, em rapidez brutal. Para encontrar uma trincheira, avancei até as primeiras ruínas e, em seguida, dei o sinal de que deveriam me seguir com a bengala de passeio.

A aldeia estava tomada por barracos destruídos, atrás dos quais uma parte do 1º e do 2º Batalhões se reuniu aos poucos. Durante o último trecho do caminho, uma metralhadora acabou fazendo muitas vítimas. Do ponto onde estava, observei o barbante fino de nuvenzinhas de pó se levantando, em que volta e meia um dos que chegavam ficava preso como em uma rede de armadilha. Entre outros, o cabo Balg, da minha companhia, levou um tiro que lhe atravessou a perna.

Um vulto vestindo casacão marrom caminhou sereno, cruzou o trecho bombardeado e me apertou a mão. Kius e Boje, o capitão Junker e Schaper, Schrader, Schläger, Heins, Findeisen, Höhlemann e Hoppenrath estavam atrás de uma sebe varrida e peneirada por chumbo e ferro e conversavam, gritando, sobre o ataque. Lutáramos em tantos dias de fúria em *um só* campo, e também dessa vez o sol, que já estava bem fundo, a oeste, acabaria por lançar seus raios sobre o sangue de quase todos.

Frações do 1º Batalhão entraram no parque do castelo. Do 2º Batalhão, apenas a minha companhia e a 5ª conseguiram atravessar quase sem baixas a cortina de chamas. Avançamos com dificuldade entre trincheiras e escombros de casas até um desfiladeiro no limite oeste da aldeia. No caminho, peguei um capacete de aço para enfiá-lo na cabeça – coisa que costumava fazer apenas em situações muito preocupantes. Para minha surpresa, Favreuil estava completamente morta. Ao que tudo indica, as tropas de ocupação haviam abandonado a linha de defesa, pois, entre as crateras, já se podia farejar a atmosfera tensa típica de um espaço sem dono em momentos como aquele, e que empresta ao olho a acuidade mais extrema.

Naquele instante, sem que soubéssemos, o capitão Von Weyhe estava sozinho e gravemente ferido em uma das crateras da aldeia; ele ordenara que a 5ª e a 8ª Companhias atacassem na linha de frente, a 6ª na segunda linha e a 7ª na terceira linha. Uma vez que da 6ª e da 8ª ainda não era possível ver nada, decidi atacar sem me preocupar em seguir por mais tempo alguma ordem predeterminada.

Já eram sete horas. Pelos bastidores de restos de casas e tocos de árvores, vi uma linha de tiro sair ao campo aberto, sob o fogo esparso de fuzis. Tinha de ser a 5ª Companhia.

Dispus meus homens para o ataque sob a proteção do desfiladeiro e dei ordens para que avançassem em duas ondas. "Distância de 100 metros. Eu mesmo me colocarei entre a primeira e a segunda onda!"

Avançávamos para o último ataque. Quantas vezes nos anos anteriores estivemos em estado semelhante, avançando em direção ao sol poente! Les Eparges, Guillemont, St.-Pierre-Vaast, Langemarck, Passchendaele, Mœuvres, Vraucourt, Mory! De novo, uma festa sangrenta acenava para nós.

Deixamos o desfiladeiro como na praça de treinamento, sem contar o fato de que "eu mesmo", conforme diz a bela palavra de ordem, de repente já me encontrava, ao lado do tenente Schrader, diante da primeira onda, em campo aberto.

Eu havia melhorado um pouco, mas continuava me sentindo meio bambo. Conforme Haller me contou mais tarde, quando se despediu de mim antes de ir para a América do Sul, o homem que estava ao lado dele lhe dissera: "Olha, eu acho que hoje o tenente não vai voltar!". Aquele homem estranho, cujo espírito selvagem e destruidor eu amava tanto, na época me revelou coisas a partir das quais descobri, para minha surpresa, que o coração do comandante é pesado em uma balança de precisão pelo homem simples. E de fato me sentia esgotado e considerava aquele ataque um erro desde o princípio. Ainda assim, é dele que eu mais gosto de me lembrar. Faltou-lhe o vagalhão poderoso da grande batalha, excitação fervente; mas em compensação eu estava dominado por uma sensação suprapessoal, como se eu mesmo me observasse com um telescópio. Pela primeira vez naquela guerra, conseguia ouvir o sibilar dos projéteis leves, como se eles assoviassem tocando em um objeto. A paisagem era de uma transparência vítrea.

Os tiros que espocavam ao nosso encontro ainda eram isolados; talvez os muros da aldeia, ao fundo, nos protegessem de sermos vistos com mais nitidez. Segurando a bengala de passeio na mão direita, a pistola na esquerda, caminhei em frente e, sem perceber ao certo, deixei a 5ª Companhia em parte atrás de mim, em parte à minha direita. Durante o avanço, senti que minha Cruz de Ferro havia se soltado do peito, caindo ao chão. Schrader, meu ordenança e eu começamos a procurar por ela fervorosamente, ainda que atiradores ocultos estivessem fazendo mira em nós. Por fim, Schrader a puxou para fora de uma moita de capim, e eu voltei a prendê-la junto ao peito.

O terreno se inclinava. Vultos embaçados se moviam diante de um fundo de argila marrom-avermelhada. Uma metralhadora capinava o chão à nossa volta com suas rajadas. A sensação da falta de perspectiva ficou mais forte. Mesmo assim, começamos a correr, enquanto o fogo se voltava em nossa direção.

Pulamos por cima de alguns buracos de atiradores e trechos de vala abertos às pressas. Justo no momento em que estava no meio do salto sobre uma vala aberta com mais cuidado, um golpe penetrante no peito me colheu como se eu fosse uma ave de caça. Com um grito alto, em cujo som o ar vital pareceu sair aos borbotões, rodopiei e caí, fazendo estardalhaço.

Eis que, enfim, eu havia sido pego. Ao mesmo tempo que me dava conta de que fora atingido, senti como o projétil me cortava a vida. Já na estrada junto a Mory, sentira a mão da morte – mas dessa vez ela agarrava com mais firmeza e mais clareza. Quando bati com força no fundo da vala, tive a convicção de que o final era irreversível. E, estranhamente, esse é um dos poucos instantes que posso dizer que foram de fato felizes. Como iluminado por um raio, compreendi minha vida em sua feição interna. Senti um assombro inacreditável com o fato de ela acabar justo ali, mas esse assombro era de tipo muito sereno. Depois ouvi o fogo ficando cada vez mais intenso, como se eu afundasse, semelhante a uma pedra, cada vez mais abaixo da superfície de águas caudalosas. Lá não havia guerra nem hostilidade.

E nós conseguimos romper a barreira

Inúmeras vezes vi os sonhadores, perdidos em seus leitos de feridos, já não mais tomando parte no barulho da luta, na excitação maior das paixões humanas que os envolvia; e posso dizer que seus segredos não ficaram guardados por inteiro, no que me diz respeito.

O tempo em que fiquei deitado totalmente inconsciente pode não ter durado muito, se medido pelo relógio – ele correspondia mais ou menos ao intervalo de tempo que nossa primeira onda levou para alcançar a vala em que eu havia caído. Eu acordara com uma sensação de grande infortúnio, espremido entre paredes estreitas de argila, enquanto o grito "Paramédicos! O comandante da companhia está ferido!" perpassou a fileira de homens agachados.

Um homem de mais idade, soldado de outra companhia, se curvou com o rosto bondoso sobre mim, soltou meu cinturão e abriu meu casaco. Constatou duas manchas circulares de sangue – uma no meio do lado direito do peito e a outra nas costas. Uma sensação de paralisia me acorrentava à terra, e o ar incandescente da vala estreita me banhava em suor torturante. O ajudante, compassivo, me aliviou, movendo meu estojo de cartas como se fosse um leque. Eu esperava pela escuridão, lutando para conseguir respirar.

De repente, um ataque de fogo ribombou vindo de Sapignies. Sem dúvida, esse estrondar sem intervalos, esse urrar e esse socar uniformes significavam mais do que a defesa a nosso ataque executado de maneira tão errada. Sobre mim, eu via o rosto pétreo do tenente Schrader aparecendo, de capacete de aço; ele atirava e voltava a carregar a arma como uma máquina. Esticamos uma conversa que lembrava a cena da torre em a *Donzela de Orleans*[55]. Não que eu estivesse para brincadeiras, pois tinha a plena certeza de que estava perdido.

Schrader só de vez em quando tinha tempo de lançar até mim alguns farrapos de palavras, já que eu não participava mais daquilo. Na sensação de minha impotência, eu procurava ler em seu rosto como estavam as coisas lá em cima. Ao que parecia, os soldados, atacando, ganhavam terreno, pois eu ouvia os homens ao seu lado apontarem com frequência cada vez maior e mais nervosos para alvos que pareciam se mover já bem próximos.

De repente, saltou das gargantas o grito de desespero, como quando o dique se rompe em uma enchente: "À esquerda, eles conseguiram passar! Estamos cercados!". Nesse instante terrível, senti que minha força vital voltou a arder como uma brasa. Consegui enfiar dois dedos em um buraco a um braço de altura, provavelmente aberto por um camundongo ou uma toupeira. Devagar, consegui me puxar para cima, enquanto o sangue represado nos pulmões pingava das feridas. À medida que o sangue escapava, eu sentia alívio. De cabeça descoberta e casaco aberto, a pistola em punho, fixei meus olhos na batalha.

Em meio a rolos esbranquiçados de fumaça, uma corrente de homens vigorosos se precipitava à frente, em linha reta. Alguns tombavam e ficavam deitados, outros davam cambalhotas como coelhos atingidos por um tiro. Cem metros à nossa frente, os últimos foram engolidos pelo campo de trincheiras. Eles deviam pertencer a uma tropa bem jovem, que ainda não havia experimentado fogo, pois mostravam a coragem inquebrantável da inexperiência.

Como se conduzidos por um fio, quatro tanques chegaram rolando ao cume de uma elevação. Em poucos minutos, eles foram socados ao chão pela artilharia. Um deles quebrou em duas metades feito um brinquedo de lata. À direita, o destemido cadete

55 Referência à tragédia de Friedrich von Schiller, encenada pela primeira vez em 1801, em Leipzig.

Mohrmann desabou lançando um grito mortal; ele era corajoso como um leão jovem, isso eu já havia constatado em Cambrai. Foi derrubado por um tiro no meio da testa, bem mais certeiro do que aquele que, no passado, eu mesmo levei e ele enfaixou.

Parecia que nem tudo estava perdido. Sussurrei ao alferes Wilsky que rastejasse para a esquerda, a fim de varrer a lacuna com sua metralhadora. Ele voltou logo depois e informou que 20 metros adiante todo mundo já havia se entregado. Lá estavam frações de outro regimento. Até então, eu havia me segurado a um tufo de relva como se ele fosse um timão. Agora, conseguia me virar, e um quadro estranho se descortinou a meus olhos. Os ingleses em parte já haviam penetrado em trechos da vala e vinham em nossa direção pela esquerda, e em parte caminhavam por elas de baionetas erguidas. Antes mesmo de eu compreender a proximidade do perigo, minha atenção foi desviada mais uma vez por uma surpresa nova e ainda mais forte: às nossas costas, movimentavam-se outros soldados em ataque, que conduziam prisioneiros de mãos levantadas em nossa direção! O inimigo devia ter, portanto, penetrado na aldeia que havíamos abandonado imediatamente depois de termos nos posicionado para o assalto. Nesse instante, ele dava o golpe de misericórdia; havia nos isolado das outras tropas, acabando com o contato.

O quadro se tornava cada vez mais vivaz. Um círculo de ingleses e alemães nos envolvia e exigia que depuséssemos nossas armas. Era uma confusão semelhante à de um navio afundando. Eu encorajava os mais próximos à luta, em voz fraca. Eles atiravam sobre amigos e inimigos. Uma coroa de mudos e gritalhões envolveu nosso grupinho. À esquerda, dois ingleses altos enfiaram suas baionetas em um trecho da vala de onde se levantavam mãos implorantes.

Também entre nós se fizeram ouvir vozes estridentes: "Não adianta mais! Vamos jogar os fuzis ao chão! Cessar fogo, camaradas!".

Olhei para os dois oficiais que estavam em pé comigo na vala. Eles sorriram dando de ombros e deixaram cair seus cinturões.

Restava apenas a escolha entre a prisão e uma bala. Rastejei para fora da vala e cambaleei em direção a Favreuil. Era como em um pesadelo, no qual sentimos os pés presos ao chão e não conseguimos mover. A única circunstância favorável talvez fosse a confusão na qual, por um lado, já se trocavam cigarros; por outro, os inimigos ainda se carneavam uns aos outros. Dois ingleses que conduziam uma tropa de prisioneiros do 99º a suas linhas se postaram à minha frente. Encostei a pistola no peito do mais próximo e apertei o gatilho. O outro fez fogo em minha direção com seu fuzil, sem me atingir. Os movimentos precipitados fizeram o sangue jorrar aos borbotões para fora do meu pulmão. Eu conseguia respirar mais livre e comecei a correr ao longo do trecho da vala. Atrás de uma amurada de proteção, estava acocorado o tenente Schläger, em um grupamento que abria fogo. Eles me cercaram. Alguns ingleses, que vinham pelo terreno, ficaram parados, assentaram uma metralhadora Lewis ao chão e começaram a abrir fogo. Todos foram atingidos, menos Schläger, dois acompanhantes e eu. Schläger, que era muito míope e havia perdido os óculos, me contou mais tarde que não havia visto nada a não ser meu estojo de cartas acenando. Ele era um fio condutor. A grande perda de sangue me deu a liberdade e a leveza de uma embriaguez; minha única preocupação era a possibilidade de desmaiar cedo demais.

Por fim, chegamos a um monte de terra em forma de meia-lua, à direita de Favreuil, de onde meia dúzia de metralhadoras pesadas cuspia fogo sobre amigos e inimigos. Ou seja, ali ainda havia uma lacuna, ou pelo menos um buraco no saco em que os ingleses haviam nos trancado; estávamos entregues à nossa sorte. Projéteis inimigos faziam a areia da trincheira respingar; oficiais gritavam, homens nervosos dançavam para cá e para lá. Um oficial-paramédico da 6ª arrancou minha camisa e me aconselhou a deitar imediatamente, pois eu corria o risco de perder todo o sangue do corpo em pouco tempo.

Fui enrolado em uma lona de barraca e arrastado ao longo do limite de Favreuil. Alguns homens da 6ª e da minha companhia me acompanharam. A aldeia já pululava de ingleses, e não pudemos escapar de cair sob o fogo inimigo a curtíssima distância. Os projéteis batiam nos corpos humanos, lançando estalos. O paramédico da 6ª, que segurava a parte traseira da minha lona, foi atirado ao chão com um tiro na cabeça; eu caí com ele.

O pequeno bando havia se jogado ao solo e rastejava em direção à encosta seguinte do terreno, enquanto os tiros chicoteavam ao redor.

Fiquei sozinho no campo, atado em minha lona de barraca, esperando quase com indiferença o tiro que daria um fim naquela odisseia.

Mas, apesar de tudo, também naquela situação desesperançada, não fui deixado para trás; meus acompanhantes me observavam e logo reuniram novas forças para me salvar. Ao meu lado, ecoou a voz do cabo Hengstmann, um baixo-saxão alto e louro: "Eu carrego o senhor tenente nas costas; de duas, uma: ou conseguimos passar, ou ficamos deitados aqui mesmo!".

Infelizmente, não conseguimos passar; nos limites da aldeia, era demasiado alto o número de fuzis prontos a atirar. Hengstmann começou sua corrida, enquanto eu mantinha meus braços em volta de seu pescoço. De imediato, as balas passaram a espocar como em um estande de tiro, em que diversos homens tentam acertar o alvo de 100 metros. Depois de alguns passos, um sibilar metálico anunciou um tiro que acertara Hengstmann em cheio, fazendo-o desabar vagarosa e suavemente embaixo de mim. Ele caiu sem fazer barulho, mas eu senti como a morte já se apossara dele, antes mesmo de nós tocarmos o chão. Me desvencilhei de seus braços, que me mantinham agarrado com firmeza, e vi que um tiro havia atravessado seu capacete de aço e a têmpora. O valente era filho de um professor, de Letter, junto a Hannover. Assim que consegui voltar a andar, procurei seus pais e lhes fiz um relatório sobre o filho.

O exemplo ruim não intimidou outro ajudante a uma nova tentativa de me salvar. Era o sargento-paramédico Stichalsky. Ele me colocou sobre seus ombros e me carregou, enquanto uma segunda chuva de balas assoviou à nossa volta sem que fôssemos atingidos, até a ondulação seguinte do terreno, onde ficamos em ângulo protegido.

Escurecia. Os camaradas procuraram a lona de um morto e me carregaram por um terreno vazio, de onde se levantavam em chamas os raios de estrelas denteadas, longe e perto. Senti na carne como é terrível precisar lutar para continuar respirando. O mero cheiro do cigarro que um homem fumava a dez passos de mim ameaçava me sufocar.

Por fim, chegamos a um abrigo subterrâneo com enfermaria improvisada no qual meu amigo doutor Key fazia seu trabalho. Ele preparou para mim uma deliciosa limonada e, com uma injeção de morfina, me fez cair em um sono restaurador.

No dia seguinte, a caótica viagem de automóvel até o hospital de campanha foi uma derradeira e dura prova à minha força de viver. Em seguida, fiquei nas mãos das enfermeiras e prossegui na leitura do *Tristram Shandy*, do ponto em que a ordem de ataque a havia interrompido.

Os cuidados simpáticos aliviaram para mim o tempo dos reveses, que costumam sobrevir aos tiros no pulmão. Soldados e oficiais da divisão me visitaram. Os participantes do ataque a Sapignies ou haviam tombado todos ou, assim como Kius, eram prisioneiros dos ingleses. Quando as primeiras granadas do inimigo ganhando campo explodiram em Cambrai, o casal Plancot me enviou uma carta amável, uma lata de leite que não haviam consumido e a única melancia que seu jardim havia produzido. Dias amargos ainda esperavam por eles. Também meu último ordenança não foi exceção na longa sequência de seus antecessores; ele ficou comigo, ainda que no hospital militar não tivesse direito a nenhum tipo de cuidado e precisasse mendigar por comida na cozinha.

Durante o tédio do período em que se é obrigado a guardar leito, é preciso criatividade para se distrair; assim, por vezes, eu passava o tempo enumerando meus ferimentos. Não contadas insignificâncias como tiros de ricochete e feridas abertas, eu fora atingido pelo menos catorze vezes: cinco tiros de fuzil, dois estilhaços de granada de obus, uma bala de metralha, quatro estilhaços de granada de mão e dois estilhaços de balas de fuzil que, contados os buracos em que os projéteis entraram e aqueles por onde saíram, como no caso de alguns, deixaram para trás, ao todo, vinte cicatrizes. Naquela guerra, na qual se abriu fogo mais sobre espaços do que sobre pessoas individualmente, concluí, no fim das contas, que onze desses projéteis foram dirigidos a mim pessoalmente. Por isso, passei a carregar com justiça junto ao peito a Insígnia Dourada dos Feridos, que por aqueles dias me foi entregue.

Depois de duas semanas, eu estava deitado no colchão de penas de um trem-hospital. A paisagem alemã já havia mergulhado no rebrilhar precoce do outono entrante. Tive a sorte de ser descarregado em Hannover e fui levado ao convento das clementinas. Entre os visitantes que sem muita demora vieram até mim, meu irmão foi recebido com prazer especial; ele havia crescido desde seu ferimento, porém seu lado direito, atingido tão gravemente, não crescera junto.

Dividi meu quarto com um jovem aviador da esquadrilha Richthofen, chamado Wenzel, uma dessas figuras altas e arrojadas que nosso país continua produzindo. Ele fazia toda a justiça do mundo ao lema de sua esquadrilha: "Férreos, mas loucos!" e já derrubara doze inimigos na guerra aérea, o último dos quais havia lhe estilhaçado o braço com um tiro antes de cair.

Festejei meu primeiro passeio com ele, meu irmão e alguns camaradas, que esperavam pelo trem, nas salas do velho Regimento Hanoveriano de Gibraltar. Se nossa capacidade guerreira era posta em dúvida, sentíamos a necessidade premente de escalar uma poltrona gigantesca de diversas maneiras, simulando um ataque. Mas acabamos por nos dar mal; Wenzel voltou a quebrar o braço, e eu, na manhã seguinte, fiquei de cama com 40 graus de febre, sim, e a curva do termômetro inclusive chegou a fazer algumas investidas preocupantes contra aquela linha vermelha, além da qual a sabedoria dos médicos se mostra inútil. Em tais temperaturas, perde-se a noção do tempo; enquanto as enfermeiras lutavam por mim, eu me prostrava naqueles sonhos febris que tantas vezes chegam a ser alegres.

Em um dos dias seguintes, 22 de setembro de 1918, recebi do general Von Busse o seguinte telegrama:

"Sua Majestade, o imperador, conferiu a *Ordre pour le Mérite* ao senhor. Felicito-o em nome de toda a divisão".

Posfácio

MARCELO BACKES

A literatura de guerra anda em alta no terceiro milênio.

O prêmio Nobel Günter Grass publicou seu livro de memórias *Nas peles da cebola* (2006) confessando ter pertencido à Waffen-SS e focalizando sua participação na Segunda Guerra Mundial. Norman Mailer voltou ao romance para escrever *O castelo na floresta* (2007) e abordar a infância de Hitler. Jonathan Littell foi saudado desde logo como um clássico do futuro por seu *As benevolentes* (2006), romance em que dá voz ao carrasco Maximilian Aue, ex-oficial da SS, que conta sua vida e sua "obra" em 900 páginas cheias de densidade.

A guerra foi, desde sempre, junto com o amor e a morte, um dos três grandes mananciais da literatura e das artes em geral. E, desde a *Ilíada* de Homero, passando por *Guerra e paz*, de Tolstói, e até mesmo por um conto como "O melro", de Robert Musil, vem recebendo cristalizações literárias geniais. Modernamente, um dos autores mais importantes a tratar do tema foi, sem dúvida, Ernst Jünger, fonte da qual autores como os referidos Günter Grass e Jonathan Littell, por exemplo, beberam à saciedade.

Littell se aproxima de Jünger já na epígrafe. A de *As benevolentes* é "Para os mortos", a de *Tempestades de aço* é "Aos mortos em combate". Na diferença da epígrafe, a diferença entre os livros. O espectro em Littell é bem mais amplo (embora o prazer em chocar seja muito semelhante, quando o autor americano de língua francesa e ascendência judaica refere, por exemplo, "os retalhos de carne espalhados na parede") e vai muito além do relato memorialístico das façanhas guerreiras, caso de Jünger. Ernst Jünger é, aliás, personagem do livro de Littell, e Max

Aue chega a encontrá-lo em suas andanças durante a Segunda Guerra Mundial, como que respaldando a ascendência do autor alemão sobre Littell.

Günter Grass comenta Ernst Jünger extensivamente em *Nas peles da cebola*. Assim como Jünger, Grass refere o personagem medieval Simplicissimus, do romance homônimo de Grimmelshausen, fazendo-o alcançar dimensão de figura – e de livro – onipresente em sua narrativa. Além disso, há um punhado de detalhes semelhantes em ambas as obras que mostram como, apesar das duas décadas que separam o fim da Primeira e o início da Segunda Guerra Mundial, o comportamento do soldado durante a batalha continua parecido, e como o improviso segue sendo aplicado quando a necessidade aperta (vide os boatos de latrina e as vigas de evacuação, por exemplo). Grass chega a comparar *Tempestades de aço* com outra obra, de mesma temática, mas frontalmente oposta ao romance de Jünger no que diz respeito à postura: *Nada de novo no front* (1928), de Erich Maria Remarque, um romance que estava na lista dos livros proibidos e queimados pelo nazismo. Grass chega a dizer que o diário de batalha de Jünger foi a leitura preparatória para suas futuras experiências no front, e que "os festejos da guerra na condição de aventura e de prova de masculinidade promovidos por Jünger" o deixaram fascinado, ao mesmo tempo que o veredicto de Remarque, "de que a guerra transformava todo soldado em assassino", fizera estremecer seus membros. Em *Meu século* (1999), aliás, Günter Grass já sentara os dois antípodas à mesma mesa, fazendo-os dialogar imaginariamente e disputar acerca de seus pontos de vista sobre a guerra.

Histórica e sociologicamente, as convulsões causadas pela unificação alemã e depois pela Primeira Guerra Mundial e a fluidez das fronteiras alemãs influenciaram de maneira direta a produção literária da virada do século XIX para o século XX. Ernst Jünger, porém, está longe daquela concepção exasperada de arte típica do expressionismo da época, que rejeita o militarismo e a mecanização, características que o expressionismo aliás compartilha com o naturalismo. Enquanto um autor como Fritz von Unruh recebeu o epíteto de "soldado da paz" – sua obra é, toda ela, um protesto antimilitarista em defesa da solidariedade e da paz entre os homens – e autores como Walter Hasenclever, Ernst Toller e sobretudo Erich Maria Remarque seguiram a mesma tendência pacifista, Jünger é um representante oposto dessa postura. Se Remarque alerta, ao princípio de *Nada de novo no front*, "Este livro não pretende ser um libelo nem uma confissão, e menos ainda uma aventura, pois a morte não é uma aventura para aqueles que se deram face a face com ela", e apresenta Paul Bäumer, um guerreiro decepcionado com tudo que vê e que sente seu brio sendo arrancado e sua causa restando absolutamente inútil, Ernst Jünger mantém uma distância elegante da abordagem moral, narra os fatos sem fazer juízos e está longe de se lamuriar em *Tempestades de aço*.

O AUTOR

Ernst Jünger nasceu em 1895 e morreu em 1998, pouco antes de completar 103 anos de idade. Filho de um conhecido químico, passou sua infância sobretudo em Hannover – fato que menciona em *Tempestades de aço* –, cidade na qual também se apresentou como voluntário de guerra em 1914, para em seguida tomar parte no 73º Regimento de Fuzileiros. A partir desse momento, sua vida durante os anos da batalha é contada em *Tempestades de aço*.

Entomologista desde tenra idade – mesmo durante a guerra pedia que lhe mandassem da pátria revistas sobre insetos –, Jünger publicou seus primeiros poemas num periódico especializado em pássaros migratórios, já em 1911. Depois do fim da guerra, continuou no Exército, trabalhando em material instrutivo para a batalha de infantaria.

Depois de ter saído do Exército, em 1923, estudou zoologia e filosofia em Leipzig e Nápoles. Em 1925 casou-se com Gretha von Jeinsen, com quem ficaria até a morte desta, em 1960, para depois se casar, em 1962, com a germanista Liselotte Lohrer. Já em 1926, Ernst Jünger interromperia seus estudos para se dedicar exclusivamente à carreira de escritor.

Jünger colaborou com vários órgãos da imprensa nacionalista e, apesar de simpatizar com a ideia de uma "revolução de caráter nacional", manteve-se distante de Hitler e do Partido Nazista depois de alguns contatos iniciais. Ainda assim, há algumas manifestações antissemitas em seus escritos da época. Em 1927, contudo, rejeitou a oferta de um mandato de deputado feita pelo NSDAP, o Partido Nazista. Em 1933, depois da tomada do poder, a oferta voltou a ser encaminhada e recusada por Jünger; no mesmo ano, a Gestapo revistaria sua casa devido a seus contatos com o comunista Ernst Niekisch.

Em 1939, Jünger seria promovido a capitão e mais tarde convocado à Wehrmacht como chefe de companhia, recebendo logo a Cruz de Ferro de Segunda Classe (na Primeira Guerra, já recebera a Cruz de Ferro de Primeira Classe e a mui respeitada *Ordre pour le Mérite*, que aliás dá fecho de ouro a *Tempestades de aço*). Em 1941 sua unidade seria deslocada a Paris, e Jünger passaria a fazer parte do estado-maior do comandante em chefe da França, e mais tarde se tornaria chefe do estado-maior do Grupamento B do Exército alemão. Seus diários de Paris e também os do Cáucaso, onde esteve algum tempo depois, seriam publicados no livro *Irradiações* (1949) e constituem um documento importante acerca da visão alemã não marcada pelo nacional-socialismo.

Jünger esteve próximo de vários dos participantes do atentado a Hitler de 20 de julho de 1944. Depois de ter sido dispensado da Wehrmacht no mesmo ano, voltou como comandante do Volkssturm ao final da Segunda Guerra, e teria ordenado que nenhum de seus homens reagisse aos avanços das tropas aliadas. Um filho seu, que fez observações críticas à condução da guerra, foi engajado em um batalhão de punidos e acabou tombando na Itália.

Ernst Jünger foi amigo de Albert Hofmann, o descobridor do LSD, e fez experimentos com a droga junto com ele.

A OBRA

Tempestades de aço é o diário de batalha de Ernst Jünger, publicado sob a forma de romance autobiográfico em 1920, dois anos após o fim da Primeira Guerra Mundial. Trata-se do primeiro livro do autor, um relato ao correr da pena, que dá conta de suas vivências no front entre janeiro de 1915 e agosto de 1918. Jünger continuaria se ocupando da Primeira Guerra Mundial em obras como *O matagal 125* (*Das Wäldchen 125*, 1925) e *A batalha como experiência interior* (*Der Kampf als inneres Erlebnis*, 1922), um ensaio mais reflexivo, até um pouco questionador. A Primeira Guerra também serviria de pano de fundo às histórias de Jünger em *Sturm* (1923), chamado de "*Decamerão* das galerias subterrâneas", obra ficcional ainda mais questionadora, na qual o autor abre mão de reconciliar alma artística e barbárie, embora mantenha a postura elitista. A experiência cabal da guerra continuaria viva no romance *Fogo e sangue* (*Feuer und Blut*, 1925) e na coleção de pequenos escritos em prosa intitulada *Coração aventureiro* (*Das abenteuerliche Herz*, 1929), obra na qual deixa a política de lado e corteja o surrealismo.

Mas Jünger foi além da temática guerreira. Sua narrativa *Nos penhascos de mármore* (*Auf den Marmor-Klippen*, 1939) chegou a ser interpretada como uma crítica velada à tirania de Hitler, mas o próprio autor se negou durante a vida inteira a caracterizar seu livro como uma obra da resistência. Obras mais tardias, ensaísticas e ficcionais (como o romance utópico *Eumeswil*, 1977) atacariam o totalitarismo e até mesmo o conformismo de quem se submete à tirania. Jünger fundamentaria suas teses na filosofia já "existencialista" de Max Stirner e seu livro *O único e sua propriedade*, publicado em 1845 e satirizado por Marx e Engels em *A ideologia alemã*[1]. Mesmo em sua oposição ao nazismo, contudo, pode ser constatado aquele distanciamento elitista em relação à massa, que se transformaria em escapismo no romance *Eumeswil*, parecendo buscar um mundo utópico localizado além das confusões históricas.

O escapismo de Jünger continuaria no romance policial *Um encontro perigoso* (*Eine gefährliche Begegnung*, 1985), e aliás já dera as caras de maneira mais nítida na obra de ficção científica *Heliopolis* (1949). Tanto a crítica que o acusou de fascismo quanto aquela que o acusou de escapismo perdem de vista o

1 Ver Marx e Engels. *A ideologia alemã*. Organização, tradução, prefácio e notas de Marcelo Backes. Rio de Janeiro: Civilização Brasileira, 2007.

autor adiantado em relação a seu tempo, que no romance *Abelhas de vidro* (do distante ano de 1957) antecipa a visão de robôs operados por nanotecnologia e esquece o experimentalista que durante a vida inteira tratou do tema das drogas. Mesmo em *Abelhas de vidro*, contudo, a técnica é vista como mais uma das ilusões do mundo; o conservador Richard, personagem central do romance, ainda lamenta o momento em que teve de descer do cavalo para subir ao tanque. Nessa, como em outras obras de Jünger, a mistura saudável entre ficção e ensaio se mostra presente, fazendo o romance abrir espaço ao discurso aforístico e ao tratado.

TEMPESTADES DE AÇO

Em *Tempestades de aço* a guerra é encarada como um fenômeno natural, e isso é perceptível já no título. Movido pela "nostalgia do incomum", o autor-narrador logo vê o horror dos primeiros mortos; chega a hesitar, mas depois segue avançando de peito aberto. À primeira vista, Jünger manifesta indiferença total a questões morais e não encara o ato de matar como um problema; aliás, em dado momento, chega a confessar o desejo de matar ("Um desejo supremo de matar deu asas a nossos passos"). Tudo fica ainda mais patente na cena clássica em que olha fascinado, do alto do sótão de sua mansão, para o terror que o envolve. No mais, Jünger detesta a artimanha, o caráter insidioso de bombas de tempo que explodem, traiçoeiras, quando o combate corpo a corpo já acabou há muito. Respeita apenas a coragem soldadesca, o cara a cara da batalha, homens se medindo pela capacidade física conduzida – ou não – pela inteligência individual. Mostra-se vaidoso com sua hombridade e orgulhoso de sua valentia, dizendo que aparou com o próprio corpo onze dos incontáveis projéteis disparados na guerra.

A recordação de Ernst Jünger, ao contrário da de Günter Grass, por exemplo, não é uma recordação da velhice, e sim uma recordação imediata, evocada imediatamente após o fim da guerra. A memória se faz narrativa logo depois do acontecimento, e mesmo assim às vezes a realidade parece se confundir com a ficção. O autor se transforma em seu próprio personagem, em personagem de si mesmo, chegando a mencionar seu nome e seu sobrenome, em diálogos de beliche com um camarada ou no relato de seu irmão soldado, que Jünger acrescenta à narrativa em dado momento, concedendo também ao irmão voz narrativa. Mas, ainda assim, Ernst Jünger exige crédito a seu testemunho, invocando a autoridade de quem viveu a experiência real: "O modo como os romancistas referem o bater de queixo é falho na maior parte das vezes; ele não tem nada de violento [...]".

Jünger não olha para o passado depois de uma evolução, mas quer meramente contar o que aconteceu sem necessariamente analisá-lo. É preciso nas descrições. Discorre sobre a ciência do tiro certeiro e seu efeito sobre o corpo humano quando este é atingido na cabeça ou no coração, ficando inerte logo em seguida. É discreto e evasivo ao mencionar eventuais prazeres e se mostra um soldado severo inclusive nisso. A secura do tom e a objetividade do estilo são adequadas ao tema da obra e à postura do autor. Objetivos até no título, os capítulos identificam, em sua maior parte, os lugares em que se deram acontecimentos decisivos da guerra.

Ainda assim, Ernst Jünger parece sentir necessidade da comparação poética para descrever seu estado em alguns momentos. E a frase seca, o estilo sóbrio se mostram cheios de poesia aqui e ali, inclusive pelo sabor algo antiquado do recorte. Não são poucas as vezes que a percepção da realidade atinge o sublime na cristalização da arte: "Sobre rolos esbranquiçados de fumaça, dançavam nuvens de estilhaços". O fascínio imenso do horror, o abominável que vira poesia se desvelam a cada página, e o livro chega a alcançar dimensão filosófica por elevar o choque à categoria de momento mais decisivo da percepção moderna.

Indo além da história meramente pessoal, Jünger analisa as novas formas de luta, uma guerra que aos poucos deixa de ser um combate homem a homem para virar batalha material, ou, como se diz hoje em dia, guerra tecnológica. As armas são aperfeiçoadas pouco a pouco e todo o engenho de nações inteiras é disponibilizado para a destruição. A reflexão, ao contrário do que disse e continua dizendo a crítica, dá as caras aqui e ali, mostrando-se até dolorosa, por exemplo quando Jünger faz a seguinte acusação, ocupando-se inclusive do papel do Estado: "O Estado que nos toma a responsabilidade não pode nos livrar do luto; nós temos de vivê-lo. E ele invade nossos sonhos profundamente". Mais adiante, Jünger se torna ainda mais reflexivo, e até crítico: "Não éramos mais ofuscados pela violência dos fenômenos. Também percebíamos que o sentido daquilo que nos fizera sair, abandonando casa e família, havia se esfacelado e não bastava mais. A guerra lançava ao alto seus enigmas mais profundos. Eram tempos estranhos".

A crítica continua quando ataca um oficial de escritório: "Quando ele colocava o dedo sobre o mapa e fazia perguntas como, por exemplo, 'Mas e por que o senhor não dobrou à direita nessa vala de deslocamento?', percebi que uma confusão em que conceitos como direita e esquerda deixam de existir estava além das noções que ele era capaz de alcançar. Para o oficial, tudo era um plano; para nós, uma realidade vivenciada com paixão".

Quando critica, aliás, Jünger chega a se mostrar humanística e kantianamente ingênuo algumas vezes, desconhecendo a necessidade de espectros como a guerra e a crise no devir do capitalismo: "Pela primeira vez, vi ali a destruição planejada que ainda haveria de encontrar à farta mais tarde em minha vida; ela está desastrosamente atada à orientação econômica de nossa época, trazia mais prejuízos do que lucros, inclusive a quem destrói, e não proporcionava nenhuma honra ao soldado".

Jünger faz também observações que poderiam dar origem a uma profunda análise econômico-sociológica, instigada apenas pela observação poética: "Aquela região se caracterizava por um comportamento bem relaxado, que fazia um estranho contraste com seu caráter rústico. Com certeza, isso tinha a ver com a tecelagem, pois, em cidades e paisagens nas quais o fuso impera, sempre se encontrará um espírito bem diferente do que se encontra, por exemplo, em lugares onde se forja o ferro". Até o caráter mercenário e globalizado da guerra, existente já em um mundo que era dividido em colônias e impérios, aparece quando dá de cara com soldados da Índia lutando do lado inglês: "Tínhamos, pois, indianos diante de nós, vindos de bem longe, d'além-mar, para quebrar a cara diante de fuzileiros hanoverianos naquele pedaço de terra abandonado por Deus".

A crítica que o acusou de enaltecer a violência, de idealizar o caráter másculo do guerreiro e de promover a estetização do horror esquece as implicações políticas da obra de Jünger e o fato de esta ter logrado identificar no choque um dos elementos mais importantes do mundo moderno. Traduzido no mundo inteiro, amado na França, o autor gerou controvérsias desde o princípio. A direita saudou a publicação de *Tempestades de aço* e até mesmo a esquerda lhe deu atenção devido ao realismo e ao caráter drástico da abordagem. Autores como Heiner Müller, Alfred Andersch e Rolf Hochhuth destacaram a importância de Ernst Jünger no cenário da literatura do século XX.

Por outro lado, Alfred Döblin, autor de *Berlin Alexanderplatz* (1929), uma obra que também se ocupa da guerra – do pós-guerra, especificamente – e é um dos grandes romances alemães do século XX, acusou Jünger de mascarar sua insensibilidade em hombridade. Gottfried Benn, ademais, disse que Jünger era moleirão, vaidoso e carente de estilo; Joseph Roth lhe renegou qualquer importância; e Thomas Mann chegou a dizer que ele preparou espiritualmente o caminho para a barbárie do nazismo. Também por isso, Jünger merece continuar sendo lido...

MARCELO BACKES é doutor em Germanística e Romanística pela Universidade de Freiburg, na Alemanha. Escritor, professor e tradutor, é autor de *A arte do combate* (Boitempo, 2003), *Lazarus über sich selbst* (sua tese de doutorado sobre o poeta alemão Heinrich Heine, Frankfurt, 2005), *Estilhaços* (Record, 2006), *maisquememória* (Record, 2007), *Três traidores e uns outros* (Record, 2010), *O último minuto* (Companhia das Letras, 2013) e *A casa cai* (Companhia das Letras, 2015). Bolsista da Academia de Artes de Berlim em 2010, traduziu as principais obras de Kafka ao português, em edições comentadas. Coordena a edição das obras de Schnitzler pela editora Record e a coleção de clássicos *Fanfarrões, libertinas & outros heróis* pela editora Civilização Brasileira. É, ainda, ganhador do Prêmio Nacional da Áustria e do Prêmio Paulo Rónai, da Academia Brasileira de Letras.

EDIÇÃO DE TEXTO Livia Deorsola
REVISÃO Ricardo Jensen de Oliveira e Tamara Sender
CAPA Luana Luna e Lucyano Palheta (AOQUADRADO)
PROJETO GRÁFICO DE MIOLO Bloco Gráfico

DIRETOR-EXECUTIVO Fabiano Curi

EDITORIAL
Graziella Beting (diretora editorial)
Laura Lotufo (editora de arte)
Kaio Cassio (editor-assistente)
Gabrielly Saraiva (assistente editorial/direitos autorais)
Lilia Góes (produtora gráfica)

RELAÇÕES INSTITUCIONAIS E IMPRENSA Clara Dias
COMUNICAÇÃO Ronaldo Vitor
COMERCIAL Fábio Igaki
ADMINISTRATIVO Lilian Périgo
EXPEDIÇÃO Nelson Figueiredo
ATENDIMENTO AO CLIENTE/LIVRARIAS Roberta Malagodi
DIVULGAÇÃO/LIVRARIAS E ESCOLAS Rosália Meirelles

EDITORA CARAMBAIA
Av. São Luís, 86, cj. 182
01046-000 São Paulo SP
contato@carambaia.com.br
www.carambaia.com.br

Título original *In Stahlgewittern* [Stuttgart, 1920]

A versão da obra usada como base para esta edição foi a considerada definitiva, presente nas Obras Completas do autor, editadas pela Klett-Cotta em 2015 (vol. 1, pp. 11-300). Uma primeira versão da tradução foi publicada pela editora Cosac Naify em 2013. O texto original teve preparação de Juliana Lugão e revisão de Isabel Jorge Cury e Floresta. Nesta edição, o texto foi revisto e atualizado pelo tradutor Marcelo Backes.

CIP-BRASIL. CATALOGAÇÃO NA PUBLICAÇÃO
SINDICATO NACIONAL DOS EDITORES DE LIVROS, RJ

J92t
Jünger, Ernst, 1895-1998
Tempestades de aço / Ernst Jünger ;
tradução e posfácio Marcelo Backes.
1. ed. – São Paulo : Carambaia, 2024.
328 p. ; 23 cm.

Tradução de: *In Stahlgewittern*.
ISBN 978-65-5461-062-9

1. Ficção alemã. I. Backes, Marcelo. II. Título.

24-88676 CDD: 833 CDU: 82-3(430)
Meri Gleice Rodrigues de Souza – Bibliotecária – CRB-7/6439

ilimitada

FONTE
Antwerp

PAPEL
Pólen Bold 70 g/m²

IMPRESSÃO
Ipsis